KB187533

마녀르구 숲관

EPISODE 2

매분구 홍란 2

초판 1쇄 인쇄 | 2014년 7월 15일
초판 1쇄 발행 | 2014년 7월 17일

지은이 | 월우
펴낸이 | 김형호
펴낸곳 | 아름다운날

주소 | (121-837) 서울시 마포구 서교동 351-10 동보빌딩 103호
전화 | 02)3142-8420
팩스 | 02)3143-4154
출판등록 | 1999년 11월 22일
전자우편 | arumbook@hanmail.net

ISBN 978-89-93876-53-6 (04810)
        978-89-93876-54-3 (세트)

＊ 이 도서의 국립중앙도서관 출판시도서목록(CIP)은 서지정보유통지원시스템 홈페이지(http://seoji.nl.go.kr)와
  국가자료공동목록시스템(http://www.nl.go.kr/kolisnet)에서 이용하실 수 있습니다.(CIP제어번호: CIP2014020535)

EPISODE 2

월우 장편소설

아름다운날

차 례

제
8
장 — 기
만 (欺瞞)

❀

와야 할 시간이었는데, 오고도 남았을 시간인데 일현이 오지 않았다. 청향의 얼굴에는 기다림에 대한 초조함이 조금도 묻어 있지 않았지만, 보료의 장침(長枕, 팔꿈치를 괴는 베개)을 두드리는 손가락의 움직임은 신경질적이었다.

탁! 청향의 손이 장침을 내려쳤다. 동시에 잰 몸짓으로 자리를 떨치고 일어나 검은 너울을 머리 뒤에서부터 뒤집어썼다. 사라락, 너울 자락이 얼굴 아래로 드리워졌다.

일현은 그 밤이 다 가도록 오지 않았다. 근래 들어 벌써 세 번째였다. 비록 피치 못할 사정에 늦는 한은 있어도, 오겠다는 약속 하나만큼은 철통같이 지키던 일현 답지 않은 행동들이었다.

'겸이 때문인 건가?'

두 사람이 이미 전부터 안면이 있음은 청향도 알고 있었다. 일현이 누군가의 부탁을 받고 홍란의 뒤를 캐다가 알게 되었으리라 짐작이 갔다. 그 '누군가'가 누구일 것이라는 짐작도 갔다. 몇 번이나 넌지시 홍란의 뒤를 쫓아 은월각까지 온 이유를 캐물었지만, 다른 모든 청은 들어주겠노라 약조한 주제에 그 답만은 죽어도 말하려 하지 않는 일현을 보고, '누군가'가 누구인지 쉽게 짐작할 수 있었다.

허나 알 수 없는 건, 왜였다. 왜, 임금이 홍란의 뒤를 캐라고 한 것인지 쉽게 답이 나오질 않았다. 한동안 세간의 몇몇 호사가들이 떠들어 댄 여러 소문의 당사자에 대한 호기심 때문인 것인지, 그도 아니면 변역관의 뒤를 캐기 위함인 것인지, 아니면 다른 특별한 이유가 있는 것인지 도통 알 수가 없었다.

"당신한테 잃어버린 동생이 있었소?"
"예전…… 어린 시절 운명이 무서워, 굶주림이 무서워 버려두고 도망쳤었지요."
태겸을 은월각으로 데리고 온 날 밤, 청향은 일현의 품에 안겨 눈물을 흩뿌렸었다. 보는 이의 애간장이 녹을 정도로 서글픈 울음이었다.
"어느 해 여름, 아비와 어미가 돌림병으로 죽자 마을 사람들은 어린 우리 남매를 마을 밖으로 쫓아냈지요. 역병귀신이 들렸다는 이유로요. 모두 태워야 한다며, 집안 물건 어느 것 하나도 가져가지 못하게 하더군요."
입은 옷차림으로 쫓겨나는 가엾은 어린 남매를 머릿속에 그리며, 일현이 꽈악 청향을 안아 주었다.
"산 속은 어둡고 무서웠습니다. 하지만 어둠보다, 산짐승보다 더 무서운 건 굶주림이었어요. 허기를 면하기 위해 떨어진 나무 열매를 줍고, 고사리 손으로 피가 나오도록 나무껍질을 뜯고, 잡풀들을 뜯어 먹어도 배는 채워지지 않았어요. 그래서…… 내가 그 아이를 버렸습니다. 독초를 잘못 먹고 아파 뒹구는 그 아이를 버리고 홀로 도망쳤지요."
청향의 이야기는 한참이나 더 계속됐다. 나중에 알게 된 사실이지만, 청향이 버리고 간, 그 때문에 홀로 동굴 안에서 다 죽어 가던 아이를 지나가던 어느 선사가 발견해 의원에게 데려다 주었다고 했다. 마침 처자

9

(妻子)도 없이 외롭게 늙어 가던 의원이 그 아이를 양자로 삼아 제 성을 주고, 공부를 시켜 의과(醫科)에 합격까지 시켰다고 했다.

"성 의원이라는 그 애를 봤을 때부터 우리 겸이라는 걸 알아봤어요. 하지만…… 내가 누이라 나설 수는 없었지요. 내가 무슨 면목으로, 무슨 얼굴로 그 애 앞에 얼굴을 내밀 수 있었겠습니까?"

헌데 얼마 전 태겸이 개성의 어느 계곡에서 실족하였고, 우연히 발견한 사람이 태겸의 호패를 보고 도성의 태겸네 약방으로 기별을 준 것을 알게 되어 급히 데려온 것이라고 했다.

"저는 참 못된 누이입니다. 겸이가…… 그 아이가 과거의 일을 모두 잊었다는 이야기를 들었을 때, 제가 얼마나 안도한 줄 아셔요? 이제는 그 아이에게 돌아갈 수 있겠구나, 이번에야말로 그 아이에게 돌아갈 수 있겠구나. 그리 기뻐한 못된 누이랍니다. 흐흑."

그러니 부디 태겸에게는 아무 소리도 하지 말아 달라, 청향은 간곡하게 애원했다. 당분간만이라도 태겸의 다정한 누이로 있을 수 있게 과거의 이야기를 꺼내지 말아 달라, 눈물로 호소했다.

거짓과 진실을 섞은 그럴 듯한 이야기를 일현은 믿어 주었다. 굳이 의심하려 했다면 얼마든지 할 수 있었을 터인데, 제 정인이 눈물로 호소하니 그저 곧이곧대로 믿는 눈치였다. 결국, 일현은 청향이 부탁한 대로 태겸을 만났을 때는 전에 아는 사이였다는 티도 내지 않았다. 성격마저 바뀐 태겸의 모습에 적잖이 당황하였지만 애써 그 티도 내지 않았다. 허나 타고난 고지식한 성격 탓인지, 거짓을 계속하는 일이 껄끄러워진 탓인지, 일현은 최근 들어 부쩍 청향을 찾기를 주저하는 듯 보였다.

못난, 그래서 더욱 사랑스러운 사내였다.

"오늘도 안 오셨다면서?"

정원에 나와 물끄러미 달을 바라보고 선 청향의 곁에 태겸이 다가와 섰다.

"바쁘신 모양이지."

"자주 그래?"

"……응?"

"그분 말이야. 자주 이렇게 누이를 서운하게 하냐고."

"후훗. 그러면? 서운하게 하면?"

"내가 가만 있을 줄 알아?"

"왜, 때려 주기라도 하려고?"

"내가 못할 것 같아? 왜 이래. 그게 사실이면 당장이라도 그이네 집에 쳐들어가서 멱살을 잡고……."

태겸은 일부러 더 과장되게 양 옷소매를 걷어 주먹을 불끈 쥐어 보였다. 그 바람에 태겸의 손목부터 팔뚝까지 흉터로 남은 몇 개의 상처들이 드러났다. 태겸이 문득, 제 상처들에 청향의 시선이 와 닿은 걸 알고 얼른 소매를 내려 감췄다. 제 상처들을 볼 때마다 무슨 까닭에서인지 청향의 눈빛이 어두워졌기 때문이었다.

"어, 춥다! 진짜 한겨울은 한겨울이네. 볼이 떨어져 나갈 것 같아."

누이의 안색이 어두워지는 걸 본 태겸이 괜히 으드드, 이까지 부딪치는 시늉을 하며 엄살을 부렸다.

"그렇게 얇게 입고 누이는 춥지도 않아?"

"……추워? 그럼, 우리 뜨끈하게 덥힌 술 한잔 마시지 않으련?"

"훗. 우리 누이가 많이 외롭긴 하신 모양이네? 나더러 술벗을 다 해 달라고 하고."

"늙은 누이랑 술 마시기가 싫은가 보구나?"

청향이 부러 눈을 흘겨 보였다.

"싫기는. 누구 명이시라고. 누님이 마시라 하면 사약이라도 선뜻 마실 놈한테. 얼른 들어갑시다. 오늘은 우리 남매 둘이서 은월각 술을 모두 동내보자고요."

태겸이 청향의 뒤로 돌아가 작은 어깨에 두 손을 얹어 밀면서 농을 하였다.

"어흐으, 춥다!"

태겸은 다시 춥다, 소리를 연발하며 떠는 모양새를 하였지만, 청향은 얇은 치마저고리 차림으로도 추운 줄 몰랐다. 제가 거짓으로 만든 행복은, 초오산(草烏散, 마취제)과 수선근(水仙根, 수선화 구근)에 몇 가지 약재를 더한 비약으로 얻은 거짓 다정(多情)은 눈물이 날 정도로 따뜻했으니까.

한편, 그 시각 궁궐은 발칵 뒤집힌 상태였다. 누구의 입에서 시작된 건지는 몰라도 주상 전하가 벌써 몇 달째 방사(房事, 밤일)를 하시지 않고 계시다는 소문이 궐내에 파다하게 퍼졌기 때문이었다.

"에이, 아무리. 주상 전하 보령이 몇이신데, 몇 달째 방사를 아니 하셨다는 게 말이 돼?"

"어휴, 이 빙충아. 그 말이 안 되는 일을 하셨다고 하니 이 난리가 난 거 아냐."

"사흘들이로 번갈아 가며 교태전이며 후궁 마마들의 전각에 들러 침수를 드셨다면서? 그런데 방사는 아니 하셨다고? 거짓말이지?"

상궁, 나인이며 무수리들에 이르기까지 두서넛씩 짝을 지은 궁의 사람들은 들었으나 믿기 어려운 이야기에 모두 열을 올렸다.

"세상에, 만상에. 지난가을 무렵부터 내내래. 내내, 쭈욱, 중전마마는 물론이고 소용마마나 숙의마마께서도 거의 생과부나 다름없으셨다던데? 침수 드시러 오시고는 딱 고냥 침수만 드셨다잖아. 바, 밤일도 푸훗……! 밤일도 아니 하시고서 말이야. 크크큭, 마마들께서 생병이 안 나신 게 용하다니까?"

"근데 왜에? 왜 그러셨대? 보령도 아직 젊으신데 벌써부터 밤일이 힘들어지신 건 아니실 테고?"

"거야 모르지. 사내 분들의 하초 사정을 우리가 어찌 알겠어? 후훗."

"어쭈, 그 얼굴은 모른다는 사람 표정이 절대 아닌데? 솔직히 말해 봐. 정말 몰라? 몰라?"

사안이 사안인 만큼 대부분의 쑥덕거림은 민망한 웃음과 농담으로 귀결되었지만, 실은 궁녀들의 웃음 섞인 농담으로 그칠 수 없을 만큼 심각한 일이었다. 그러기에 소문을 들은 즉시 대왕대비 전에서는 중전 심씨와 소용 정씨, 숙의 진씨를 모두 한꺼번에 불러들였다.

학이 대왕대비 전의 부름을 받은 것은 그로부터 한참 뒤, 석강(夕講)과 저녁 수라를 마쳤을 때였다.

"할마마마, 찾아계시옵니까? 비빈들도 모두 와 계셨구려."

"끄응!"

학이 인사를 건네는데도 대왕대비는 입을 꾹 다문 상태로 아무 말도 하지 않았다. 학이 들어옴과 동시에 자리에서 일어났다 앉은 중전과 숙의, 소용도 마찬가지였다.

"주상."

"예, 할마마마."

"내, 워낙 얼토당토않은 이야기를 들어서, 그 일의 진위 여부를 묻기 위해 주상을 모셔오라 하였소."

"……무슨 일이시옵니까? 하문하시옵소서."

"주상."

"네. 마마."

"지금 궐 안에 괴이한 소문이 파다하오. 주상이 밤마다 비빈들의 처소에 들기는 하나…… 그러니까……."

대왕대비가 잠시 말을 흐렸다. 아무리 손자의 일이라 하여도 밤의 사정까지 묻는 것이 쉽지만은 않았던 탓이다.

"……하문하시옵소서."

"흠……흠. 주상이 밤마다 비빈들의 처소에 들기는 하나, 어여뻐 해주지 않으신다는 소문이 궐내에 파다하오. 이 일이 참이시오?"

'결국 그 일 때문이신 건가?'

학이 보일 듯 말 듯 쓴웃음을 지었다.

"할마마마."

"네, 주상. 아니시지요? 다 괴이한 헛소문인 게지요?"

"……."

"답이 없으심은 그렇다면…… 주상!!"

대왕대비의 노성이 방 안을 쩌렁쩌렁 울렸다. 동시에 누군가의 훌쩍거리는 소리가 들려왔다. 그것이 숙의의 울음인지, 소용의 울음인지 대왕대비도 학도 신경 쓸 틈이 없었다.

"무슨…… 당치도 않은 일! 잠자리를 거부하시다니요, 이 무슨 해괴한 일이란 말입니까? 일점혈육이 없는 주상이 아니시오? 사정이 그러한데도 밤마다 비빈들을 소박(疏薄, 처나 첩을 모질게 대함)하시다니, 대체 그 이유가 무엇이오?"

"……".

"주상!!"

묵묵부답인 학에게 대왕대비가 더욱 고함을 질렀다.

"모두가 소첩들의 불민하고 부덕한 탓이옵니다. 죽여 주시옵소서."

"죽여 주시옵소서!"

보다 못한 중전 심씨가 먼저 깊게 허리를 숙여 죄를 청하자, 숙의와 소용도 머리를 조아려 제창하였다. 그리하면서도 후궁들은, 아니 중전 조차도 내심으로는 이번 일이 잘 되었다 하였다. 학이 들기 전 이미 대 왕대비의 하문에 눈물로써 저희의 가엾음을 호소했던 만큼, 대왕대비의 꾸중으로 저희를 대하는 학의 무정한 태도가 조금은 달라질 수 있으리 라 기대한 것이다.

"주상, 이 할미가 묻고 있질 않습니까?"

무슨 생각인지 내내 입을 다물고 있는 학에게 대왕대비가 다시 한번 더 답을 재촉하였다.

"주상."

"대왕대비마마."

마침내 침묵을 깬 학이 정색을 하고는 허리를 곧추세우고 대왕대비를 불렀다. 그 모습에 대왕대비도 긴장하여 새삼 허리를 꼿꼿이 세웠다.

"예, 주상. 어디 말씀해 보시지요."

"당장 제조상궁과 감찰상궁을 불러오라 하시지요."

"주상?"

"전하?!"

난데없는 어명에 방 안의 여인들이 모두 눈을 화등잔만 하게 뜨는 것 에 개의치 않고, 학이 다음 말을 이었다.

"하여 제조상궁에게는 각 전각의 지밀상궁(왕비나 후궁의 바로 옆에서 직접 모시는 상궁)과 시녀상궁(지밀상궁을 모시는 상궁)들을, 감찰상궁에게는 다른 상궁과 나인들의 죄를 밝혀 오라 하시옵소서."

"주상, 도대체 지금 무슨 일을……?"

학의 무표정 아래에서 스멀스멀 드러나기 시작하는 진노의 빛을 읽고 대왕대비가 도리어 학의 눈치를 살피며 물었다.

"대왕대비마마, 여염의 집에서도 내외의 밤일은 오직 내외만이 아는 일이옵니다. 하물며, 궐내에서 감히 임금의 침전(寢殿)에서 있었던 일을 떠벌리는 자가 있다 하니, 이를 어찌 용납할 수 있는 일이라 하겠사옵니까?"

학의 마땅한 지적에 대왕대비가 합, 입을 다물었다.

"무릇 궁인들의 첫째 덕목은 그 입의 무거움에 있다 하였거늘, 어찌하여 저의 방사가 궐내의 입담에 오르내릴 수 있는 것이옵니까? 내전의 기강이 이리 흐트러짐은 소인의 잘못도 있겠사오나 내명부를 주관하시는 대왕대비마마와 중전께서 너무 너그러웠던 탓이 아니겠사옵니까?"

학의 입에서 연이어 얼음장처럼 차가운 말들이 쏟아져 나왔다.

"허니 제조상궁과 감찰상궁로 하여금 이 일이 누구의 전각에서, 누구의 입에서 먼저 시작된 것인지 엄히 조사케 하신 다음, 일벌백계로서 단죄하여야 하실 것이옵니다."

"저, 저, 전하."

입으로는 전하를 부르면서도 여인들의 눈은 하나같이 대왕대비를 향했다. 어떻게든 해 달라는 간절한 무언의 호소를 담고 있는 눈들이었다.

"주상, 궁인들의 입방아질이야 어디 하루 이틀의 일이겠소? 소견이 좁은 여인들의 일이오니……"

"대왕대비마마."

학이 제 분노를 억누르듯 어금니를 꽉 깨문 채 부르자, 대왕대비는 입을 다물 수밖에 없었다.

"제조상궁을 불러 명을 내리시지요."

어명이었다. 대왕대비도 감히 거부할 수 없는 지엄한 명이었다.

"알았소. 내 그리하겠소."

"중전과 숙의, 소용은 들으시오."

이번엔 학의 말이 제 여인들에게로 향했다. 여인들이 일제히 울상이 되어 방바닥에 고개를 처박듯이 하고는 학의 말을 받잡았다.

"네, 전하."

"과인의 허물이 크다는 걸 아오."

"전하……."

"허나, 침전의 일이 밖으로 새어나간 것은 결단코 가벼이 여길 수 없는 일이오. 일의 진상이 드러나는 대로 죄의 무게에 따라 각각 처벌이 내려질 것이오. 처음 소문을 발설한 자와 그 소문을 전한 자, 그 소문을 입에 담은 자 모두에게 저마다의 벌이 내려질 것이오. 그러다 보면……."

학이 제 앞에 엎드린 여인들의 등허리를 조금은 동정 어린 빛으로 보며 말을 이었다.

"주위에 크고 작은 변화들이 있을 줄 아오. 모두 그에 개의치 말고 부디 자중자애하여 주길 바라오."

"……예, 전하."

얌전한 대답을 하는 여인들의 등허리에는 주르륵, 진땀이 흘러 내렸다. 학의 말인즉슨, 제조상궁과 감찰상궁으로 하여금 교태전과 후궁전의 상궁 나인들을 조사하고 소문에 연관된 자를 모두 엄벌하다 보면 각자를 모시는 상궁 나인들이 바뀔 수도 있다는 뜻이었다. 처소에서 지밀 상궁이 바뀌는 일은 가벼운 일이 아니었다. 지밀은 각 전각의 주인 뜻을 받들어 온갖 일을 도맡아 처리하는 만큼 그야말로 중전과 후궁들 각자의 수족이나 다름없는 존재들이었기 때문이었다. 거기다 침전의 일을 퍼뜨린 것이 혹여 자신들의 처소 아이들 짓이라면 다시는 주상 전하를 뫼시지 못할지도 모르는 일이었다. 설령 중전이라 할지라도 마찬가지일 터였다.

그리하여 학이 물러간 후, 지끈거리는 머리를 감싸 안고 어서들 물러가라는 대왕대비의 명이 떨어지자마자 여인들은 부리나케 자신들의 처소로 향했다. 감찰이 뜨기 전에 자신들이 먼저 제 처소의 아이들을 단속하기 위해서였다.

긁어 부스럼.

여인들의 머릿속에 저마다 똑같은 속담이 떠오른 밤이었다.

'중전마마와 숙의마마, 소용마마께는 안된 일이기는 하지만, 전하께는 도리어 잘된 일이 아니던가?'

그날 밤, 오랜만에 강녕전에서 홀로 편안히 침수에 드신 제 주군을 향해 상선은 애틋한 눈길을 보냈다. 저녁 무렵의 일로 말미암아, 학은 소문의 발원지가 밝혀질 때까지는 홀로 강녕전에서 침수를 들겠노라고 공언한 상태였다.

'그리도…… 그분이 소중하시옵니까?'

사내 분이 그것도 임금께서 어느 여인에게 이토록 정절을 지키고자 애쓴다는 건 들은 적도 본 적도 없었다. 그러기에 상선은 제가 잘못하고 있는 줄은 알면서도, 마음으로 임금의 연정을 응원하였다. 중전마마와 아기씨를 잃으시고 오랫동안 얼마나 힘들어하시고, 얼마나 아파하셨는지를 바로 곁에서 지켜봐 온 저이기에, 아내를 얻고 또 떡두꺼비 같은 아들을 얻어 만면에 희색이 가득했던 현무군마마를 얼마나 부러워하시는지 곁에서 지켜봐 온 저이기에, 이번만큼은 전하의 편이 되어 주고 싶었다. 온 세상이 다 방해하더라도, 어떤 장벽이 가로막고 있더라도 자신의 미약한 힘으로나마 전하가 더는 외롭지 않게, 더는 쓸쓸하지 않게 도와드리고 싶었다. 어떤 분이건, 전하가 선택하신 연분을 지키기 위해 목숨을 바칠 각오를 다졌다.

'도대체 어디에 계시는 뉘시기에, 전하의 마음을 이리 고달프게 하시옵니까?'

잠든 주군의 표정을 바라보며, 상선이 어디의 누구인지도 모를 이에게 간절하게 바랐다.

'빨리 오시오소서. 전하가 조금이라도 덜 외로우시게, 한시라도 빨리 오시오소서.'

❀

"준비는 다 되었습니까?!"

그날 밤 선양의 산속 오두막에서는 한바탕 소란이 일고 있었다.

무현은 태어난 지 며칠 안 된 아이를 안고, 등에는 아직 걸을 힘이 없는 은호를 업은 채 포대기를 단단히 제 가슴에 묶었다. 그 곁에서 홍란은 급히 챙긴 먹을거리와 옷가지들을 보자기에 싸며 불안한 시선으로 자꾸만 재촉하는 음구를 보고 있었다. 등짐을 진 음구는 어른 팔뚝만 한 크기의 박달나무를 들고서 연신 밖의 눈치를 살피고 있는 중이었다.

그 안에 제법 날카로운 장검이 숨겨져 있는 것은 홍란도 무현도 알지 못하는 채였다.

"그놈들이 언제 들이닥칠지 모르오. 얼른, 얼른 가야 하오!"

"다 됐어요."

홍란이 다 싼 짐 보퉁이들을 안고 일어섰다. 네 사람이 마른 침을 꿀꺽 삼키며 서로를 마주 보았다. 특히 두 사내의 눈빛은 그야말로 불꽃이 훨훨 이는 듯했다.

사내들뿐이라면 몇 놈들이 닥치건 이 자리에서 기다려 놈들과 맞서 싸워 해치우면 될 일이었다. 하지만 사내들에게는 지켜야 할 여인들이 있었다. 제 목숨들보다 몇 수십 배는 중요한 여인들이었다. 그들을 지키기 위해, 사내들은 싸우는 용기 대신 도망치는 용기를 선택했다.

"다행히 내려가는 길 중에 마주치지만 않으면, 강 나루터 쪽으로 먼저 질러갈 수 있어. 거기는 나룻배가 한 척밖에 없으니 따돌리기가 어렵지 않을 것이야. 다들 준비 됐지?"

무현이 은호에게, 음구에게, 홍란에게 말했다. 모두들 결연하게 입술을 깨물고는 일제히 고개를 끄덕였다.

"자, 가자!"

산에서 내려가는 길은 험하진 않았다. 다만 갖가지 사철 푸른 나무들이 빽빽하고도 울창한 숲을 이뤄, 한낮에도 제법 어두워 많이 다녀 본 사람들이 아니라면 길을 찾기 어렵다는 것이 문제였다. 애초에 무현이 은호를 데리고 이 산 중턱으로 숨어든 것도 이 숲의 울창함을 믿었던 때문이었다.

홍란과 음구도 그러했듯이 처음 오는 사람은 반드시 숲 한중간에서 반 시진 이상 헤맬 수밖에 없는 길이었다. 숲 중간에 여러 사잇길이 있으나, 숲의 울창함과 어두움이 동서남북의 방향성을 가리어, 어디가 위로 향하는 길이고 어디가 아래로 향하는 길인지 초행자들은 좀처럼 알기 어려운 길이었다.

"발 조심해. 나무뿌리에 걸려 넘어지면 큰일 난다."

숲에 들어서기 전에 무현은 홍란에게 몇 번이고 단단히 주의를 줬더랬다. 한낮에도 어두운 숲이니, 밤에는 아무리 달빛이 밝다 하여도 제 손끝마저 보이지 않을 정도로 어둡고 캄캄했다. 저야 그 길을 무시로 다녀 봤으니 눈 감고도 다닐 수 있을 정도였지만 홍란과 음구는 그렇지 아니하니 무현의 걱정이 컸다. 특히 아이를 가진 홍란이 혹시 넘어지기라도 할까, 홍란의 바로 곁에서 사방을 경계하며 따라오는 음구 못지않게 무현은 걱정에 또 걱정을 했다.

휘우우. 겨울 칼바람에 숲의 나무들이 우는 소리를 내었다. 동시에 날짐승, 들짐승들의 우는 소리도 적지 않게 들려왔다.

스스스스, 터벅터벅, 무현 일행은 그 소리들에 제 발소리들을 숨겨가며 조심스럽게 어둠을 뚫고 숲을 지나고 있었다.

"스읏!"

무현의 입에서 미리 약속된 작은 소리가 새어나왔다. 긴장하라는 뜻이었다. 그 소리에 음구가 얼른 홍란을 제 등 뒤에 세우고는 바짝 온몸의 신경을 곤두세워 전방을 주시하였다. 저만치 앞에서 희미한 등롱빛 두어 개가 반짝이는 것이, 그리고 점점 자신들 쪽으로 다가오는 것이 보였다. 누가 먼저랄 것도 없이 무현 일행은 얼른 곁의 아름드리나무 뒤로 제 몸을 숨겼다. 혹시나 잠든 아이가 깨어 무슨 소리라도 날까 저어한 무현의 얼굴에는 굵은 땀방울이 주르륵, 흘러내렸다.

[이 길이 맞기는 해?]

어느새 무현 일행이 얼굴을 볼 수 있을 정도로 가까이 다가온 사내들은 단 둘이었다. 몇 겹의 천을 덧씌워 멀리에서는 그 빛이 잘 보이지 않는 등롱을 든 사내들은 한쪽 손에 날카로운 장검을 든 채, 연신 사방을 두리번거리며 숲의 중간으로 점점 걸어 들어오고 있었다.

[맞는지 틀린지, 그걸 알아내는 게 우리 일이란 걸 잊었어? 입 다물고 조용히 가기나 해!]

사내 중 한 명이 연신 투덜거리는 제 동패에게 주의를 주었다.

[뭐가 그리 겁나? 기껏해야 사내 둘에 계집 둘이라며. 그 정도면 조선 대인이랑 뒤엣놈들 기다릴 것도 없이 우리만으로도······]

[쉿!!]

갑자기 사내 중 한 명이 들고 있던 등롱을 고쳐 쥐었다. 그리곤 무현 네가 숨어 있는 어둠속을 응시하였다.

[왜?!]

[무슨 소리가 들린 것 같아. 잠시만······]

사내가 등롱을 앞으로 내밀고는 조심스럽게 한 발, 한 발 무현들이 숨어 있는 나무들 쪽으로 다가오기 시작하였다. 무현의 품에 안겨 있던 아이가 "에!" 하고 작은 울음소리를 낸 것을, 비록 무현이 얼른 품에 깊숙이 안아 소리를 죽이긴 했지만, 사내가 들은 모양이었다.

사내가 칼을 겨누며 점점 다가옴에 따라 무현이 꿀꺽, 마른 침을 삼켰다. 그리곤 제 허리에 찬 칼을 더듬어 확인하였다. 하지만 무현이 칼을 꺼내 들기도 전에 무현의 뒤쪽에서 검은 그림자가 먼저 훅, 하니 뛰어나갔다. 슛! 바람을 가르는 소리가 나더니, 이내 무현들 쪽으로 다가오던 사내가 목에서 핏줄기를 내뿜으며 쿵! 하는 소리와 함께 바닥으로 쓰러졌다.

[어…… 어!! 어!!]

사내의 동패 놈이 눈 깜짝할 사이에 벌어진 일에 놀라 뒷걸음질치며 제 칼을 고쳐 쥘 새도 없이 놈에게 날듯이 덤벼든 음구의 날카로운 칼이 다시 슉! 하는 바람 소리를 내며 놈의 목에 있는 굵은 힘줄을 잘라 버렸다. 그리고 그 역시 제 동패가 그러했듯이 무릎을 꿇기라도 하듯 스르르 주저앉고는 쿵! 하는 소리와 함께 바닥으로 쓰러졌다.

"하아, 하아."

놈들의 시체 사이에 우뚝 선 음구의 거친 숨소리가 숲에 울려 퍼졌다. 무현의 등에 업힌 은호는 무현의 등에 고개를 파묻어 제 두려움을 감췄다. 그것을 느낀 무현이 흘낏, 뒤에 선 홍란을 보았다. 혹시 갑작스러운 사태에 홍란이 크게 놀라지 않은 건지 걱정한 때문이었다.

"괜찮아요, 오라버니."

그런 무현의 마음을 짚었는지 홍란이 약간의 떨림이 묻어 있는 목소리로 답했다. 그리곤 이제 저희들에게 다가오는, 혹시 얼굴에 놈들의 피가 튄 것은 아닐까 걱정하며 소매로 대충 제 얼굴을 닦아내는 음구에게 허리를 숙여 인사를 해 보였다.

"고생하셨습니다."

"아, 아니오. 나는 뭐…… 당연히……."

왜 무작정 사람을 죽이기부터 하느냐 탓할 줄 알았던 음구는 제 예상과 달리 감사의 인사를 전하는 홍란에게 또 한 번 놀랐다. 방금 막 두 목숨을 해치운 저를 무섭다고도 싫다고도 않는 그 담대함에 놀랐다.

"서두르자. 이놈들이 선발대인 모양이니, 곧 다른 무리들도 뒤따라올 게야."

무현이 놈들이 갖고 온 등롱의 불을 끄며 숲 안쪽을 가리켰다. 거기에서 세 갈래로 갈라진 길 중 한쪽 끝에는 랴오허 강으로 이어지는 샛강의 나루터가 있었다. 그곳에서 나룻배를 타면 랴오허 강을 따라 남쪽으로든 북쪽으로든 얼마든지 갈 수 있었다.

두어 식경쯤 지났을까?

그리 멀지 않은 곳에 나루터와 샛강이 보일 때쯤, 무현들의 등 뒤 멀리에서 발자국 소리와 웅성거리는 소리가 들려왔다.

[죽었어!]

[숲을 뒤져라! 산을 뒤져라!!]

"생각보다 놈들이 빨리 온 것 같다. 조금만 더 서두르자."

무현이 은호를 다시 한번 힘주어 고쳐 업고는 나루터를 향해 급히 걸음을 옮겼다. 그 뒤를 서둘러 홍란과 음구가 따랐다.

"이런……!!"

나루터에 당도한 무현들은 갑작스러운 사태에 놀라 당황하고 말았다. 평소라면 늘 빈 배인 상태로 나루터에 정박해 있을 나룻배가 지금 막 누군가를 태우고 샛강을 내려갈 준비를 하고 있었기 때문이었다.

[이보오, 사공! 우리 좀 태워 주시오. 배 삯은 넉넉히 주겠소.]

무현이 막 노로 바닥을 밀어 배를 출발시키려는 뱃사공에게 사정을 하였다.

[미안하지만 아니 되오. 이미 손님이 타셨소.]

뱃사공이 흘낏 제 뒤에 앉은 손님을 보더니 단호히 손을 저었다. 손님이라는 자는 무현과 비슷한 또래의 사내로 보였다. 그것도 두툼하게 털이 달린 비단 옷이나 모자를 쓴 걸 보면 제법 신분이 높거나 부유한 자임이 틀림없을 터였다. 사내는 나룻배 한가운데 떡하니 앉아 작은 나무

상자를 뒤집어 엎은 것만 같은 상 위에 술병을 막 올려놓는 참이었다. 그 곁에는 작은 화로까지 준비되어 있었다.

[오늘 눈이 나릴지도 모른다고, 밤새 강에 눈이 떨어지는 걸 보며 술을 마시겠노라 배를 통째로 빌리셨소. 허니, 오늘은 아무래도 안 될 것 같소.]

평소에 안면이 있는 사공은 무현에게 두 손으로 비는 모양까지 해 보이며, 미안하다고 몇 번이나 고개를 주억거려 보였다. 사공이 그러는 걸 보면 꽤나 지체가 높은 사내인 듯하였다.

[사공, 사정 좀 봐주오. 겨우 네 사람이오. 저 손님에게 방해가 되지 않도록 배 귀퉁이에 얌전히 앉아만 있으리다. 어떻게 아니 되겠소?]

무현이 다시 한번 통사정을 하였다.

[나도 그러고 싶소만, 이 손님이 먼저……]

[사공! 아직 멀었나?]

배 손님이 약간은 짜증 난 목소리로 사공에게 말을 걸었다.

[죄송하지만…… 공자님, 급한 용무가 있다 하니 저자들을 좀 태워도 될까요?]

사공의 말에 배 손님이 긴 소맷자락을 휘이휘이 내저으며 소리를 버럭 질렀다.

[내게서 배 값으로 네놈이 얼마를 받아 갔는데, 이제 와서 무슨 소리를 하는 게야!! 어서 배를 띄우게! 내 오늘을 얼마나 기다렸거늘 이제 와서 잡인들에게 방해를 받을쏜가?]

손님이 눈을 부라리며 호통을 치자, 뱃사공이 다시 한번 두 손을 모아 비는 시늉을 하고선, 땅에다 디딘 노에 힘을 주었다. 무현과 음구가 당황하여 배와 저들 등 뒤의 산중턱에서 번쩍이는 빛들을 번갈아 쳐다

보는데, 문득 홍란이 무현의 앞으로 한 발짝 나와 섰다. 잠시 눈을 감더니, 이내 고운 소리를 내기 시작하였다.

[綠螘新醅酒 (녹의신배주) 새로 담근 술은 익어 거품이 오르고
紅泥小火爐 (홍니소화로) 작은 화로는 숯불이 붉구나.
晚來天欲雪 (만래천욕설) 날이 저물어 눈이 나리려 하니
能飮一杯無 (능음일배무) 술 한잔 마셔야 아니 하겠나.]

당나라 시인 백거이의 시조에 가락을 붙인 소리였다. 기녀였던 시절, 중국에서 온 사신들을 대접하는 자리에서 춤과 노래를 선보여야 했을 때 급히 만들어 외웠던 노랫가락이었다.

[흐음?]

배의 사내가 난데없는 노랫소리에 지금껏 시선 하나 주지 않던 홍란들 쪽을 돌아보았다. 그리곤 손을 들어, 배를 움직이려는 뱃사공의 움직임을 막고 뱃전으로 다가와 홍란들의 모습을 자세히 살폈다.

[괴이하군. 여인과 갓난쟁이를 업고 안은 사내와 아름다운 노랫소리를 내는 뺨에 흉터가 있는 여인, 그리고 피 냄새가 낭자한 사내라. 거기다……]

사내가 문득 먼눈으로 산 중턱에서 사방으로 점점이 흩어지고 있는 불빛들을 보았다.

[어쩐지 쫓기는 듯도 하고?]

[태워 주십시오.]

홍란이 저희들을 대표하여 사내에게 말했다.

[내가 왜?]

홍란은 무현을 돌아보았다.

"오라버니가 말을 옮겨 주세요."

중국말로 시를 읊기는 하였으나, 그 외에는 할 수 있는 중국말이라고는 짧은 문장 몇 마디밖에 없는 홍란이 무현에게 도움을 청했다.

"우리를 태워 주시지 않으면 필경 이곳은 곧 시끄러워질 테니까요. 사람들의 비명이 낭자한 가운데서 풍류를 즐기실 수 있겠습니까? 죽어 가는 목숨들을 두고 홀로 고고히 눈 나리는 밤의 풍류를 즐기실 수 있겠습니까?"

홍란의 말을 막 무현이 옮기려는데 사내가 문득 손을 들어 무현의 말을 막았다.

"즐길 수 있다면? 나 외에 다른 사람들이 죽어 나자빠지건 말건, 아무 상관도 않는다면?"

사내의 말에 홍란들은 모두 놀라 사내를 쳐다보았다. 비록 억양은 조금 어색한 부분이 있었지만, 분명하고 또렷한 조선말이었다.

"조선말을 할 줄 아십니까?"

"조금쯤이라면."

사내가 이번엔 뱃전에다 한 발을 척, 올려놓고서는 홍란들을 내려다보며 말했다.

"내 부친과 그 부친, 또 그 부친의 부친께서 모두 조선과 서역을 오가며 장사를 하셨거든. 하여 우리 가문의 사람치고 조선말을 못하는 이는 아무도 없다네."

"그럼 다시 한번 부탁드리겠습니다. 말씀하신 대로 쫓기는 몸들입니다. 하지만 위험한 이들은 아닙니다. 그러니 부디 우리를 배에 태워 주시길 바랍니다."

사내가 홍란의 간절한 얼굴을 가만히 보고 있다가, 한마디 툭 내뱉었다.

"싫은데? 만약 그대가 내 취향의 아주 어여쁜 여인이었다면 달랐겠지만…… 지금의 자네 모습은……."

사내가 홍란의, 누가 봐도 완연히 부푼 배를 보고서는 고개를 설레설레 저었다.

"절대로 내 취향이 아니라서 말이지. 그러니 내 풍류는 내가 알아서 즐길 테니, 그대들은 열심히 도망이나 치시게."

사내가 다시 등을 돌렸다. 음구가 사내의 그런 모습을 밉게 노려보다가 문득 조금 전 허리춤에 다시 끼워 놓은 제 칼에 손을 올리려는데, 홍란이 그 모습을 보고선 고개를 저었다.

그리고 사내의 손짓에 따라 다시 노에 힘을 주려는 사공의 모습을 보고서 황급히 뛰어가 사공의 노에 매달렸다. 음구가 기겁을 하여 홍란에게 다가가 노에서 떨어뜨리려 하였지만, 홍란은 떨어질 생각을 하지 않았다. 결국 음구도, 무현도 홍란과 함께 노에 매달릴 수밖에 없었다.

[놓으시오! 다칩니다. 어서 봐요!]

사람들이 일제히 노를 잡고 있으니, 이러지도 저러지도 못한 뱃사공이 울상이 되어 외쳤다. 어떻게 해 보라는 듯, 배의 손님을 돌아보기도 하였다.

"태워 주십시오! 이 은혜, 죽어서도 잊지 않겠습니다!"

"……그럼 대가는?"

사내가 무심한 목소리로 물었다.

"분명히 말해 두겠지만, 난 오늘 이 배를 빌리는 데 평소 배 값의 열 곱절은 치렀거든. 그러니 웬만한 배 삯 갖고는 태울 수가 없겠는데?"

그 말에 홍란이 허겁지겁 제 짐 보따리를 땅에 놓고 뒤졌다. 무언가 사내에게 거래로 내밀 만한 것이 없는지 살피기 위해서였다.

"보아하니 뭐 대단한 것도 없는 모양이니 그럼……."

"잠시만요!"

사내의 말을 홍란이 막았다. 그리고선 급히 제 짐에서 꺼낸, 종이로 돌돌 뭉쳐진 무엇인가를 사내를 향해 내밀었다.

"이것을 내어드리겠습니다. 풍류를 아시는 분이시라면 필경 이것의 가치를 알아봐 주시리라 믿습니다."

"그것이 뭐기에?"

사내의 물음에 홍란이 다시 한번 더 들고 있는 것을 사내를 향해 내밀었다. 사내가 제 곁의 뱃사공이 들고 있던 등롱을 들어 뱃전으로 와 홍란이 내민 작은 꾸러미 안을 살폈다. 사내가 든 불빛에 사내의 눈빛이 보일 듯 말 듯 일렁이는 것이 보였다.

"색향이군?"

"조선 땅에서 가지고 온 비향입니다. 제값을 받고 팔자면 은자 수십 냥 이상의 값을 받고도 남을 상질의 것입니다. 이것을 받고 저희를 태워 주시지요!"

사내가 홍란을 계속 주시하였다. 그러는 동안 멀리서 [저기다! 나루터다!] 하는 놈들의 목소리가 들려오기 시작했다. 초조한 마음에 돌아본 홍란들의 눈에 이쪽을 향하는 불빛들 여러 개가 보이고 있었다.

"어서요. 빨리 결정하시지요!"

"어서! 어서 결정하시오!"

초조해진 홍란에 이어 무현 역시 소리를 질러 사내에게 답을 요구하였다.

"좋아. 태워 주지."

사내의 답에 홍란들의 얼굴에 희색이 돌았다. 그리고 서둘러 배에 가까이 가려는데 사내가 손을 들었다.

"단, 여인 두 명과 아기만이다."

"그런……!"

"피비린내가 진동하는 사내와 눈빛이 사나운 사내 둘을 한꺼번에 배에 태웠다가 화를 당하지 않으리란 보장이 없잖아?! 그러니 거기 등에 업힌 여인과 너, 그리고 애 녀석까지는 태워 주지. 사내들은 안 돼!"

배 위의 사내가 단호한 말투로 더는 너그러워질 수 없음을 알렸다. 사내의 말에 홍란들이 서로를 마주 보았다. 사내들의 눈에 단단한 각오가 실리고 있었다. 그때였다.

"안 돼요!"

내내 무현의 등에 업혀 있던 은호가 단호한 목소리를 내었다. 그리곤 꿈틀대며 무현의 등에서 내리겠다는 의사를 전했다.

무현의 등에서 내려선 은호는 휘청이는 몸을 무현에게 기대며 제 아이를 안고 선 정인에게 속삭였다.

"설령 그것이 우리가 모두 살 수 있는 길이라 하더라도 떨어질 순 없어요. ……조선을 떠나올 때 맹세했어요. 다시는, 무슨 일이 있더라도, 다시는 떨어지지 않겠다고."

"여보……!"

"날 어리석은 계집이라 욕해도 좋아요. 하지만 당신을 버려두고 나만 갈 수는 없어요."

은호의 말에 무현이 입술을 깨물었다. 그건 무현 자신도 마찬가지였다. 비록 두 여인을 먼저 보내면 당장의 화는 면할 수 있을지 모르지만,

다시 무사히 만날 수 있기는 할는지도 모르는 상태에서 홍란과 은호만 배에 태워도 될지 영 확신이 서지 않았다. 그것은 음구도 마찬가지였다. 장차 국본(國本)이 될지도 모를 아기씨를 태중에 둔 홍란을 보호하겠다는 명목으로 따로 떼어 보내도 될는지 영 자신이 없었다.

"빨리 결정들 하시지? 자네들을 뒤쫓는 불빛들이 점점 가까이 다가오고 있는 듯한데?"

배 위의 사내가 심드렁한 척, 그러나 재미있는 구경거리를 보는 눈빛으로 홍란들을 보며 재촉해 댔다. 그럼에도 누구하나 쉽게 결정을 짓지 못하고 망설이는데, 홍란이 배 위의 사내를 향해 손을 내밀었다.

"홍란아!"

무현이 부르짖었지만, 음구와 은호가 놀라 돌아보았지만 홍란은 아무 말 없이 배 위의 사내에게 손을 내밀었다.

"넷 중 하나라도 상황 판단을 제대로 하는 사람이 있으니 다행이 아닌가?"

사내가 홍란의 팔을 잡고 배 위로 끌어당겨 주었다. 홍란의 몸 상태를 의식한 듯 조금은 조심스러운 태도였다. 그 당기는 힘에 의해 홍란은 거의 사내의 품에 안기듯이 배 위로, 사내 품으로 딸려 올라갔다.

"하아…… 미안해요."

숨을 고르며 홍란이 사과의 말을 전했다. 음구가 비장한 눈빛으로 배 위의 홍란을 올려다보았다.

'아니오. 그리 정하셨다면 사과하지 않으셔도 됩니다. 복중 아기씨의 안전을 생각하여 하신 일일 테니 말입니다. 그저 무사만 하십시오. 무사히만 계십시오.'

"괜찮아. 먼저 가 있어. 우리도 금방 따라갈게."

무현 역시 미안해하는 홍란에게 그럴 것 없다며 고개를 가로저어 보였다. 하지만 이내 두 남자는 자신들이 잘못 생각했음을 깨달았다.

"……정말 죄송해요."

어느 틈에 꺼낸 것인지, 홍란이 제 소맷자락 안에서 손바닥보다 조금 큰 크기의 비수를 사내의 목에 겨누며 다시 한번 사죄의 말을 전했다.

"홍란아?!"

"……어서 타세요, 오라버니. 그쪽두요!"

[어? 뭐, 뭐하는 거요?]

뱃사공이 갑작스러운 사태에 놀라 들고 있던 노를 휘저으려 했지만, 홍란이 사내의 목에 지그시, 칼끝을 누르는 걸 보고서는 얼른 노를 놓고 뒤로 물러나 앉았다.

훌쩍 몸을 날려 배에 뛰어오른 음구는 무현이 밀어 올려주는 은호에 이어 무현까지 끌어올려 준 뒤 사내의 목에 칼을 겨누고 있는 홍란에게 다가가 손을 내밀었다.

"이젠 내가 맡겠소."

하지만 홍란은 가만히 고개를 저었다.

"일단 배부터, 배부터 띄우세요."

사내에게 칼을 겨눈 채 홍란이 말했다. 그 말에 따라 음구는 사공이 노를 밀어 배를 띄우는 것을 도왔다.

배가 조금씩, 조금씩 나루터에서 강 한가운데로 밀려나기 시작했다. 그러는 동안 무현은 은호를 배 귀퉁이에 앉히고 아이를 안겨준 다음, 여태 두르고 있던 포대기로 제 처와 딸아이의 몸을 덮어 주었다. 그때, 잠시 고개를 든 무현의 눈에 어느새 산에서 나루터로 이어지는 지점에 말을 탄 변 역관 무리들의 말과 무사들이 뛰어와 닿는 것이 보였다.

"저기 있다, 잡아라!"

[잡아! 잡아!!]

변 역관이 조선말로 또 중국말로 연이어 소리치자, 그의 수하들은 서둘러 강을 향해 말을 몰았고 말이 없는 검계들은 일제히 칼을 치켜든 채 첨벙첨벙 물속으로 뛰어들어 배를 따라 잡으려 했다.

[빨리, 빨리!!]

무현과 음구가 사공의 곁에서 차디찬 강물에 손을 넣어 저으며 배의 속도를 조금이라도 빠르게 하려고 애썼다. 하지만 아직 본격적으로 수심 깊은 곳까지 가 닿지 못한 까닭에 배의 속도는 그다지 빨라지지 않았다. 어느새 말을 탄 놈들 중 몇몇은 거의 뱃전 가까이 쫓아오기까지 하였다.

'안되겠어. 이러다간……다 죽고 말 거야!'

음구가 허리에 찬 제 칼을 빼어 들고 배 가까이 다가온 놈들을 베며 연신 홍란을 돌아보았다. 목에 칼이 들이밀어져 있는데도 하나도 초조해 보이지 않는 사내의 곁에서 홍란은 연신 걱정스러운 눈빛으로 저와 무현을 보고 있었다.

'저분을 지켜야 돼. 복중 아기씨를 지켜야 한다……'

내내 뱃전에 서서 방어적으로 칼을 휘두르며 뱃전에 다가오려는 놈들만 밀듯이 베어 내던 음구가 무엇인가를 결심한 듯 뱃전에 한 발을 올렸다.

"안 돼요!!"

홍란의 찢어질 듯한 비명이 터져 나왔다. 순간, 음구가 놀라 몸을 굳혔다.

"뛰어들기만 해요?! 그러기만 해요?! 절대 용서 안 할 테니까!"

홍란의 외침에 음구는 멈칫, 물에 뛰어들려던 계획을 포기하고 우선 곁에 덤벼든 놈 한 명을 베어내었다. 그런 음구의 귀에 홍란에게 사로잡힌 사내가 투덜대는 소리가 들려왔다.

"뭐 어쩌라고!"

방금 전까지 사내의 목에 비수를 들이밀고 있던 홍란은 사내에게 칼을 든 손으로 배 바닥에 얌전히 뉘여 있는 노 한짝을 가리켜 보였다. 만에 하나 나룻배의 큰 노가 부서지거나 상할 것을 대비해 배가 싣고 다니는 조금 가벼운 비상용 노였다.

"노? 저걸로 뭐 어쩌라고!"

사내의 물음에 홍란이 무현과 음구들이 맞서 싸우는 놈들을 고갯짓해 보였다.

"저들이 배를 잡아 멈추게 하면 그쪽이라고 살려줄 것 같습니까?"

"……끄-응!"

"어서요!!"

"거래를 하자고 해 놓고 죽이려고 들고, 그래 놓고선 이제 싸우라고 하고, 조선의 여인들은 모두 너처럼 낯짝이 두꺼운 건가?!"

"……은혜는 잊지 않겠습니다."

"그 말 꼭 명심하라고!"

홍란을 향해 버럭 소리를 지른 사내가 제 몸만큼 긴, 그러나 생각보다 그리 무겁지는 않은 노를 든 채 뱃전의 음구 곁으로 가 사정없이 휘두르기 시작하였다.

[젠장! 젠장!! 젠자아앙! 다 꺼져!]

사내가 무현들과 함께 놈들과 맞서 싸우는 동안 홍란은 단단히 칼을 고쳐 쥔 채 배 구석에 웅크리고 앉은 은호 앞에 마주 앉았다. 그리곤 사내들의 움직임 때문에 배가 크게 요동치는 까닭에 자꾸만 몸의 중심을 잃고 쓰러지려는 은호를 단단히 안아 부축하였다.

"……고마워요."

"고맙기는요, 저 때문에 괜히…… 제가 온 바람에 오라버니도 아가씨도 더 힘들게 한 것을요."

"그런 말 말아요. 이 아이 낳을 때 아가씨 없었으면…… 나도 이 아이도 살아남지 못했을 거예요. 아가씨가 바로 우리 두 모녀의 목숨을 구해준 은인이란 거, 잊지 말아요."

한때는 열녀 가문의 귀한 규수였던 여인과 천한 기녀의 신분이었던 여인이 서로를 아가씨 – 비록 서로 다른 의미의 호칭이었지만 – 라 부르며 미안함과 고마움의 인사를 나누는 동안, 어느새 주변은 조금씩 조용해지고 있었다. 배가 점점 안정적으로 물살을 타기 시작하면서부터, 특히 갑자기 강바닥이 깊어지는 지점에 다다르면서부터, 물보라를 일으키며 쫓아오던 놈들이 더는 쫓아오지 못하고 멈춰 선 때문이었다.

[쫓아가! 더 쫓아가!! 놓치지 마라! 놓치면 죽일 것이다!! 죽이고 말 것이야!!]

바짝 약이 올라 고래고래 고함을 치는 변 역관의 소리 역시 점점 멀어지고 있었다.

"하아!"

칼을 휘두르던 무현과 음구, 그리고 노를 휘두르던 사내가 동시에 뒤로 물러앉으며 큰 한숨을 내쉬었다. 혹시나 저까지 화를 당할까 무서워 미친 듯 노를 젓던 뱃사공 역시 마찬가지였다. 문득, 무현이 벌떡 일어나 홍란들에게 다가와 모두의 무사함을 확인하였다. 음구 역시 갑자기 벌떡 일어나더니 홍란에게 다가와 대뜸 소리부터 질렀다.

"도대체 제정신입니까?! 홀몸도 아니면서 아무 대책도 없이 불쑥 사내에게 칼을 겨누질 않나! 그러다가 저 사내가 반격이라도 했으면, 그 때문에 몸이라도 상했으면 어쩌려고 했습니까?! 그럴 거면 차라리 진작 내가 베게 내버려 둘 것이지!"

"참나. 기껏 함께 싸워 준 동지에게 그게 할 소린가?! 날 죽였어야 했다고?!"

사내도 다가와 어이없다는 듯 음구에게 따지고 들었다.

"따지고 보면 모두 당신이 처음부터 순순히 우리를 태워 주지 않아서 일이 이렇게 된 것이 아냐?!"

"당신들을 뭘 믿고?! 당신이 내 입장이라면 순순히 피비린내 나는 낯선 사내들을 배에 태우겠냐고! 나는!! 오늘, 고향을 떠나기 전에 마지막으로 홀로 밤눈 구경을 하려던 것뿐이었어! 그걸 다 망친 게 누군데, 이제 와서 날 죽이게 내버려 두지 않았다고 저 여인을 탓해?!"

사내 둘이서 목에 핏대를 잔뜩 세워 가며 서로의 코가 맞닿기 일보 직전까지 얼굴을 들이대고 어깨를 부딪쳐 가며 대거리를 계속하였다.

"누가 죽인대?! 나한테 맡겨 뒀어도 잠시 겁만 줬을 거야! 그런 것을 돈을 내어놓으라니, 여인들만 태우겠다느니 온갖 수작을 다 부리면서 시간을 질질 끌어서 기어이 이 개싸움을 하게 만들었어야 했냐는 말이야!!"

"나도 내 목숨이 귀해서 그랬다! 하필 칼도 무기도 없이 배에 탔는데 떡하니 칼까지 차고, 온몸에서는 썩은 생선 비린내보다 더 심한 피비린내를 풍기는 너희 것들을 어찌 믿고 태우냐고!"

"몸 푼 지 얼마 안 된 산모와 갓난아기, 그리고 임신해서 배가 저리 부푼 여인까지 있는데 무슨 짓을 할 거라고!"

"거야 또 모르지. 조금 전 못 봤어? 그 배 부른 여자가 내 목에 칼까지 들이민 거? 저 산모인지 뭔지 하는 여자도 기력만 있었으면 충분히 나 하나쯤은 무찌르고도 남았을 여자 같더만."

코끝이 닿을 듯 가깝게 마주 선 두 사내가 번갈아 버럭버럭 소리를 쳐댔다. 그때, 홍란의 한 마디가 두 사내의 주의를 끌었다.

"저기요."

"뭐!"

"왜요!"

홍란의 부름에 두 사내가 모두 신경질적으로 답하며 홍란을 돌아보았다.

"눈이 와요."

담담한 한마디였다. 그 말에 두 사내가 동시에 하늘을 올려다보았다. 까만 밤하늘에서 하얀 꽃잎을 닮은 눈님이 나풀나풀 떨어져 나리고 있었다.

은호의 어깨를 감싸 안은 무현이, 무현의 어깨에 제 고개를 기댄 은호가, 제 배를 소중히 감싸 안은 홍란이 모두 얼굴에 함박꽃 같은 미소를 담고 하늘을 올려다보았다. 조금 전의 난장판이 마치 꿈인 것 같은 생각이 들 정도로 고요한, 눈 나리는 밤이었다.

"달라졌구나, 너."

눈 구경에 술이 빠질 수 없다며 술잔을 나누기 시작한 음구와 사내, 그리고 어느새 잠이 든 제 처자를 뒤로하고 무현이 홍란에게 다정히 말을 걸어왔다. 홍란은 음구가 사내에게서 억지로 빼앗아 걸쳐 준 털옷을 입고 손을 내밀어 눈을 받고 있는 중이었다.

"그래요? 후훗……."

"강해졌어, 정말. 은월각에 있을 때보다, 아니 처음 선양에 왔을 때보다 더 단단하고 강해진 것 같아. 너는 늘 보호만 받아야 하는 아이라고 생각했었는데, 늘 철없는 어린 누이 같기만 했는데…… 어쩐지 이번엔 너에게 우리 모두가 보호받았다는 느낌까지 드는구나."

"그럴 리가요. 괜히 저 때문에 오라버니 부부까지 이리 도망을 하게 되어서 면목이 없는 걸요."

"아니. 도리어 잘된 일인지도 몰라. 만약 평소처럼 생활하다 선양 거리 한복판에서 변 역관과 마주쳤다면 이리 도망칠 기회도 없었을 거야. 그자는 내게 원한이 크니, 마주친 순간 바로 목이 베였을 수도 있을걸? 그러니 나로서는 이리 도망칠 수 있어 다행인 셈이지. 거기다 아까 네가 그리 나서지 않았다면 저 사내도, 음구라는 저이도 모두 죽었을지도 모르는 일이고."

무현은 알았다. 홍란이 굳이 제가 나서서 사내의 목에 칼을 들이민 것은 사내를 상하게 하지 않으려는 뜻이 있었음을. 사내가 홍란에게서 살의를 느끼지 못했기에 홍란에 대해 경계하지 않았고, 그 때문에 정작 홍란이 칼을 들이밀었을 때도 당황하기는 했지만 크게 반항할 생각을 하지 않았던 것임을.

음구도 마찬가지였다. 만약 홍란이 만류하지 않았더라면 기꺼이 배 아래로 뛰어내려 자신들을 쫓아오는 놈들을 홀로 맞아 대적하였을 것이었고, 그랬다면 아무리 무예 솜씨가 뛰어나다 하더라도 필경 목숨을 잃거나 크게 몸이 상하고 말았을 것이었다.

그 모든 것을 되짚어 생각하면 할수록 지금 이 순간 자신들이 모두 무사한 것은 홍란의 덕택이라 할 수 있었다.

"오라버니 말대로 제가 조금이라도 강해졌다면…… 그건 지키고 싶은 게 많아져서 일 거예요. 욕심도 많아지고요."

홍란은 제 배 위에 두 손을 올리고선 가만히 하늘을 올려다보았다. 여전히 눈꽃이 나리는 밤의 풍경은 눈물이 날 정도로 쓸쓸하고 아름다웠다.

'돌아가고 싶어요. 당신께로 빨리 돌아가고 싶어요. 당신의 아이를 가졌다고 말하고 싶어요. 기뻐해 주시겠죠? 기꺼워해 주시겠죠? 잘했다, 장하다, 보고 싶었노라 해 주시겠죠? 단숨에 뛰어가 와락 안기면, 그날 밤처럼 그렇게 놀란 눈으로 봐 주실 건가요? 그날 밤처럼 어깨가 으스러지게 안아 주실 건가요? 보고 싶은 내 사람, 다정한 내 정인, 나의 은애하는 도깨비 님.'

채 아침빛이 완연해지기 전, 어스름한 새벽 공기를 가르며 홍란들을 태운 나룻배가 물가에 닿았다. 밤새 눈 한숨 제대로 붙이지 못하고 부지런히 노를 저었던 뱃사공은 늘어지게 하품을 쏟아내며 제 귀찮은 손님들이 어서 내리기만을 기다리고 있었다.

"어, 춥다. 어때? 이 근처에 아는 객주가 있는데 거기 가서 한잔 더 하는 건?"

"됐소. 조용히 밤눈 나리는 걸 보며 눈 구경이나 하겠다는 사람이 웬 술은 그리도 많이 가져와서 말술을 퍼마신 게요?"

"딸꾹, 이것도 인연이라면 인연인데 그냥 헤어지기는 아쉽지 않나. 우리 술 한 잔만, 딱 한 잔만 더 하세나."

"안 된다고! 딸꾹, 이제 고만하고 얼른 각자 갈 길 가자고오!"

밤새 주거니 받거니, 권커니 잣거니 술잔을 기울이며 술친구가 되었던 음구와 중국인 사내는 술을 더 먹니 마니 말싸움을 해 가며 배에서 내렸다. 그 뒤를 홍란이, 또 그 뒤를 무현이 품에는 아이를 안고, 은호를 부축하며 따랐다. 유난히 창백한 은호의 모습에 무현의 얼굴은 잔뜩 흐려진 상태였다.

[이 근처에 혹시 약방이 어디 있는지 아오?]

배에서 내리며 무현이 다급한 목소리로 뱃사공에게 물었다. 이제 은호의 갈라터진 입술에서는 연신 하아, 하아, 가쁜 숨이 나오고 있었다.

[저야, 그저 배만 타고 왔다 갔다 할 뿐 정작 배에서 내리는 일이 별로 없으니 알지 못하지요. 차라리 거기 대인에게 물어보시면 아실 것 같습니다만?]

"왜요. 상태가 안 좋으세요?"

홍란이 약방이라는 단어를 알아듣고는 금세 무현에게 다가와 물었다.

"어. 밤새 찬 공기를 맞은 탓인지 숨소리가 많이 흐트러졌어. 약방을 찾아가야 할 것 같아."

이제는 어깨동무까지 한 채 중국인 사내와 먼저 걸어가던 음구가 무현의 이야기를 듣고는 낯을 굳혔다. 조금 전까지 취기에 해롱해롱대던 얼굴이라고는 믿기지 않는, 마치 일부러 취한 흉내를 내었던 것만 같은 얼굴이었다.

"근처에 약방이 어디 있소?"

음구가 제 곁에서 비틀비틀 갈지자 걸음을 걷고 있는 사내에게 물었다.

"그래, 한 잔만 더 하자니까? 조오기, 조 등성이만 넘어가면 우리 집안에서 뒷배를 봐주는 객주가……"

"정신 좀 차려봐!! 약방! 약방이 어디 있냐니까?"

음구가 무서운 목소리로 사내를 닦달하자 그제야 사내가 취기가 가

시지 않은 흐린 눈을 몇 번 끔뻑끔뻑하였다. 그리곤 답을 기대하며 저를
보고 있는 무현과 홍란, 음구를 천천히 차례대로 둘러보고서는 한쪽 손
을 들어 나루터와 이어진 숲 쪽을 가리켰다.

"이 멍청이들아아! 저 너머가 객주라니까?! 객주 옆에 만두가게가 있
고, 그 곁에 약방이 있고, 그 너머에 포목집도 있고……딸꾹, 또 뭐가 있
다……."

사내의 답이 끝나기도 전에 무현이 이제는 쓰러질 듯 무현의 팔에 제
온몸을 기대고 있는 은호를 들쳐 업었다.

"먼저 갈게!"

품에는 갓난아기를 안고, 등에는 병약한 아내를 업은 무현이 방금 사
내가 가리킨 숲을 향해 달음박질해 갔다.

"오라버니, 같이 가요!"

홍란이 그 뒤를 따르려는데, 중국인 사내가 문득 홍란의 손목을 잡
았다. 그리곤 게슴츠레한 눈을 바로 뜨려고 몇 번이나 눈을 끔뻑끔뻑하
였다.

"그 손 못 놔?!"

음구가 기겁을 하고서는 사내의 손을 쳐 홍란의 손목에게서 떨어뜨
려 놓았다.

"아야!"

사내가 과장되게 제 손목의 아픔을 호소하는 동안 홍란은 얼른 무현
들을 따라 숲길을 향해 걸음을 재촉하였다.

"뛰지 마세요! 아시겠습니까?! 절대 뛰지 마시란 말입니다!"

버럭 소리를 질러 놓고도 마음이 안 놓인 음구가 홍란의 뒤를 따라
저도 뛰어가려는데, 사내가 이번에는 음구의 팔뚝을 잡았다.

"저 여자 누, 누구? 누군가?"

"알아서 뭐하게!"

음구가 사내의 팔을 뿌리치고는 한달음에 달려 홍란을 따라잡고는 얼른 홍란의 팔꿈치 부분을 잡아 부축하였다.

[자, 잠시만요. 조금만 천천히. 뭐, 뭐라고요?]

사내가 이르는 대로 객주 옆 약방에 든 무현들은 이제 막 진맥을 마친 의원에게서 은호의 상태를 들으려 하는 중이었다. 하지만 의원의 말은 방언이 섞이고 유난히 빠른 탓에 제법 중국말에 능통한 무현임에도 불구하고 잘 알아들을 수 없었다.

"아흐, 머리야. 양 의원이 그러기를 본시 가슴에 통증이 있던 환자였냐고 하는데?"

어느새 뒤따라온 건지 사내가 약방 진료실 문지방에 엉덩이를 내려놓고서는 숙취에 지끈거리는 머리를 양 손으로 꾹꾹 누르며 의원의 말을 옮겨 주었다. 순간, 사람들의 시선이 일제히 사내에게로 향했고 방금 전까지 무현들 옆에 앉아 있던 의원은 벌떡 일어나 사내에게 허리를 깊이 숙여 예를 표했다.

"공자님!"

[됐어, 됐어. 그보다 환자의 용태는 어떠한가?]

사내의 물음에 의원이 또다시 빠른 말투로 무엇인가를 한참을 설명하였다. 음, 음, 하며 의원의 말을 모두 들은 사내가 무현에게 은호의 상태에 대해서 듣고서는 그 말을 다시 의원에게 전했다. 그러자 의원이 잠시 무언가를 생각하는 듯하더니 총총거리는 걸음으로 진료실을 나갔다.

"무어라 합니까?"

홍란이 물었다.

"이 사람의 병세가 어떠하다 합니까?"

무현이 물었다.

"의원은 어디 간 게요?"

음구가 물었다.

"아, 잠깐잠깐! 머리 아파! 여러 개를 한꺼번에 물으니까 머리가 더 울리잖아! 일단."

사내가 홍란을 보며 홍란의 물음에 답했다.

"갓 출산한 몸으로 밤새 몸을 너무 차갑게 둔 탓에 기력이 많이 약해졌다는군."

이어 무현을 보며 물음에 답했다.

"왜 저런 몸을 움직이게 한 건지 화를 냈어. 당분간은 움직이지 않는 게 좋을 거라는데?"

마지막 답변은 음구를 향했다.

"의원은 지금 산모의 몸을 보할 탕제와 내 숙취를 씻어 줄 약을 가져오겠다고 탕제실로 갔어. 자, 다 됐지? 그럼 이제 내가 물을게. 당신들, 변 역관하고는 무슨 척을 진 거지?"

사내의 물음에 홍란과 무현, 음구의 낯빛이 모두 변했다.

"……변 역관을 아오?"

"요동에서 북경에 이르는 장사치들 중에 요즘 그자를 모르는 자가 있으려고? 게다가 나랑은 아주 관계가 없는 사람도 아니니까."

사내의 답이 끝나기가 무섭게 음구가 얼른 홍란의 앞을 막아섰다. 그 모습에 피식, 사내가 웃었다.

"걱정 마. 나도 그 작자한테는 결코 좋은 감정이라 할 수 없으니. 뭐,

표정들을 보아하니 쉽게 말해 주진 않을 것 같고. 일단 난 객주에 가서 한숨 자고 있을게. 이따 보자고."

말을 마친 사내가 방에서 나가려다, 막 탕제 두 그릇을 쟁반에 받쳐 들고 오는 하녀와 맞닥뜨릴 뻔하였다.

[어머낫!]

[조심해야지! 약 쏟을라! 그새 약이 다 되었더냐?]

[다른 댁에 보낼 탕제를 먼저 드리는 것이라 하셨습니다.]

[흐음. 그래? 어느 것이 내 것?]

[저것입니다. 지금 드시면 됩니다.]

하녀가 한눈에 보기에도 훨씬 더 호화로운 그릇에 담긴 탕제를 눈으로 가리켰다.

[고마워.]

사내가 단숨에 꿀꺽꿀꺽 탕제를 들이켠 후 밖으로 향했다.

[여기, 약이요!]

무현은 하녀가 가져온 약그릇을 얼른 받아 들었다. 그리곤 자는 듯이 누운 제 아내를 살짝 흔들어 깨워 안아 올리고 입 안으로 조금씩 탕제를 흘려 넣어 주었다.

[저기…… 약값과 진료비는 얼마나 할까요?]

홍란이 조심스레 하녀에게 물었다. 돈 될 만한 것이라곤 가지고 있던 비향밖에 없었는데 그것을 이미 사내에게 줘버린 터라 걱정스러워 한 물음이었다.

[못 들으셨습니까?]

하녀가 놀랐다는 듯 눈을 동그랗게 떴다.

[진 공자께서 의원님께 오늘 약값과 진료비는 모두 공자님 앞으로 달

아 놓으라고 하셨습니다. 탕제도 가장 귀한 것으로 내어주라고.]

은호에게 약을 먹이던 무현이 놀란 기색으로 홍란과 마주 보았다.

"이 사람이 말하기를 진 공자가……."

"저도 알아들었어요. 그런데 왜죠? 왜 저 사람이 우리에게 이런 선심을……?"

홍란의 물음이 곧 무현과 음구의 물음이었다. 하지만 셋 중 누구도 그 답을 알지 못했다. 무현이 셋의 마음을 대신하여 하녀에게 물었다.

[진 공자를 잘 아오?]

[알다마다요. 황실에 비단을 납품하시는 진 대인 어른의 아드님 되시지 않습니까?]

[비단……. 황실의 비단을 진 대인이 납품하시는 게요? 원 대인이 아니라?]

무현이 확인차 묻는 원 대인 소리에 일순 홍란의 등허리에 식은땀 한 방울이 쭈욱, 흘러내렸다.

[에이, 아무리 천하의 원 대인 어른도 비단 보는 눈만큼은 몇 대째 가업을 이어가고 계신 그 장인어른 되시는 분한테는 못 당하시죠. 그래서 장사의 규모로는 원 대인 어른이 최고라고 하지만, 실상 진짜 비단다운 비단을 취급하는 분은 진 대인 어른이라고들 하지 않습니까?]

[그, 그럼. 아까 그 공자가 원 대인의 처남……이란 말이오?]

[친한 벗이라던데…… 여태 그것도 모르셨습니까?]

하녀가 별걸 다 묻는다는 식으로 고개를 갸웃거렸다. 그리곤 막 은호가 다 비운 탕제 그릇을 집어 들고는 얼른 진료실 밖으로 나갔다.

"알아들었어?"

무현이 묻자 홍란도 음구도 잠자코 고개를 끄덕였다.

변 역관, 원 대인, 그리고 원 대인의 처남이라는 진 공자. 이 세 사람의 관계가 자신들에게 도움이 될지, 위협이 될지 모두들 갈피를 잡지 못했다.

'하필 변 역관이 쫓는 자들이라니. 꽤나 재미있는 우연이 아닌가?'
방의 둥근 창을 뚫고 들어와 잠을 방해하려 드는 햇살의 그 눈부심을 피하려 이리저리 뒤척이며, 진 공자는 이 우연을 사뭇 재미있고 신기해 하였다.
'죽을 길에 동반자가 생기려는 건가?'
[큭무야. 안 되는 일이야. 가서는 안 될 길이야. 아버님께 따로 말씀 드릴 테니, 갈 수 없는 길이라 그리 거절하렴. 우리 남매, 지금도 이리 떨어져 있거늘 천리만리로 떨어져서 어찌 살 수 있겠니? 아니 된다 하렴. 죽어도 아니 간다 그리 말하려무나.]
한 달쯤 전이었을 게다. 중후소(中後所)에 있는 누이에게서 갑작스레 편지를 받은 것은. 자세한 사정을 적지는 않았지만, 그 짧은 편지글 속에서 진 공자는 누이가 제 위험을 경고하고 있음을 알 수 있었다. 그리고 보름쯤 전, 난데없이 선양에 나타난 원 대인은 술자리로 진 공자를 불러 조선과 왜에 다녀올 것을 넌지시 제의했더랬다. 누이는 그 일을 경고하기 위해 편지를 보낸 것이었으리라.
[핫하하! 처남도 언제까지나 이리 유유자적 세월만 죽일 수는 없지 않은가? 아버님의 일을 도울 생각을 해야지.]
작은 술잔이 가득 넘치도록 술을 따르며, 원 대인은 제법 넉살 좋은 웃음을 흘렸다.
[매형이 계시질 않습니까? 저 같은 놈은 일을 돕는다고 나서 봐야 일

에 방해만 될 뿐, 별반 쓸모도 없는 놈인 것을요. 그저 이렇게 산천유람이나 하며 일문에 누를 끼치지 않는 것만이 제 할 일인 듯합니다.]

그저 술을 받았을 뿐, 마시지 않고 그대로 술잔을 내려놓음으로써 진 공자는 원 대인의 비위를 상하게 하였다.

[어허. 진씨 가문의 후계자가 되실 분이 어찌 이리 느긋한 소리를 하시는 겐가? 천자께 총애 받는 아버님을 시기 질시하는 이들이 천하를 메우고도 남거늘, 그 아드님 되시는 분께서 이리 아무 생각이 없어서야. 쯧쯧쯧.]

제가 따라 준 술잔이 비지 않는 것을 본 원 대인의 이마에는 작은 핏줄이 섰지만, 얼굴에는 딱히 그것에 대한 어떤 내색도 비치지 않았다.

'그 시기 질시하는 이들의 가장 앞자리에 선 이가 할 말씀은 아닌 것 같소만?'

금세라도 이기죽거리고 싶은 마음을 꾹 누르며, 진 공자는 원 대인 보란 듯이 더 제 앞의 술잔만 만지작거렸다. 탁! 그 손 위에 원 대인의 두툼한 손이 얹혔다. 그 바람에 흔들린 술잔에서 술이 넘쳐흘렀다.

[아무래도 이번엔 정말 처남께서 움직여 주셔야 할 것 같네. 조선을 들러 왜까지 다녀오는 먼 여정이긴 하지만 귀찮다 생각 말고 다녀와 주시게.]

[일손이라면 쓰고도 남을 만큼 넉넉할 터인데요?]

진 공자가 무례하다고도 보일 수 있게 손을 흔들어 원 대인의 손을 털어낸 후, 술잔을 들어 제 등 뒤 병풍 쪽으로 뿌렸다. 그리곤 빈 술잔 위에 제 손으로 술을 친 다음, 보란 듯이 꿀꺽꿀꺽 목으로 삼켰다.

[기민한 남의 손보다 곱은 제 식구 손이 낫다는 말도 못 들어봤는가? 아버님도 그렇고, 나도 그렇고 이번 처남의 답사 길에 기대가 매우 크다

네.]

원 대인의 말은 이랬다. 현재 중국에 오는 사신들이나 사절단, 거상들에게만 비단을 팔 것이 아니라 조선이나 왜에 각기 진씨 집안 혹은 원씨 집안의 비단을 취급할 상인을 특정(特定)하여, 그들만이 진씨 집안과 원씨 집안의 비단을 전담하여 팔도록 하는 건이 추진 중에 있다는 것이었다.

[장인께서는 처남이 이번에 조선과 왜의 거상들을 두루 만나 이번 일의 타당성에 대해 알아와 주기를 바라신다네. 아, 그렇다고 크게 부담 가질 것은 없어. 조선과 왜의 사정에 능통한 이들을 곁에 붙여줄 터이니, 처남은 그저 유람한다 생각하고 무사히 다녀오기만 하면 된다네. 그럼 내 그리 알고 있을 테니 슬슬 떠날 준비를 해 주시게. 부탁함세.]

말로는 부탁이라지만 일방적인 명을 내리고 원 대인은 자리에서 일어섰다.

[가내…… 평안은 하십니까?]

자리를 뜨려는 원 대인에게 진 공자가 물었다.

[누이도…… 제이부인에서 제칠부인까지도 모두들 안녕하시겠지요?]

물론 말 그대로 안녕을 묻는 인사가 아니었다. 어느새 여섯에 달하는 첩을 들인 원 대인에 대한 비꼼이 섞인 인사였다.

[……현숙한 그대의 누이께서 친동기간처럼 정으로 보살피니, 내 집안에는 꾀꼬리 같은 웃음소리만 가득하다네. 하하하하.]

진 공자의 속을 더 긁으려는 것처럼 기분 좋은 웃음소리를 남기고 원 대인이 방에서 나갔다. 원래 제삼부인까지는 진 공자도 익히 알고 있는 이들이었다. 다들 고만고만한 집에서 태어난 어여쁜 여인들이었다. 진 공자의 누이 진 부인을 큰마님으로 깍듯이 여기는 이들이라고 들었다. 그러던 것이 지지난 해부터 채 일 년이 되기도 전에 제사부인, 제오부인,

제육부인, 제칠부인이 연달아 들여졌다고 했다. 모두 원 대인이 새로 사귄 변 역관이라는 자가 주선한 혼인이라고 했다. 비록 수백 리 멀리 떨어진 곳에 살고 있는 처지였지만 그런 진 공자의 귀에도 원 대인의 집안 사정이 꽤나 자세하게 들려오곤 했다. 원 대인의 총애만을 믿고 방자하게 구는 어린 부인들이며, 제일부인인 진 부인이 그들의 나쁜 버릇을 꾸중하였다가 도리어 어린 부인들 보는 앞에서 원 대인에게 호통을 듣는 바람에, 제일부인으로서의 위신이 땅에 떨어졌다는 이야기 등, 피가 거꾸로 치솟을 이런저런 이야기들이 바람에 실려 진 공자에게 들려오곤 했다. 하지만 그저 들어 알 뿐, 진 공자로서는 누이를 위해 해 줄 일이 아무것도 없었다. 모두 아버지인 진 대인이 알면서도 묵인해 주고 있는 일들이었기 때문이었다. 십여 년 전, 누이의 혼인 직후 누이를 보러 갔던 진 공자는 누이가 깃을 높게 세워 가린 목에 진보랏빛 멍들이 들어 있는 것을 본 적이 있었다. 처음 한 두 번은 잘못 본 거려니 생각했지만 그 후로도 원 대인의 집에 갈 때마다 진 부인의 몸에 상처가 끊이지 않는 것을 본 후로는 모든 사정을 알았다. 아버지 진 대인의 힘을 빌리고자 하였지만, 진 대인은 그저 잠자코 있으라고만 하였다.

[왜요! 왜 모르는 척하시는 겁니까?! 누이가, 누님이 맞고 사신다고요. 아버님의 딸입니다. 제 누님입니다. 왜 누님이 맞고 사셔야 합니까? 가문. 그래요, 이건 다시 보면 우리 진씨 가문을 욕 보이는 일과 다름이 없는 것을요!]

그리 소리치는 어린 진 공자의 뺨을 진 대인은 무시무시한 손놀림으로 후려쳤더랬다.

[멍청한 놈!]

[아……버님?]

[그 아이는 이제 네 누이이고 내 딸이기 전에 원홍린의 아내다. 홍린이 그 아이를 죽이건 살리건 그건 그가 선택할 몫이지 너와 내가 간섭할 일이 아니야!]

[어째서요? 어째서요!]

[잘 들어! 지금은, 그리고 앞으로는 원홍린의 세상이다. 내가 아무리 천자의 비호를 받고 있다 하여도 그놈이 우리 집안의 장사 일을 막기로 작정한다면, 이제는 손쓸 방법이 없다. 그놈의 돈에 우리 집안의 이름을 얹어 준 이상 당분간은 그놈의 세상이란 말이다.]

[그런……! 그럼 누이는요. 누님은 어떻게 하고요!]

눈물을 철철 흘리며 아버지 진 대인의 비단 옷자락을 움켜쥐고 따졌을 때, 진 대인은 아들의 뺨을 내리쳤던 손으로 아들의 뺨을 쓰다듬었다.

[얼른 자라거라. 부지런히 자라. 그리고 내 힘이 되어 다오. 너만 무사히 장성한다면, 네가 이 진씨 가문의 이름을 이어 준다면, 그때는 원가 놈도 늙었을 터이니 무서울 게 뭐가 있겠느냐? 참아라. 그놈이 우리 가문의 이름을 필요로 하듯, 우리 가문 역시 그놈의 돈이, 그놈의 힘이 필요하다는 걸 명심해 두거라. 어차피 그놈은 팔자가 무자(無子)이니, 시간이 가면 갈수록 이득을 보는 것은 우리가 될 것이야.]

[무자라 하시면……?]

[두고 보자. 그놈은 평생 제 혈육 하나 갖지 못할 것이야. 그리만 되면 나중에 그 많은 재산이 누구에게 갈 것 같으냐? 모두 너의 것이니라, 극무야. 모두 우리 것이야. 알겠니?]

아버지는 황실의 비약을 담당하는 내의원에게서 큰돈을 주고 몰래 비약을 샀다고 했다. 서서히 사내의 씨를 말리는 무서운 약이라고 했다. 원 대인이 혼인을 청해 온 날부터 원 대인의 술잔에 그 약을 탔다고 했다.

[안 그랬으면 그깟 천한 놈에게 우리 가문의 이름을 얹어 주었을려고?! 핫!]

그때 너무도 자신만만하게 코웃음을 치는 아비에게 묻고 싶은 게 있었다. 확인해 보고 싶은 게 있었다.

'만약 원 대인 그자가 저를 죽이려 하면요? 아버님이 그자의 대를 끊어 그자의 재산을 노리고 있는 것처럼, 그자가 저를 죽여 진씨 가문의 이름을 영영 제 것으로 하려고 하면요? 그때는 어쩌시려고요?'

하지만 끝끝내 그 말을 입에 담지 않았다. 그래도 상관없다고 할까 봐 무서워서, 혹은 그것을 대비한 또 다른 무서운 계략이 있을까 봐 두려워서 묻지 않았다.

하여 누이의 편지가 왔을 때, 매형인 원 대인이 제게 먼 길을 떠나라 했을 때 진 공자는 알았다. 이 길이 바로 저를 죽이려 마련된 길임을.

'헌데 누이, 어차피 이번 일을 사양한다고 해서 달라질 게 있겠소? 이번이 아니면, 다음, 다음이 아니면 또 언젠가, 아니 부러 먼 길을 보내는 수고로움 없이 어느 날 밤, 자객을 보내 이 목을 따낼 수도 있겠지요. 그리 당하느니 한 번 운명에 맡겨 보려고요. 하늘에 맡겨 보려고요. 어차피 생사여탈권은 모두 거기에 있을 테니까.'

"양 의원이 혀를 내두르더군. 벌써 양 의원에게 약값과 진료비를 다 갚았다면서? 솜씨가 만만치 않은 만큼 진료비도 꽤나 나왔을 텐데, 참으로 대단하지 않은가?"

며칠 후, 진 공자가 객주의 대문 옆에 등을 기대며 제 옆의 음구에게 물었다. 그러더니 휘우, 휘파람을 불었다.

"그나저나, 수염 하나 민 것뿐인데 정말 몰라보겠는데? 그 덥수룩한 수염 밑에 이리 훤한 얼굴이 숨어 있었을 줄은 꿈에도 몰랐다니까?"

음구는 아침 나절에 제 수염을 모두 밀었다. 선양의 강에서 저와 맞붙었던 놈들의 눈을 피하기 위해서였다. 수염을 모두 민 음구는 밀기 전보다 열 살은 젊고 훤칠해 보여 홍란들을 놀라게 한 것은 물론, 약방 하녀와 처음 본 객주 하녀들에게서 연이은 추파를 받기까지 하였다.

"놀리지 마오. 안 그래도 어색해 죽을 지경이니까."

음구가 겸연쩍은 듯, 이제는 매끈해진 제 볼을 쓰다듬었다.

"내 변신은 저분에 비하면 아무것도 아니질 않소."

"하긴……"

음구의 말에 진 공자는 음구와 같은 곳을 바라보며 새삼 감탄에 찬 눈빛을 하였다. 두 사람의 눈길이 머문 곳은 객주 마당 위에 펼쳐진 너른 평상이었다. 평상의 주변에는 여인들이 한가득 몰려들어 홍란의 모습을 가리고 있었다. 여인들이 없었다 하였더라도 두 사내 다 홍란의 모습을 제대로 볼 수 없기는 마찬가지였을 것이다. 홍란은 며칠 전, 진 공자에게 구해 달라 한 '그것'으로 제 모습을 완벽히 바꾸고 있었기 때문이었다.

[손님이 찾아오셨습니다.]

약방에 무현들을 두고 돌아왔던 바로 그날이었다. 복잡한 심사에 제대로 숙면을 취하지 못하고 어정쩡한 상태로 낮잠을 잤던 진 공자가 객주 하인의 알림에 깨어났을 땐 밤이 막 시작되려던 때였다.

"그 차림은 뭐지?"

진 공자의 방으로 찾아온 홍란은 목까지 내려오는 투박하게 엮인 검은 너울로 얼굴을 가린 상태였다.

"급한 대로 임시로 만든 너울입니다. 아, 혹시 너울을 모르십니까? 조선에서는 여인들이 나들이할 때……."

"알아. 우리 쪽에도 그 비슷한 것은 많으니까. 그런데 왜 그걸 뒤집어 쓴 거냐고."

"쫓는 이들이 어디에 있을지 모르니 가려서……."

"아, 잠깐잠깐!"

진 공자가 또 다시 홍란의 말을 가로막고선 휘이휘이 손을 저었다.

"그 시커먼 것 좀 걷어내고 얘기해. 귀신을 마주하고 이야기하는 것 같아서 기분이 아주 별로야."

툴툴대는 진 공자의 말에 홍란은 너울을 걷어 이마 너머로 넘겼다. 그저 평범한 몸짓인데도 너울이 걷힘에 따라 드러나는 홍란의 얼굴을 보고서, 진 공자는 새삼 홍란의 이목구비가 지닌 섬세하면서도 또렷한 아름다움을 지각(知覺)하였다. 배에서 봤을 때는 누추한 차림, 뛰어오는 바람에 흐트러진 머리 모양과 임산부 특유의 푸석한 얼굴 때문에 그저 어렴풋이 예쁘장한 여인이라고만 생각했건만, 너울 아래 드러난 얼굴은 자신도 모르게 일순 숨을 멈출 정도로 미혹(迷惑, 홀려 정신을 차리지 못함)하는 무언가가 있었다. 심지어 뺨의 흉터마저 아름다움을 흠집 내는 상처 자국이 아니라 그 아름다움의 특별함을 나타내는 무슨 증표처럼 여겨질 정도였다.

"흐, 흠! 그래서…… 그 흉측한 걸 뒤집어쓰고 날 찾아온 이유는?"

"여쭐 것이 있어 왔습니다."

실은 진 공자가 낮잠에 빠져 있는 동안 홍란들은 앞으로의 행보에 대해 의논하기 위해 머리를 맞대었었다.

"우리는 여기서 헤어지는 게 맞아."

무현이 짙은 색 이불을 몸에 감은 채 제게 몸을 기대고 앉은 은호와, 제 품에 안긴 아이를 내려다보며 말했다.

"오라버니……."

"이 사람과 이 아이를 데리고 함께 가다 보면 자꾸만 네 발목을 잡게 될 거야. 책문까지라도 널 바래다주고 싶었는데, 그게 오히려 널 더 힘들게 할 수도 있을 것 같다."

"함께…… 조선으로 돌아갑시다."

음구의 제의에 무현이 여전히 파리한 안색을 하고 있는 제 아내를 내려다보며 쓴웃음을 지었다. 은호 역시 희미한 미소를 지으며 제 남자를 올려다보았다. 음구는 무현이 예전에 변 역관과 연루된 자이고, 그 일로 인해 조선을 떠나 숨어사는 처지임은 알고 있었다. 하지만 무현의 처인 은호의 존재에 대해서는 까맣게 모르고 있는 상태였다. 은호가 원래는 무현이 감히 쳐다봐서도 안 되는 열녀 가문의 규수였다는 사실도, 몇 년 전 주상 전하의 계비(繼妃) 간택 후보 중 한 명이었음도, 또한 양반 가문으로 한 번 시집간 몸이었다는 사실도 전혀 알지 못했다.

"내 조선에 돌아가면 힘이 되어 주실 만한 분을 알고 있습니다. 분명 연루될 수밖에 없었던 사정을 잘 말씀드리면……."

주상 전하께서는 무현의 죄가 무엇이든 용서해 주실 거였다. 주상 전하의 여인께서 아기씨를 가졌다는 사실을 알게 되시면, 조선까지 무사히 바래다준 무현의 죄가 무엇이든 필시 용서해 주실 게 분명하였다. 음구는 그리 믿었다.

"말씀은 고맙소. 하지만 돌아갈 수 없는 사정이 있다오."

무현이 제 아내처럼 희미하게 웃으며 말했다. 설령 음구가 아는 높은 사람이 주상 전하라 하여도 자신들의 죄는 용서받을 수 없었다. 양반가의 여인이 양반이 아닌 자와 맺어진 강상죄(綱常罪, 삼강과 오륜을 어긴 중대한 죄)는 임금이라 하더라도 그 죄를 묻지 않을 수 없는 법이었다. 하물며 중혼(重婚, 배우자가 있는 여인이 거듭 혼인함)죄까지 범한 은호는 조선으로 돌아가는 즉시 필경 참형에 처해지고 말 터였다.

"그럼 오라버니는 어쩌려고요? 저 때문에 선양으로 돌아갈 수도 없게 되었는데."

"광녕 인근에 아는 대인이 있어. 전부터 일을 도와달라 하였는데 이 사람 몸이나 풀고 가겠다고 했거든. 그러니 걱정 마. 변 역관의 흉수가 광녕까지야 미치겠느냐?"

"그자들의 손에서 벗어나는 게 걱정이오. 처자를 데리고 무사히 광녕까지 갈 수 있겠소?"

"처자 하나 거두지 못하면 어찌 사내라 할 것이오?"

무현이 그리 말하고선 은호에게로 시선을 돌렸다.

"나 믿지? 당신과 아이는 무사할 거야. 절대로, 어느 누구도 감히 위해를 가하진 못하게 할 테니까."

"당신도요. 우리만 안전한 건……싫어요."

"그래 나도. 당신과 아이를 지키기 위해 나를 버리는 짓은 안 할게. 절대로. 천지신명께 맹세해."

"훗…… 그럼 됐어요."

부부가 다정한 눈웃음을 주고받았다. 서로에 대한 신뢰와 끝없는 은애의 정이 가득한, 지켜보는 이들마저 민망하게 할 정도의 뜨거운 눈빛이 오갔다.

"흠흠!"

연모가 가득한 부부의 눈빛에 음구는 괜히 저가 민망하여 헛기침을 하자, 은호의 볼이 순간 빨갛게 달아올랐다. 그리고 제 얼굴을 짙은 색 이불에 묻어 가리려 하였다.

"그나저나…… 네가 걱정이다. 우리야 어디로든 숨어 광녕까지만 가면 될 터이나, 조선으로 돌아가는 길은 정해져 있으니, 또 그 길이야말로 변 역관이 가장 잘 아는 길이니, 쉽게 그자의 손아귀에서 도망칠 수 있을지가 근심이구나."

홍란의 부른 배를 보며 무현이 걱정을 감추지 못했다.

"진 공자의 손을 빌리면 어떨까요? 그자가 원 대인의 처남이라 하니, 또 제법 유서 있는 상인 가문의 아들이라 하니 조선으로 향하는 상단의 일원으로 끼워 넣는 일쯤은 어렵지 않을 것 같소만……."

하룻밤의 술벗이라 그런지, 아니면 약값과 진료비를 내어주겠다는 호의를 받아서인지 음구가 진 공자에 대한 기대를 슬며시 늘어놓았다.

"아니. 그건 너무 위험하오. 진 공자가 원 대인과 가까운 자인 만큼 변 역관과 어찌 얽혀 있는지 알 수 없잖소. 얼굴을 모르는 상대도 아니니 달리 위장하려 해도 할 수 있는 방법이 없으니."

"화장 솜씨가 신묘하니 화장으로 몰라보게 변장할 수는 없을까요?"

이번엔 은호가 물었다. 하지만 무현은 이번에도 고개를 저었다.

"아니. 변 역관은 뱀 같은 자야. 섣부른 시도는 오히려 위험을 자초하게 될 거야. …… 홍란아, 홍란아?"

한참 걱정을 늘어놓던 무현은 무언가 딴생각에 한창인 홍란을 불렀다.

"홍란아?"

"아……예, 예. 오라버니."

"무슨 생각을 그리 깊게 하고 있어요?"

은호가 남편보다 먼저 홍란에게 물었다. 홍란이 짙은 색의 이불과 벽에 걸린 검은 색 약재망(藥材網, 약재료들을 담은 주머니)과 은호의 얼굴을 번갈아 보더니 허리를 받치며 힘들게 일어섰다.

"어쩌면 좋은 수가 생길지도 모르겠어요. 다 언니 덕분이에요."

홍란은 음구에게 청해 벽의 약재망들을 내려 대충 손어림으로 길이를 재어 본 후, 약재들을 근처의 빈 항아리에 따로 쏟아내고서는 망을 뜯어 펴 길게 얼굴 위로 드리웠다. 마치 도성에서 보았던 은월각의 청향이 드리웠던 너울이기라도 한 양.

"설마 그 너울이란 걸로 얼굴을 가리고 도망갈 생각인가? 그만두지? 금방 들킬 것 같은데?"

진 공자가 길게 기지개를 펴며 홍란이 걸어낸 너울을 비웃었다. 홍란의 미모에 잠시나마 반했던 제가 어이없어 한결 더 신랄한 비웃음을 전하였다.

"그걸로 가렸다고 해서 그자나 그자의 부하들이 아, 가리셨습니까? 어서 가시지요 하며 얼씨구나 길을 비켜 줄 것 같아? 바보 같기는."

"그러게요. 바보 같은 생각이죠. 하지만 바보 같지 않게 보이는 방법도 있지 않겠습니까?"

"응?"

진 공자는 눈앞의 배불뚝이 여자가 무슨 소리를 하는지 몰라 곁눈으로 보았다.

"그 방법이…… 뭔데?"

"우선 여쭐 게 있습니다. 공자의 집안 어른들께서 서역을 오가며 장사를 하셨다 하셨는데, 공자님은 어떠십니까? 혹시 공자께서도 서역에 다녀오신 적이 있으십니까?"

"……있어. 아주 예전, 어릴 때 딱 한 번뿐이었지만. 그런데 서역은
왜?"

"그럼, 그 말이 참입니까? 천축국(天竺國, 인도)이나 서역의 여인들도 조
선의 여인들처럼 바깥에 얼굴이 드러나지 않도록 긴 옷감들로 온몸을
꽁꽁 감싸는데, 그중에서는 특히 간신히 두 눈만 내어둔 채 머리끝부터
발끝까지 검은색 천을 뒤집어쓰는 이들도 있다는 것이?"

"맞아. 부르카나 차도르를 걸쳐 몸을 가리는 것은 신을 모시고 공경
하는 그들만의 방법이라고 들었어. 뭐야. 설마…… 그걸로? 말도 안 돼."

홍란의 말뜻을 알아들은 진 공자가 기겁을 하고서는 손을 휘휘 저
었다.

"정말 안 되는 겁니까?"

"그걸 말이라고 해? 그런 복색으로 조선에 들어간 이들이 있다는 이
야길 들어본 적이 없어."

"모르십니까?"

"뭘?"

"변 역관 그자 역시 조선으로는 돌아갈 수 없는 몸입니다. 그러니 무
슨 핑계를 대서건 구련성까지 갈 수만 있다면 거기서부터는 더는 그 차
림을 할 필요도 없지요. 강만 건너면 바로 조선 땅인 것을요."

"……확신에 차 있군."

"정말 아니 된다고 보십니까?"

홍란이 제 생각이 너무 실현 가능성이 없는 망상에 불과한 것인지 진
공자에게 물었다.

"흠……."

진 공자가 잠시 생각에 잠기었다 입을 열었다.

"뭐, 안 될 것도 없겠지. 진 공자가 집안에서 거래하는 서역 상인들과 만나 동행한다 하면, 그 무리 중에 머리끝에서 발끝까지 검은 천으로 꽁꽁 가린 서역 여인이 있다고 한들 누가 무어라 하겠어. 안 그래?"

진 공자가 홍란의 의견에 맞장구를 쳤다. 거기에 더해 쫓는 자들을 완벽히 속일 수 있도록 정말로 서역 상인을 구해 오겠다는 제의까지 제 쪽에서 내어놓았다.

"쉽게 구해지겠습니까?"

"하하하. 그쪽은 아직 모르는군. 아는가? 이 대국 땅에서 구할 수 없는 건 세상 어디에서고 구할 수 없다네."

누가 중국인이 아니랄까 봐, 하늘을 찌를 것만 같은 자신감으로 진 공자가 답했다. 그리고 그 말대로 단 며칠 만에 진 공자는 저와 홍란의 일을 도와줄 가장 그럴듯한 서역 사람을 구해 오는 데 성공하였다. 서역 여인이 입는 옷을 구해 온 것도 물론이었다.

"그런데 저 여인의 정체는 뭐야?"

진 공자가 머리끝에서 발끝까지 온통 푸른색 천으로 감싼, 심지어 눈마저도 같은 색의 망으로 가려 도저히 얼굴을 알아볼 수 없게 만든, 홍란을 보며 물었다. 홍란은 서툰 중국말로 열심히 손짓발짓을 하며 제가 조선에서 가져온 화장 관련 도구와 향낭들, 그리고 요 며칠 제가 직접 만든 화장수와 각종 소용품들을 중국 여인들에게 팔고 있는 중이었다.

"조선의 여인이 어떻게 서역 여인들의 복색까지 알고 있는 거지? 게다가 장사 솜씨로는 으뜸간다는 중국의 상인들보다 장사 수완도 좋지 않은가? 저기 저, 비쩍 마른 여인 말이야. 내가 알기로는 저 여인도 이 근처에서 향과 분을 파는 장사치란 말일세. 그런데도 저기서 지금 저 여인이 내어놓은 분을 사려고 저리 안달 내지 않는가?"

"몰랐소?"

"뭐를?"

아직도 조금은 낯선, 멀끔해진 얼굴로 저를 보는 술벗에게 진 공자가 물었다.

"뭐를?!"

"조선 사람들 중에서는 원래 앉아서 천 리, 서서 만 리를 보는 이들이 적지 않다오. 훗. 게다가 장사 솜씨는 원래 중국 사람이 조선 사람을 못 따라온다오. 핫하하하하!"

괜히 제가 으쓱하며 음구가 의기양양하게 웃어 보였다.

휘리릭, 하늘하늘한 장삼(長衫)의 긴 소매가 사뿐히 하늘로 치솟았다가 살포시 바닥으로 내려앉았다. 그것도 잠시. 여인이 두 팔을 고이 접었다 펴며 몸을 아래위로 기울임에 따라 길게 늘어진 소맷자락은 다시 유혹적인 살랑임으로 사내의 마음을 뒤흔들었다. 비스듬히 기울어진 새하얀 꼬깔 아래 드러난 여인의 입술이 눈이 부시도록 붉었다.

"홍란."

변 역관은 단 한 번도 면전에서 입 밖에 내어 불러보지 못한 여인의 이름을 불렀다. 그 부름에 여인의 입술 아래로 작고 새하얀 이가 조금 드러난 것 같았다. 입술의 양끝이 볼을 향해 치켜 올라간 듯도 했다.

그래서 알았다. 또 다시 꿈이라는 걸. 그 건방진 기녀는 자신 앞에서 단 한 번도 웃어 주지 않았으니까. 그래도 좋았다. 이렇게 저를 향해 웃어 주니 꿈이라도 그저 좋기만 했다.

어쩌면 처음 홍란을 은월연에서 보았을 때부터, 그 꼬깔 아래 드러난 처연한 얼굴을 보았을 때부터 변 역관이 진정 보고 싶었던 것은 아마도 이 모습이었을 게다. 임금이 총애하는 사촌 아우 현무군의 애기(愛妓)라는 여인이, 당시 권력의 실세이던 좌의정의 마음을 오랫동안 졸이게 한 기녀가 누구인지 궁금하여 일부러 은월연에 참석했던 변 역관이었다.

하지만 하늘하늘한 장삼 소매를 휘날리며 승무를 추는 여인을 보았을 때, 연회에 선 계집 주제에 웃음 한 자락 보이지 않는 그 무심을 가장한 고통스러운 표정을 보았을 때 변 역관은 결심했더랬다. 그날 밤, 그녀를 가지는 것은 오직 자신이어야 한다고.

그러기에 다른 이들이 홍란의 꽃값을 매기기도 전에 다른 어느 누구도 감히 엄두를 못 낼 큰돈을 내어 홍란을 손에 넣었다.

하지만 눈 하나 맞추려 하지 않는 홍란에게, 제게 아양 한 번 교태 한 번 부리지 않는 홍란에게 자꾸만 애가 탔다. 그래서 부러 더 거칠게 대했다. 네가 나를 인정으로 대하지 않으니, 나도 너를 인정으로 대하지 않겠다, 고 마음먹은 까닭이었다.

자신이 다녀간 이후 냉수를 거듭하여 뒤집어써 심한 고뿔에 들었다는 이야기를 듣고 난 이후에는 자신을 그리 하찮게 여기는 홍란에게 언젠가, 기필코 단단히 매운 맛을 보여 주리라 다짐했었다. 언젠가 기필코 홍란을 제 손안에 넣고야 말겠다, 죽을 때까지 제 곁에 두고야 말겠다 그리 각오를 다졌더랬다.

그리하여 만약 일이 예정대로 잘 되었더라면, 무현의 벗이자 홍란이 연모하는 현무군을 무현이 해치고, 현무군을 해쳤다는 죄목으로 그 무현을 죽이는 데 성공했다면, 좌의정과 왕대비의 후광을 업고 제 손으로 온 조선의 상권을 휘어잡는 데 성공했다면, 홍란을 기적에서 빼내 제 노비로 부릴 양이었다.

잘못했노라, 당신이 이리 대단한 존재인 줄 알았다면 당신을 그리 무례하게 대하지 않았을 것이외다, 하고 홍란이 제게 잘못만 빈다면 너그러이 안아 줄 요량이었다. 사실은 나도 너를 좋아해 그리 한 것이라고, 사내답지 못한 옹졸함을 용서해 달라고, 그리 청한 다음 함께 백년해로를 하지 않겠느냐 그리 청할 작정이었다.

하지만, 일장춘몽이었다.

현무군은 죽지 않았고, 무현은 도망쳤으며, 제게 일을 맡겼던 왕대비와 좌의정은 실각하고 말았다. 그리고 자신은 다시는 조선 땅에 돌아갈 수 없는 몸이 되었다. 조선에 두고 온 남은 재산과 재물, 손에 넣을 뻔했던 모든 권세들을 떠올릴 때마다 눈물이 날 만큼, 온몸의 피가 바짝바짝 마를 만큼 아까웠다. 아까워 죽을 것만 같았다.

그중에서도 가장 아까웠던 건, 가장 제 속을 쓰리게 한 건……

"윽!!"

어깨를 꼬집히는 통증에 변 역관은 상념을 닮은 흐린 잠에서 깨고 말았다.

[죄송합니다. 죄송합니다. 죄송합니다.]

낮잠을 잘 동안 어깨를 주무르라 시켰던 계집종이 얼굴이 사색이 되어서는 연신 허리를 꾸벅꾸벅 숙이며 제 잘못을 빌어 댔다.

[멍청한 년!]

변 역관이 계집종의 옆구리를 발로 호되게 걷어찼다. 안마를 받다 꼬집힌 것에 화가 난 게 아니었다. 그저 제 꿈을, 제 상념을 방해한 것에 대한 분노였다.

[악!!]

계집종이 걷어차인 옆구리를 감싸며 바닥을 뒹굴었다. 그런 계집종의 배에, 옆구리에, 등허리에 다시 모진 변 역관의 발길질이 날아들었다.

[못난 년! 발칙한 년! 네 까짓 게! 감히 네 까짓 게!]

제 손아귀에 거의 들어올 뻔했던 홍란을 놓친 짜증까지 더해, 변 역관은 [살려 주십시오. 대인 나리 살려만 주십시오. 악!] 하며 연신 비명을 질러 대는 계집종이 입에 거품을 물고 눈꺼풀을 까뒤집을 때까지 발길질을 계속하였다.

"우륜!"

변 역관의 부름에 방 안으로 젊은 사내가 뛰어 들어왔다. 우륜은 변역관이 중국에 정착하면서 거둔 수하로 입이 무겁고 머리가 빠르며 손이 날랜 자였다.

[죽었느냐?]

코피가 흘러나온 계집종의 코 밑에 손을 대어 보고 귀를 기울여 숨소리를 확인하는 우륜에게 변 역관이 물었다.

[다행히 아직 숨은 붙어 있습니다.]

[내어가거라. 애비에게 돈냥 좀 집어주고.]

[예, 대인.]

우륜이 허공에 대고 손가락을 딱, 튕기자 그 소리를 신호로 밖에서 수하 두 놈이 뛰어 들어왔다. 우륜은 손을 저어 그들에게 혼절을 한 계집종의 사지를 들게 하여 방 밖으로 내어가게 시킨 다음, 탁자의 찻잔에 찻물을 따르고서는 이제 막 침상에 엉덩이를 걸치고 앉은 변 역관에게 공손히 두 손으로 올렸다.

[진 공자는?]

호륵, 뜨겁지도 않은 찻물을 조심스레 한 모금 마신 변 역관이 우륜에게 물었다.

[아직 그곳에 있습니다. 아직 우리 쪽에서 전갈을 받지 못하였으니 뜨고 싶어도 뜰 수가 없는 거겠지요.]

[서역인들도 함께고?]

[네. 그 서역 부인이 내어놓은 향과 화장품들이 좋다는 입소문이 나, 그들이 묵는 객주에 그 서역 부인을 찾아온 이들로 인산인해입니다.]

[음…….]

변 역관이 차를 음미하며 지그시 눈을 내리깔았다. 무언가를 거듭 생각하고 있는 모양이었다.

[……그 일행들을 쫓아간 자들에게서는 아직 아무런 전갈이 없습니다.]

우륜이 변 역관이 묻지 않은 질문에 대한 답을 먼저 내어놓았다. 홍란들을 태워 주었던 뱃사공은 두둑한 삯을 받은 때문인지 어딘가의 노름방에 콕 처박혀 좀처럼 나루터에 나타나지 않았다. 선양 인근을 싹 다 뒤져 간신히 찾아낸 뱃사공을 닦달해 홍란들이 내린 곳을 알고 뒤쫓아온 건, 홍란들이 이곳에 온 지 사흘이나 지나서였다.

객주 근처 사람들의 이야기에 따르면 진 공자와 함께 약방과 객주에 들었던 네 명의 남녀는 바로 전날 새벽, 온다간다 말도 없이 사라지고 말았다고 했다. 누군가는 새벽에 밤도망을 치듯 남녀 두 명이 사라지는 걸 봤다고 했고, 또 누군가는 남녀 넷이서 한 몸처럼 움직여 새벽 이슬을 밟았다고도 했다. 우륜은 변 역관이 따로 무어라 명을 내리기도 전에 그들의 뒤를 쫓으라고 검객 두어 명을 보냈다.

[아예 자취를 못 찾았으면 되돌아와야 했을 터인데, 무슨 일일까요?]

[……죽었나 보지.]

별일 아닌 것처럼 변 역관이 심드렁하게 답했다. 무현의 솜씨라면 그깟 검객 두어 명쯤 단칼에 베어내고 말았을 것임을 알고 있는 까닭이었다.

[다른 자들을 보내 볼까요?]

[아니.]

탁, 소리 나게 찻잔을 내려놓은 변 역관이 자리에서 일어났다.

[그쪽은 됐다. 급한 게 없어. 옷을 내어오거라.]

우륜이 변 역관의 명을 받들어 바깥으로 나갔다가 윤기가 자르르, 흐르는 검은 담비 가죽 옷을 들고 나타났다. 그리곤 변 역관의 등 뒤로 돌아가 변 역관이 옷에 팔을 꿰는 것을 도와주었다.

[우륜, 아느냐? 여기 이 땅에서도 담비는 아주 귀한 가죽이지만, 조선에서는 더더욱 특별한 옷이란다. 왕실에서나 혹은 임금이 하사해야만 겨우 입을 수 있는 귀물(貴物, 드물어서 얻기 어려운 물건, 귀한 물건)이지.]

변 역관이 반들반들 길을 잘 들인 가죽옷을 쓸어내리며 옛 기억을 더듬었다. 조선에서는 아무리 돈이 많아도 저 같은 중인은 결코 걸칠 수 없는 옷이었다. 하지만 그럼에도 불구하고 변 역관은 남몰래 어렵사리 구한 담비 가죽을 납작하게 마름질하여 겨울 도포 안에 걸치곤 하였다.

[어디로 가시겠습니까?]

우륜이 물었다.

[우리도 소문의 서역 부인을 봐야 하지 않겠느냐? 장사 솜씨가 그리 좋다하니, 어디 그 솜씨 한번 구경해 보자꾸나.]

히죽, 변 역관이 웃었다. 홍란들이 사라지고 난 후 갑자기 나타났다는 서역인들, 그중에서도 온몸을 푸른 복색으로 꽁꽁 감췄다는 서역 부인이 어쩐지 제가 아는 사람일 것만 같은 예감이 들어서였다.

[공자님, 손님이 찾아오셨습니다.]
부러 부른 서역 상인과 나란히 마주 앉아 천축국에서 가져왔다는 진한 차를 우려마시는 진 공자에게 객주의 하인이 변 역관의 일행이 왔음을 알렸다.
[드디어 왔나 보군. 잘 해주셔야 하네.]
[걱정할 필요 없다니까요?]
천축국 사람답게 짙은 살빛에 진하고 두툼한 눈썹 그리고 손가락 한 마디가 들어갈 것만 같이 움푹 패인 눈매를 지닌 마타가 진 공자를 향해 찡긋, 한쪽 눈을 감아 보였다. 천축국에서 건너와 중국에서 장사를 시작한 지 근 오륙 년이 넘은 마타는 성조(聲調)가 어색해 가끔 말이 안 통할 때도 있었지만 그래도 다른 외국 상인들에 비하면 중국말이 꽤나 능숙한 편에 속했다.
[이런, 이런. 어이하여 이리 누추한 객주에 머무시고 계시는 겁니까? 원 대인의 처남 되시는 분께서 이만한 대접을 받아서야 쓰겠습니까? 저랑 가시지요. 제법 괜찮은 여각을 봐 두었습니다.]
하인의 안내를 받아 방에 들어서는 변 역관은 보란 듯이 활짝 웃으며 방 안을 두리번거리기부터 하였다. 변 역관의 뒤에 짐짓 공손히 두 손을 모으고 고개를 조아린 채 따라 들어온 우륜 역시 마찬가지였다. 고개는 숙였지만 제법 매서운 눈초리로 방에 진 공자와 서역 상인 외에 다른 누군가는 없는지 살피고 있었다.

[오랜만에 뵙습니다. 그간 무탈하셨습니까?]

변 역관이 진 공자와 마타가 마주 앉아 있는 탁자 옆까지 다가와서는 진 공자를 향해 비스듬히 상체를 숙여보였다.

[음.]

진 공자가 짧게 답하고는 부러 변 역관 쪽으로는 고개도 돌리지 않고 호르륵, 차를 마셨다. 변 역관은 제게 앉으라 소리도 안 하고 눈도 마주치지 않는 진 공자를 향해 잠시 어금니를 드러냈지만, 이내 웃는 낯으로 되돌렸다.

[우륜, 이리 내거라.]

변 역관이 우륜에게 비단 서찰 하나를 건네받아 두 손으로 서찰의 좌우를 잡고 진 공자에게 내밀며 깊이 허리를 숙였다. 어디를 보나 아랫사람이 상전을 대하는 정중한 태도였다.

[받았네.]

서찰을 받자마자 펴서 확인할 생각도 아니 하고, 그대로 탁자에 내려놓는 진 공자의 모습을 보며 변 역관이 한쪽 눈썹을 치켜세웠다.

[확인…… 아니 하셔도 되겠습니까?]

[조선과 왜에서 내 일을 도와줄 사람에 대해 적은 것이겠지. 아닌가?]

변 역관을 향한 진 공자의 말투는 싸늘하기 그지없었다.

[내, 시간 되면 따로 읽어 보겠네.]

그리고선 마치 하인을 물리듯이 손을 휘휘 저었다. 그 모습에 한껏 모욕감을 느낀 변 역관의 낯이 붉으락푸르락 변했다.

[공자님!]

제 주인의 수모를 보다 못해 변 역관의 뒤에 섰던 우륜이 한 발짝 앞으로 나와 진 공자를 불렀다.

[어찌 제 주인께 앉으라 소리 한마디 아니 하시고 이리 종 대하듯 하십니까? 변 대인께서는 원 대인의 벗이자 의제(義弟, 의동생)이시니 공자님께서 이리 무례히 대하실 분이 아니신 것을요.]

우륜의 말에 그제야 진 공자가 여전히 서 있는 변 역관을 올려다보았다. 놀리듯 싱글싱글 웃는 그 낯에 변 역관의 이마에는 피릿, 하고 두꺼운 힘줄 몇 개가 불룩, 튀어나왔다.

[아이고, 이런 어쩌나. 내 벗과의 환담에 그만 예를 깜빡 잊었네. 그런데 어쩌나? 자네들이 봐서 알겠지만 이 방에 의자라고는 나와 내 벗이 앉은 이 두 개뿐인데, 자네를 앉히자고 내가 혹은 내 벗이 일어날 수는 없는 노릇 아닌가?]

그러고 보니 진 공자와 서역 상인이 마주 앉은 탁자는 여섯 명 이상의 사람이 둘러앉을 수 있을 만한 크기였지만, 의자라고는 달랑 두 사람이 깔고 앉은 게 전부였다.

[그게 뭐 그리 어려운 문제겠습니까? 없으면 가져오라 시키면 되는 것을요.]

변 역관이 제 곁의 우륜에게 고갯짓을 하였다. 그러자 우륜이 눈 깜짝할 사이에 밖에 나가 의자 하나를 갖고 오더니 진 공자가 앉은 탁자의 바로 옆면에 놓았다. 변 역관 역시 이죽이죽 웃으며 의자 곁에 가 섰다. 그리고선 이래도 앉으라 권하지 않을 거냐는 듯 진 공자를 내려다보았다.

그때서야 진 공자가 웃음을 지어 보이며 말했다.

[앉으시게.]

'하! 진작 그럴 것이지.'

변 역관이 작은 승리에 도취되어 우륜이 조금 뒤로 빼 준 의자에 막 엉덩이를 걸치려는 순간, 진 공자가 벌떡 자리에서 일어섰다.

[마타, 우리 잠시 거닐지 않겠나? 너무 앉아 있었더니 허리가 다 뻐근하네그려.]

[그렇지요? 저 역시 엉덩이가 짓무를 참입니다. 내심 나가서 바깥공기나 좀 쐬었음 하고 있던 중이지요.]

서역 상인 역시 앉은 자리에서 벌떡 일어났다.

[잠시만!]

바짝 날이 선 변 역관의 목소리가 진 공자와 서역 상인의 걸음을 세웠다.

[소……인……에게 곁에 계신 분께 인사도 못 올리는 결례를 저지르게 하실 겁니까?]

어금니를 깨물며 저 스스로를 소인이라 칭한 변 역관이 서역 상인을 보며 물었다.

[아, 아직 인사를 아니 나누었던가? 이런 내 정신머리 좀 보게.]

진 공자가 웃으며 돌아섰다. 그리고 마타와 변 역관에게 서로를 소개하기 시작하였다.

[마타, 이쪽은 조선에서 온 변 대인이라 하네. 내 매형(妹兄)과 잘 아는 이지.]

[변 대인. 이쪽은 천축국 출신의 마타 대인이라 하네. 나와는 허물없이 사귄 지 제법 년차가 된 사이지.]

'이놈……'

변 역관은 또다시 제게 수모를 가한 진 공자를 보며 숨을 들이삼켰다. 본디 소개란 신분이 낮은 사람부터 먼저 하는 법이었다. 허니 진 공자가 서역 상인보다 저를 먼저 소개했다는 것은 제가 더 낮은 사람이라고 강조하는 것과 다를 바 없었다.

하지만 여기서 화를 낼 수는 없었다. 조선에서도 역관으로서 수완을 인정받기 전까지는, 권문세족들에게 뒷돈을 대어 주기 전까지는 온갖 수모와 멸시를 다 당하며 살아온 자신이 아니었던가? 콧대 높은 부잣집 젊은 도령 – 그것도 조만간 없어질 운명 – 의 우롱 따위 그저 웃어넘기면 그뿐이었다. 게다가 오늘은 저 서역 상인에게 더 중한 볼일이 있어 온 참이니 더욱 더.

[변 가라 합니다. 인사 받으시지요.]

[마타라 합니다. 반갑습니다.]

두 사람이 서로 허리를 숙여 인사를 주고 받았다.

[자, 볼일은 끝났지? 그럼 어서 가자고.]

진 공자가 마타의 소매를 잡고 이끌려는데 변 역관이 얼른 그 곁에 따라붙으며 물었다.

[장삿길에 부인을 동반하셨다면서요? 벌써부터 인근에 부인의 장사 솜씨가 일품이라고 소문이 자자합니다.]

[하하, 그런가요? 셈 솜씨는 제법 좋은 편이긴 한데, 장사 솜씨는 어떤지 저는 잘 모르겠네요.]

[저도 한번 뵙고 싶은데…… 인사 좀 시켜 주시겠습니까?]

[자네가 남의 안사람을 왜 보려고?]

못마땅한 기색을 감추지 않으며 진 공자가 물었다.

[천축국의 여인은 함부로 외간 남자 앞에 나서는 법이 아니라네. 헌데 군이 보려는 이유가 뭔가?!]

[그쯤은 저도 알지요. 그런데도 워낙 장사 솜씨가 탁월하다시니 꼭 한번 뵙고 싶어서 이럽니다. 저란 놈이 원래 호기심이 많은 편이라서요. 그렇다고 따로 찾아뵙는 무례를 범할 수는 없으니, 소개해 주십사 하는

것이지요.]

변 역관의 말은, 소개해 주지 않으면 직접 따로 만나러 가겠다는 이야기로도 들렸다. 그러기에 진 공자는 마타에게 그리하라는 듯, 고개를 끄덕여 보였다.

[밖에 누구 없느냐?]

마타가 바깥을 향해 소리쳤다. 그러자 얼른 객주의 계집종 하나가 쪼르르 달려와 허리를 숙였다.

[내 안사람을 데려오너라.]

[예.]

명을 받고 쪼르르 달려 나간 계집종은 금세 머리끝부터 발끝까지 온통 푸른 옷으로 가린데다 파란 비단장갑까지 낀 여인을 모시고 방으로 돌아왔다.

'흐음……?'

풍덩한 푸른색 천 아래 조금 나와 보이는 여인의 배 모양에 변 역관이 보일 듯 말 듯 갸웃거렸다. 누가 봐도 임신한 것이 분명한 여인의 몸태였다. 허나 선양에서 홍란들의 뒤를 쫓은 그 누구도 그에게 홍란이 임신했다는 사실을 알려준 이가 없었다. 이곳 홍화포에서도 갓난아이를 둔 무현 내외를 포함한 홍란들의 야반도주에 대해 듣기는 했지만, 누구도 그에게 홍란이 아이를 가졌다는 말 따윈 전해 주지 않았다. 무엇보다 홍란이 임신해 있을 리가 없었다. 홍란과 함께 움직였다는 사내는 조선에서 누군가 홍란을 지키기 위해 붙여 준 사내라고 했다. 거기다 중국까지 오는 길에는 내내 수평이 놈이 따라붙어 있었다. 조선에서 아이를 배어 온 것이 아니라면 홍란이 임신을 해 있을 리가 없는 것이었다.

'뭐지? 그 계집이 아닌 건가? 아냐, 아니다. 그저 얕은 수를 쓴 것이야.

그저 내 눈을 속이려고 서역 부인인 양 푸른 옷을 뒤집어쓰고 임산부인
체하는 거다. 홍란임이 분명해. 내 감이 말해 주고 있어.'

제게 까딱, 고개를 숙여 보이고 제 곁을 스쳐 지나간 여인에게서는 어
쩐지 먼 옛날 홍란에게서 맡았던 향긋한 향기마저 나는 것 같았다. 의
심할 나위없는 바로 그 계집이었다!

[부인께서 임신을 하셨습니까? 축하 드립니다.]

하녀의 부축을 받으며 의자에 앉은 서역 부인을 보며 변 역관이 짐짓
정답게 마타의 손을 맞잡아 흔들었다.

[감사합니다.]

마타 역시 히벌쭉 웃으며 답례를 하였다.

[헌데 홀몸도 아니신 아내 분을 어찌 계속 모시고 다니십니까? 한 곳
에 머무르게 하시지 않고요.]

[저두 그러고 싶었지요. 허나 낯선 타국에서 남편인 저까지 떨어져 있
으면 불안하다고 기어이 동행하겠다고 통사정을 하니 도리가 있어야지
요.]

[그래도 안정을 하시는 게 좋을 듯한데…….]

[변 대인, 자네는 원래 그렇게 남의 가정사에 참견을 잘 하시는가?]

걱정을 계속해 주는 척하는 변 역관의 말을 심사가 곱지 않은 진 공
자가 가로막았다.

[내 누이 내외에게 한 참견이 그러고 보니 자네 천성에서 나온 못된
버릇인가 보군?!]

진 공자가 조금 전 일어났던 자기 자리에 다시 가 앉았다. 마타에게
눈짓을 하여 마타도 그리하게 하였다. 그러니 또 다시 변 역관이 앉을
자리가 없게 되었다.

[대인, 제가 얼른…]

우륜이 다시 밖으로 나가 의자를 들고 올 뜻을 비쳤으나 변 역관이 손을 들어 막았다.

[됐네. 방 주인께서 마주 앉기를 꺼려 하시니 의자가 수백 개가 있은들 내 앉을 자리가 있겠는가? 아니 그렇습니까?]

제 물음에 가타부타 답도 않는 진 공자를 보며 변 역관이 이번에는 마타에게 물었다.

[실은 부인을 뵙고 싶었던 것은 여인의 물건에 대해 여쭤 볼 것이 있어서입니다. 허락해 주시겠습니까?]

[그러시지요.]

마타가 선뜻 수락하자 얼른 탁자로 다가선 변 역관이 품속에서 무언가를 꺼내 서역 부인의 앞에 놓았다. 한눈에 보기에도 꽤 값나가 보이는, 은으로 잘 세공된 둥근 화장갑이었다. 뚜껑에는 난초 무늬가 섬세하게 새겨져 있기도 했다.

[뵙고 싶었던 것은 다름이 아니오라, 이 연지갑 안에 담긴 연지에 대해 묻기 위함입니다. 부인께서는 화장품들에 출중한 안목을 가지고 계시다지요? 제가 이것을 어느 귀한 댁 아가씨에게 팔고자 하는데, 그 값을 얼마나 받으면 좋을는지 알려 주시지요.]

변 역관의 말을 전해 주는 듯 마타가 부인의 귀에 대고 한참을 속삭였다. 그 속삭임이 끝나자마자 서역 부인이 머뭇머뭇, 조심스레 연지갑을 향해 손을 뻗었다. 부인에게서 조금 떨어진 곳에 놓은 까닭에 손이 닿지 않자 변 역관이 친절을 가장하여 연지갑을 들고 서역 부인의 곁에 가 섰다. 그리곤 손을 내민 서역 부인에게 전해 주다가 놓친 척하며 연지갑을 바닥으로 떨어뜨렸다. 놀란 사람들이 일제히 바닥을 향해 몸을 굽혔다.

［어이쿠!! 이런 실수를!］

서역 부인보다 먼저 허리를 굽혀 연지갑을 줍는 변 역관의 시선이 서역 부인의 팔목을 향하곤 번쩍, 빛을 발했다. 반사적으로 연지갑을 주우려 손을 뻗느라 드러난 긴 소맷자락 안의 파란 장갑 위로 보인 팔목이 서역인의 살빛이 아니었던 까닭이었다.

"내 이럴 줄 알았어!"

의기양양한 웃음과 함께 변 역관이 서역 부인의 눈 부분을 가린 푸른 망사를 뜯어낸 건 순식간의 일이었다.

［안 돼!］

누군가의 날카로운 비명이 방 안에 울려 퍼졌다.

［네 이놈! 정녕 죽고 싶어 환장한 것이더냐?! 내 벗의 낯을 봐 천한 네 놈과 얼굴을 마주하고 알은체를 하였더니 내 여인의 정절을 범해?!］

마타가 변 역관의 멱살을 쥐고 흔들며 고함쳐 댔다. 우륜이 얼른 제 주인을 도우려 가까이 가려 했지만, 어느새 나타난 낯선 사내의 칼에 막혀 한 발자국도 움직일 수 없었다. 몸놀림이 빠른 자였다. 수염을 깎은 지 얼마 안됐는지 파르스름한 턱과 불을 뿜어낼 것 같은 안광이 인상적인 자였다.

그렇게 우륜이 중국인 사내로 위장한 음구에 의해 가로막혀 있는 동안, 변 역관은 하얗게 질린 얼굴로 마타의 험악한 손짓에 따라 이리저리 흔들리고 있었다.

그리고 그 곁에서는 바닥에 엎드려 제 찢어진 옷자락에 얼굴을 묻은 여인이 비명과도 같은 울부짖음을 내뱉고 있었다.

[도대체 이게 무슨 무롄가?!]

진 공자 역시 분을 참지 못하겠다는 듯 변 역관을 향해 소리를 질러 댔다.

[조선에서는 이와 같은 일이 예사인 줄 모르나, 천축국에서는 이는 남의 집 부인을 범한 것이나 진배없네. 이 무례를 어찌 씻으려고 이러는 것인가?! 어?!]

[나는 그저…… 그저…… 내가 찾는 사람인 줄만 알고…… 잘못…… 잘……잘못했사옵니다. 요, 용서해 주시옵소서. 자, 잘못했소.]

[용서?! 용서어?!]

변 역관이 연신 잘못을 비는데도 마타가 울고 있는 제 아내를 턱짓으로 가리키며 변 역관에게 소리쳤다. 그러고도 영 성이 차지 않는지 천축국 말로 빠르게 무언가를 떠들어 댔다.

[……! ……!!]

[지……진 공자, 이…… 이자가 아니 이…… 이분이 무엇이라 하는 것이요?]

[자신들이 모시는 신의 말씀에 눈에는 눈, 이에는 이가 있다 하네. 즉, 목숨과도 같은 아내의 정절을 망친 이상 자네의 목숨으로 그 값을 치러야 할 것이라고 하네! 그러니 왜 이런 짓을 저질러서! 자, 이러니 이제 어쩔 텐가?! 자네야 그 알량한 목숨을 내어놓으면 그뿐이겠지만, 나는 내 매형에게 이 일에 대해 무어라 설명해야 한단 말인가?! 어리석은 사람! 어찌 일을 이렇게 만들어!!!]

그 말이 끝나자마자 마타가 쥐고 있던 변 역관의 멱살을 거의 집어던지듯 놓았다. 그 때문에 다리에 힘을 잃은 변 역관이 털썩 바닥으로 주저앉았다. 그런 변 역관을 보며 마타가 긴 치맛자락 같은 앞섶을 젖혀

초승달처럼 휜 날카로운 단도를 꺼내 들었다.

[안 됩니다! 안 돼!! 대인!!]

그 모습을 보며 우륜이 목이 찢어져라 비명을 질렀다.

❀

"정말 괜찮으시겠습니까?"

음구가 물었다. 객주방에는 진 공자를 비롯해서 홍란을 제외한 모두 ─ 마타, 새 푸른색 부르카로 다시 온몸을 감싼 마타의 중국인 부인, 음구 등 ─ 가 모여 있었다. 홍란은 만일의 위험을 대비해 객주의 가장 깊은 내실에서 몸을 숨기고 있는 중이었다.

"놈이 무례를 범한 건 사실이니 아무도 이 일로 트집을 잡진 못할 것이야."

변 역관은 지금 객방의 창고에 감금되어 있는 상태였다. 변 역관은 여전히 조정에서 쫓고 있는 중죄인이니 조선인 관청으로 끌고 가면 좋을 일이었지만 중국에 나와 있는 조선인들은 모두 변 역관과 이래저래 줄이 닿고 있으니 섣불리 조선인 관청으로 끌고 갈 수는 없는 노릇이었다. 그렇다고 조선까지 끌고 가는 것도 쉽지 않았다.

"죽이자니까? 어차피 자네들 나라에서도 쫓고 있는 중죄인이라면서? 나 역시 그자에게 적지 않은 원한이 있으니 아예 이번 기회에 죽여 후환을 없애자고."

진 공자가 다시 한번 제 뜻을 강하게 피력했다. 음구 또한 어명 없이 자신이 독단적으로 일을 처리해도 좋을까, 잠시 망설였지만 그러겠다고 하였다. 설령 이 일로 나중에 추국을 당하더라도 지금 당장 홍란과 아기씨를 보호하기 위해선 변 역관을 없애는 것이 최선인 듯싶었다.

"그럼, 말 나온 김에."

음구가 각오를 다진 얼굴로 장검을 든 채 자리에서 일어났다. 그때 객주의 계집종이 얼굴이 하얗게 질린 채 종종걸음으로 방으로 들어왔다.

[워, 원 대인 나리 부처(夫妻)께서 오셨습니다.]

[뭣, 누님이?!]

계집종의 보고에 진 공자가 자리에서 벌떡 일어섰다. 진 공자가 채 방문으로 나서기도 전, 문이 열리고 원 대인과 파리한 낯빛의 진 부인이 방으로 들어섰다.

[누님!]

진 공자가 원 대인에게 묵례로 인사를 하는 둥 마는 둥하고선 얼른 진 부인에게 다가가 손을 잡았다.

[극무야…….]

[여기까지 어쩐 일이십니까? 언제 오셨어요?]

[내가 오자 하였네. 처남이 이제 곧 먼 길을 떠날 터이니, 잘 갔다 오라는 인사는 해야 할 것 같아서. 참, 그런데 변 역관은 어딜 갔는가? 이곳에 먼저 가 있겠다고 연통을 주었었는데?]

원 대인의 말에 진 공자의 뒤에서 마타와 음구들은 서로 난처한 눈빛을 주고받았다.

[왜, 무슨 일이 있었는가?]

다 알고 있으면서 의뭉을 떠는 듯, 슬쩍 눈을 빛내며 원 대인이 물었다.

[하하하하! 그런 일이 있었구먼. 그 사람이 워낙 호기심이 많고 성격이 급하여 그만 무례를 저지른 것 같네.]

원 대인이 앉아 있던 의자에서 불쑥 일어나 마타 부부를 향해 공손히 허리를 숙였다.

[대, 대인! 어, 어찌 이러십니까?!]

마타가 민망하고 당황하여 원 대인에게 다가가 허리를 들도록 재촉하였다. 비록 원 대인과 진 공자의 사이가 불편하다고는 하나, 어디까지나 원 대인은 천하를 주름잡는 거부 중의 거부였다. 그런 그가 한낱 외인 상인에 불과한 자신에게 깊이 허리를 숙이는 것은 있을 수 없는 일이었다.

[마타 대인. 그대와 그대의 부인에게 무례를 저지른 변 가는 나와 형제의 연을 맺은 자일세. 내 형제의 과는 나의 과, 내가 대신 이리 잘못을 빌 테니 부디 내 아우의 잘못을 용서해 주지 않겠는가?]

원 대인이 허리를 숙인 채 변 역관의 잘못을 대신 빌었다. 마타는 난처하여 진 공자의 눈치만 살피는데, 그것을 본 원 대인이 괜히 저를 따라 엉거주춤 일어선 제 부인을 향해 버럭 소리를 질렀다.

[부인은 어찌 그리 멀뚱히 서 있는 게요? 나의 죄는 곧 부인의 죄! 어서 부인도 허리를 숙여 마타 대인에게 용서를 비시오!]

[……용서를 빕니다.]

남편의 고함에 진 부인도 마타 부부를 향해 깊이 허리를 숙여 보였다. 그 모습에 으드득, 진 공자가 이를 갈았다.

[형니임!]

[왜 부르시는가?]

원 대인이 여전히 허리를 숙인 채 고개만 들어 뱀눈으로 진 공자를 보았다. 이래도 네가 변 역관을 잡아놓을 수 있겠냐는 눈빛이었다.

[곧……, 변 가를 불러다 드리지요. 데리고 돌아가십시오.]

[그래준다면 나야 고맙고.]

그제야 원 대인이 거만한 표정으로 허리를 펴고선 의자등에 깊이 기대어 앉았다.

[변 가가 내 아우이니, 따지고 보면 처남과도 형제 사이나 진배없지 않겠는가? 좋은 게 좋은 거라고, 언제 내 묵고 있는 객주로 와서 밤새도록 술이나 마시며 구원(舊怨, 오래전부터 품어 온 원한)이 있걸랑 다 털어 버림세. 사내들이 뭐 그깟 일로 낯을 붉히는가? 어허, 뭐하는가? 어서 변가를 데리고 오게.]

결국 그 밤, 원 대인은 증오에 불타는 변 역관을 데리고 돌아갔다. 진 부인은 위압적으로 함께 돌아가자고 하는 원 대인에게 동생과 오랜만에 회포를 풀겠다며 후에 따로 가겠다고 말했다. 못마땅해 하는 기색이 역력했지만 변 역관을 구하러 온 목적을 달성하였기에 원 대인은 순순히 그리하라 허락해 주었다.

[극무야…….]

모든 이들을 내보내고 남매 둘만이 남자, 진 부인은 진 공자의 손등에 얼굴을 묻고 굵은 눈물을 흘렸다.

[미안하구나. 내게 힘이 없어 너를 이역만리로 보내게 되었어. 흐흑.]

[그런 소리 마셔요. 장사꾼 집안 아들이 먼 길 가는 게 무슨 대수라고요.]

누이를 달래기 위해 그리 말하면서도 진 공자는 그 먼 길 중 어딘가에 분명 원 대인이 심어 놓은 살수(殺手)가 있음을, 그자는 기어이 자신의 목숨을 빼앗고 말 것을 알았다.

[자, 이제 찬찬히 얼굴 좀 보여 줘요. 눈물일랑 닦으시고 어여쁜 누이의 얼굴을 보게 해 주어요.]

다정히 속삭인 진 공자가 가여운 제 누이의 얼굴을 두 손으로 감싸고 제 쪽을 보게 하였다.

'누이……!'

진 부인의 야윈 얼굴은 눈물자국 때문에 엉망이었다. 두텁게 분칠을 한 얼굴 곳곳에 눈물자국이 굵은 밭고랑을 이루고 있었던 것이다.

[아……, 내 얼굴이 별로지? 요즘 밤잠을 좀 못 이뤘더니…….]

진 부인이 황급히 눈물을 닦으며 제 흉한 얼굴이 부끄러운 듯 볼을 붉혔다. 하지만 단순히 잠을 못 이룬 때문이라고 하기엔 얼굴의 상태가 심각하였다. 한때 다른 여인들보다 얇고 속이 비쳐 보일 듯한 투명함을 자랑하던 고운 살갗은 이제 두텁디두터운 분칠로도 그 마르고 퍼석퍼석한 기운을 가리지 못하고 있었다. 거기다 그리 많지는 않지만 붉은빛이나 자줏빛의 반점들도 군데군데 자리하고 있는 것이 보였다.

[누님, 잠깐 저 좀 따라오시지요.]

자꾸만 얼굴을 가리려 하는 누이의 손을 잡고 진 공자가 자리에서 벌떡 일어섰다. 그리곤 아직 홍란이 잠들어 있지 않기만을 바라며 홍란을 숨겨 놓은 내실로 향했다.

"쉬는 데 방해해서 미안해. 이분은 내 누님이셔. 실은 그쪽에게 도움을 구할 게 있어서……."

홍란이 선뜻 방에 들여보내 준 것에 고마워하며 진 공자가 본론을 꺼내려는데, 진 부인이 놀란 얼굴로 진 공자를 보았다.

[극무야. 저 여인은……. 설마 저 복중 아이가 내 조카인 것이니? 이런 경사스러운 일이…….]

[아, 아니에요. 누님. 여기는 조선에서 온 매분구, 그러니까 여인들의 화장을 도와주고 화장품을 파는 장사치입니다. 사정이 있어 같은 객주에 묵고 있기는 하지만 나와는 그런 인연으로 엮인 이가 아닙니다.]

[아⋯⋯.]

아우의 설명에 진 부인의 얼굴에는 눈에 띄게 실망한 기색이 비쳤다. 그 모습에 피식, 웃음을 머금은 진 공자가 진 부인의 작은 어깨를 감싸고는 홍란이 앉아 있던 탁자 맞은편에 진 부인을 앉혔다.

[홍란이라 합니다.]

홍란이 그간 익힌 중국어로 공손히 인사를 건넸다. 그런 홍란을 미심쩍은 눈으로 보며 진 부인도 고개를 끄덕여 인사를 받았다.

[진 가라 하오. 몸이 무거울 텐데 어서 편히 앉으시오, 어서요.]

다정하게 말을 건네는 진 부인을 보며 미소로 감사의 인사를 전하던 홍란은 문득 화장과 눈물로 얼룩진 진 부인의 얼굴을 보았다. 홍란의 눈길은 이내 진 공자에게로도 향했다.

"조선에서 제법 신묘한 솜씨로 유명한 매분구였다면서? 우리 누님 좀 도와주지 않겠어?"

진 공자의 말에 홍란이 의자를 끌어 좀 더 가까이 진 부인의 얼굴을 들여다보았다.

"평소에 단장을 하실 때에는 어떤 것들을 쓰십니까?"

홍란의 말을 진 공자가 중국말로 옮겨 제 누이에게 전하였다.

[평소에는 구자방과 궁분만을 사용하는 정도였으나, 근래 들어서는 얼굴이 전만 같지 못한 듯하여 옥용산과 곽향산 등도 함께 쓰고 있다네.]

진 부인의 말 또한 진 공자가 조선말로 옮겨 홍란에게 전했다. 두 여인의 대화는 이후로도 내내 그런 식으로 진행되었다.

[어느 것을 어떤 순서로 쓰십니까?]

홍란의 물음에 진 부인이 제가 화장을 할 때 바르는 것들을 하나씩 열거하였다.

[우선 소세를 먼저 한 후 가장 먼저는 장미꽃잎으로 만든 화장수를 바른다네. 그리곤 구자방(여덟 가지 약재를 소주와 함께 섞어 끓여 찌꺼기를 버린 후 벌꿀, 빙편분, 주사를 섞어 저어 만드는 화장품. 살결을 부드럽고 매끄럽게 한다.)을 바른 후, 옥용산(피부가 윤이 나게 도와준다. 또한 반점 증상을 개선시킨다)을 바르고, 그다음에 익모초 가루에 향료를 넣어 만든 궁분을 얼굴과 목 등에 고루 바르지. 그다음에 세 가지 미묵들을 섞어 눈썹을 그리고, 궁중의 후궁마마들이 즐겨 쓰신다는 연지를 바르곤 하지. 그 뒤에 다시 뺨과 콧날 등에 궁분을 고루 칠하고.]

"그 많은 것을 한꺼번에 다 쓰신다는 것입니까?"

[그렇네만? 모두 상질의 것들이라 상인들이 너나없이 추천해 준 것들이라네.]

진 공자가 옮겨준 말이 끝나자마자 홍란이 성큼 진 부인에게 다가가 부인의 얼굴을 자세히 살폈다. 그리곤 객주의 하인을 불러 진 부인의 얼굴을 씻을 소세물을 떠오라고 시켰다. 따뜻하게 데운 물과 찬물 여러 주전자가 필요하단 말도 잊지 않았다.

물은 금세 준비되었다. 그러는 동안 홍란도 제 짐들 중에서 필요한 것들을 골라 탁자 위에 주르르 늘어놓았다.

"우선 제가 일러 드리는 세안법을 익혀 두셨다가 평소에도 이리 하시면 좋을 것입니다."

[그리하겠네.]

어느새 목 부위에 커다란 수건을 두르고 세안할 준비를 마친 진 부인이 고개를 끄덕였다. 그리곤 급한 마음에 물에 막 손을 담그려 할 때였다.

"잠시만요."

홍란이 소매를 둥둥 걷어 올린 진 부인의 손목을 잡고 진 부인의 앞에 놓인 두 개의 놋대야 중에 좀 더 크기가 작은 대야의 물로 이끌었다.

"우선 소세를 하시기 전에 손을 먼저 따로 씻으셔야 합니다."

[어차피 소세를 하면 손도 닦아질 터인데?]

질문을 해 온 건 통역해 주던 진 공자였다.

"부인과 같이 살갗에 여러 문제를 갖고 계신 분들은 소세를 할 때 먼저 손을 따로 씻어둔 다음 세안을 하시는 것이 좋습니다."

진 부인이 선선히 홍란이 따르는 대로 하였다. 이후 홍란은 진 부인의 젖은 손에 붉은색 팥가루를 덜어 주어 그것으로 충분히 손등과 손바닥을 비벼 씻도록 하였다.

[다 하였네.]

"그럼 이제 세안을 하도록 하겠습니다. 이것을 받아 물에 적신 후 두 손으로 가볍게 주물러 주십시오."

홍란이 아기 주먹만 한 크기의 주머니를 진 부인에게 건네주었다.

[이것이 무엇인가?]

"팥가루를 싼 무명주머니입니다. 이것을 물에 넣고 주무르시면 주머니 주위에 자잘한 작은 거품들이 생길 것입니다. 그 거품을 이마와 코, 양 볼과 턱에 차례대로 발라 주시지요."

이번에도 진 부인이 그대로 따랐다. 그 모습을 진 공자가 흥미진진한 표정으로 보고 있었다.

"그다음엔 네 번째 손가락과 다섯 번째 손가락을 이용하여 얼굴 위의 거품들로 작은 원들을 그려 주십시오."

홍란의 지시는 계속되었다.

"그런 후 물을 끼얹어 거품을 닦아내시되, 얼굴 한쪽씩 따로따로 씻어 주시지요."

[다 하였다네.]

비로소 허리를 들며 진 부인이 말했다. 그 얼굴에는 조금 전과 같은 무기력함 대신 무언가에 대한 기대감이 어려 있었다.

"이 면포로 얼굴을 톡톡 찍듯이 물기를 닦아내시지요."

그렇게 모든 세안의 과정을 마친 진 부인은 작은 면경을 통해 제 얼굴을 살폈다. 기분 탓인지 조금 전보다 얼굴 살갗이 맑고 환해진 것만 같아 진 부인의 입가에는 저도 모르게 미소가 어렸다.

[조선 여인들의 살갗이 유난히 희고 부드럽다는 소리를 진작부터 들어 알고 있었는데, 이런 신묘한 방법들이 있어서 그런 것이었나 보네.]

"무명천과 팥가루는 늘 깨끗하고 신선한 상태로 보관하시는 걸 잊지 마시고요. 그리고 여기."

홍란이 장사물목으로 갖고 있었던 몇 가지들을 진 부인 앞에 내어놓았다.

"이것은 보통의 옥용산에 몇 가지 비방을 더해 만든 옥용고이고, 이쪽 것은 밤의 안쪽 껍질과 벌꿀을 섞어 만든 율부산입니다. 율피는 예부터 거피부추문(祛皮膚皺紋 살갗의 잡티와 주름살을 없앤다)에 특효가 있다 하였으니 부지런히 쓰시면 살갗의 상태는 많이 나아지실 것입니다."

그 밤, 진 부인은 홍란에게 거금을 치르려 하였으나 홍란이 극구 사양하는 통에 결국 그냥 돌아가고 말았다. 진 부인을 배웅하고 온 진 공자는 저라도 대가를 치르려 하였으나 이미 홍란 방의 불이 꺼진 것을 보고는 객주 마당에 서서 한참이나 불 꺼진 방문을 쳐다보고 서 있었다.

"다른 마음일랑 가지지 마오."

언제 온 것인지 스윽 진 공자의 곁에 다가선 음구가 말했다.

"세상엔 아무리 탐이 나도 결코 자기 손에 들어올 수 없는 보물이 있다는 것쯤은 공자도 알 거 아니요."

"그대는? 그대 또한 저 여인을 연모하고 있는가?"

"내가 말이오? 풋, 푸흐흐흐. 흡!"

별소리를 다 한다는 듯 눈을 동그랗게 뜬 음구가 이내 웃음을 터트리더니, 혹시나 홍란의 잠을 깨울까 걱정하여 얼른 두 손으로 제 입을 막았다.

"아니라고? 그쪽이 저 여인을 보살피는 걸 보면 누구라도 그런 생각을……."

"닥치시오!"

음구가 황급히 정색을 하고 진 공자의 말을 잘랐다.

"나는 절대 그런 생각으로 저분…… 여인을 대한 적이 없소. 하늘이 아시고 땅이 아시고 계시니 그것에 대해서는 한 점 거짓도 없소. 내가 만약 저 여인에게 어떤 특별한 감정을 지니고 있는 게 있다면 그건 바로 저 여인의 사람됨, 그 자체에 대한 찬탄과 존경일 것이오. 그리고 조선 땅에서 저 여인을 학수고대하고 있을 이에 대한 충의이고."

음구가 불 꺼진 홍란의 방을 보던 시선을 들어 중천에 뜬 달을 보았다.

'전하, 이제 곧입니다. 이제 곧, 조선으로 돌아갑니다!'

제 9 장 ― 재 회

"오늘도 아니 돌아온 건가?"

도성의 어스름한 저녁, 여느 때처럼 잠행을 나온 학은 여전히 사람의 인기척이 없는 빈집을 바라보며 쓸쓸한 혼잣말을 삼켰다. 가을이 시작될 때 떠난 그의 여인은, 해가 바뀌어 겨울이 지나고 꽃피는 춘삼월이 됐는데도 아직 오지 않고 있었다.

"거짓말쟁이……."

넉넉잡아 반년이면 온다 하였던 이였다. 그보다 빨리 올 수 있을 것이라 희망을 주었던 이였다. 하지만 홍란이 학을 떠난 지도 어느새 8개월이 넘었다. 아무리 장사길이 험하다 해도, 아무리 겨울 행보로 시간이 늦춰졌다 해도 지금쯤이면 돌아오고도 남았을 시간이었다.

그래서 학은 여섯 달이 넘어가면서부터는 거의 이레에 한 번꼴로 잠행을 나와 홍란의 집 앞을 살폈더랬다. 낙향한 송 대방의 집으로 일현을 보내 홍란이 돌아온 기색은 없는지 살피기까지 하였다. 하지만 돌아오지 않는 홍란을 걱정하는 것은 송 대방 내외도 마찬가지인 것 같다는 답만 들었다.

'내가 싫어진 걸까? 그곳에서 더…… 좋은 이라도 생긴 것일까?'

아닌 걸 알았다. 아니라는 걸 믿었다. 그런데도 '혹시', '만에 하나', '만약에'와 같은 몹쓸 말들이 자꾸만 제 불안한 마음 앞에 붙었다. 짧지만 그리도 뜨거웠던 그때의 연정들이 모두 제 착각이었던 것은 아닌지 하는 의심도 들었다. 때로는 자신을 이리 오래 기다리게 하는 홍란의 매정함에 울컥울컥 원망이 들기도 하였지만, 그때마다 더 큰 근심과 걱정이 원망을 앞섰다.

'어디 아프기라도 한 건가? 다치기라도 한 거야? 무사한 거 맞아?'

"하아……."

아무도 모르는, 아무도 몰라주는 학의 새까만 속이 새파란 한숨이 되어 차가운 밤공기에 스며들었다.

"도대체 주상 전하께서는 누구를 이리 애타게 기다리시는 거요?"

홍란의 집 앞에서 걸음을 돌리기 시작한 제 주군의 뒤를 지켜보며 호위를 하고 있던 일현은 문득 제 등 뒤에서 들려온 속삭임에 소스라치게 놀라 날카로운 검을 휘두르며 돌아보았다.

"아이쿠!"

일현의 검에 스칠새라 사내가 과장된 행동으로 풀쩍 뛰어 뒤로 물러났다. 하지만 일현의 칼은 금세 다시 사내의 목 앞에 다다랐다.

"누구냐!"

어둠 속에서 작은 갓을 눌러 써 얼굴이 제대로 보이지 않는 사내를 향해 일현이 경계의 일성(一聲)을 내뱉었다.

"저입니다."

사내가 갓을 들어 올려 얼굴을 드러내자 일현은 날카롭게 곤두섰던 신경을 누그러뜨렸지만 사내의 목에 겨눈 칼만큼은 내리지 않았다.

"성 봉사(奉事) 아닌가?"

그랬다. 눈앞의 사내는 얼마 전 내의원 종8품 봉사(奉事)직에 임명된

성 의원, 태겸이었다. 두어 달 전, 예조가 전의감과 협조하여 시행하는 의과시험에 당당히 지차(之次)의 성적으로 합격한 덕분에 태겸은 내의원의 의관으로 등용되었다.

일현은 그 점이 석연치 않았다. 태겸이 비록 오래전에 의원의 자격을 갖춘 자라 하더라도 지금까지 내내 동네 약방의 의원으로 살아 오던 이였다. 그러던 그가 어느 날 갑자기 기억을 잃은 채 은월각 행수 청향의 동생으로 나타난 것이 얼마나 되었다고 의과시를 본다고 한 것인지, 또 기억을 잃었다는 자가 무슨 재주로 그 어렵다는 시험을 통과한 것인지, 영 이해가 가지 않았다. 동생의 재주가 아깝다며 자신이 친분이 있는 대감들에게 태겸의 솜씨를 선보인 뒤 의과시를 볼 수 있도록 천거를 부탁한 청향의 진짜 속내가 무엇인지 알 수가 없어, 영 꺼림칙하기만 하였다.

'청향······.'

일현이 어금니를 깨물었다. 그리곤 태겸의 목에 더욱 가까이 칼날을 들이대었다.

"언제부터 뒤를 밟은 것이냐?!"

일현의 하대에 태겸의 얼굴에는 잠시 언짢다는 표정이 스쳤다. 하지만 다시 허허실실 웃는 낯으로 답했다.

"하하, 감히 전하의 뒤를 밟다니요. 목숨이 하나밖에 없는 놈이 그리 무서운 일을 할 리가 있겠습니까? 다만 여기는 저와도 연이 있는 집인 것 같아 가끔 찾곤 하는데, 그때마다 몇 번이나······."

태겸이 부러 좌우를 조심스레 둘러보고는 은근히 목소리를 낮췄다.

"전하를 뵙게 된 것뿐입니다. 물론 전하의 뒤를 남몰래 따르시는 나리도 자주 뵈었고요."

"정말······ 단지 그뿐인가?"

"아니라면 제가 왜 공연히 나리께 질문을 드려 제 존재를 드러냈겠습니까? 영감이 저의 기척을 눈치채지 못하셨으니 그저 지나쳤으면 되었을 것을요."

말을 걸 때까지 기척을 알아차리지 못한 자신의 잘못을 지적하는 태겸의 말에 일현은 조금 머쓱하여 스윽, 제 칼을 거둘 수밖에 없었다. 하지만 태겸에 대한 시선에는 여전히 경계의 빛이 가득 담겨 있었다.

"더는 따라오지 말게."

일현은 점점 더 멀어지기 시작하는 제 주군의 뒷모습을 보며 얼른 그 뒤를 쫓아가려 하였다. 하지만 일현의 걸음이 채 떨어지기 전에 태겸이 일현의 소매를 잡았다.

"뭣……!"

"전하께서 입궐하시는 걸 확인하신 후에 전의 제 약방으로 와 주시지요."

"왜 은월각이 아니라?"

"훗……."

태겸의 입가에 씁쓸한 미소가 떠올랐다.

"어쩐지 나리께서 요즘 제 누이와 대면하는 걸 달갑지 않아 하시는 것 같아서요. 아니면 은월각이라도 괜찮……?"

"알았네. 내 약방으로 감세."

점점 멀어지는 주상 전하의 모습에 안달이 난 것인지, 일현이 서둘러 태겸의 말에 답하고서는 뛰어가기 시작하였다.

'오늘은 답을 찾을 수 있을까?'

차례대로 두 사내가 사라진 어둠을 응시하며 태겸은 잠시 뒤에 있을 일현과의 만남을 기대하였다. 몇 달 전, 한 약초꾼으로부터 들은 이야기와 일현이 들려줄 이야기를 취합하면 분명 제 안의 궁금증들이 해소될 터였다.

꼭 그래야만 했다.

기녀 출신의 매분구와 그녀의 뒤를 쫓아 중국으로 향했다는 자신, 그리고 그 매분구의 집 앞을 서성이는 주상 전하는 도대체 무슨 관계인 건지. 왜 자신은 홀로 돌아왔고, 왜 기억은 사라졌는지 알고 싶은 게, 알아야 할 게 너무나도 많았다.

"내가 말해 줄 수 있는 건 그야말로 '말해 줄 수 있는' 몇 가지 단편적인 사실뿐이네. 그것으로도 족하다면 들려줌세. 하지만 내 이야기와 맞바꿀 수 있는 자네의 이야기가 있어야 할 것이야."

늦은 밤, 태겸의 약방을 찾은 일현은 미리 술상을 준비하여 저를 기다리고 있던 태겸과 마주 앉았다.

"먼저 하문하시겠습니까? 아니면 제가 먼저 여쭐까요?"

"먼저 물어보시게."

쓴 탁주로 입을 축이며 일현이 말했다.

"아까 그 집에 살던 이는 누구입니까? 그 매분구라는 여인 말입니다."

"어디까지 알고 있는가?"

"……한때 은월각의 일패기생이었던 이라 들었습니다. 솜씨가 신묘한 매분구라고도 들었습니다. 사고로 뺨에 흉터를 지니게 되었지만, 그 흉터 또한 아름다움을 가리지 못할 정도로 어여쁜 여인이라 들었습니다. 천성이 착하여 어렵고 곤란한 사정에 빠진 이를 그냥 지나치지 못하는 의로운 여인이라는 이야기도 들었습니다. 신분은 천하나 기개가 높아 아무도 섣불리 업신여기지 못하였다는 이야기도 들었습니다."

일현은 홍란에 대한 찬사 일색의 설명을 입에 담는 태겸의 표정을 살폈다. 제가 말하고서도 영 믿기지 않는다는 듯 눈살을 찌푸리고 있는 태겸을 보자니, 그가 기억이 없다는 게 진짜임이 실감이 났다.

"어찌 그런 표정을 하십니까?"

쓴웃음을 지으며 다시 술 한 모금을 입으로 넘기는 일현에게 태겸이 물었다.

"아닙니까? 나리가 아시는 매분구라는 여인은 전혀 다른 사람입니까?"

"아니. 내가 아는 것도 그와 별로 다르지 않다네. 그리 상세히 알고 있는 자네가 어찌하여 새삼 내게 묻는 것인지 그것이 궁금할 뿐이라서."

"그 여인에 대해서는 들어 알고 있으나, 여인과 저의 관계에 대해서는 아무것도 알지 못하는 까닭입니다. 그 여인과 저는 어떤 관계였습니까?"

"……글쎄. 항시 가까이 있는 사이기는 하였지. 그 여인의 주위에는 여러 사내들이 많았지만, 그중에서도 가장 가까이에 있었던 건 자네였으니까."

그래서 전하가 그 여인과 가까이하는 것이 항시 불만스러웠던 일현이었다. 현무군의 애기(愛妓)였던 주제에 성 의원과도 항시 붙어 다니던 여인이었다. 심지어 과거에는 변 역관과도 연이 닿았던 여인이었다. 어여쁜 만큼 수없이 많은 남정네들과 질긴 연으로 묶여 있기에 일현은 지금까지 단 한 번도 마음으로 그 여인을 전하의 정인으로 인정해 본 적이 없었다. 그리고 그것은 지금도 마찬가지였다.

"그럼 제가…… 그 여인을 연모하였습니까?"

일현은 답하지 아니하였다.

"그 여인도 저를 연모하였습니까?"

이어진 물음에 일현이 다시 술을 들이켰다. 그리곤 눈을 빛내며 저를 보고 있는 성 의원, 태겸의 얼굴을 새삼 찬찬히 살폈다.

'이 사내가 올해 몇이더라? 스물아홉, 서른?'

처음 봤을 때는 점잖은 모습이 제 나이보다 훨씬 더 어른스러워 보였던 사내였다. 하지만 기억을 잃은 후 다시 나타난 태겸은 어쩐지 말투에서나 행동거지에서 전보다도 어린 티가 역력하였다. 지금 제 앞에서 혼란스러워하고 있는 모습도 마찬가지였다.

"그랬군요. 그래서…… 제가 그 여인을 좇아 중국으로 가려 한 것이었군요."

내내 보고만 있을 뿐이던 술잔을 태겸이 집어 들었다. 꿀꺽꿀꺽 소리가 나도록 들이켜 한 사발을 다 비웠다.

"이것으로 되었습니다. 이만하면 족합니다. 허니, 이번에는 나리께서 하문하시지요. 아는 대로, 단 하나의 거짓도 없이 진실 그대로만을 고하겠습니다."

일현의 침묵에서 제가 원하던 답을 얻은 것에 대한 고마움의 뜻이었다. 하여 태겸은 이 밤, 일현이 궁금해 하는 모든 것에 순순히 답할 준비를 하였다.

"자네 말일세. 기억을 잃었다고 하던데…… 허면 지금 청향과는 어찌……."

일현이 입을 떼었을 때였다. 바깥에서 휫!, 하는 짧고 날카로운 휘파람 소리가 들렸다. 아주 가는, 신경 써서 듣지 않으면 들리지 않을 정도의 작은 소리였지만 태겸도 일현도 그 소리를 쉽게 알아차렸다.

"내 수하일세. 무언가 내게 알릴 것이 있는가 보네. 일단 오늘 자리는 이쯤에서 파함세. 다음 자리는 내 쪽에서 다시 연락을 주지.”

일어서는 일현을 태겸이 배웅하였다. 오늘 밤 제가 원하는 답을 다 들었으니 더는 붙잡고 싶은 생각도 없었다.

‘그랬어. 내가 연모하는 여인이었어.’

‘기억이 없어 슬프고 답답했던 건…… 그 여인 때문이었던 것이야.’

‘내 정인이었어. 내가 사모한 여인이었어! 그랬던 거야!’

기억과 감정의 공백이, 늘 채워지지 않아 허전하기만 했던 그 뻥 뚫린 구멍이 비로소 메워진 것 같은 느낌이 들었다.

‘헌데…… 왜?’

‘왜 이 쉬운 답을 누이는 알려 주지 않은 것이지?’

‘왜 나만 먼저 돌아온 것이지?’

‘그리고 왜 전하는…… 그 여인의 집 앞을 그리 서성이시는 거지?’

‘설……마?!’

태겸의 눈이 번쩍 뜨였다. 어느새 그 눈에는 제 연적을 향한 경계의 빛이 넘실거렸다.

“전하가 거기 계시다니 무슨 말이야? 내가 분명 입궐하시는 걸 두 눈으로 똑똑히 봤거늘!”

일현은 방금 막 저를 불러낸 금군의 수하를 향해 낮게 윽박질렀다. 약방에 있는 일현을 급히 불러낸 수하는 전하께서 예의 그곳에 가 있음을 알려 온 것이었다.

“그것이, 입궐하시자마자 놓고 오신 게 있다며 급히 다시 나서셔서 그 집으로 향하셨습니다.”

“이런……”

낭패감에 일현이 얼굴을 붉혔다. 전하께서 그러신 줄도 모르고 술을 마신 제 자신이 어리석기 짝이 없었다. 이런 적은 여태 단 한 번도 없었거늘 제 번이 아닐 때에는 몰라도, 제가 번일 때는 항시 전하의 지근에서 전하의 일거수일투족을 지켜봐 온 자신이 이런 실수를 할 줄은 몰랐기에 일현의 낭패감은 더욱 커졌다.

"어찌할까요?"

"내가 가마."

"영감, 그건……."

급히 달려가려는 일현의 앞을 난처한 얼굴을 한 수하가 막고 나섰다. 금군은, 주상 전하를 지근에서 목숨처럼 지켜야 하는 금군은, 위급 상황이 아닐 경우에는 취기가 있을 시 절대 검을 들어서는 아니 되는 법이었다. 지키고자 든 검이 자칫 절대 주군에게 해를 미칠 수도 있기 때문이었다.

"아니 됨을 아시지 않습니까? 어찌해야 할지 명을 내려 주십시오."

"비켜라! 그저 입술만 축였을 뿐이다! 전하의 곁은 내가 따른다!"

일현이 눈을 부라렸지만, 수하는 비킬 생각을 하지 않았다. 하여 일현은 검을 빼어들 수밖에 없었다.

"정녕 네놈이 나를 막고 선다면, 네 목을 벨 수밖에 없는 노릇이니!"

"……알았습니다."

일현의 겁박에도 물러서지 않고 내내 팽팽히 마주 섰던 수하가 하는 수 없이 자리를 비켜 주었다. 그 길로 일현이 부리나케 뛰어나갔다. 뒤에 남은 수하가 무슨 생각을 할지는 일현도 알았다. 제 말이 너무 심했음도 알고 있었다. 수하에게는 아무런 잘못이 없음도, 잘못이라면 제 일을 제대로 마무리하지도 못한 채 술이나 퍼마신 멍청한 저에게 있음을 알았다. 하지만 벌써 몇 달째 음구가 모습을 보이지 않고 있는 지금, 제가 아니고서는 전하를 지킬 수 있는 이가 없다는 초조함이 일현을 깊게 생각할 수 없게 만들고 있었다.

'헌데 전하께서는 왜 다시 그 집으로 가신 것이지?'

그때 학은 하얀 달빛 아래 마치 귀신이라도 본 듯 멍하니 서 있다 말고 퍼뜩, 제 손을 들어 눈을 비볐다. 잘못 본 것이 아닌지 의심한 때문이었다. 아까 돌아섰을 때만 해도 굳게 닫힌 채, 인적 하나 없이 온통 새카맣기만 하던 홍란 집의 대문이 열려 있었다. 그 대문 안으로 불이 켜진 방이, 방에서 새어나온 불빛에 마당을 오가는 여인의 모습이 보였다.

그 모습은,
뺨 위에 고운 꽃잎이 새겨진 그 여인은,
길고 긴 시간 동안 제 애간장을 온통 녹여 낸 여인은,
꿈에서도 잊지 못했던 제 정인(情人)이었다.
어여쁘고도 어여쁜 제 연인이었다.
마음 같아서는 한달음에 뛰어가 안아 주고 싶은데
저 대문을 박차고 뛰어가 덥석 안고 싶은데
발이 움직여지질 않았다.

무슨 까닭인지
온몸이 사시나무 떨리듯 벌벌, 떨렸다.
이것마저 꿈일까 봐
이것마저 꿈이라면

견디기에 너무한 악몽이기에
덜컥 무섬증이 들었다.

무섭고 두려웠다.
현실이 아닐까 봐, 꿈일까 봐 두려워 발이 움직여지지가 않았다.
하여, 벅차오르는 마음에 제 가슴을 움켜쥔 채 가만히 보기만 하였다.
눈을 깜빡이면 사라질까 두려워하며 눈조차 깜빡이지 않고
숨을 쉬면 연기처럼 날아가 버릴까 두려워하여 숨조차 쉬지 않고
그저 가만히 보기만 하였다.

그때 마당을 이리저리 살피던 홍란과 눈이 마주쳤다. 순간, 홍란의 몸
이 얼어붙는 게 보였다.
"홍……."
간신히 입술을 떼어 제 정인의 이름을 부르려던 학은 미처 그 고운
이름을 다 부르지 못했다. 제가 그 이름을 다 부르기도 전에 어여쁜 제
정인이, 고운 제 사람이, 밉고 미운 홍란이 한달음에 대문을 박차고 나
와 제 품 안에 뛰어든 때문이었다.
"……그대야?"
"네."
"진정 그대야?"
"네……!"
"어디…… 어디 한번 봐봐. 어디 한번 봐봐!!"
학이 제 품에 고개를 묻은 여인의 얼굴을 두 손으로 소중히 감싸 제
쪽을 향하게 하였다. 달빛이 만들어낸 환영이 아닌가, 의심하고 또 의심

하면서 제 그리움이 만들어 낸 거짓 그림자가 아닌가, 몇 번을 거듭 의심하면서 떨리는 손길로 어느새 흥건히 젖은 홍란의 두 뺨을, 눈 한 번 깜빡이지 않고 저를 올려다보고 있는 유난히 큰 두 눈을, 영민함을 드러내는 오똑한 콧날을, 제 손길만큼 떨고 있는 도톰한 입술을, 저를 향해 길게 뻗어 젖혀진 하얀 목을 하나하나 매만져 확인하였다.

"정말…… 그대네? 내 여인……이네?"

학의 목소리가 떨려 나왔다. 동시에 홍란의 젖은 뺨 위에 홍란의 것이 아닌 눈물 한 방울이 톡, 떨어져 내렸다.

"우시어요?"

홍란은 갓 그림자 때문에 제대로 보이지 않는 제 정인의 얼굴을 보며 물었다. 제 정인의 얼굴을 가리고 있는 갓이 미워 학의 턱밑에 곱게도 매듭지어진 갓끈을 풀려고도 하였다. 그 손을 도와 학이 급한 손길로 갓을 벗어 던졌다. 그러고 나서야 비로소 달빛 아래 환히 드러난 연모하는 이의 얼굴을, 떨리는 홍란의 두 손이 감쌌다.

"……다녀왔어요."

긴 눈매를 반달처럼 휘며 웃고 있지만 또한 쉴 새 없이 눈물을 흘리는 학과 눈을 맞추며, 홍란이 속삭임으로 늦은 인사를 전했다.

"잘…… !"

목이 잠긴 탓에 학의 말이 나오다 막혔다.

"잘……!"

다시 말하려 하였지만 또다시 말이 나오질 않았다. 하여 학은 다시 한번 제 여인을 와락, 껴안을 수밖에 없었다. 다시는 놓지 않겠다는 듯 힘주어 껴안았다.

"……응?"

그제야 뒤늦게 무엇인가 위화감(違和感)을 느낀 학이 조심스레 홍란을 제 품에서 떼어놓았다. 홍란이 제 무딘 정인을 보고선 웃음을 참으며 지그시 입술을 깨물었다.

"……으응?!"

학의 시선이 조심스레 홍란의 남산만큼 부푼 배 쪽으로 향했다. 그리곤 다시 올라와 조금은 장난스러운, 조금은 은밀한 홍란의 웃음을 보았다. 홍란은 여전히 믿기지 못하겠다는 듯 다시 자신의 배를 보는 학의 뺨을 두 손으로 감싸 제 얼굴 가까이로 당겼다. 반가움과 놀람이 섞여 흔들리는 학의 눈이 홍란의 눈과 마주하였다. 홍란은 많은 물음을 담고 있는 그 눈을 보며 그 물음에 답하듯 천천히 눈을 감았다 떴다. 이어 어정쩡하게 제 어깨를 잡고 있는 학의 손을 잡아 제 부푼 배 위로 이끌었다.

"헉……."

부푼 배에 닿자마자 마치 불에 데이기라도 한 듯 학이 화들짝 놀라 손을 뗐다.

"홍……란?"

조심하고, 두려워하며 제 이름을 부르는 정인에게 홍란이 괜찮다는 듯 고개를 끄덕였다. 그제야 학이, 이번엔 제가 자청하여 천천히 그리고 아주 조심스럽게 홍란의 배로 손을 가져가기 시작하였다.

닿았다.

떨어졌다.

닿았다.

떨어졌다.

감히 건드려서는 안 되는 신성한 무엇인가를 탐하는 손인 양 그리 조심스럽게 여러 번 닿았다 떨어지기를 반복하던 학의 손은 한참이 지나서야 그 완연히 부푼 배의 둥근 선을 온전히 만져 볼 수가 있었다.

스르르, 저도 모르게 힘이 빠진 학의 무릎이 접혔다.

학이, 조선의 임금이, 할머니를 제외하고는 살아 있는 그 누구의 앞에서도 무릎을 꿇은 적이 없던 사내가 난생처음으로 제 여인과 제 아이 앞에서 무릎을 꿇었다.

"……왔느냐? 내…… 아가."

홍란의 배에 제 뺨을 대고서 학이 제 아이에게 첫 인사를 건넸다.

"웃……으……웃……."

학은 입술을 깨물며, 뺨을 일그러뜨리며, 들숨과 날숨을 급격히 반복하며 울음을 참으려 하였다. 임금답지도 사내답지도 못한 일임을 알았다. 그런데도 기어이 울음은 터져 나오고 말았다.

"흐윽!! 웃……웃…… 하윽……!"

움켜쥔 홍란의 치맛자락이 다 젖어들도록 학의 눈물은 그치질 않았다. 그런 학의 머리를 홍란 역시 길고 긴 울음을 터트리며 몇 번이고 몇 번이고 쓰다듬어 주었다.

"많이 힘들어?"

한참만에 눈물을 거둔 학이 홍란의 손을 부축하여 마루에 가 앉는 것을 도왔다. 홍란이 자신도 모르게 응차, 소리를 내며 손을 마루에 짚어 몸을 지탱하는 모습을 보며 학은 걱정스러운 마음에 눈썹도 찌푸렸다.

"아니요. 하나도 힘들지 않아요."

홍란은 괜찮다며 웃어 보였지만 학은 여전히 근심스러운 표정으로 홍란과 홍란의 부푼 배를 살폈다.

"후훗."

저를 내려다보는 제 남자의 찌푸린 얼굴을 보며 홍란이 웃음을 흘렸다. 그리곤 가만히 제 곁의 마룻바닥을 톡톡, 두드렸다. 여기 와 앉으라는 듯이. 학이 여전히 걱정을 떨치지 못하고 홍란의 곁에 앉자 홍란이 다시 학의 손을 잡아 제 부푼 배 위에 놓았다. 조심스럽게 어루만지며, 연신 홍란의 얼굴을 보며, 학은 제가 홍란과 제 아이를 혹시 아프거나 불편하게 하지 않는지 살피려 들었다.

"천치!"

홍란이 짐짓 나무라는 눈길로 학을 노려보았다.

"……왜?"

학은 자신이 무엇을 잘못한 건지 두려워하며 홍란의 눈치를 살폈다.

"못 본 동안 왜 이렇게 겁이 많아지셨어요?"

"어?"

"이 아이는 어미인 저만큼 튼튼하고 강인한 아이여요. 이천 리가 넘는 길을 오는 동안 배 위에서 흔들리고 산에서 구르고 물에도 **빠졌지**만, 아직도 이렇게 튼튼하게 살아 움직이는 것을요."

홍란이 그리 말했지만, 아니 홍란이 그렇게 말했기에 학의 가슴은 더욱 심하게 조여 왔다. 저와 떨어진 사이에 제 여인과 제 아이가 겪었을 고초가 학의 가슴을 미어지게 했다.

"또, 또!"

미소로 다시 학을 나무란 홍란이 문득, 학의 도포 깃을 잡아당겨 학의 얼굴을 제 얼굴 앞으로 끌어당겼다. 따로 입술 연지를 바르지 않아도 유난히 붉은 입술로 입맞춤을 할 듯이 서서히 학의 입술을 겨냥하여 고개를 기울였다. 하지만 학이 떨리는 숨으로 기다리는 것을 못 본 체하며, 그 입술을 놀리기라도 하는 양 홍란의 입술이 뒤로 물러났다. 학이 그 입술을 좇았지만, 홍란은 고개를 돌려 정인의 입술을 피했다. 그렇게 몇 번 애를 태운 때문에 학의 자제심은, 제 아이와 제 여인을 걱정한 조심스러움은 어느새 멀리 달아나고 말았다.

그리하여 마침내 학이 자꾸만 도망치려 하는 홍란의 턱을 잡고는 실로 오랜만에, 백년 만인 양 참으로 오랜만에 제 떨리는 입술을 홍란의 입술과 마주하게 하였다.

연인들이 그리 서로의 재회를 기뻐하고 있을 때, 방 안에서는 음구가 문 뒤에 서서 혹시나 하여 꺼내 들었던 칼을 다시 허리춤 칼집에 집어넣으며, 가만히 한숨을 내쉬었다.

"하아……"

어쩐지 제가 더 감격스러운 순간이었다. 드디어 전하께서 아기씨와 정인을 만나셨다는 사실에 온몸의 기장이 풀리는 것 같아, 음구는 다시 한번 깊게 "하아," 한숨을 내쉰 채 어깨의 힘을 빼고 벽에 뒷머리를 기댔다.

"고맙소……"

방 한가운데 누워 여전히 의식을 찾지 못하고 있는 진 공자를 보며 음구가 마음에서 우러나오는 깊은 감사의 인사를 전했다. 모두 진 공자의 덕분이었다.

천축국의 상인과 함께 압록강을 무사히 건널 수 있었던 것도, 의주 관문을 별다른 심사 없이 통과할 수 있었던 것도, 만삭에 가까운 홍란이 무사히 도성으로 돌아올 수 있었던 것도 모두 진 공자가 막대한 돈

과 중국 황실이 인정한 거상(巨商)인 진 대인의 아들이라는 지위를 사용
해 준 때문이었다.

"들어오셔요."

상념에 젖어 있던 음구는 문득 문 밖에서 들려오는 홍란의 소리에 서
둘러 허겁지겁 한쪽 무릎을 꿇고 머리를 조아린 채로 주군을 맞을 채비
를 하였다. 홍란을 부축하며 방으로 들어오던 학은 무릎을 꿇은 제 고
마운 충신의 모습을 한참 동안 내려다보았다.

"……고맙다."

한마디를 내놓은 채 학이 음구의 앞에 쪼그려 앉아 여전히 고개를 들
지 못하고 있는 음구의 어깨 위에 다정히 손을 올렸다.

"고맙다. 이 은혜는 내 죽어도 잊지 않으마."

부르르, 음구가 감격에 몸을 떨었다. 지금 이 자리에서 꼬꾸라진다
하여도 이제는 여한이 없을 것만 같았다.

"며칠만…… 며칠만 더 수고해다오."

학은 저와 음구가 인사를 나눌 수 있게 남겨 둔 채 방에 누운 사내의
곁에 가 앉은 홍란을 힐끗 본 후 목소리를 낮춰 음구에게 당부의 말을
하였다.

"곧 정식으로 입궁 채비를 할 것이다. 그때까지만 네게 더 부탁을 하
여야겠구나."

"……존명!"

학의 목소리만큼 낮은 소리로 답을 한 음구가 얼른 밖으로 나가 어둠
속에 다시 기척을 숨긴 채 단단한 경계의 빛으로 사방을 살폈다.

그때였다. 어둠 속에서 익히 아는 목소리 하나가 건너왔다.

"음구!"

"일현……."

어둠 속에 있던 일현이 앞으로 나서 제 모습을 드러냈다.

"오랜만이군."

"그러게."

"자네…… 그동안 중국에 갔었던 것이었나? 홍라…… 아니, 이 집 주인을 따라서?"

일현의 물음에 음구는 적잖게 놀랐다. 밀명이라고는 하셨지만, 설마 전하께서 가장 지근에 있는 일현에게마저 저의 행방을 숨겼으리라고는 생각지 못한 탓이었다. 하여 음구는 아무 말도 하지 않았다. 전하께서 감추신 일을 제가 들추어 낼 까닭이 없었다.

"전하께서 드디어 그 여자를 만나신 것인가?"

"말씀을 가려 하시게!"

일현의 말이 끝나기 무섭게 음구가 낮게 윽박지르며 일현을 나무랐다.

"그 여자라니! 자네가 그리 함부로 부를 분이 아니네."

"……분? 설마 그럼 그 여자가 벌써 승은을…… 윽!"

일현이 말을 맺지 못하였다. 음구가 빼어든 칼이 어느새 제 목을 겨누고 있었기 때문이었다.

"말을 가려 하라 했네! 자네가 감히 전하를 욕보이려 함이던가?!"

"……그래서 자네가 내 목을 베겠다고?"

"못 벨 것 같은가?"

제 목에 더 가까이 다가온 칼날에 일현이 잠시 숨을 멈췄다.

"알았네. 전하의 여인이시라면 나 역시 그분을 인정할밖에."

그래도 음구의 칼은 일현의 목에서 내려지지 않았다.

"알았대도!"

일현이 버럭 소리를 질렀다. 그 소리가 안에까지 들릴까 걱정하며 얼른 칼을 내린 음구는 순간, 제 코에 훅 끼쳐온 술 냄새에 인상을 찌푸렸다.

"자네! 술을 마신 겐가?"

"……한 잔뿐이야."

"전하를 호위하는 금군이 술을 마셨단 말인가?!"

할 말이 없어 나무라는 음구를 노려보던 일현이 잠자코 돌아섰다.

"어딜 가는 건가?! 전하의 호위는 어쩌고!"

"자네가 있질 않은가! 충성스러움이 하늘에 닿은 자네가 있으니 전하께 나 같은 놈의 호위는 거추장스럽기만 할 테지!"

탁! 소리 나게 땅바닥을 걸어차고선 올 때처럼 그렇게 어둠 속으로 제 모습을 감추며 멀어져 가는 일현이었다.

"이분이 없었다면 어찌 되었을지……."

홍란은 의식을 잃고 누운 진 공자를 보며, 압록강을 건너면서 있었던 일을 이야기했다. 서역 여인으로 위장하여 무사히 압록강을 건너는 배에 올랐던 일, 홍란이 조선으로 향하는 배에 오른 것을 알게 된 변 역관이 홍란을 잡아오라며 우륜이라는 제 수하를 조선 땅으로 보냈던 일, 그리고 기어이 의주까지 쫓아온 우륜과 진 공자를 죽이기 위해 미리 밀명을 받은 원 대인의 수하들이 산중에서 홍란 무리들을 급습하여 칼부림을 한 일 등이었다.

"그런……!"

홍란의 어깨를 다정히 껴안고 있던 학은 홍란의 이야기가 계속될 때마다 놀라 홍란의 얼굴과 배를 번갈아 보곤 하였다.

"한 번은 제가 몸이 이런 까닭에 걸음이 느려 그들의 흉수에 잡힐 뻔도 하였지요. 그때 이분이 몸을 날려 제 대신 칼을 맞으셨습니다. 다행히 음구라는 분의 무예가 출중한 덕분에 그들의 흉수에서는 벗어날 수 있게 되었지만요."

끔찍했던 일들이 떠올라 홍란은 저도 모르게 학의 어깨 안으로 좀 더 깊숙이 파고들었다.

"그래도 치명상은 아니었던 까닭에 내내 멀쩡하셨습니다. 도중에 큰돈을 써서 우리를 호위해 줄 사람들까지 사서 저희가 탄 가마와 수레를 보호해 주셨고요. 그런데……."

평양에서였다. 홍란의 몸을 생각해 큰 객주를 빌려 머물고 있을 때쯤 급히 진 공자를 찾아온 이가 있었다. 진 공자도 전에 몇 번 얼굴을 본 적이 있는 상인이라 하였다. 조선에 먼저 나와 있던 그는 진 부인이 보낸 이에게서 받았다며 서찰 한 통과 함께 귀한 약과 술을 가져왔다.

"누님 편지가 맞아. 그쪽이 가르쳐 준 세안법과 옥용고 덕분에 지금은 얼굴이 몰라보게 달라지셨다는군. 요즘은 매형께서도 자주 처소에 들르고 전과 같지 않게 다정하게 대해 준다고도 하셨어."

서찰의 내용을 전해 주는 진 공자의 표정은 복잡하였다. 누님을 위해서는 기뻐해야 할 일이건만, 그런 자도 남편이라고 원 대인에게서 정을 떼지 못하는 진 부인의 모습에 씁쓸했던 것이다.

"그래서 감사의 인사로 특별히 임산부에게 좋은 약재와 음구와 내가 마실 좋은 술 한 병을 보내셨다고 하시네."

"그 서찰이 가짜였는지, 아니면 진 부인이 보낸 술과 약에 중간에 누가 독을 탔는지는 모르겠습니다만, 그날 밤 제가 부인이 보낸 약재로 만든 탕약을 마시려는 순간, 진 공자께서 혹시 모르는 일이니 자신이 먼저 기미(氣味, 냄새와 맛)를 보겠다고 하셨어요. 그리고는 이렇게…… 흑."

급히 평양의 의원에게 보인 바, 독을 마신 것 같은데 그 독이 무엇인지 알 수 없으니 해약을 만들 수 없다고 하였다. 다만 분명한 것은 만약 임산부가 이 독을 마셨다면 뱃속의 아이가 죽고 임산부 역시 사경을 헤매게 되었을 것이라 하였다.

"그런……!"

너무도 끔찍한 일에 놀라 홍란의 어깨를 안은 학의 손이 부들부들 떨렸다. 상상하기도 싫은 일에 모골이 송연해져 학의 뒷목에는 식은땀 한 방울이 주르륵, 흘러내릴 정도였다.

"걱정 마. 도성 최고, 아니 조선 최고의 의원을 써서라도 꼭 낫게 해 줄게. 무슨 일이 있어도 꼭 낫게 해 줄 거야."

홍란에게 위로의 말을 건네면서 학은 제 눈앞에 누운 사내를 깊은 감사의 눈빛으로 보았다.

'고맙소. 참으로 고맙소. 그대의 은공을 결코 잊지 않으리다. 절대로!'

그날 밤, 학은 궁궐로 돌아가지 않았다. 홍란이 쓰려고 치워둔 곁방에 들어 홍란과 함께 나란히 누웠다. 낡은 목침을 베고 낡은 이불을 덮었지만 조금도 불편하거나 싫지 않았다.

그저 고맙고 감사하고 애틋한 마음으로, 학은 부푼 배 때문에 똑바로 눕지 못하고 저를 향해 옆으로 비스듬히 돌아누운 홍란의 얼굴을 마주하며 새벽이 올 때까지 계속 홍란과 제 아이의 곁에 머물렀다. 역시 감격하여 연신 학의 얼굴을 쓰다듬다가 홍란이 잠든 후에도 학은 그립고 그리웠던 정인의 얼굴을 보며, 무슨 꿈이라도 꾸는지 제도 모르게 끄응,

하고 앓는 소리를 내는 홍란의 손을 다정히 어루만져 주며, 그 밤 내내 제 여인과 제 아이가 곤한 잠을 잘 수 있도록 계속 지켜봐 주었다.

꼬끼오! 꼬끼오오옥!!

새벽녘, 눈치도 없는 어느 집 장닭이 긴 홰를 치며 울어재꼈다. 어둠을 깨고 시뻘건 해님이 고개를 내미는 게 그리도 못마땅했나 보다.

"으으음……."

장닭 놈의 울음소리가 엔간히 컸던 탓인지, 홍란은 잠든 얼굴을 몇 번 찌푸리는 듯하더니 기어이 잠을 깨고 말았다.

'이놈의 닭 새끼! 조금만 더 늦게 울 것이지.'

학은 속으로 남의 집 장닭 놈에게 들리지도 않을 욕설을 퍼부었다.

"벌써 아침이어요?"

홍란이 무거운 몸을 일으키려 하였다. 그 모습에 학이 얼른 벌떡 일어나 앉고서는 서둘러 부축하여 홍란을 일으켜 앉혔다.

"아직 안 가셨어요?"

홍란은 문으로 들어오는 아침빛을 보며 여전히 제 곁에 머무르고 있는 도깨비 같은 사내를 걱정하였다. 늘 새벽이 오기가 무섭게 돌아가던 그답지 않은 모습이었기 때문이었다.

"잘 잤어?"

"……잘 주무셨어요?"

학의 아침인사를 받으며, 저 역시 아침인사를 돌려주며 홍란은 발갛게 볼을 붉혔다. 여태 밤을 같이 보낸 적은 있었지만 아침을 같이 맞은 적은 처음인 것 같아서였다. 이렇게 신랑 각시인 양 다정히 아침인사를 나눈 것도 처음인 것 같아서였다. 그것이 어쩐지 못 견디게 부끄러웠다. 마치 첫날밤을 치른 신랑 신부의 아침인 양 어쩐지 학의 얼굴을 볼 수가 없었다. 거기다 지금의 제 모습이 얼마나 못났을지, 퉁퉁 부어 보기가 흉한 건 아닌지 부끄럽고 민망한 마음이 들어 볼은 자꾸만 더 뜨겁게 확확 달아올랐다.

"왜?"

홍란이 두 손으로 뺨을 가린 채 고개를 돌리자, 학이 기어이 고개를 따라가 눈을 맞추며 홍란에게 물었다.

"아, 아니어요."

홍란이 다시 반대편으로 고개를 돌리자, 학의 고개가 다시 뒤따라왔다.

"왜?"

"아, 아니. 그냥. 이렇게 환한 아침에 마주하자니 어쩐지 부끄러워서……."

말을 잇지 못하고 홍란이 이번에는 두 손을 활짝 펴 제 얼굴을 모두 가렸다.

"후훗. 부끄러울 일도 많네. 뭐가 그리 부끄러워?"

학이 홍란의 두 손을 떼어 놓으려고 하자 홍란이 고개를 홱홱, 돌렸다.

"안 돼요. 소세 좀 하고요."

"있다가 해. 지금은 나랑 입 좀 맞추고."

망측스러운 말을 뻔뻔하게 입에 담는 학에게 기함을 하여 홍란이 무거운 몸을 돌려 피하려 하였다. 하지만 학이 더 빨리 홍란의 두 손을 얼굴에서 떼어 놓았다.

"어여쁘기만 하네. 어디, 함께 아침을 맞은 기념으로 우리 입이라도 한번 맞추지 않겠어?"

"싫어요!"

홍란이 얼른 다시 손을 들어 제 입을 막았다.

"이 내새…… 나요."

손바닥에 가려져 홍란의 중얼거림이 명확하게 들리지 않았다.

"뭐?"

학이 웃음 띤 얼굴로 다시 홍란의 손을 잡아 내렸다.

"뭐라고?"

"저한테서 입 냄새…… 난다고요."

조금 전보다 더 얼굴이 빨갛게 된 홍란이 울상을 하며 말했다.

"아이를 가진 후로는…… 아침마다 입 냄새가 심하게……"

"핫핫하하하!!"

제 여인의 귀여움에 학이 너털웃음을 터트리며 홍란의 뺨을 제 두 손
으로 감싸고는 보란 듯이, 부러 소리 나게 쪽! 입을 맞췄다.

"하나도 안 나네, 뭐!"

"나요. 난다니까요!"

홍란이 다시 고개를 돌리려 하였지만, 학이 홍란의 얼굴을 놓아 주지
않았다. 그리고 이번엔 조금 더 천천히 깊은 입맞춤을 해왔다.

"무서워요. 항아님!"

"어떡해요. 또 무슨 사달이라도 난 거 아니에요? 마마님?!"

그날 궁궐의 아침은 소란스럽기 짝이 없었다. 전날 밤 잠행을 나가셨
던 주상 전하께서 아침이 되고 나서야 궁으로 돌아왔다는 사실이 알려
지면서 궁의 사람들은 저마다 이 이상한 사건에 대해 쑥덕거리기 시작
했다. 게다가 주상 전하께서 환궁하시자마자 각 비빈 마마들을 모두 대

왕대비 전으로 불러들이신 까닭에 모든 궁인들은 한껏 신경을 곤두세울 수밖에 없었다. 일전의 침전에 관한 일로 비빈들의 처소가 한바탕 뒤집힌 여파도 아직 가라앉지 않고 있는 중이기에 궁인들은 이번엔 또 다시 무슨 책을 잡힐지, 무슨 난리가 날지 초조하게 대왕대비 전의 기척을 살필 수밖에 없었다.

"주상, 지금 뭐라 하시었소?"

대왕대비 전의 주인은 자신의 귀를 의심하며 눈앞에 앉은 손자를 빤히 쳐다보고 있었다. 아직 비빈들이 당도하지 않은 터라 방 안에는 대왕대비와 학만이 마주 앉아 있을 뿐이었다.

"누가 무엇을…… 어찌 했다고요?"

"궁 밖에 지금 제 아이를 가진 여인이 있습니다. 출산일이 머지않았으니 그이를 조속히 입궁시켰으면 합니다."

"용종……, 용종이 지금 궁 밖에서 자라고 있단 말입니까? 어, 어디입니까? 누, 누구입니까? 그 기특한 아이가!"

대왕대비가 무릎걸음으로 학에게 다가가 덥석 학의 두 손을 잡았다.

"잘 하셨소. 장하시오. 드디어, 드디어 자손을 보시게 되셨구려. 암요. 궁으로 들여야지요. 하루라도 빨리, 한시라도 빨리 입궁하게 해야지요. 두말할 나위가 있겠습니까?"

주름이 가득한 손으로 학의 두 손을 연신 어루만지는 대왕대비는 어느덧 눈물까지 글썽이고 있었다.

"잘하셨소이다. 참으로 잘하셨소. 비록 복중에 용종을 품고 입궁하는 일이 전례에 없다 하나, 상황이 상황인 만큼 누가 무어라 책을 잡겠소? 자고로 임금은 무치(無恥, 부끄러움이 없다)라 하였으니 선후의 순서가 어긋난들 무어 큰 흠이 되겠소? 그래, 한동안 자주 잠행을 나가셨던 이유가 어여쁜 그 아이를 보기 위해서였구려. 상민이면 어떻고 양반 댁 규수면 또 어떻소?"

학이 무어라 답할 틈도 주지 않고 대왕대비가 연신 감격의 말을 늘어놓았다. 방문 가에 선 대왕대비전의 상궁과 나인들 역시 저마다 옷고름으로 눈물을 훔치며 제 주인의 감격과 뜻을 같이 하였다. 학 역시 기대 이상으로 기뻐해 주시는 할마마마 때문에 코끝이 시큰해져 왔다. 하여 저 역시 미소로 할마마마의 덕담과 축원을 기쁘게 받아들였다. 하지만 거기까지였다.

"진작에 말씀하시지요. 어쩌자고 산달이 다 되어서야 말씀하신 겝니까? 출신이 뭐 그리 중요하고, 절차가 뭐 그리 대수라고요. 기생 같은 천것만 아니면 되는 것을요."

이어진 할마마마의 말에 학의 얼굴에서 웃음기가 가셨다. 각오한 바로 그 순간이 온 것이었다.

"주상?"

대왕대비는 대답이 없는 학을 보고 놀라 낯빛을 굳혔다.

"설마 아니지요? 아니시지요? 지금…… 기생아이를 궁에 들이겠다는 말씀은 아니시겠지요?"

"한때……."

학이 어렵게 입을 열었다. 허나 채 말을 잇기도 전에 대왕대비 김씨는 학의 손을 잡고 있던 두 손 중 한 손을 들어올려 서둘러 학의 말을 막았다. 그리곤 방 안의 상궁과 나인, 대전내관들에게 명했다.

"모두 나가 있거라."

"예, 마마."

대비전의 상궁과 나인들이 일제히 답한 후 방에서 물러났다.

"상선, 자네도 마찬가지일세."

하지만 대왕대비의 명에도 쉽사리 움직이지 않는 상선이었다. 하여 학은 고개를 끄덕여 대왕대비의 명에 따를 것을 명할 수밖에 없었다.

"예, 전하."

그리 상선이 방에서 나가고 나서야 대왕대비 김씨는 목소리를 낮춰 학에게 은밀한 말을 건넸다.

"이제 말씀해 보세요. 요, 용종을 품고 있는 아이가 정녕 기생아이란 말입니까?!"

"아닙니다. 분명 한때 기루에 있었기는 하나, 이미 기적에서 그 이름을 파한 지가 삼 년이 넘었습니다."

"주사앙……."

"스스로 매분구로 일하며 앞가림을 해 온 장하고 의롭고 착하고 고운 여인입니다. 제 아이의 어미 될 자격이, 제 사람이 될 자격이 충분한……."

"잠까안!"

대왕대비가 계속 잡고 있던 학의 손을 힘주어 쥐며 학의 말을 가로막았다. 그 손은 이내 한껏 열을 내며 지끈거리기 시작한 대왕대비 자신의 이마로 향했다.

"잠시만요. 이 할미에게 잠시만…… 아주 잠시만 생각할 시간을 주시오."

"할마마마."

"끄응…… 끄응……."

대왕대비의 입에서 앓는 소리가 연이어 터져 나왔다. 잔뜩 찌푸린 미간 때문에 이마의 주름도 더욱 깊은 고랑을 만들고 있었다.

"어쩌자고, 어쩌자고 일을 이리 어렵게 만드시는 겁니까? 왜 이리 어리석으십니까?"

"송구하옵니다. 허나 더는 지체할……."

"시간을 주셨어야지요. 어떻게 손쓸 수 있는 시간을 주셔야지요! 이리 곧이곧대로 들이미시면 할미가 도와드리고 싶어도 도와드릴 수가 없지 않습니까? 이 일이 어디 할미 혼자 결정할 수 있는 일입니까?"

"할마마마."

"차라리 저도 속이지요. 어느 양갓집에 양녀로라도 들여보내 이 할미를 속이지 그러셨습니까?"

"……그럴 수는 없었습니다."

"왜요! 그 아이가 기생 출신인 한 쉽게 받아들일 수 없는 노릇임은 주상도 알고 있지 않소이까?!"

학도 생각을 아니해 본 건 아니었다. 홍란이 돌아오기를 기다리는 내내, 홍란을 어찌 입궁시킬지 천 가지 만 가지 생각을 했더랬다. 어느 집 양녀로 들여보내 신분을 속이는 것도 생각 안 한 건 아니었다. 하지만 유난히 소문이 많은 궁 안에서 홍란의 비밀이 완벽히 지켜지리란 보장이 없었다. 새로운 후궁이 등장하게 되면 비빈들의 친정집에서는 자신들의 경쟁자가 될지도 모를 그 새 후궁의 정체와 가문에 대하여 속속들이 알려 할 것이 분명하였기 때문이었다. 거기다 홍란의 입장을 돌이켜 생각해 보아도 무작정 속이고 숨기고 비밀을 지키라 명할 수도, 부탁할 수도 없었다. 언제 비밀이 들통 날지 몰라 늘 간을 졸이고 노심초사하게 둘 수만도 없는 노릇이었다.

"할마마마도 아시지 않으시옵니까? 궁의 벽이 얼마나 얇은지, 궁의 쥐와 새들이 얼마나 많은 것을 물어 나르는지를요."

학의 답에 다시 대왕대비의 입에서는 "끄응" 하고 앓는 소리가 터져
나왔다.

"하필이면…… 귀한 용종이 왜 하필이면 그런 아이에게……."

한참 동안 몇 번이나 혼잣말을 되뇌이던 대왕대비가 마침내 반쯤 자
포자기한 표정으로 학에게 물었다.

"그래서 어쩌시려고요? 중전이, 숙의와 소용들이 그 아이를 순순히
맞아들이겠습니까?"

"……소손에게 생각이 있습니다."

답을 한 학이 방 밖의 상궁을 향해 소리를 질렀다.

"중전과 숙의들은 아직 오시지 않았느냐?"

"예, 전하. 세 분 마마들 모두 납셔 계시옵니다."

그랬다. 학과 대왕대비가 긴한 말을 나누는 동안 중전과 숙의, 소용
은 차례로 대왕대비 전에 당도하였지만 따로 명이 없으셨던지라 내내
문 밖에서 기다리고 있었다.

"들라 하여라."

못마땅한, 그리고 불안한 기색을 서둘러 감추며 대왕대비가 명을 내
렸다. 이윽고 방문이 열리고 영문을 알 수 없이 불려온 세 명의 비빈이
차례대로 입실하였다.

"불러 계시오니이까?"

"내 빈들에게 할 말이 있어 할마마마의 방으로 오시라 청하였소."

"네, 전하."

세 여인들이 일제히 학을 보았다. 오늘은 또 무슨 말씀을 하시려 저
러시나 긴장하는 빛이 역력한 얼굴들이었다.

"실은 이번에 궁에 새사람을 들이려 하오."

"……!"

세 여인들이 일순 놀라 저마다 입을 벌렸다. 중전 심씨가 그중 가장 먼저 정신을 수습하여 학에게 말했다.

"궁궐 밖에 마음에 두신 이가 계시옵니까? 어디 사는 뉘인지 알려주시면 대왕대비마마와 의논하여 합당한 절차를 치를까 합니다."

"허나 그 전에 빈들에게 약속을 받아야 할 것이 있소."

"……무슨 약속을 원하시옵니까?"

침전의 일을 누설한 사건 때문에 입궁 이후 쭉 함께 해 오던 상궁을 내보낼 수밖에 없었던 진 숙의가 맹랑하게도 중전을 제치고 먼저 질문을 하였다.

"설마 소첩들이 투기라도 할까, 새사람을 핍박이라도 할까 저어하시는 것이십니까?"

이번엔 정 소용이 무례하지는 않게, 담담한 어투로 학에게 물었다.

하지만 학은 아무 답도 하지 않고 중전 심씨, 숙의 진씨, 소용 정씨를 차례대로 둘러보았다.

"전하?"

중전이 학의 답을 재촉하듯 불렀다.

"이번에 입궁할 이는 내 아이를 가진 여인이오."

학의 말이 끝나자마자 정좌하고 있던 중전 심씨의 몸이 잠시 비틀하였다. 다른 여인들도 마찬가지였다. 너무도 놀란 까닭에 저마다 서둘러 방바닥에 손을 짚어 허물어져 내리려는 몸들을 지탱하려 애썼다.

"이미 만삭에 가까운바, 입궁 즉시 호산청(護産廳, 후궁을 위한 산실청)을 마련할까 하오."

"그, 그야 지당하신 분부가 아니시옵니까?"

중전 심씨가 사뭇 떨려 나오는 목소리를 억누르며 순히 답하였다.

"사정이 그리하다니 서둘러 입궁의 절차를 마무리 짓고 대왕대비마마와 의논하여 내명부의 직첩을 내리겠사옵니다. 품계는 원 법도에 따르자면 종사품 숙원의 직첩이 합당하겠사오나 이미 귀한 용종을 품고 있는 만큼 정삼품 소용의 직첩으로 궁에 들이되 출산 후 종이품 숙의나 정이품 소의의 직첩을 내리면 어떨까 하옵니다."

숙의와 소용이 짐짓 원망스러운 눈빛으로 중전을 보았다. 출산 후 정이품 소의의 직첩을 내린다하면 그 얼굴도 모르는 궁 밖의 여인을 단숨에 숙의와 소용의 윗사람으로 모셔야 한다는 이야기였기 때문이었다. 문제는 그것만이 아니었다. 아직까지도 밤마다 소박 아닌 소박을 맞고 있는 상황에서 주상 전하의 아이를 가진 새 여인이 들어오고, 그 여인이 아들이라도 낳는다면 천지가 개벽하는 일이 벌어질 터였다.

"헌데…… 그이가 입궁하면 분명 뒷말들이 많을 것이오. 빈들께서는 모두 합심하여 궁 안팎의 소란스러움을 잠재워 주시기를 바라오."

"소첩이 아둔하여 뜻을 받잡기 어렵사옵니다. 무엇을 어찌해야 할지 다시 한번 하명해 주시옵소서."

중전 심씨가 학에게 물었다. 입궁 전에 회임한 사실로 궁 안팎이 소란스러워질 것을 저어하신 것인가, 궁금한 까닭이었다.

"새로 들이려는 이는 한때 기루에 있었던 이라오."

"주상!"

내내 침묵하고 있던 대왕대비가 기겁하여 학을 불렀다. 세 여인들 역시 놀라 저마다 눈을 화등잔만 하게 뜨고 떨리는 손을 가슴에 대며 학을 보았다. 하지만 그 모든 반응들에 아랑곳하지 않고 학은 굳은 표정으로 제 속에 있는 그대로의 이야기를 전하기 시작했다.

"이미 삼 년여 전에 기적에서 이름을 파하긴 하였으나, 출신이 출신인 만큼 그이를 입궁시키고 직첩을 내리는 일로 대소신료나 궁의 안팎에서 여러 잡음이 일 것임을 알고 있소."

"거기다…… 용종 또한 좋지 못한 소문에 휘말리겠지요."

중전 심씨의 말에 대왕대비의 입에서 반사적으로 "어이쿠" 하는 신음이 튀어나왔다.

"전하도 아시고 계시지 않사옵니까? 순효대왕(順孝大王) 조에 있었던 일을……."

학이 잠시 눈을 감았다. 대왕대비는 하얗게 질린 얼굴을 주름 가득한 손으로 가렸다. 두 사람 모두 중전이 하려고 하는 이야기를 알고 있는 까닭이었다. 중전의 입에서 나온 순효대왕(順孝大王), 즉 의문장무온인순효대왕(懿文莊武溫仁順孝大王)은 조선의 두 번째 임금인 정종 임금을 가리키는 이름이었다. 중전이 이 이름을 꺼낸 이유는 다름 아닌, '기매'라는 여인의 일을 예로 들기 위함이었다.

정종 임금은 소문난 애처가에 공처가였지만 또한 여러 처첩을 두어 자손을 많이 둔 임금으로서도 유명한데, 기매라는 첩은 기생 출신으로 정종 임금의 총애를 받아 아들까지 낳은 여인이었다.

"허나 그 기매라는 여인이 낳은 아들은 끝끝내 대왕의 아들로서 인정받지도 대접받지도 못했지요. 바로 그 어미의 출신과 잡한 행실이 문제가 된 까닭입니다. 기녀 출신으로 행실이 바르지 못하니 누가 아비인 줄 알 수 없는 상황에서 도저히 그 아들을 대왕의 아들로 인정할 수 없었던 탓이고요. 이후 기녀 출신의 궁인을 들이는 대왕들의 예가 아주 적었던 것도 바로 그 때문이질 않습니까?"

중전의 말에 숙의와 소용은 애써 반색과 희색을 감추며 서로를 마주 보았다. 중전의 말이 사실이라면 궁 밖에 있는 여인이 입궁을 하고 직첩을 받기란 요원할 테니 말이었다.

"알고 있소."

"그런데도 그 여인을 궁에 들이고, 소첩으로 하여금 그이에게 내명부의 직첩을 내리라 하명하시겠다는 것이옵니까?"

담담히, 그러나 곧은 눈빛으로 중전이 학을 보았다. 나는 거부하겠노라는 뜻으로도 읽힐 수 있는 눈빛이었다. 만약 중전이 그리 나온다면 학으로서도 일을 풀어 나가기가 참으로 어려워질 터였다. 아무리 지존의 자리에 있는 학이라고는 하나, 내명부의 일은 어디까지나 수장인 중전의 소관이었다. 아무리 학이 엄명을 내리고, 간청한다 하여도 만약 끝끝내 중전이 홍란을 입궁시키기를 또한 홍란에게 내명부의 직첩을 내리기를 거부한다면 학으로서도 손쓸 방안이 없었다. 중전을 바꾸지 않는한, 불가능한 일이었다.

"이 일이 내 뜻대로만 되기는 어려운 일임을 알고 있소."

"송구하옵니다."

중전 심씨가 고개를 숙여 사죄의 뜻을 전했다. 숙의와 소용 역시 함께 허리를 숙여 새 후궁을 들이는 일에 반대하는 뜻을 표했다.

"하여, 내 빈들과 거래를 하고자 하오."

"……?"

허리를 숙였던 세 여인이 뜻밖의 말에 일제히 고개를 들었다.

대왕대비 김씨를 비롯하여 세 여인 모두, 도깨비 조화속도 아니고 아닌 밤중에 홍두깨도 아닐진데, 또 무슨 말로 저희를 놀라게 할지 걱정과 두려움을 한껏 담은 눈빛들이었다.

"빈들이 궁 안팎에 일 소란과 잡음들을 잠재우는 데 도와만 주신다면……."

학이 잠시 말을 멈추고 제 앞의 세 여인을 바라보았다. 생김새도, 성
정도 다르지만 저를 연모해 주고 있는 여인들임은 틀림없었다. 비록 저
마다 왕자 출산이나 세자 책봉과 같은 욕심을 품고 있을지언정 그것은
흉이 아니었다. 궁에 들어온 여인이라면 누구나 먹을 수 있는 마음이요,
누구나 품을 수 있는 꿈이자 희망이 아니었든가. 거기다 고맙게도 세 여
인 모두 그런 정치적인 욕심을 떠나서라도 여인으로서 지아비인 저를
온 마음으로 연모해 준 것도 알고 있었다. 하지만 그들의 마음에 보답
해 줄 수 없었다. 제 손으로 맞아들인 제 여인들이었지만 그들에게 나
눠 줄 마음이 없었다.

"빈들이 그이를 입궁시킴에 따라 궁 안팎에 일 소란과 잡음들을 잠재
우는 데 도와만 주신다면, 빈들의 내일이 오늘과 다르지 않을 것을 약조
하겠소."

"전…하?!"

"주상? 그게…… 무슨 뜻이시오?"

대왕대비가 고개를 갸웃하며 물었다. 학의 뜻을 알지 못한 건 다른 여
인들도 마찬가지였다. 그 방 안의 누구도 학의 말을 단번에 알아듣지 못
했다. 거래를 하자 하시면서, 도와달라면서, 도와주는 대신 내일이 오늘
과 다르지 않다는 말이 무엇이란 말인지, 누구도 쉽게 이해하지 못했다.

"전하의 말씀은, 그 여인을 궁에 들이는 대신 소첩들에게는 아무런
변화가 없을 거라는 뜻이옵니까?"

중전이 학의 뜻을 짚어 물었다.

"그렇소."

"전하!"

숙의가 원망을 담아 학을 불렀다.

"아뢰옵기 황공하오나, 본시 거래란 서로가 필요로 하는 것을 주고받는 것을 이름이거늘, 어찌 소첩들에게 무리한 요구를 하시옵고, 너희는 아무것도 달라지지 않노라 하고 말씀하시나이까?"

숙의가 제법 찬찬히 학의 말을 따지고 들었다. 거래를 하자면서 왜 아무것도 내어놓지 않느냐는 물음이었다.

"다른 분들도 모두 그리 생각하시오?"

학이 중전과 소용에게 물었다.

"소첩들이 불민하여 성심을 헤아리지 못하옵니다. 통촉하여 주시옵소서."

중전이 고개를 숙여 정중히 아뢰었다.

"통촉하여 주시옵소서."

숙의와 소용이 함께 허리를 숙여 아뢰었다.

"그럼 이리 고쳐 말하면 어떻겠소? 대왕대비마마를 위시하여 비빈들이 내 뜻을 받아들여 주시지 않을 경우, 나는 내일이라도 당장 이 자리를 내어놓을 생각이오."

"……저, 전하!"

"주, 주상!"

학의 입에서 나온 말에 여인들이 일제히 비명처럼 학을 불렀다.

"무슨… 무슨…, 이 무슨… 황망한…. 어, 어이쿠!"

대왕대비가 곧 혼절이라도 할 듯 앉은 자리에서 휘청하였다.

"마마!"

숙의와 소용이 얼른 달려들어 대왕대비를 부축하였다. 모두가 반쯤 얼이 빠진 얼굴이었다.

"어이구. 어이구. 이게 다 무슨……."

대왕대비의 입에서는 곡소리가 터져 나왔다. "마마!" 하며 그런 대왕대비를 부축하는 숙의와 소용의 얼굴도 곧 울음이 터질 듯 일그러졌다.

"지금의 말씀은…… 양위……를 하시겠다는 말씀이시옵니까?"

오직 중전만이 애써 침착을 유지한 채 무표정하게 자신들을 보고 있는 학에게 물었다.

"그렇소."

"보위를 내어놓으시겠다고요?"

"그렇소."

"……어느 분에게요? 어느 분께 양위하시겠다는 것이옵니까?"

"정한군도 현무군도 모두 훌륭한 왕제(王弟, 왕의 아우)들이 아니오? 그들을 포함하여 내게는 도합 다섯이나 되는 사촌 아우들이 있음을 중전도 아시지 않소."

"……!"

"주상!!"

숙의의 어깨에 머리를 기대어 침착함을 되찾으려던 대왕대비가 버럭 소리를 질렀다.

"진정 이 할미가 죽는 꼴을 보려고 이러시는 겝니까?!"

"마마, 고정하시옵소서. 이러다 큰일 나시옵니다!"

이마 양옆으로 핏줄까지 세워 가며 노성을 지르는 대왕대비를 소용이 만류하였다. 그 곁에서 숙의는 이제 훌쩍훌쩍 울음소리까지 내어가며 제 고름으로 눈물을 찍어 내고 있었다.

"양위라니요! 양위라니요! 어찌 그리 경솔한 말을 하실 수 있단 말이요?"

"송구하옵니다."

송구하다 말은 하면서도 학의 얼굴에는 조금도 송구한 기색이 없었다. 그 모습이 대왕대비를 더욱 분노케 하였다.

"주상, 대체 왜 이러시는 게요?! 그깟 천한 계집 하나 궁에 들이자고 임금의 자리를 걸어요?! 동서고금에 이보다 더 한심한 일이 어디 있소이까?! 중전과 빈들 보기에 부끄럽지도 않으십니까?! 민망하지도 않으십니까?!"

"않습니다."

그 어떤 감정도 비치지 않고 마치 석상처럼 굳은 얼굴로 학이 제 뜻을 고했다.

"그러니 비빈들은 이 자리에서 뜻을 모으시오."

"전하!"

"주상!!"

여인들이 모두 저를 불렀지만 학은 아랑곳하지 않고 제 말을 이었다.

"비빈들이 내 뜻을 들어준다면 그대들은 모두 지금까지처럼 중전으로, 임금의 후궁으로 일신의 영광을 누릴 수 있을 것이오. 부원군의 집안을 비롯한 그대들의 사가도 마찬가지요. 허나 비빈들이 내 뜻을 받아들일 수 없다고 하면, 나는 그길로 도승지를 불러 양위교서를 준비하라 할 것이오. 어려울 게 없는 선택이라 생각하오만……."

이번에야말로 진짜 울상이 된 숙의와 소용이 대왕대비를 보았다. 어떻게 좀 해 달라는 애원의 눈빛이었다. 임금의 후궁과 상왕의 후궁은 그야말로 천양지차의 신세였다. 비록 지금은 임금에게 총애를 받지는 못하지만 어엿한 임금의 여인들로 내명부의 높은 자리에 앉아 있는 자신들이었다. 하지만 학이 만약 양위라도 하게 되면, 하여 상왕(上王)이 된다면 자신들은 그야말로 끈 떨어진 연 신세나 다름없었다. 상왕의 후궁들은 궐을 떠나야 했다. 상왕이 자신들을 아낀다면 함께 데리고 살아 줄 수는 있으나, 지금의 학에게서는 조금도 기대할 수 없는 일이었다.

중전 심 씨의 처지는 더했다. 지금은 임금에게서 총애를 받건 받지 못하건 엄연히 내명부의 수장이요, 교태전의 주인이요, 만백성의 어머니였다. 하지만 학이 양위를 하고 나면 자신은 그저 궁의 뒷방 신세가 될 뿐이었다. 실제로는 왕대비나 다름없는 대우를 받는다 하여도 그것 역시 중전에 위세에 비하면 겉만 화려한 빈껍데기나 다름없음이었다.

"소첩들에게 잠시 생각할 여유를 주시겠나이까?"

그래도 방 안의 여인들 중, 아직은 가장 흐트러지지 않은 중전이 학에게 물었다.

"……그리하시구려."

학의 명이 떨어지자마자 중전과 숙의, 소용이 서로의 얼굴을 마주 보며 심상치 않은 눈빛을 나눈 뒤, 자리에서 일어나려 하였다. 하지만 덧붙여진 학의 말이 모두를 다시 주저앉게 하였다.

"단, 결정을 내릴 때까지는 아무도 이 방에서 나가지 못하오."

"전하!"

"끄응."

세 비빈이 놀라는 것과 동시에 대왕대비는 "끄응," 하고 앓는 소리를 하며 못마땅한 듯 고개를 외로 꼬았다.

"아울러 비빈들의 상궁부 나인들까지 대왕대비 전을 벗어나지 못할 것이오."

"전하, 소첩은 무섭사옵니다. 왜 이러시옵니까? 흐흑. 소첩들을 유폐라도 하시려는 것이옵니까?"

숙의가 눈물바람을 하며 학에게 물었다. 하지만 학은 그 물음에 답하지 않고 대왕대비를 향해 인사를 건넸다.

"할마마마, 소손은 이만 편전에 들까 합니다. 지밀을 두고 갈 터이니, 뜻이 한데로 모아지거든 제게 보내주시옵소서."

"주상, 정녕 이러실 게요?!"

학은 불손하게도 대왕대비의 물음 역시 무시하고선 옷자락을 떨치며 자리에서 일어났다. 그리고 총총히, 방을 나섰다.

"아이구!"

학의 걸음 뒤로 대왕대비의 한숨이 길게 늘어졌다.

대왕대비 전을 나서며 학은 대왕대비 전에서 지밀이 나올 때까지 개미 한 마리 얼씬 못하도록 명을 내렸다. 드는 이도 나는 이도 없어야 한다는 명이었다. 홍란의 일이 섣불리 다른 이들의 귀에 들어감을 염려한 때문이었다.

"내가 너무하였느냐?"

편전으로 향하며 학이 제 뒤를 따르는 늙은 상선에게 물었다.

"황공하옵니다."

상선이 깊이 허리를 숙이며 그렇다는 말을 황공하다는 표현으로 둘러하였다.

"비빈들에게 너무한 것을 안다. 잔인한 일을 한 것을 알아……."

문득, 학이 걸음을 멈췄다. 궁궐 전각들의 지붕 위로 저 멀리 보이는 백악산을 보며 학은 들릴 듯 말 듯 작은 소리로 제 심경을 토했다.

"하지만 이 방법밖에는 없었다."

차라리 홍란이 홀몸이었다면 입궁을 시키는 일은 더욱 쉬웠을 것이었다. 비빈들에게 지금까지와 달리 더는 밤 소박을 놓지 않겠노라 그리 약조만 해줬어도 홍란 하나쯤 어떻게 입궐시키지 못할 것도 없을 터였다. 홍란이 없는 동안, 제 곁을 비운 동안 내내 비빈들의 처소에서 그리 차갑게 굴었던 것도 후에 홍란이 돌아오고 난 다음 홍란을 입궐시킬 빌미를 마련하기 위해서였다. 아무리 정이 없다고는 하나, 언제까지고 비빈 모두를 차갑게 대할 수는 없는 노릇임을 알고 있었다. 뭐니뭐니 해도 그들은 제 손으로 맞이한 제 정비며, 제 후궁들이었다. 따지고 보면 그들도 자신만큼 외롭고 답답한 신세, 과연 자신이 언제까지 그들을 모른 체 외면하고 냉대할 수 있을지는 학도 장담하지 못할 터였다.

하지만 사정이 달라졌다. 홍란이 아이를 가졌다. 홍란이 수태를 하였다. 이는 홍란과 자신의 사사로운 일이 아니었다. 궁궐 내는 물론 조정, 온 조선에 막대한 영향을 끼칠 일이었다. 혹여 홍란이 아들이라도 낳으면 정국은 더욱 더 파란이 일 것이었다. 홍란과 아이를 음해하려는 세력과 지키려는 세력이 맞붙어 종당에는 사화(士禍)로 번질지도 모를 일이었다. 누군가는 홍란과 아이를 해하려 들지도 모를 일이었다. 기매의 일을 들어, 홍란이 오랫동안 조선 땅을 비워두었던 일을 들어, 제 아이의 정통성조차 부정하려 들지 모를 일이었다. 무엇보다도 그 모든 일들을 저어하여 홍란을 입궁시키지 못하는 일이 벌어질지도 모르는 일이었다. 그러나 그리 되면, 홍란이 입궐치 아니한 채 출산을 하게 되면, 제 아이의 정통성은 더더욱 지키기가 힘들어질 것이었다. 제 자식임을 증명하기 더더욱 힘들어질 터였다.

하여, 학은 지난 밤 잠든 제 여인의 모습을 보며 그이를 지킬, 제 아이를 지킬 방도를 생각할 수밖에 없었다. 어떻게 하면 무사히 홍란을 입궐시키고, 제 아이가 무사히 궁에서 태어날 수 있을지를 고심하였다. 하지만 아무리 생각해도 방법이 없었다. 단 한 가지를 제외하고는.

"상선. 나는 정말 양위를 하여도 좋아."

제 전부를 걸고 제 가련한 여인과 아이를 지키려 하는 사내가 말했다.

"전하!"

"차라리 그리 할 수 있다면 좋겠다는 생각도 드는구나. 다음 대의 보위 따윈, 종묘사직의 무거운 짐일랑 윤이 녀석에게 넘겨 버리고 나는 처자식과 함께 흙이라도 일구며 살아갈 수 있다면 더 바랄 것이 없겠거늘."

이룰 수 없는 꿈을 가만히 입에 담으며 학이 또 한번 백악산을 향해 그리운 눈빛을 보냈다.

학이 대왕대비 전에서 올 전갈을 기다리고 있을 때, 홍란은 진 공자가 누워 있는 방 한구석에서 나중에 태어날 아이를 위한 배냇저고리를 만드느라 여념이 없었다.

"어디 보자."

마지막으로 매듭 실을 이로 끊어낸 뒤 조그마한 저고리를 들어 찬찬히 살피는 홍란의 얼굴에는 어미다운 잔잔한 미소가 떠 있었다.

"아가, 마음에 드니?"

홍란이 저고리를 부른 제 배 위에다 펼쳐 놓고 복중의 아이에게 넌지시 말을 걸었다.

"네 아버님이, 너를 참 반가워해 주시더구나. 너도 들었니? 보았니?"

제 앞에 무릎을 꿇고 오열하던 학의 모습이 떠올라 홍란의 코끝이 다시 시큰해질 때였다. 문득 밖에서 홍란도 아는 날카로운 음성이 들려왔다.

"댁은 뉘시오?!!"

"……할아버지?"

원래 이 집의 주인이기도 한 송 대방의 목소리였다. 반가움에 홍란이 얼른 허리에 손을 받치고, 한쪽 손으로는 벽을 짚어 가며 끙차, 힘주어 자리에서 일어섰다. 그러는 동안에도 밖에서는 연신 송 대방의 노성이 들려오고 있었다.

"뉘시기에 나를 막으시는 게요?!"

"그러는 노인장은 누구요?"

"나는 한때 이 집 살던 송 대방이라 하오만, 그쪽은 뉘기에 우리 아이 집에…… 홍란아!"

"홍란이요?"

송 대방의 너른 등 뒤에서 얌전히 서 있던 함창댁이 제 서방이 '홍란'이라 부르는 소리에 허둥지둥 앞으로 나섰다.

"할머니!"

송 대방도 함창댁도 홍란을 보았다. 비록 꿈에도 생각지 못한 모습이긴 하였지만, 마루 위에 눈물이 그렁그렁하여 서 있는 고운 아이는 홍란이 분명하였다.

"아이구, 홍란아!"

함창댁이 문 앞을 지키고 선 음구가 말릴 새도 없이 한달음에 집 안으로 뛰어 들어갔다.

"홍란아!"

"할머니이!"

친손녀를 안듯이, 친할미를 안듯이 두 여인이 서로를 부둥켜 안았다.

"이게 얼마만이야? 인석아, 어찌 이리 무정하누? 어찌 이리 걱정을 끼쳐?"

"죄송해요, 할머니. 죄송해요. 정말로 죄송해요."

저보다 훨씬 작은 이였다. 마지막 보았을 때보다 허리도 많이 굽어지고, 품은 더 좁아졌다. 그런데도 홍란에게는 함창댁의 그 좁고 작은 품이 어쩐지 세상만큼 넓고 큰 어미 품처럼 여겨졌다. 마치 시집간 딸이 친정어미를 만나 공연히 제 설움을 못 이겨 눈물바람을 하듯, 작고 여린 늙은 여인의 품에 안긴 홍란 역시 "힘들어 죽을 뻔했노라"고 마냥 응석이라도 부리고 싶어졌다. 무섭고 불안하다며 출산을 앞둔 제 걱정을 털어놓고도 싶어졌다.

하지만 "많이 힘들었지?" "많이 무서웠지?" "고생 많이 했어." 하며 토닥토닥 제 등을 두드리는 함창댁의 위안에 홍란은 그저 왈칵, 울음을 터트리는 것밖에 하지 못했다.

"……들어가시죠."

두 여인이 부둥켜 안고 울고, 또 그 눈물을 닦아 주는 모습을 보고 섰던 음구가 송 대방에게 얼른 길을 열어 주었다. 하지만 송 대방이 가만히 눈인사를 하고 그 곁을 지나려 할 때 한 마디 덧붙이는 걸 잊지 않았다.

"어른, 따르는 자들을 물려 주시지요."

지체로 치면 엄연히 무장인 음구가 상인인 송 대방에게 존대를 할 이유 따윈 없었다. 하지만 주상 전하의 정인이 친할미, 친할아비로 여기는 이라면 의당 그래야 할 것 같아, 음구는 공손한 말로 송 대방의 수하들을 물려달라 청했다. 송 대방은 그 소리에 새삼 음구의 머리끝에서 발끝까지 찬찬히 훑어본 뒤에 제 수하들을 향해 손을 저었다. 따로 명을 내리지 않았는데도, 오랫동안 송 대방을 모셔온 자들은 그 손짓의 뜻을 알아듣고 얼른 송 대방의 집 앞에서 물러들 갔다.

"되었습니다. 어서 안으로 드시지요."

송 대방을 안으로 들인 후, 음구는 얼른 대문을 다시 닫아걸었다. 그리고 그 앞에서 좀 전까지 그러했듯 사방의 경계를 살피고 섰다.

"이 사람은?"

방에 들자마자 함창댁과 송 대방은 아랫목에 죽은 듯 누워 있는 진 공자부터 궁금해 하였다.

"아이 아버지 되니?"

함창댁이 홍란이 자리에 앉는 걸 도우며 넌지시 물어왔다.

"아니에요. 중국에서부터 제게 큰 도움을 주신 은인입니다. 저 때문에 저리 되신 것이기도 하고요."

"아이 아버지는."

송 대방 역시 조심스럽게, 그러나 눈빛에는 조금 나무라는 기색을 담고 홍란에게 물었다.

"저 밖에 있는 자냐?"

홍란이 다시 고개를 저었다.

"곧 오신다고 하셨어요. 잠시 정리하실 일이 있다고, 대신 저분더러 지켜 달라 그리 부탁하고 가신 거예요."

홍란은 숨기는 거 하나 없이 이제까지의 일을 이야기하였다. 홍란이 제 아이의 아비 되는 이에 대해 이야기할 때, 송 대방의 얼굴에는 조금씩 수심이 드리워지기 시작하였다. 뭔가 짚이는 구석이 있어서였다.

낙향한 송 대방의 귀에도 도성의 옛 송 대방 집 앞을 누군가가 밤새 서성이곤 한다는 이야기가 들어 왔었다. 그 그림자가 새벽녘이 되기 전에 궁궐 쪽으로 급히 걸음을 옮긴다는 이야기도 들었더랬다. 홍란의 말대로 그가, 그저 착호군의 일원이라면 기껏 밤새 홍란의 집 앞을 서성인 후 새벽이 되어 굳이 궁궐로 돌아갈 이유가 없었다. 번(番)이라서 돌아가야만 했다면, 굳이 번인 날만 골라 남촌까지 올 까닭이 없었다.

'밤에 궁에서 몰래 나와 새벽녘에 다시 궁으로 몰래 돌아가야 하는 이라면……? 설마……?!'

그때 송 대방의 눈에 홍란의 부른 배를 쓰다듬으려 하는 제 늙은 아내의 손이 보였다.

"안 돼!!"

송 대방이 기겁하여 함창댁의 손을 잡아 제 편으로 당겼다.

"대방 어른?!"

"할아버지?!"

두 여인이 영문을 몰라, 송 대방을 보았다. 그리곤 두 여인 모두 몹시 놀랄 수밖에 없었다. 그런 송 대방의 얼굴을 처음 보았던 것이다. 단순히 놀랐다고만은 할 수 없는, 경악에 가까운 표정이었다. 두려움에 하얗게 질린 얼굴이었다.

❀

"후우."

술시(戌時, 오후 7시) 무렵, 석강을 마치고 신하들을 모두 물린 학은 한숨을 쉬었다. 아직 대왕대비 전에서는 아무 기별이 없었다.

'어느 쪽이건 좋다. 그저 빨리, 빨리.'

학은 그저 조바심이 났다. 어서 제 여인과 아이를 제게로 데리고 오고 싶었다. 아니 된다면 어서 제가 제 여인과 아이에게로 가고만 싶었다. 하여, 학은 괜히 애꿎은 편전 문만 죽어라 노려보며 좀 전에 동태를 살피고 오라 시킨 내시가 돌아오기만을 기다리고 있었다.

"어찌하여 아직 안 오는 것이냐?"

학이 괜히 곁의 상선을 나무라 보는데, 편전의 문으로 허리를 굽인 젊은 내시가 조르르 들어오는 것이 보였다.

"왔느냐? 아직도냐?"

"전하, 대왕대비마마께옵서 행차해 주시기를 청하셨나이다."

"그래?! 드디어 되었다더냐?!"

젊은 내시의 아룀이 끝나자마자 학이 단숨에 용포를 떨치며 자리에서 일어났다. 서둘러 대왕대비 전으로 바삐 걸음을 옮겼다.

"드디어 뜻을 모으셨다고요?"

대왕대비 전에 모인 여인들의 얼굴은 하나같이 그리 밝지 않았다. 학이 제 할머니를 향해 대강 저녁문후를 여쭙자마자 어떻게 뜻이 정해졌냐고 묻는데도 누구 하나 선뜻 입을 열려고도 하지 않았다.

"중전."

"전하."

재촉하듯 저를 부르는 학을 향해 중전이 허리를 숙였다 천천히 고개를 들었다.

"전하."

다시 한번 나지막하게 중전이 학을 불렀다.

"말씀하시오. 어찌하시기로 하였소?"

"소첩들이 어찌 감히 성심을 받들지 않겠습니까. 소첩들이 어찌 귀한

133

용종을 품고 있는 여인을 마다하겠나이까?"

"중전……!"

학은 제 뜻을 받아들여 준, 제 마음을 알아 준 중전을 감격하며 불렀다. 중전과 함께 제 앞에 다시금 머리를 조아리는 숙의와 소용도 다정히 둘러보았다.

"고맙사옵니다. 할마마마!"

대왕대비를 향해서도 감격에 차 기꺼이 고개를 숙이며 감사의 예를 표했다.

"단, 조건이 있사옵니다."

"중전?"

중전 심씨는 담담히 눈을 내리깐 채 자분자분 제 뜻을 전했다.

"입궁하는 이는 오래전 병이 들어 출궁되었던 대왕대비 전의 지밀나인이었던 아무개이옵니다. 주상 전하께옵서 잠행을 나가셨다 예전에 궁에서 만난 기억을 떠올려 인연을 맺게 된 아무개이옵니다. 황송하게도 승은을 입어 용종을 잉태하게 된 아무개는 절대로 기녀였던 그 사람이, 매부구였던 그 사람이 아닐 것이옵니다."

중전의 말인즉슨, 홍란을 대왕대비 전의 지밀나인이었던 아무개로 신분을 바꾸어 입궁을 시키겠다는 것이었다.

"왜 그런……, 그럴 수는 없소. 그이를 그리하면서까지……."

"주상."

내켜하지 않는 학을 대왕대비가 불렀다.

"그 아이가 문제가 아닙니다. 용종을 생각해 보세요. 속설에 이르면, 돈만 주면 아무 사내에게나 치마를 올린다는 게 매분구라 합디다. 창기보다 나을 게 없는 몸이란 말입니다."

"할마마마!"

"그럼요. 주상이 고르신 이니, 주상이 마음을 주신 이니 그럴 리는 없겠지요. 허나 세상이 그이를 그리 본단 말입니다. 아시겠어요? 세상이 그이를 대고 쑥덕거리는 것은 상관없으나 그 배를 빌어 태어날 주상의 아이를 두고 쑥덕거릴 거예요! 그 아이를 생각해 보세요. 자라면서 두고 두고 제 어미가 기녀이고 매분구였다는 사실에 상처 입을 겁니다! 그럴 수는 없지요. 그렇게 둘 수는 없지 않습니까?!"

"……."

대왕대비의 말도 틀린 것은 아니었다. 만약 홍란이 아들을 낳고, 그 아이가 자신의 뒤를 이어 보위에 오르기라도 한다면 두고두고 홍란의 신분 때문에 많은 구설수에 오를 것은 불을 보듯 뻔한 사실이었다. 하지만 학은 내키지 않았다. 홍란에게 거짓 신분을 덧씌우는 일은 있는 그대로의 홍란을 부정하는 것만 같아 그리 하고 싶지 않았다.

"그 사람의 신분을 바꾼들 비빈들에게 무슨 도움이 되겠소? 이런 조건을 내세우는 이유가 무엇이오?"

학은 여전히 제 마음을 굳히지 못한 채 중전에게 물었다.

"소첩들에게도 지키고 싶은 마음이란 게 있는 거지요."

중전의 답이 떨어지자마자 소용과 숙의가 또 한번 제 저고리 고름을 눈가에 가져다 대며 흑, 하고 우는 소리를 내었다.

"지키고 싶은 마음……?"

"중전마마와 소첩들을 생각해 보시옵소서. 지아비에게 굄 받지 못하는 지어미의 서러움이야 어찌 말로 다 형용할 수 있겠사옵니까."

중전을 대신하여 이번엔 숙의가 아뢨다.

"그것도 다른 뉘도 아닌, 기녀 출신의 매분구라는 천출 여인이옵니다. 저희는 그런 하찮은 신분의 여인에게 지아비를 뺏긴 어리석은 계집들로, 두고두고 비웃음거리로 남을 것이옵니다."

"전하, 어찌 저희에게 그런 수치마저 안기려 하시나이까? 너무하시옵니다. 참으로 너무하시옵니다. 흐흐흑."

숙의에 이어 소용 역시 볼멘소리를 늘어놓으며 눈물을 흩뿌렸다.

"소첩들의 청을 받아들여 주신다면, 저희는 사가의 어머니들에게도 그 사람의 신분에 대해서는 일언반구도 않을 것이옵니다. 궁인들의 입 역시 단단히 잠글 것이오니, 전하의 심려 또한 덜어지지 않겠사옵니까?"

중전이 다시 고개를 조아리며 뜻을 표했다.

"만일 전하께옵서 어리석은 소첩들의 뜻을 모두 받잡지 못하시겠다 하시오면, 하여 기어이 양위라는 무섭고 두려운 결단을 내리신다면, 소첩들 역시 소첩들의 안위를 건 무섭고 두려운 결단을 내릴 수밖에 없사오니, 부디 통촉하여 주시옵소서."

"통촉하여 주시옵소서."

숙의와 소용도 고개를 조아리며 함께 외쳤다.

그날 밤 술시 반각(戌時 半刻, 저녁 8시)이 가까울 무렵, 궁궐의 동편에 위치한 문이 살그머니 열렸다. 천장에 용맹한 청룡이 그려진 문을 통과한 이들은 대왕대비 전의 지밀상궁인 허 상궁과 의녀 두 명, 그리고 사인교를 둘러멘 교자꾼들이었다.

"허 상궁마마가 이 저녁에 어인 일입니까?"

건춘문(建春門, 경복궁의 동문)의 수문장이 허 상궁을 보고 알은체를 하였다. 대왕대비 전의 지밀인 허 상궁은 여간한 일이 아니고서는 궐을 쉽게 출입하는 이가 아니었기에 사내는 '참 별일이다' 싶어 고개를 갸웃거렸다. 거기다 평상시에 지밀상궁들이 궐을 출입할 때는 시녀상궁(지밀상궁을 모시는 상궁)에다 대왕대비 전의 비자(婢子, 계집종)까지 여럿을 대동하고 다니는 것이 보통인 데 반해, 이 밤에는 의녀 두 명이 일행의 전부였기에 수문장은 더욱 이 야밤의 행차가 궁금해질 수밖에 없었다.

"표찰은 여기 있습니다."

허 상궁은 수문장에게 대왕대비 전의 표찰(標札)을 내밀었다. 표찰에는 궁을 나가는 궁인들의 이름과 들어올 궁인들의 이름, 그리고 궁궐 출입의 이유가 간략하게 적혀 있었다.

"아아, 출궁했던 나인을 다시 불러들이는 겁니까? 헌데, 왜 이 저녁에……?"

묻던 수문장은 얼른 합, 하고 입을 다물었다. 공연히 말이 많다는 듯, 저를 노려보는 허 상궁의 눈빛이 제법 매서웠기 때문이었다.

"그럼."

살짝 고개를 숙여 인사를 한 다음, "가자!" 하며 제 일행에게 매서운 명을 내리는 허 상궁의 뒷모습을 보며 수문장은 다시 한번 고개를 갸웃거렸다.

"정말 무슨 일이지? 고작 나인 하나 입궁시키는 데 대왕대비 전의 지밀이 직접 행차하다니. 도대체 어떤 나인이기에?"

한편, 홍란의 집에서는 홍란과 송 대방, 함창댁이 서로를 마주보고 있었다. 저녁 무렵, 만삭이 된 홍란의 배를 어루만지려던 함창댁을 저지한 송 대방은 내내 한마디도 않고 있었다. 함창댁이 홍란을 대신하여 저녁상을 봐왔을 때도 송 대방은 수저는 드는 둥 마는 둥 하고선 내내 홍란을 주시할 뿐이었다.

"할아버지."

"대방 어른. 영감! 도대체 왜 이러시는 건데요? 하시고 싶은 말씀이 있으시거든 속시원히 해 보세요. 왜요. 뭐가 마음에 안 드시는 건데요?!"

답답한 마음에 함창댁이 짐짓 노려도 봤다. 하지만 송 대방의 진지한 눈빛은 여전히 홍란을 지그시 주시하고 있을 뿐이었다.

"홍란아, 너 말이다. 혹시……."

마침내 어렵게 송 대방이 입을 떼려 할 때, 밖에서 "접니다." 하는 음구의 소리가 들려왔다.

"드십시오."

홍란의 말이 떨어지기가 무섭게 조심스럽게 방문이 열렸고 내내 밖을 지키고 섰던 음구가 들어왔다. 낯빛은 그리 밝지 않았다.

"무슨 일이십니까?"

"그…분이 사람을 보내셨습니다. 모셔 오라고."

앉지도 않고 음구가 말했다.

"지금 당장이요?"

놀란 빛으로 홍란이 물었다. 놀란 것은 함창댁도 마찬가지였다.

"아니 어떻게 밤이 되어 가는 시간에 홀몸도 아닌 애를 오라시는 겁니까? 훤한 낮에 간다고 전해 주세요. 짐도 챙겨야 할 것이 많으니 가더라도 밝은 날에 제가 이 아이를 데리고……."

"잠시만."

함창댁의 말을 끊고 송 대방이 자리에서 일어섰다. 그리고 방문 앞에 버티고 선 음구의 등을 밀어 방 밖으로 나갔다.

"한 가지만 묻겠소."

송 대방이 혹여 방에 들릴까 소리를 낮춰 젊은 사내에게 물었다.

"저 아이가 갈 곳은 사시사철 은색 개구리가 노니는 곳이옵니까?"

음구는 움찔, 턱을 굳혔다. 그리고 제 눈앞의 새하얀 머리에 새하얀 수염을 지닌 신선 같은 사내를 바라보았다. 과연 소문대로 한때 온 도성의 상권을 좌지우지하던 대방답다는 생각도 들었다. 은색 개구리라 함은 상궁들의 첩지를 말함이었다. 궁궐의 상궁들은 항시 앞머리를 좌우로 가름하여 그 중앙에 첩지를 대고, 첩지 양쪽의 머리들을 좌우의 귀 뒤로 쪽을 찌게 된다. 이때 가르마 중앙의 첩지는 은으로 만든 개구리 모양의 첩지인 것이 보통이다. 허니 송 대방은 지금 음구에게 홍란이 갈 곳이 일 년 내내 상궁들이 있는 곳, 즉 궁궐인지를 묻는 것이었다.

"알았습니다."

송 대방은 그저 음구의 굳은 얼굴을 답으로 알아듣고선 먼저 방에 들었다.

"임자, 얼른 이 아이의 짐 챙기는 것을 도와주시게. 그저 며칠 입을 만한 옷가지 몇 개만 챙기면 될 것이야."

"정말 야밤에 이 아이를 보내려고요? 날이라도 밝거든⋯⋯."

"어허, 지체하다가는 당도하기도 전에 인정(人定, 밤 10시에 통행금지를 알리는 종을 치는 일)을 맞을 것이야. 꾸물대지 마."

음구는 그대로 방 앞에 선 채 방에서 들려오는 소리를 듣고 있었다.

"아니, 그래도 이리 갑자기는⋯⋯."

"진 공자는 어떡하고요?"

두 여인이 번갈아 가며 묻는 소리도 들렸다.

"여기 공자는 네 은인이니 당분간은 우리 내외가 보살피마. 그러니 넌 아무 걱정 말고 가거라."

"할아버지."

"다 잊어. 넌 그저 너를 괴이시는 분만 믿고, 그분이 하자는 대로 따르기만 해. 알았니? 아무것도 복잡하게 생각할 것 없어. 그저 그분만 믿고, 그분이 시키는 대로만 해. 과거 따위는 돌아보지 말거라. 다른 사람들도 더는 보살피지 마. 착하게만 살 생각도 마. 이젠 그저 네 한 몸, 네 아이만 생각하며 그리 못되게 살아. 착하게 살아서 견디어 낼 수 있는……. 아니다, 아니야. 하여간 명심하거라. 그저 건강히 무사히 지내렴. 이 할아비의 마지막 청이다."

"마지막 청이라니요. 할아버지, 왜 그런……."

"아니, 애 겁나게 왜 그런 말을 하세요. 꼭 다시 못 볼 것처럼."

방 안에서는 잠시 침묵이 흘렀다. 그러다 늙은 사내의 재촉하는 목소리가 다시 들려왔다.

"우리 나이가 원래 앞날을 기약할 수 없는 나이라 그러지 않아. 어허! 이렇게 계속 말만 하고 있을 거야? 이러다 인정 맞겠네. 어서, 어서 짐을 챙겨. 밖에 사람들이 와 기다리고 있다지 않아. 어서?!"

❀

"……."

"……시지요."

문득 밖에서 들려오는 소리에 홍란은 퍼뜩 잠에서 깨었다. 그리고 새삼 제가 든 가마 안을 가만히 쳐다보며 자신이 깜빡 잠이 들었음을 깨달았다.

"곧 가마를 내릴 것입니다. 각별히 조심하시지요."

밖에서 나이 든 여인의 음성이 조심스럽게 들려왔다.

간단히 짐을 챙겨 대문 앞에 나선 저를 맞던 여인이었다. 머리끝에서 발끝까지 자신의 모습을 훑어보던 그 눈초리에는 적지 않은 호기심이 담겨 있었다.

"뉘신지요?"

홍란의 물음에 답도 없이 그저 곁의 동행한 여인들을 시켜 가마 문을 열게 한 다음 "오르시지요." 한 마디만 건넨 여인이었다.

여느 양반집 행랑어멈은 아닐 것이었다. 팔에 걸친 쓰개치마며 몸에 걸친 옷들 모두 웬만큼 값나가는 것들이었다. 가마 안에 있는 저에게 "가마를 올릴 것입니다." "교자꾼의 걸음이 조금 빨라질 것입니다." "가마가 조금 흔들렸습니다. 괜찮습니까?" 하고 묻는 한마디, 한마디에 담긴 정중함은 그녀가 예사 사람이 아님을 알려주고 있었다.

'도대체 누구지? 혹시…… 그분의 집안 일문이신가? 아니, 그러면 내게 공대를 할 연유가 없을 텐데.'

모르는 것투성이었다.

가마에서 내리고 난 후도 마찬가지였다. 어느 집채 앞이었거늘, 홍란이 가마에서 내리자마자 나이 든 여인과 함께 따라왔던 젊은 두 여인이 부축을 하듯 홍란의 팔을 양쪽에서 잡아서는 눈앞에 바로 보이는 마루 위로 올라가도록 거들었다. 건물 안팎의 풍경을 돌아볼 짬도 주지 않았다. 우악스럽지는 않았지만, 저들이 먼저 홍란의 팔을 잡은 채 방으로 드니 홍란도 걸음을 맞춰 방으로 들 수밖에 없었다. 방은 아담했지만 요란스럽지 않고 정갈하게 꾸며진, 여느 양반집 방과 별반 다르지 않은 곳이었다.

"피곤하실 터이니 당도하시는 대로 누워 쉬실 수 있도록 명을 받았습니다. 이리 누우시지요."

젊은 여인 중 하나가 엽렵한 몸짓으로 이부자리를 펴며 공손히 말했다.

"아니, 안방마님께 인사부터 여쭈어야 할 것 같소만. 지금 어디 계십니까?"

홍란이 말했다.

"안방……마님이요?"

홍란의 짐을 막 옷장에 넣고 있던 다른 여인 하나가 홍란의 말을 되받으며 난처한 듯 제 동무를 바라보았다.

"아닙니다. 지금은 모두 잠드셨을 시간이오니, 내일 인사를 여쭈시는 게 나으실 것 같습니다. 그나저나 목은 안 마르십니까? 배는 아니 고프십니까?"

이부자리를 펴던 여인이 다정한 마음씀을 보이며 홍란에게 물었다.

"그보다 잠시 낯을 씻었으면 합니다만."

"말씀 낮추십시오. 받잡기 민망합니다."

여인이 당황하여 손까지 내저었다.

"소세하실 물을 얼른 떠오겠습니다. 잠시만 기다려 주시지요. 저 아이가 편하신 옷으로 갈아입는 걸 도와드릴 것입니다."

여인이 옷장 쪽에 가 있는 제 동무를 가리켜 보였다.

"아니, 괜찮습니다. 혼자 갈아입을 수 있습니다. 잠시…… 자리만 피해 주시면……."

홍란이 낯을 붉히며 모두가 방에서 나가 줄 것을 부탁하자, 여인들이 잠시 난처한 듯이 서로 마주 보고는 하는 수 없다는 듯, 서로 눈짓을 주고받았다.

"그럼, 저희는 소세 물을 가지고 오겠습니다. 밖에 다른 아이들도 있으니 조금이라도 불편하신 것이 있걸랑 불러 주시지요."

"그러겠습니다."

옷장 쪽에 있던 여인이 옷장에서 새것임이 분명해 보이는 속치마와 속저고리를 가져와 홍란에게 건네고는 뒷걸음질로 방을 나갔다.

'도대체 여기가 어디지? 그분 댁의 별채인건가?'

옷을 갈아입으면서도 홍란은 영 마음이 놓이지 않았다. 낯선 사람들에 둘러싸여 온 낯선 집, 낯선 방 안에 홀로 있다는 게 불안할 수밖에 없었다.

'당장 오라 하서 놓고는……'

달리 준비할 시간도 주지 않고 당장 이 밤에 저를 불러 놓고는 코빼기도 보이지 않는 제 정인에 대해 야속함까지 느끼는 홍란이었다.

"참 미운 분이시다. 네 아버님은."

새 옷으로 갈아입은 홍란이 제 배를 쓰다듬으며 중얼거렸다.

"벌써부터 흉을 그리 보면, 아이가 나중에 이 아비를 어찌 대하겠어?"

홍란의 말을 들은 듯 방문 밖에서 그 말을 받는 이가 있었다.

"……?!"

학이었다. 제 아이의 아비였다. 그 반가움에 홍란이 얼른 방문으로 가까이 다가가려 하였다. 하지만 학의 말이 홍란을 멈춰 세웠다.

"잠깐만."

"……?"

"앉아 주지 않겠어?"

"무슨…… 뜻이어요?"

홍란이 속삭이듯 물었다. 그 얼굴에는 막 웃음꽃이 피어나려 하고 있

143

었다. 제 도깨비 같은 사내가 또 무슨 장난을 치려나 궁금하고 또 기대되어진 까닭이었다.

"일단 앉아 봐."

"훗……."

홍란이 웃음을 흘리며 이부자리가 펴진 안쪽으로 가 자리를 잡고 앉았다.

"앉았어요."

"그럼 눈을 감아 줘."

"……감았어요."

"정말 꼭 감았어?"

"그렇다니까요?"

"그럼, 이제 내가 들어갈게. 내가 눈을 뜨라고 할 때까지는 절대로 뜨지 마. 알았지?"

"알았어요."

홍란이 학이 시키는 대로 두 눈꺼풀 사이로 빛 하나 스며들지 않게 꼬옥 감았다. 홍란의 귀에 방문이 열리고 학이 제게로 다가오는 소리가 들려왔다. 사르륵, 옷감이 서로 스치는 소리와 함께 어느덧 학의 숨소리가 바로 귓전에서 들려왔다.

"있지."

"네."

"그대에게 할 말이 있어."

"네."

"아마 많이 놀랄지도 몰라."

"또 무슨 장난을 하시려고요? 저 많이 놀라게 하면 안 되는 거, 아시죠?"

"나도 그것이 걱정이야."

"……무슨 일이서요?"

농반 진반으로 학의 말을 받던 홍란의 표정이 변했다. 학의 목소리에 장난기가 조금도 섞이지 않았음을 눈치챘기 때문이었다.

"무슨 일이서요."

홍란이 눈을 뜨려 하였다. 하지만 어느새 학의 커다란 손이 홍란의 눈을 가렸다.

"잠시, 잠시만…… 후우."

홍란의 귀에 학이 크게 한숨을 내쉬는 소리가 들려왔다.

"이제 손을 뗄 거야. 그럼 천천히 눈을 떠서 나를 봐. 절대 많이 놀라지 마. 부탁이야. 내가 모든 걸 설명할 테니까, 내가 처음부터 끝까지 다 설명할 테니까 많이 놀라지 마. 겁먹지 마, 응?"

그리고 살포시 학의 손이 홍란의 눈 위에서 떨어졌다.

"이제 나를 봐."

드디어 학의 허락이 떨어졌다. 그런데도 홍란은 눈을 뜨지 않았다. 눈을 감은 채, 고개도 떨어뜨리지 않고 그대로 있을 뿐이었다.

"……이젠 봐도 된다니까?"

학이 조심스레 재촉하였다. 하지만 홍란은 계속 눈을 뜰 생각을 하지 않았다. 대신 마치 소경이 앞을 더듬기라도 하듯 손을 들어 학의 얼굴이 있음직한 곳으로 내밀었다.

학이 홍란의 뜻을 알아채고 얼른 그 고운 손을 잡아 제 얼굴로 이끌었다. 홍란은 조심조심 손을 들어 잘생긴 이마에서부터 뚜렷한 콧날, 처음 보았을 때보다 조금은 홀쭉해진 볼과 뚜렷한 턱 선을 더듬었다.

"왜에……?"

저 역시 홍란의 뺨을 감싸 쥐며 학이 물었다.

"훗."

홍란이 살짝 웃었다.

"……왜?"

학이 다시 물었다.

"지금 잠시 그런 생각을 해 봤어요. 당신이 진짜 도깨비인 것은 아닐까? 내가 지금 눈을 뜨면 커다란 뿔을 이마에 단 채 호랑이 가죽을 뒤집어쓴 당신이 눈앞에 있는 것은 아닐까? 어쩌면 커다란 도깨비 방망이도 들고 있을지 모르겠다. 내가 든 이 방도 실은 이리 정갈하게 잘 꾸며진 고운 방이 아니라 산속 어느 깊은 곳에 있는 다 쓰러져가는 움막집일지도 모르겠다."

"……그러면 싫어?"

학의 물음에 홍란이 고개를 저었다. 학의 볼과 광대와 뺨을 가는 손가락으로 어루만지며 학의 얼굴이 있음직한 곳에 제 얼굴을 가져다대며 홍란이 속삭였다.

"당신이 도깨비라 하신대도, 설령 그보다 무서운 악귀라 하신대도 나는 당신 여인인 걸요. 당신이 세상의 그 누구라 해도 당신을 연모하는 이 마음은 변하지 않아요."

"……내가 사실은 백정이라면? 가죽신을 깁는 갖바치라면?"

"그럼 날마다 당신 곁에 앉아 노래를 불러 드릴게요. 가죽을 깁는 당신 손에 좀 더 흥이 날 수 있도록."

학의 입술에 제 입술을 스치듯이 하며 홍란이 속삭였다.

"그럼…… 그럼……."

쉽사리 말을 잇지 못하던 학이 홍란의 등을 단단히 감싼 후, 잠시 더 뜸을 들이다 물었다.

"내가 임금이라면? 만조백관을 거느린 이 땅의 임금이라면?"

순간, 학은 제 손바닥 아래 홍란의 등이 빳빳이 굳는 것을 느꼈다. 그와 함께 홍란이 눈꺼풀을 들어 제 얼굴을, 제 머리 위에 얹힌 익선관을 그리고 제가 입고 있는 곤룡포를 천천히 훑는 것을 보았다. 눈도 깜빡이지 않고 학의 차림을 훑는 홍란의 시선에 학은 제 등덜미에 식은땀 한 줄기가 흐르는 것을 느꼈다. 홍란을 안고 있지 않은 다른 손에도 어느새 진땀이 배어나오고 있는 것 같았다.

'내가…… 이 내가 무서워하고 있다?'

학은 두려워하고 있는 자신에게 놀랐다. 이게 무어라고 떨고 있는 자신이 한편으로는 우스우면서도 한편으로는 신기하였다.

"후훗."

학의 입에서는 저도 모르게 실소가 배어져 나왔다. 하지만 제 웃음에 홍란의 눈이 커다래지는 것을 보며 학은 당황하여 변명 아닌 변명을 늘어놓았다.

"난 한 번도 다른 사람 앞에서 이렇게 떨어본 적이 없어. 누구를 이렇게 두려워해 본 적도 없어. 그런데 당신이 날 떨리게 해. 당신이 날 이렇게 무섭게 해."

"……왜 무서우신데요?"

눈을 뜨고 처음으로 홍란이 입을 열었다.

"왜 속였냐고 화낼까 봐. 왜 진작 말하지 않았냐며 원망할까 봐. 임금인 줄 알았다면 연모 따윈 안 했을 거라고 후회할까 봐. 중전과 후궁들을 둔 주제에 당신까지 욕심내고야 만, 나란 사내에게 당신이 실망할까

147

봐."

자신이 떨리는 이유를 하나하나 읊어 가는 동안 학의 목소리는 점점 더 기어들어갔다.

"당신이 내게 화내지 말았으면 좋겠어. 당신이 후회하지 않았으면 좋겠어. 당신이, 당신이……."

학이 와락, 홍란을 껴안았다.

"당신이…… 날 만난 걸 후회하지 않았으면 좋겠어!"

마지막 고백을 털어놓은 학은 제 품에 안긴 홍란의 기척에 온 신경을 곤두세웠다. 그러다 꿈틀, 몸을 비틀며 제 가슴을 미는 홍란의 손을 느낀 학은 다시 조금 전과 같은 두려움을 느끼며 조심스레 홍란을 제 품에서 놓아 주었다.

"……그래. 화내. 화내도 돼. 당신은 그럴 만한 자격이 있어."

두려움에 홍란의 눈을 바로 보지도 못한 채, 학이 중얼거렸다. 혹시나 홍란의 얼굴에 조금이라도 제게 놀라고 실망하고 화낸 기색이 있으면 많이 상처받을 것 같아서였다. 지금 학의 심정은 딱, 화난 어미의 얼굴을 보기 두려워 어미의 치맛자락에 고개를 박고 들 생각을 않는 어린아이의 심정과 같았다.

"어떻게…… 그러실 수 있어요?"

학이 시선을 피하고도 한참이 지나서야 비로소 홍란의 입이 열렸다.

"미안. 난 정말……."

저를 향한 원망의 말에 학이 마침내 고개를 들고 다시 변명의 말을 입에 담으려다 놀라 말을 멈추고 말았다. 제 가슴을 밀어냈던 홍란의 손이 다정히 제 입술을 더듬어 온 때문이었다.

"야속한 입술이시네요. 바보 같은 말씀을 내어놓는 어리석은 입술이

시네요."

"어?"

"어떻게 내가 당신에게 화를 내고, 실망하고, 후회할 것이라 말씀하셔요?"

"……어?"

홍란의 말대로 정말 바보가 되기라도 한 양, 학이 멍하니 중얼거렸다. 온 신경이 홍란을 담고 있는 제 눈과 홍란이 어루만지는 제 입술로 분산되어 도통 정신을 차릴 수가 없었던 탓이었으리. 그런 학의 사정을 아는지 모르는지, 홍란은 조금 더 대담하게 학의 입술 선을 따라 천천히 손을 움직였다.

"이미 말씀드렸잖아요. 당신이…… 세상의 그 무엇이든, 도깨비든 갓바치든 내 마음은 변치 않을 거라고요. 임금님이시라고요? 주상 전하시라고요? 그래서 뭐요. 그 정도로 제 마음이 변할 줄 아셨어요?"

학은 놀랐다. 그저 놀랄 수밖에 없었다. 홍란의 반응이 그간, 그 길고 긴 날들 동안 홀로 상상했던 모습과 너무도 다른 까닭이었다. 제가 사실을 털어놓으면 잠시 잠깐만이라도 홍란이 저를 원망할 줄 알았다. 홍란이 제게 화를 내고 저를 두려워하고 저를 멀리하려 할 줄만 알았다. 설마하니 홍란이 이리 쉽게 자신을 받아줄 줄은 꿈에도 생각지 못했다. 하지만 학은 더는 그저 놀라고 있을 수만은 없게 되었다.

"야속한 말씀을 하신 이 입술에 벌을 주어도 될까요?"

뒷목을 짜르르, 울리게 하는 고혹적인 속삭임이 들려온 까닭이었다.

"아니. 벌은 당신이 받아야지."

마침내 본래의 저로 돌아온 학이 답을 주었다. 그리곤 놀란 토끼 눈을 가장하여 저를 빤히 올려다보고 있는 제 어여쁜 여인을 사랑스럽게 보았다.

"제가 왜요? 무슨 벌을요……?"

홍란의 속삭임이 건너왔다.

"임금을 애태운 벌, 임금을 놀린 벌. 그리고…… 항상 예상에 어긋난 행동으로 임금을 놀라게 한 벌."

말이 끝나기 무섭게 사내의 입술이 여인의 입술에 벌을 주었다. 적반하장으로 나오는 사내의 입술을 여인의 입술이 벌을 주었던 것 같기도 하다. 그리하여 누가 누구에게 얼마만큼의 죄를 묻고 얼마만큼의 벌을 주었는지는 오직 두 사람만이 아는 사실이 되었다.

❀

그 밤, 넓고 넓은 궁궐 안에서 웃음소리가 새어나온 방은 두 사람이 든 방 만이 아니었다. 궁궐 내 가장 한적한 곳에 외따로 떨어져 있는 왕대비 전에서도 심상치 않은 웃음소리가 흘러나왔지만, 그것을 눈치채는 이는 아무도 없었다.

"후후훗, 흐흐흐훗."

"마마, 무어 좋은 일이라도 있으신 것이옵니까?"

왕대비의 자리끼를 준비하던 김 상궁이 혼연히 웃고 있는 제 상전에게 물었다.

"김 상궁, 들리느냐?"

"예? 무엇을 말씀하는 겁니까?"

김 상궁이 목을 길게 빼어 방 바깥을 향해 귀를 기울였지만 아무 소리가 들리지 않자 고개를 갸웃거리며 물었다.

"이 궁궐 안에 온통 한숨과 통곡 소리가 가득하지 않느냐. 그 소리들이 어찌나 듣기 좋은지, 대왕께서 살아계시던 시절 경회루에서 열리던 진연의 거문고 소리 같구나. 얼쑤!"

흥이 오르는지, 왕대비 한씨는 앉아 있는 보료의 장침(長枕, 팔을 괴게 만든 베개)에 올린 손을 까닥까닥 움직이며 들리지 않은 한숨소리의 박자를 맞추어 나갔다.

다음 날 새벽, 일찌감치 잠이 깬 홍란은 곁에서 잠든 학이 깨지 않도록 살그머니 일어나 앉았다. 배가 부른 까닭에 몸을 일으킬 때 저도 모르게 "끙" 하고 힘쓰는 소리를 내뱉었지만, 다행히 곤히 잠든 학의 귀에는 그 소리가 가 닿지 않은 듯하였다.

"휴우."

조금 물러나 벽에 등을 기대고 앉은 홍란은 잠든 학의 모습을 지긋이 바라보았다.

'나의 도깨비 님…….'

놀라지 않았다면 거짓말이다. 두렵지 않았다면 그 또한 거짓말이다. 전날, 학이 털어놓은 진실은 홍란이 받아들이기에도 충분히 놀랍고 두렵고 무서운 일이었다. 하지만 그 모든 두려움을 무릅쓸 정도로 학을 연모하는 마음이 컸다. 자신이 털어놓은 진실이 두려워 차마 제 얼굴도 보지 못하는 학을 보면서, 다시 만난 날 제 앞에 무릎 꿇고 그리 서럽게 울던 학을 떠올리면서 다짐할 수밖에 없었다. 다시는 두렵게도 서럽게도 만들지 말자, 다시는 아프게 하지 말자.

"……왜?"

어느새 잠에서 깬 건지 학이 팔로 머리를 괴며 홍란을 보았다.

"아직 깨기에는 이른 시간이야."

학이 제 옆의 빈자리를 툭툭 손으로 쳤다. 다시 돌아와 누우라는 뜻이었다.

"다 깼어요…… 아니, 다 깼사……옵니다?"

무심히 답하던 홍란이 새삼 학이 벗어 놓은 용포자락을 보며 얼른 어법을 바꾸려 하였다. 한 번도 해 보지 않은 말이어서지, 소리들이 어색한 억양으로 방 안에 흐트러졌다.

"후후훗…… 됐어. 아직은 괜찮아."

웃음을 터뜨린 학이 저도 일어나 앉아 길게 기지개를 켰다. 그리곤 얼른 홍란의 곁에 다가와 자신도 벽에 등을 기대고 앉았다.

"우리 둘, 아니 우리 셋만 있을 때는 그까짓 예절이나 예법 따위 신경 쓸 거 하나도 없어. 당신 앞에서 난 여전히 백악산 도깨비고 내 앞에서 당신은 언제나 늙은 호박을 던지던 용감무쌍한 여인일 테니까."

다정히 제 여인을 바라보며 눈웃음 짓던 사내가 여인의 옷깃 사이로 하얗게 드러난 목을 감싸며 아침인사를 하듯 달콤한 입맞춤을 하였다. 전날 밤의 연장인 양 다시 시작된 은밀한 고문에 홍란이 나른하게 몸을 맡겼다. 입맞춤만으로도, 서로를 온몸으로 마주 안고 있는 것만으로도 충분히 행복한 순간이 흘렀다.

"……그런데 내가 준 귀주머니는 어이 했어?"

긴긴 입맞춤을 끝내고 제 품에 고개를 기댄 홍란에게 학이 물었다. 지난밤, 홍란의 옷고름을 풀 때 보이지 않던 것이 마음에 걸려서였다.

"저어기."

홍란이 한구석에 있는, 어젯밤 갈아입느라 벗어 놓은 옷들을 가리켰다. 학은 얌전히 개켜진 옷 사이를 뒤져 귀주머니를 꺼냈다.

"자, 여기."

"이젠 풀어 봐도 돼요?"

학이 크게 고개를 끄덕였다. 그제야 홍란은 그 오랜 시간 동안 제 호기심을 자극하였던 붉은 비단 주머니의 매듭을 풀기 시작하였다. 오랫동안 풀어 보지 않은 까닭에 푸는 데는 제법 시간이 걸렸다. 하지만 학은 부러 도와주지 않고 홍란이 스스로 주머니를 열고 그 안의 것을 꺼내는 걸 지켜보았다.

"이건······?"

귀주머니 안에서 나온 건 어른 손바닥 한 장 반 정도 크기의 둥근 천이었다. 금색으로 용, 그것도 발톱이 네 개 달린 용이 새겨진 붉은 비단이었다.

"이건······!"

비단을 펴든 홍란의 손이 저도 모르게 떨렸다. 귀주머니의 안을 한번 보고 나면 절대 못 본 척할 수 없을 것이라던 학의 말이 맞았다. 홍란이 든 건, 왕이나 왕세자 곤복(곤룡포)의 가슴과 등, 양 어깨에 다는 보(補, 용무늬를 수놓은 둥근 천), 그중에서도 왕세자를 상징하는 사조룡보(四爪龍補, 발톱에 네 개 달린 용이 새겨진 보)였던 것이다.

"이건 다른 원보(圓補, 원형 보. 흉배)들과 달라. 어마마마께서 돌아가시기 전 직접 수를 놓으신, 어린 내가 자라서 곤보를 입게 되거든 전해달라며 남기신 유품이야."

"이런 귀한 것을 왜······"

"훗. 나도 몰랐는데 나한테 앞날을 내다보는 혜안이 있었던 모양이야. 이것을 줄 때만 해도 그저 당신한테 온전한 나를 주겠다는 생각밖에 없었거든."

떨리는 홍란의 손을 거들 듯, 학이 보를 들고 있는 홍란의 손을 감싼 후 다정히 웃어 보였다.

"허나 이제 생각하니 내 아들에게 줄 선물을 내가 미리 준 셈이었어."

"그게 무슨……? 핫! 그, 그런 말씀 마셔요!"

말의 뜻을 짚던 홍란이 기겁을 하여 두 손을 들어 학의 입을 막았다. 학은 지금 홍란이 낳을 아이를 세자로 삼겠다는, 엄청난 말을 한 것이었다.

"걱정 마."

학이 홍란의 손을 내리며 말했다.

"아무도 그대를, 이 아이를 음해하지 못하게 할 거야. 누구든 당신과 이 아이를 해하려 드는 자는 그 자신은 물론 그 삼족의 삼족까지 모두 멸해 버리고 말 터이니."

'이번엔 절대 잃지 않아. 놓치지 않아. 차라리 내 목숨을 내어줄지언정, 당신과 내 아이를 아프게 하진 않아.'

학이 보고 있기에도 아까운 제 여인을 보며 맹세의 말을 삼켰다.

그 후 일은 일사천리로 진행되어 갔다. 우선 학은 비망기(備忘記, 임금의 명을 적어 승지에게 전하던 문서)를 내려 승은을 입은 상궁 송씨, 즉 홍란을 종삼품 숙용에 봉함을 일렀다.

"상궁(尙宮) 송씨(朴氏)가 이미 회임을 하였고 또한 출산을 앞두고 있다. 내전(內殿, 왕비)이 또 이것 때문에 말을 하니 숙용(淑媛)에 봉하라."

송이라는 성은 홍란이 스스로 정했다. 오래전에 출궁시킨 기록이 있는 궁녀의 성에 송, 박, 최 씨가 있어, 홍란은 그 셋 중 하나를 골라야만 했다. 홍란은 두 번 생각지도 않고 송 씨를 선택했다. 제게 새 인생을 준 송 대방의 성씨를 연상한 때문이었다.

상궁 송 씨에게 숙용의 첩지를 내린다는 비망기가 내려지자마자 조정은 한바탕 난리굿이 난 것처럼 발칵 뒤집혔다. 특히 중전이나 다른 후궁들의 사가와 정한군을 비롯한 한다하는 종친들의 외척 집안의 사람들은 마른하늘에 날벼락을 맞은 듯하였다.

여태 승은을 입은 궁인이 있다는 사실도 알지 못했는데, 회임을 하고 거기다 곧 출산까지 한다하니 모두가 대경실색하였다. 만약 송 숙용이 아들을 낳기라도 한다면, 달리 왕자들이 없는 상황에서 그 아들은 명실상부, 세자에다 다음 대의 보위까지 물려받게 되는 까닭이었다. 그간의 정국과는 판이하게 다른, 세상이 뒤집힐 일이 일어난 것이나 진배없었다.

하여 조정의 대신들이 서로의 이해관계를 계산하며 분주히 움직이고 있을 때, 홍란의 처소에는 숙용 첩지 교서를 든 제조상궁이 들었다.

"원래대로라면 예를 갖추어 첩지 교서를 드려야 하나, 주상 전하께서 친히 명하셨사옵니다. 몸이 무거우시니 궁중의 예에서 벗어나도 좋다 하시옵고, 전각이 마련될 때까지 협소하지만 이곳 자현당에 머무르라 하시옵니다."

그리고 제조상궁은 민 상궁이라는 나이가 지긋한 상궁과 함께 궁녀 서넛을 인사시켰다.

"모두 주상 전하께서 친히 뽑아 올리신 궁인들입니다. 입이 무겁고 걸음이 재며 귀가 밝은 이들이니 쓰심에 부족함이 없으실 것입니다."

"고맙다고 전해 주셔요."

궁중의 어법이 아닌 인사에 제조상궁은 잠시 미간을 찌푸렸지만 이내 순순히 고개를 숙였다.

"곧 의원들이 입진(入診, 궁에 들어 진찰함)하러 올 것이옵니다. 이후 아기씨의 해산일을 어림잡아 호산청(護産廳 후궁의 산실청)을 준비할 날을 정할 것입니다. 보통 산실은 머물고 계신 처소에 결정하게 되지만, 재입궁하신 지 얼마 안 되셔서 아직 전각이 없으시니 어디를 산실배설처소로 할 것인지는 차후에 여쭙도록 하겠사옵니다."

"알겠습니다."

"말씀 낮추옵소서. 마마께서 어찌 상궁에게 공대를 하시나이까."

또다시 존대를 하는 홍란에게 민 상궁이 얼른 바른 어법을 알려 주었다.

"……알았네."

"허면 다른 상세한 것은 민 상궁에게 물어 하시옵고, 소인은 이만 물러나겠사옵니다."

제조상궁이 정중히 절을 한 후 홍란의 방에서 물러났다.

"숙용마마. 편히 앉으시옵소서. 불편하지 않으셨습니까?"

제조상궁이 물러나자마자 민 상궁은 홍란의 뒤 보료에 방석을 두어 개 겹쳐 세워, 홍란이 편히 등을 기대게 하였다.

"궁의 일은 모르는 것이 태반입니다. 많이 가르쳐 주세요."

"마마!"

민 상궁이 나무라듯 부르자 홍란이 얼른 쑥스럽게 웃으며 말을 고쳐 하였다.

"많이 가르쳐 주시게."

"서두르실 것 없사옵니다. 차차 아시고 익히게 될 것이옵니다. 마마께서는 그저 복중의 아기씨만 위하시면 됩니다."

"그런데…… 어느 분이 먼저신가?"

"무슨 말씀이시옵니까?"

"대궐에 들어와 내 누구에게도 아직 인사를 여쭙지 못했다네. 어느 분부터 찾아 뵙고 인사를 여쭈면 좋을지 알려 주시게."

"마마, 주상 전하께서 특별히 하명하셨사옵니다. 출산이 멀지 않았으니, 출산 전에는 예를 차리지 않으셔도 좋다고, 아기씨와 마마의 건강을 우선시하여 예는 차차 차리도록 하라는 어명이셨사옵니다."

파격이었다. 본디 첩지를 받은 후궁은 대왕대비 전이나 중궁 전에 들러 첩지를 받았음을 고하고 인사를 해야 하는 법이었다. 그럼에도 불구하고 출산 전까지 그 모든 예를 미루라는 명이 떨어졌으니 말이다.

파격은 그뿐만이 아니었다. 그날, 의원들이 들기 전까지 홍란이 거하고 있는 자현당(慈賢堂)에는 쉴 새 없이 하사품들이 밀려들었다. 몸에 걸치는 사소한 옷가지에서부터 침구류, 장신구류 등에 이르기까지 모든 일상용품들이 보는 이들의 눈이 부실 정도로 호사스럽기 그지없는 것들로만 구비되어 자현당으로 보내져 왔다. 개중에는 대왕대비 전에서 보낸 것도 있고, 중궁전에서 보낸 것도 있지만 대부분은 학이 특별히 하사한 품목들이었다.

숙용 첩지를 받으신 분이 회임을 하였고, 또한 출산을 앞두고 있다는 소식은 궁궐 동편에 위치한 궐내각사 안 내의원 약방에도 한바탕 파란을 일으켰다.

"모두 채비를 마쳤는가?"

어의(御醫, 정 3품 당상관 이상 의관)가 제 앞에 도열한 내의(內醫, 내의원의 당하 의관)들을 보며 사뭇 심각한 표정을 지었다.

"예! 어의 영감!"

어의 앞에 도열한 여섯 명의 내의들 중에는 성 봉사, 즉 태겸도 있었다. 원래대로라면 내의원에 들어온 지 얼마 안 된 종팔품의 봉사 따위가

낄 수 있는 자리가 아니었다. 하지만 대왕대비마마가 아침 일찍부터 두통을 호소하시는 바람에, 종오품의 판관 및 주부, 직장 등 도합 다섯이나 되는 내의원 의관들이 대왕대비 전으로 향한 바, 자현당으로 갈 내의들에 성 봉사도 합류할 수밖에 없었다.

"모두들 명심하시게. 용종이시네. 용종을 품고 계신 분이시네. 입진을 하는 데 아주 작은 소홀함도 있어서는 아니 될 것이야. 숙용마마와 복중 아기씨의 무사함이 자네들의 명줄이 될 것이야. 다들 알고 계시질 않은가? 여러 해 전, 이 내의원의 의관들 전부가 옷을 벗고, 그중에는 자진한 자들까지 나온 이유를."

출산 중 중전과 원자 아기씨가 연이어 졸함에 따라 당시 내의원의 의관들은 모두가 옷을 벗어야만 했다. 너그러우신 주상 전하는 파직이나 면직을 명한 적이 없었지만 의관들 스스로 죄책감을 못 이겨 스스로들 내의원에서 물러남을 청하였고, 그중에는 목을 매어 자진한 의원들도 있었다. 용종은 그리 중하고 무서운 것이었다. 용종과 그 용종을 품으신 분의 무사함이 곧 내의원 의관들의 무사함이었다.

"두 번, 세 번, 신중에 신중을 기하게. 어떤 약재를 쓸지 세 번, 네 번 고심하시게. 지금의 주상 전하께서는 단 한 분의 소생도 아니 계시다는 점을 명심하시게. 이 일이 이 나라 조선의 명운을 가를 수 있는 일이 될 수도 있음을 가슴에 새기시게."

어의는 도열한 내의들을 한 사람, 한 사람 뚫어져라 쳐다보며 당부를 시켰다. 이번의 출산 역시 잘못되면 제일 먼저 목이 잘릴 사람은 자신이 될 것이라고 생각하며.

자현당에 든 내의들은 홍란을 편히 앉게 한 다음, 의녀들로 하여금 홍란에게 가까이 다가가 진맥케 하였다. 자신들은 어디까지나 방문 앞에 나란히 셋씩 좌우로 줄지어 앉아 홍란의 얼굴빛을 살필 뿐이었다. 그리고선 몇 번이나 거듭하여 의녀들에게서 홍란의 산맥의 상태를 들은 다음, 저들끼리 얼굴을 맞대어 작은 소리로 각자의 찰색(察色, 얼굴빛으로 병이나 상태를 진찰함) 결과를 의논하기도 하였다. 모두가 신중에 신중을 기하느라 조심스럽게 제 의견들을 내어놓았다. 하지만 단 한 사람만이 쉽게 제가 본 찰색의 결과를 내어놓지 못했다. 바로 성 봉사였다.

'……왜?'

방에 들어서, 반절을 하고 머리를 조아리고 앉을 때까지만 해도 이상한 점은 못 느꼈다. 하지만 저를 주시하고 있는 시선이 느껴져 가만히 고개를 드니, 숙용마마가 저를 빤히 보고 있는 것이 아닌가? 그것도 보일락 말락 입가에는 희미한 미소까지 띠고 있었다.

'나를 아심이던가?…… 핫!'

찰색을 명목 삼아 숙용마마의 얼굴을 유심히 살피던 태겸은 놀라 급히 숨을 들이마시고 말았다. 숙용마마의 뺨에 옅은 상처 자국이 있음을 알게 된 것이었다. 곁의 다른 내의들도 희미하게 숨을 들이마시는 걸로 봐선 다들 화장으로 채 가려지지 않은 상처를 눈치챈 것 같았다. 하지만 태겸이 놀란 건, 단순히 주상 전하의 후궁에게 상처가 있어서만은 아니었다.

확실치는 않지만 어쩐지 제 속을 뜨끔뜨끔하게 만드는, 어디선가 본 것만 같은 얼굴 때문이었다. 뺨의 상처조차도 타고난 본연의 아름다움을 가리지 못하는 화사한 미색이, 그 뺨의 희미한 상처 자국이 여인의 정체를 태겸에게 알려준 까닭이었다.

'설마, 숙용마마가 홍란……이라는 그 매분구란 말인가?! 중국……으로 갔다던 그 여인이 어찌 궁에……?'

"이보게, 성 봉사. 자네 의견은 어떠한가?"

머릿속을 어지럽히는 이 기묘한 상황에 정신을 차리지 못하는 성 봉사를 나무라듯 곁의 주부가 물었다. 그때였다.

"주상 전하, 납시오."

우렁찬 소리가 방문 밖에서 들려왔다. 내의들은 물론이고 민 상궁조차도 당황할 수밖에 없었던 급작스러운 알림이었다. 내의들과 의녀들이 모두 일제히 자리에서 일어서고, 민 상궁이 몸이 무거운 홍란을 일으키려 하는데, 방문이 열리고 임금 학이 들어섰다.

학은 막 몸을 일으키려하는 홍란을 보고선 성큼성큼 거의 뛰다시피하여 방 안으로 들어와 홍란을 안아 부축하였다.

"어허, 일어나지 말라니까?!"

그 모습에 방 안 모든 사람들이 황망하여 더욱 깊이 허리를 숙였다. 오직 태겸 만이 허리를 숙인 가운데 조금 고개를 들어 무엄하게도 주상 전하와 그 후궁의 다정한 모습을 유심히 지켜볼 뿐이었다.

"잊었는가? 당분간은 궁의 모든 예를 차리지 않아도 좋다고 일렀거늘."

학이 홍란을 품에 안은 채 그대로 자리에 앉았다. 학의 뒤를 따라왔던 대전상궁이 그 모습이 민망하여 한 마디 아뢰려고 한 발자국 나섰지만, 상선이 그런 상궁을 말리듯 눈을 꿈쩍거렸다.

"진맥은 모두 마치었느냐?"

학이 내의들을 향해 물었다. 내의들 중 가장 윗사람인 박 첨정(僉正, 내의원 종사품 벼슬)이 엎드려 결과를 아뢰었다.

"예, 전하. 숙용마마와 아기씨 모두 지극히 건강하시니 따로 몸을 보호하는 탕제가 필요 없으실 정도입니다. 다만……."

"다만?"

건강하다는 이야기에 헤벌쭉 웃으려던 학의 낯빛이 순식간에 어두워졌다.

"어디가 아픈 것이냐?!"

"아니옵니다, 전하. 두 분 모두 지극히 건강하시니 심려 마옵소서. 다만 맥의 상태로 보아 보름 안팎이면 곧 출산을 하실 듯하니 호산청의 설치를 더는 미룰 수 없다는 말씀을 드리려 하나이다."

"알았다. 청의 설치를 허하노라. 첨정은 도제조 및 어의와 의논하여 한시바삐 호산청의 준비를 마치도록 하라."

"호산청은 어느 전각에 마련하면 되겠사옵니까?"

"어디가 좋을까……."

"저는 이곳이면 충분하옵니다."

마땅한 전각을 떠올리려는 학에게 홍란이 말했다.

"여긴 너무 좁지 않은가."

"그러니 더욱 아늑하지요."

"청을 만들 동안 여러 사람이 드나들 테니 꽤나 시끄러울 터인데."

"활기차니 더욱 기운이 나고 좋지 않겠습니까?"

"숙용이 그렇다면 어쩔 수 없지. 숙용이 굳이 자현당이 좋다하니, 호산청은 자현당의 곁채에 마련토록 하라."

"성은이 망극하옵니다."

"모두 애썼다. 그만 물러가라."

"예이."

내의들이 모두 허리를 펴고 일어나 뒷걸음질로 방에서 물러날 때였다.

"잠깐!"

학이 멈추라는 명을 내렸다. 물러나는 내의들 가운데 태겸의 모습을 발견한 때문이었다.

"너는……?"

태겸을 비롯한 내의들 모두 갑작스러운 주상 전하의 부름에 일순 긴장하여 몸을 굳혔다.

"너는 분명 성……?"

"예, 전하. 소신 봉사 성태겸이라 하옵니다."

학의 부름에 한 발자국 앞으로 나온 태겸이 반절을 하며 새삼 인사를 여쭈었다. 주상 전하가 제 존재를 알고 있다는 사실에 놀란 기색을 감추며.

"성 봉사만 남고 모두들 나가 보거라."

내의들은 갑작스러운 어명에 당황해 하며 서로의 어깨를 밀며 방에서 나갔다. 민 상궁을 비롯한 대전상궁 역시 마찬가지였다. 방에는 늙은 상선만이 남았다.

"내 숙용에게 진작 이야기는 들었다. 네가 숙용과 우리 아이를 위해 힘써 준 바가 크다하더구나."

"……."

주상 전하께서 친히 말씀을 건네시는데 묵묵부답인 태겸의 무례함에 상선이 "으흠!" 하며 헛기침으로 나무랐다.

"숙용에게서 너의 소식을 알지 못하여 근심스럽다는 이야기를 들은 바 있다. 헌데 내의원의 의관이 되어 있었더냐? 미처 몰랐느니."

"걱정했습니다. 갑작스레 사라지셔서 혹시 무슨 변고라도 생긴 건 아닌지 내내 근심하였습니다. 그간 무탈하셨습니까?"

내내 안겨 있던 학의 품에서 물러나 앉은 홍란이 태겸에게 인사를 건넸다. 하지만 고개를 숙인 태겸은 역시 아무 말도 하지 않았다.

"흠흠!"

늙은 상선이 다시 한번 헛기침으로 눈치를 주자 그제야 태겸이 내키지 않는 답을 아뢰었다.

"하찮은 소신의 안부를 물어 주시니, 그저 감읍할 따름이옵니다. 숙용마마께는…… 숙용마마께는 인사를 여쭙지 못하고 홀로 도성으로 돌아온 죄를 어찌 갚아야 할지 가늠이 되질 않사옵니다. 뜻하지 않은 곳에서 마마를 뵙자온 심정, 그저 놀랍고 황망하기 그지없사옵니다."

말을 마친 태겸은 슬그머니 고개를 들어 두 사람의 눈치를 살폈다. 주상 전하가 자신의 말에 어떤 표정을 보일는지 그리고 이제는 숙용마마가 된, 어쩌면 제 여인이었을지도 모를 홍란이라는 여인이 어떤 얼굴을 하고 있을지 궁금한 까닭이었다.

'웃고…… 있어?'

이상했다. 숙용마마가 된 여인이 저를 보고 한 점 꺼리는 기색도 없이 다정히 웃고 있었다.

"어허! 봉사께서는 예를 갖추시오."

상선이 고개를 들어 주상 전하와 숙용마마의 얼굴을 살피는 무례한 내의를 낮은 목소리로 나무랐다.

"괜찮다."

"전하."

"나와 이 사람이 예전에 성 의원에게 적지 않은 신세를 졌음이야. 군신의 예의를 지키는 것도 중요하지만 은인을 대하는 예가 그런 것이 아니다."

학은 자리에서 일어나 엎드린 태겸의 어깨에 손을 얹었다.

"성 의원, 아니 성 봉사. 내 결코 너의 은혜를 잊지 않겠노라. 그러니 앞으로도 숙용과 복중의 아이를 잘 부탁한다."

"성은이 망극하옵나이다."

입으로는 그리 말했지만, 방바닥을 향한 태겸의 표정에는 그리 기꺼운 기색이 없었다. 지금 제게 일어난 이 모든 일들이 아무래도 도통 이해가 가지 않은 탓이었다.

"이 중에서 가장 유능한 자가 누구인가?"

전교를 통해 호산청의 설치가 정식으로 알려진 후, 도제조(내의원의 수장) 염준식은 편전에 들어 호산청의 담당 의원으로 십여 명의 내의들의 이름을 올렸다. 맨 마지막에는 태겸의 이름도 적혀 있었다.

"장성임과 임기여가 유능하오니 능히 주어진 몫을 다하고도 남을 것이옵니다."

도제조가 내의 이름 중 두엇을 들었다.

"그리하라."

짧게 어명이 떨어졌다. 그 외에도 주방에서 일할 주방관과 서기를 맡을 서기관, 실질적인 출산 일을 도맡을 의녀들까지 차례대로 선발되어 호산청의 준비를 맡기로 하였다.

"그런데…… 잠시만."

모든 보고를 마친 뒤 자리에서 일어서려는 도제조를 학이 다시 불러

앉혔다.

"예, 전하."

"얼마 전에 내의원에 들어온 성 봉사라는 이의 의술은 어떠한가?"

"전하께서 미관말직의 내의를 아시옵니까?"

도제조가 놀라 되물었지만 얼른 제가 아는 대로 고하였다.

"고금의 의서에 능하고 손끝이 신중하고 야무지다는 평을 듣고 있사
옵니다."

"그런가?"

학은 자신이 든 서찰의 가장 끝에 위치한 태겸의 이름을 몇 번이고
보았다. 그리곤 도제조와 승지를 향해 나지막이 명을 내렸다.

"내의원 종팔품 봉사 성태겸을 호산청 약재의 주무관(主務官, 어떤 일을
도맡아 처리하는 관리)으로 명하노라."

학의 말은 호산청의 탕약을 제조할 때 약재를 살펴 선별하는 일을 태
겸에게 맡긴다는 뜻이었다.

"전하! 성 봉사의 의술이 뛰어나다 하다 호산청의 중책을 맡기기에는
아직 그 경력이 일천하여……."

"뜻대로 시행하라."

도제조가 전에 없는 파격 인사에 놀라 다시 한마디를 덧붙이려 하였
지만, 단호한 학의 얼굴을 보고서는 하는 수 없이 "성은이 망극하옵나
이다."란 답을 올릴 수밖에 없었다.

"왜 그러셨어요?"

그날 밤, 자현당에 들른 학은 홍란에게 호산청의 일을 일러 주었다.
앞으로 이틀마다 한 번씩 다른 내의들과 함께 태겸이 들어 홍란의 건강

165

을 살피고 필요로 하는 탕약을 올릴 것이라는 이야기도 해 주었다.

부러 태겸을 약재의 주무관으로 임명하였다는 말에 홍란은 걱정을 감추지 못하고 그 연유를 물었다. 궁의 일에 거의 무지하였지만 어느 조직에서건 눈에 띄는 과한 인사는 여러 가지 구설수를 불러옴을 홍란은 잘 알고 있었다.

"괜히 그분을 더 곤란하게 하지 않겠습니까?"

"그럴지도. 그래도 어쩔 수 없었어. 내가 호산청까지 들어가 지킬 수만 있다면 그러지 않았을 거야. 허나 그대와 이 아이가 호산청에 들어가 있는 순간만큼은 나는 그대도 아이도 지킬 수 없어. 그러니 그자에게 대신하게 한 거야. 그자라면…… 성 의원이라면…… 그대와 그대 복중 아이를 해하지는 못할 테니까."

홍란의 어깨를 안고 있는 학의 손에 저도 모르게 은근히 힘이 들어갔다. 태겸이 제 품 안의 여인을, 제 정인을 사모하고 있음은 진작부터 알고 있었다.

오래전, 홍란을 처음 본 바로 그때 홍란의 앞에 나서서 홍란의 아비에게서 홍란을 지켜주는 모습을 봤을 때부터 짐작하고 있었다. 백악산에서 의식을 잃고 제 품에 안긴 홍란을 바라보던 태겸의 험악한 표정이 그가 말하지 않는 진심을 보여주고 있었다.

'나는 참 이기적인 사내다. 그의 연정을 이용해서라도 그대를 지키고 싶은 생각밖에 없거든.'

"저는 참 못된 계집인가 봅니다."

"응?"

"그분의 마음이 어떤지도 모르고, 그저 그분께 저와 제 아이의 안전을 맡기게 된 것에 이리 안도를 하게 되니 말입니다."

"……조심해."

홍란의 얼굴에 드리운 그늘을 본 학이 짐짓 목소리를 낮춰 겁박하는 시늉을 하였다.

"네?"

"당신이 그자한테 이리 미안해 하는 걸 보니, 자꾸만 질문을 하고 싶어지잖아."

"……하시지요. 아직 두 개나 남아 있으시잖아요."

제 낭군이 또 다시 저에게 장난을 치고 있음을 알고, 홍란이 맞받아 쳐 주었다.

"아니. 안 돼. 만약 그자와 연관된 질문을 하게 되면 난 아주 치졸해질 것 같거든. 이 두 개는 아주 소중히 쓸 거야. 평생을 두고 아끼고 아껴서 결정적일 때, 당신을 아주 꼼짝 못하게 할 때 쓰고 말 거야."

"엄밀히 따지자면, 이미 저한테 하신 질문을 다 합치면 이미 수십 개가 넘는다는 거 알고 계시죠?"

"아니. 그런 건 몰라. 내가 하겠다고 했을 때, 그때만이 진짜 내 물음이니 다른 건 아무 상관없어."

"그런 게 어디…… 읍!"

부당함을 따지려는 홍란의 입술을 얼른 학의 입술이 막고 나섰다. 지금 당장은 아무것도 생각하고 싶지 않다는 듯 초조한 사내의 움직임에 홍란은 반항하려던 몸짓을 멈추고 다정히 제 사내의 뒤통수를 끌어안았다. 출산을 앞둔 저보다, 곧 아이를 낳을 저보다 더 두려워하고 더 겁먹은 것만 같은 제 사내가 안쓰러워, 미안하지만 더는 다른 사람 생각 따위는 할 여유가 없었다.

태겸은 평소보다 늦은 퇴궐을 하였다. 저녁 무렵, 도제조에게 불려갔던 태겸은 자신이 호산청의 약재 주무관이 된 사실을 전해 들었다. 도제조 영감은 태겸에게 주상 전하나 숙용마마와 어찌 아는 사이인지 캐어물었지만 태겸은 해 줄 말이 없었다. 자신도 알지 못하는 일투성이였다.

'내가 홍란이라는 여인의 정인이었다면, 어찌하여 그 여인은 아이를 가진 몸으로 주상 전하 앞에서 나를 그리 반가워할 수 있단 말인가?'

'내가 그 여인의 정인이었다면 어찌하여 주상 전하가 내게 그리 고마워하신단 말인가?'

'게다가 나를 호산청의 약재 주무관으로 삼기까지 하시다니. 도대체 왜? 무엇을 믿고?!'

'도대체 나와 그 여인의 사이는 뭐란 말인가? 주상 전하와는 또 어찌된 사이란 말인가?'

'분명 내가 그 여인을 따라 중국까지 갔던 것은 그 여인을 연모했기 때문이었을 텐데, 나는 왜 홀로 도성으로 돌아왔고 어이하여 기억을 잃은 것인가?'

생각에 잠겨 걷느라 태겸은 제가 얼마나 오래 밤길을 걸은지도 몰랐다. 그저 문득 정신을 차리고 보니 어느새 제가 술 냄새와 함께 기녀들의 웃음소리와 노랫소리가 새어나오는 은월각의 굳게 닫힌 대문 앞에서 있음을 깨달았다.

'누님.'

태겸은 대문 높이 내걸린 현판을 올려다보았다.

'이제는 모든 걸 말씀해 주셔야겠습니다.'

언젠가부터 태겸은 청향이 제게 많은 것을 숨기고 있다는 인상을 받았다. 제 과거에 대해 이야기하는 중에도 앞뒤가 맞지 않는 구석들이 있다는 것도 알았다. 하지만 제가 좀 더 자세히 물으려 하면 청향이 너무나 아파하는 것을 알기에 부러 모른 척하고 있었다. 가능하다면 청향 말고 다른 이들을 통해 제 진실을 알고 싶었다. 하지만 더는 그럴 수 없는 순간이 왔다. 이제는 굳게 닫힌 문을 열 때다. 태겸은 그것을 알았다.

"차를 더 가져올까요? 목이 마르지 않으셔요?"

청향은 제 무릎에 누운 일현의 뺨을 쓰다듬으며 특유의 낮고 음률을 타는 듯한 목소리로 자분자분 속삭였다. 일현은 마치 제 집, 제 방인 양 단출한 바지 저고리를 입은 맨상투 차림이었다.

"필요 없소."

잠결인 양 웅얼거리며 일현은 무릎에서 허벅지 쪽으로 청향의 몸 깊숙이 제 고개를 들이밀었다.

"후훗. 배는 고프지 않으셔요? 뭐 자실 것 좀 가지고 오라 이를까요?"

"……필요 없소."

일현이 손을 뻗어 자꾸만 귀찮은 물음을 던지는 여인의 뒷목을 감싸 안고는 제게로 끌어당겼다. 뜨겁고 촉촉한 청향의 입속을 탐하며 일현은 까닭 모를 허무를 달랬다.

어느 하나 불편함도 부족함도 없었다. 목이 탈 리 없었다. 언제나 제 뱃속 깊은 곳을 자극하는 정인 청향이 곁에 있었고, 방문을 나서면 청향과는 또 다른 아름다움으로 눈을 현혹케 하는 조선 최고의 미색들이 가득하였다. 혹시나 목이 마를까 배가 고플까, 일현이 든 방에는 쉴 새 없이 다과상과 주안상이 들어오기도 하였다. 지루하다 싶으면 청향이 직접 시조를 읊어 주기도 하였고, 악기를 연주하는 기녀들을 불러 귀를 즐겁게도 해 주었다. 심지어 동기 몇 명은 얼마 전 배운 춤과 함께 우스갯소리들을 하여 실소를 자아내게도 하였다.

그런데도 일현은 채워지지 않았다. 자꾸만 헛헛하였다. 그나마 청향의 몸을 탐할 때면, 청향을 안을 때면 조금은 그 헛헛함이 가시는 것도 같았다. 매끄러운 살결 위에서 노닐고 있노라면, 청향의 뜨거운 몸 안에 잠겨 있노라면 허무 자체도 잊히는 듯하였다.

"잠시만요……."

청향이 제 저고리 안으로 쑥 들어오는 일현의 손을 밀어내며 고개를 들었다.

"왜?"

"지금은 아니 됩니다. 밖에 일이 많아 지금은 나가 봐야 돼요."

청향이 제 흐트러진 옷가지를 정돈하며 자리에서 일어나려 하였다. 오늘은 무슨 까닭인지 초저녁부터 은월각에 심상치 않은 손님들이 밀어닥쳤다. 평소에도 한다하는 고관대작들이 자주 객으로 오긴 하였지만 오늘은 그 수나 면면이 평소와 제법 달랐다. 화가 난 것 같기도 하고, 불안해 하는 것 같기도 하고, 또 어떤 이는 낙담한 것 같은 기색들이었다. 방에 들었다 나온 기녀 아이에게 대강의 이유를 듣긴 했지만, 직접 들은 이야기가 아니니 상황을 좀 더 상세히 알 필요가 있었다.

"잠시면 돼요. 얼른 다녀오겠습니다."

청향이 막 방문 쪽으로 걸음을 떼려 할 때였다. 제 허무에 취해 축 늘어져 있던 일현이 비호같이 일어나 청향의 앞을 막아섰다. 그리곤 청향이 채 거부할 틈도 주지 않고 청향의 입술에 거칠게 제 입술을 부비며, 조금 전까지 누워 있던 보료 쪽으로 끌고 가 허겁지겁 치맛자락을 걷어 붙였다.

"잠……시만요. 잠시만요!"

청향이 온 힘을 다해 일현의 가슴을 밀려 하였다. 하지만 젊은 무장의 힘을 청향이 당해낼 리 없었다. 일현은 청향의 가는 두 손목을 한 손으로 잡아 머리 위에서 단단히 고정시킨 채, 한 손을 치마 아래 깊숙이 집어넣었다.

"……왜 화를 내십니까?"

몸을 뒤틀며 일현의 품에서 벗어나려 앙탈을 부리다 말고 청향이 물었다.

"화……? 내가?"

문득 일현이 제 모든 움직임을 멈추고 멍하니 청향의 얼굴을 보았다.

"여기 드신 후부터 줄곧 화를 내고 계시지 않습니까. 지금도요."

"아니. 화나지 않았소. 화를 낼 까닭이 없잖소."

일현이 청향의 손목을 놓아주었다. 그리곤 좀 전과는 확연히 다른 달콤한 입맞춤으로 저의 기분을 전하려 하였다.

"난 그저 그대가 욕심날 뿐이오. 언제나 그렇듯이. 그런데 그대는 그런 나를 버려두고 간다 하니 심술이 나잖소."

청향의 눈을 뚫어져라 바라보며 일현이 속삭였다. 일현이 지나치게 달콤한 혀를 내어 청향의 고운 입술을 할짝였다.

"가지 마오."

"가야 합니다."

"난 늘 그대가 고프다오. 그대가 없는 순간을 견딜 수 없어."

"……거짓을 말씀하시네요."

청향이 일현의 입술에 묻은 제 연지 자국을 엄지로 쓰윽 문질러 닦아내고는 일현의 가슴을 지긋이 밀며 일어났다.

"거짓이라?"

"나리가 지금 간절히 원하는 건 제가 아닌 것을요."

"그대가 아니면?"

"……나리께서 더 잘 알고 계실 텐데요?"

청향이 일현의 귀에 입술을 가져다 대어 은밀히 속삭였다.

"받아들여지지 않은 마음은, 그것이 연심이건 우정이건 아니면……충정이건 안타깝기 그지 없는 것이지요."

일현의 얼굴이 하얗게 굳었다. 청향이 그런 일현의 얼굴을 무표정하게 보고서는 치마를 떨치고 일어났다.

"저를 곁에 두고도 내내 딴 곳만 바라보시는 나리에게 이제 좀 싫증이 나려 합니다. 오늘은 그만 댁으로 돌아가시지요. 벌써 여러 번 찾는 이가 왔더랬습니다."

쾅! 방에서 나와 소리 나게 문을 닫은 청향은 잠시 방문에 등을 기대고 섰다.

'차라리 계집이 상대라면 제 마음도 편할 것을요.'

쓰게 입맛을 다시는 청향에게 마당 안쪽에 섰던 장 서방이 다가왔다.

"행수, 성 봉사께서 뵙자 하십니다."

장 서방이 손에 들고 있던 너울을 건네며 태겸의 일을 고했다.

"오늘은 바쁘니, 내일 낮에 오라 전……."

너울을 뒤집어쓰며 답하던 청향이 잠시 말을 멈췄다. 그리곤 얼른 방

쪽을 보며 눈치를 살핀 뒤 목소리를 낮춰 장 서방에게 물었다.

"그것을 쓴 지 얼마나 되었지?"

"달포가 조금 넘어갑니다."

"달포라……. 그럼, 그것을 쓸 때가 되었군. 홍 영감은 지금 깨어 있는가?"

"예. 아직 방에 불이 안 꺼졌습니다."

"허면, 겸이를 지난번 방으로 안내하게. 나는 대강 손님방들을 훑은 뒤 간다 전해 주고. 홍 영감한테는 지난번보다는 조금 더 묽게 조제해 달라고 하게나. 깨어난 뒤 몸에 남은 향을 의심하는 눈치였어."

"옙!"

장 서방이 얼른 태겸이 기다리고 있을 바깥마당 쪽으로 조르르 달려 나갔다. 그 모습을 쳐다보며 오늘은 일진이 참 나쁜 날인 듯싶어, 청향의 너울 밑 고운 얼굴이 일그러지고 있었다.

"누님은 언제 오신다던가?"

은월각의 방들이 손님들로 가득 찰 때면 안내되곤 하는 별채에 든 태겸은 장 서방이 따라준 찻잔을 들며 물었다.

"오늘 유난히 찾으시는 분들이 많으신지라 언제 오실지는……. 그래도 금세 오신다고 하셨으니 몸이나 녹이시면서 기다리시지요."

태겸을 유심히 지켜보며 장 서방이 말했다.

"……음. 또 이 차인가?"

찻잔을 막 입에 가져다 대던 태겸이 인상을 찌푸리며 다시 찻잔을 내려놓았다.

"어찌 그러십니까? 뭐가, 마음에 안 드십니까?"

"지난번에도 말했던 것 같은데, 차향이 영 별로라서 말이야. 좀 치워 주면 안 될까?"

"괜히 행수 어른 듣는 데서 그런 소릴랑 마십시오. 동생분 몸 보양시키신다고 어렵게 구하신 약차(藥茶)인 걸 뻔히 아시면서. 향이 별로라도 행수 어른 정성을 봐서라도 그냥 드시는 척이라도 해 주시지요."

"······알았네."

하는 수 없다는 듯, 태겸이 다시 찻잔을 들어 가볍게 한 모금을 입에 물었다. 그리고 그 차 한 잔을 채 비우기도 전에 태겸의 고개가 잠에 취한 듯 앞뒤로 사정없이 끄덕거리더니 마침내 그 몸이 앞으로 푹, 꼬꾸라지고 말았다.

"겸이는?"

손님방들에서 한참 만에 물러나온 청향이 별채 입구에서 저를 맞는 장 서방에게 너울을 벗어 건넸다.

"곯아떨어지신 지, 반 시진(1시간) 정도 되어 갑니다."

"딱 맞춰 왔군. 다행이네. ······나리는?"

"온다간다 말씀은 없으셨는데, 방에 안 계신 걸 보면 가신 것 같습니다."

"······알았네. 잡인을 물리게."

"옙."

장 서방은 청향이 별채 안으로 들자마자 별채 문을 닫고는 검계에 속한 두어 놈을 시켜 문을 지키게 하였다. 혹여 취객이 길을 잘못 들어 문 안으로 들어가는 일이 없게 하기 위해서였다.

"겸아······."

희미한 등잔불 하나만 빛을 발하는 어두운 방에 들어선 청향은 어느새 마련된 이부자리 위에 누워 잠들어 있는 태겸의 머리맡에 가 앉았다.

"겸아, 자니……?"

보드랍지만 차가운 청향의 손이 태겸의 이마에 가 닿았다.

"으으음."

차가운 살이 닿는 것이 기분이 좋은 건지, 태겸이 한숨 소리를 내며 움찔거렸다.

"그래, 자려무나. 자면서 들어. 꽤 기분 좋지?"

청향의 말소리는 점점 더 작게 줄어들었다. 그리고 마치 속삭임과 같은 소리가 잠든 태겸의 귀에 전해졌다.

"겸아, 기억나니? 네가 아홉 살 되던 해 말이야. 그때 옆집 감나무의 감이 어찌나 탐스럽게 익었던지 네가 기어이 맛을 보고야 말겠다며 담위로 올라가 가지에 매달린 감을 따지도 않고 그냥 한 입 베어 물고서는 떫다며 그냥 내려왔던 거? 푸후훗. 그래 놓고는 옆집 할아범에게는 지나가던 까마귀가 한 입 베어 먹고 갔다며 능청스럽게 거짓말까지 쳤었지."

유난히 낮고 음률을 타는, 묘한 말투로 청향은 자장가인 양 쉴 새 없이 이야기를 들려주었다.

"겸아, 기억나니? 내가 대발을 하여, 처음으로 머리를 얹기로 한 그날 아침. 네가 어디서 구해 왔는지 참으로 어여쁜 검은색 비단 기혜(妓鞋. 기생들이 신는 신. 울타리가 아주 얇고 코에 무늬가 없는 외코신.)를 구해와 내게 건넸지. 누이는 조선 최고의 기녀가 될 거요. 부디 이 신을 신고 세상에서 가장 어여쁘고 현명한 일패기녀가 되시구려, 하면서."

청향의 목소리에 점점 울음이 스며들기 시작하였다.

"겸아, 기억나니? 도성에 들어와 은월각의 행수가 되었다고 했을 때도 넌 네 일처럼 기뻐해 줬었지. 기루의 행수가 누이인 게 밝혀지면 네 전정에 방해가 될지도 모른다고, 사람들 앞에서는 모른 척하자는 이야기에는 화까지 냈었어. 기녀가 누이인 것이 뭐 어떻냐고. 은월각의 행수가 누이인 것이 넌 하나도 부끄럽지 않다고 했어. 세상 사람들에게 실컷 자랑하고 싶다고까지 했어."

벌써 똑같은 말을 몇 번째 하는 것인지 몰랐다. 그래도 청향은 수십 번 되풀이되는 이 이야기들이 하나도 질리지 않았다. 매번 이야기할 때마다 제가 지어낸 이야기면서도 정말로 있었던 일인 양 매번 눈시울이 시큰해졌다. 매번 목이 메어 왔다.

"겸아, 기억나니? 의서를 더 공부하고 싶다며, 중국으로 가겠다고 은월각으로 작별인사를 하러 왔던 날? 넌 누이 혼자 두고 가는 마음이 편치 않다며 눈물까지 보였었지. 이 누이를 위해서라도 무사히 다녀오겠다고, 그리 철썩같이 약속하고선 기껏 다쳐 오기나 하고. 얼마나 걱정한지 알아? 다시는 그러지 마. 다시는 이 누이를 두고 훌쩍 떠나지 마. 다시는 누이 없는 데서 혼자 아프거나 하지 마. 그냥 누이 곁에 있기만 해. 누이 곁에만 있어 줘. 안 그럼……."

"안 그러면요?"

"헉!"

청향이 놀라 저도 모르게 짧게 비명을 내지르며 한 발자국 뒤로 물러나 앉았다.

"겨, 겸아!"

"줄곧 이러셨던 겁니까? 이렇게 본디 없는 기억을 이야기로 심어 주셨던 겁니까?"

여전히 조금은 몽롱한 머리를 흔들며 태겸이 일어나 앉았다.

"……분명히 야, 약차를…… 약차를 비웠다고……."

"분명히 마셨지요. 하지만 은월각에 들기 전에 이것을 먼저 마셔 두었거든요."

태겸이 소매 안에서 작은 가죽주머니를 꺼내 청향 앞으로 던졌다.

"이, 이건……?"

"농감초즙입니다. 몽한약(수면제)이나 다른 미혼약(정신을 산란케 하는 약)뿐 아니라 여러 약에 해독작용이 있는 것이지요. 누이가 제게 마시게 하는 약차에 무엇이 들어 있는지 알 수 없어 혹시나 하여 마셔 두었던 건데, 완전치는 않지만 그래도 제법 효능은 있는 것 같습니다. 전과 달리 이리 머리 안이 개운해지는 것을 보면요."

"나는 네가 무슨 말을 하는지 모르겠구나. 몽한약이라느니, 미혼약이라느니. 난 그저 네가 곯아 떨어졌다기에 잠자리를 봐주러 온 것이었어."

변명을 한 후, 청향이 벌떡 일어났다.

"나는 이만 다시 손님방에……."

"누이."

지나칠 정도로 차분히 저를 부르는 태겸의 목소리에 나가려다 말고 청향이 멍하니 돌아보았다. 해약까지 먹고 왔다면, 그간 약을 먹어 왔다는 걸 알고 있었다는 소리인데, 청향이 자신에게 무슨 짓을 해 온 것인지 알고 있었다는 뜻일 텐데 왜 저런 반응인지 알 수가 없었다. 화를 내든가, 소리라도 질러야 할 것 같은 상황인데 왜 태겸의 목소리에는 한 점 흔들림도 없는지 궁금해졌다. 언제부터 알고 있었는지, 알고 있었다면 왜 지금까지 모른 척한 건지, 모른 척해 왔으면서 왜 이제야 굳이 아는 척을 한 건지 떨리는 마음에도 궁금하기 짝이 없었다.

"언제부터…… 언제부터 알고 있었니?"

태겸이 자리에서 일어났다. 조금 비틀거리기는 하였지만 제 몸을 제 뜻대로 운신할 수 있음을 보여주는 명확한 몸짓이었다.

"바깥바람을 쐬고 싶네요. 함께 가 주실래요?"

태겸이 전처럼 다정히 청향의 어깨를 감싸 안으며 청했다.

"하아."

뒷마당을 걸으며 태겸이 아직은 쌀쌀한 밤공기를 향해 하얀 입김을 내뿜었다.

"추워요?"

청향이 제 두 어깨를 감싸고 오들오들 떨고 있는 걸 보며 태겸이 걱정스레 물었다.

"아, 아니."

아니라고 하지만, 어느새 이까지 다닥다닥 떨며 딱딱하게 턱을 굳히고 있는 청향의 모습은 세찬 빗속에서도 꺾이지 않으려고 애써 빳빳이 고개를 들고 있는 한여름의 들꽃을 연상케 하고 있었다.

"추워 보여요. 다시 방에 들어가요."

태겸이 청향의 어깨에 다시 손을 두르려 할 때, 청향이 화들짝 놀라 한 발자국 뒤로 물러섰다.

"누님."

"왜 화내지 않니? 왜 따져 묻지 않니? 너한테 무슨 짓을 한 건지…… 궁금하지도 않아?"

"……들어가서 이야기해요. 얼굴이 파랗게 얼었어요."

"나는 궁금해. 네가 어디서부터 얼마만큼 알고 있는지. 그리고 앞으로 어떻게 할 건지도!"

"누님……."

"오늘은 어쩐지 일진이 사납다 싶었다. 그래. 그날도 그랬어. 네가 절
벽에서 떨어져 사경을 헤맨다는 전갈을 전해 들은 날도 꼭 오늘처럼 이
랬어. 전에 없이 더 바쁘고, 더 신경 쓰이는 일이 많은데 뭔가 마음에 차
는 일은 하나도 없는, 짜증스러운 밤이었지."

청향은 태겸이 다 죽어 간다는 전갈을 받은 그날의 일을 떠올리며,
한껏 더 힘주어 제 양 어깨를 감싸 안았다.

"네 소식을 듣는 순간, 하늘이 무너지는 것 같았어. 딛고 있는 땅이
천길 아래로 훅 떨어지는 것만 같았지. 아, 하늘이 이렇게 나란 년을 벌
하는구나. 그저 멀리서 조용히 지켜만 보는 것조차도 용납하지 않는구
나 싶어 어찌나 원통하던지. 그래도 가느다랗게 명줄이 붙어 있을 때
네 앞에 가서 빌려고, 무릎 꿇고 빌려고 너를 데리러 갔어."

청향은 그저 홍란에게서 떼어 놓으라고만 했거늘, 태겸에게는 작은
위해도 가하지 말라고 했거늘 그런 작은 부탁조차 들어주지 못한 무능
한 작자들을 찢어발겨 죽일 작정으로 은월각을 나섰던 그밤을 떠올렸
다. 개성의 어느 약방에 누워 있는 태겸을 보고서, 그래도 명이 질긴지
살아날 것 같다는 말에 의원의 발을 붙잡고 뜨거운 눈물을 쏟아내었던
그 어느 밤도 떠올렸다.

"하지만…… 그리 누워 있는 중에도 넌 자꾸만 어디론가 가야 한다며
자리를 떨치고 일어나려고 했어. 하루 종일 의식을 회복하지 못하고 누
워 있다가도 문득문득 깨어나 자꾸만 도망치려 하였어."

분명한 의식이 없는데도 태겸은 한사코 도망치려 하였다. 가야 할 곳
이 있다며 한사코 제 품에서 달아나려 하였다. 어느 밤인가는 기어이

청향을 비롯해 청향의 수하들까지 다 따돌리고 개성의 산속을 거슬러 올라가다 다시 실족하여 정신을 잃은 적도 있었다.

다시 산 속에서 정신을 잃고 쓰러진 태겸을 보며, 청향은 피눈물을 흘렸다. 만약 태겸이 가려는 길이 평범한 길이었다면, 그저 무난한 길이었다면 청향이 직접 데려다 주었을 것이었다. 태겸이 그토록 가고자 하는 곳으로 기꺼이 데려다 주었을 것이었다. 하지만 그곳이 어디인 줄, 어떤 길인 줄 빤히 아는데 다시 그 길로 보낼 수는 없는 노릇이었다. 태겸이 홍란을 지키려 들 것은 뻔했고, 그렇다면 필시 태겸은 또다시 사경을 헤매게 되고야 말 터이니까.

"그게 전부야. 네가 기력을 회복할 때까지 붙잡아 두기 위해 너를 계속 잠재울 필요가 있어 약을 썼던 것뿐이야. 네 온전치 않은 기억을 보완해 주려고 잠든 너에게 과거를 들려준 것뿐이고."

아직까지 완전한 진실을 다 털어놓을 수는 없었다. 태겸이 얼마만큼의 진실을 알고 있는지도 모른 채 제 입으로 먼저 사실을 털어놓을 수는 없는 노릇이었다.

"또 거짓말을 하시네요."

청향이 일현에게 했던 말이 태겸에게서 되돌아왔다.

"내가 무슨 거짓말을……."

"거짓이 아니면 왜 아우인 저를 이리 두려워하시는 겁니까?"

태겸이 성큼, 청향에게 다가왔다. 그리곤 제 어깨까지 오는 작고 가냘픈 누이를 와락 안아 주었다.

"괜찮아요. 누님이 절 위해 그랬다는 걸 믿어요. 그러니까 두려워 마세요. 누님이 이리 떠시니 제가 아무것도 여쭙지를 못하잖아요."

"나는 정말 거짓 같은 건……."

"아직 밤공기가 차네요. 하아. 여기 입김 나오는 거 보세요. 그러니 나머지 이야기는 방에 가서 하자고요. 네?"

품에서 청향을 떼어 다정히 웃어 보인 후, 태겸이 별채 쪽을 향해 청향을 돌려세웠다. 그리곤 그 작은 어깨에 두 손을 짚고는 밀다시피 하여 청향을 앞세운 채 종종걸음을 하였다.

한편, 그 밤 은월각을 나선 일현이 향한 곳은 예전 홍란의 집 앞이었다. 딱히 이유는 없었다. 그날 낮에 전해 들은 일이 영 머리에서 떨쳐지지 않은 까닭이었다.

일현의 집 하인을 따라 은월각까지 찾아온 금군의 수하는 궁에 큰 경사가 있음을 알려 왔다. 일찍이 병이 들어 퇴궐하였던 대왕대비 전의 옛 궁인이 주상 전하의 승은을 입어 곧 출산을 앞둔 상태로 입궐하여 후궁의 첩지를 받았다는 얘기였다.

'전하가 잠행을 하실 때 우연히 예전에 궁에 있던 여인을 만나 승은을 내리셨다?'

그럴 리 없었다. 제가 알기로는 임금께서 궁궐 바깥에 있는 여인에게 관심을 가진 건 단 한 명밖에 없었다. 아름답지만 음탕하기 그지없는 계집, 바로 매분구 홍란이었다.

불과 얼마 전 중국에서 돌아온 여인이었다. 거기다 내내 그 여인의 곁을 지켰던 음구에 의하면 이미 승은을 입었다 하였으니 결국 새 후궁이라는 여인은 십중팔구, 그 매분구일 터였다. 수십 번, 수백 번을 돌이켜 생각해도 절대 전하의 짝이 될 수 없는 여인, 전하의 짝이 되어서는 안 되는 여인이었다.

'설마…… 그랬다면 중전마마나 대왕대비마마께서 선선히 받아들이

셨을 리 없다.'

　아무리 주상 전하가 원하는 일이라 해도 그리 행실이 난잡한 여인에게 내명부 품계가 내려질 리는 없는 일이었다. 현무군과 변 역관, 심지어 예전의 성 의원과도 묘한 분위기를 자아내던 여인이었다. 그 외에도 은월각의 기녀로 있으면서 얼마나 많은 사내에게 몸을 맡겼는지 모르는 더러운 계집이었다.

　'절대, 절대로 아니 된다. 그 계집만은 궁에 들어서는 아니 돼!'

　하여 은월각에서 나오자마자 일현은 홍란의 집을 향했다. 그 집에 아직 음구가 있으면, 그 여인이 있으면 안심할 수 있을 것 같아서였다.

　"누구냐?!"

　일현은 어둠 속에서 불쑥 튀어나와 제 앞을 막아선 사내에게 물었다.

　"자네군."

　눈앞의 음구를 보자 일현은 조금 마음이 놓였다. 음구가 홍란의 집 앞에 있다는 건, 아직 홍란이 집에 있다는 뜻일 터였고, 그렇다면 궁에 계신 새 후궁은 홍란이 아니라는 이야기일 테니까.

　"이 시간에 자네가 여기는 어쩐 일인가? 입시(入侍, 궐에 들어가 임금을 알현하는 일)하지 않은 지 며칠 되었다면서."

　"자네 얼굴이나 보러 왔지. 자네가 지극히 모시는 그 여인이 안녕하신가도 궁금하였고."

　슬며시 홍란의 일을 꺼낸 일현은 표정이 변한 음구를 보고서, 뒤편의 홍란의 집을 유심히 살폈다. 작은 불빛 하나 없는 걸 보면 빈 집이 분명해 보였다.

　"어딜 갔는가?!"

　일현이 음구에게 물었다.

"밤이 늦었네. 그만 돌아가시게. 나도 이제 막 집으로 돌아가려던 참이네."

저녁 무렵, 송 대방 내외는 진 공자를 데리고 경기도 연천의 어느 약방으로 간다고 떠났다. 송 대방이 수소문한 끝에 진 공자의 병을 살필 수 있는 명의가 그곳 어디에 있다는 이야기를 들은 까닭이었다. 거기다 송 대방 내외가 계속 도성의 집에 머물고 있으면 혹시나 홍란의 일을 물어올 사람이 있을까 하여 서둘러 집을 비웠던 것이다.

"그 매분구라는 여인은 어딜 갔나? 분명 중국에서 돌아왔다며!"

"벌써 며칠째 궐에 들지 않았다고 들었네. 어찌하여 궐에 있지 않는 겐가? 전하의 곁을 이리 비워 두면 어쩌자는 게야?"

대답 대신 음구는 일현에 대한 걱정을 늘어놓았다.

"전하께서…… 나를 찾으시던가?"

혹시나 하는 일말의 기대를 갖고 일현이 물었다.

"전하가 찾으시건 아니 찾으시건 전하의 곁에서 전하를 지키는 일이 자네와 나의 일이 아니든가?"

"……그러시겠지. 지금 나 같은 놈 따위 전하의 안중에 있을 리 없겠지."

"도대체 자네 왜 이러는 건가? 벌써 며칠째 기루에 틀어박혀 집에도 아니 돌아갔다면서?"

"도성에 돌아온 지 며칠이나 됐다고 그새 도성의 모든 소문이 자네에게 전해지던가? 대단하이. 그럼, 자네도 알겠군. 내가 요즘 계집질에 흠뻑 빠졌다는 걸 말이야. 하하하하! 늦게 배운 도둑질이 날 새는 줄 모른다더니, 내가 딱 그 짝이 아니던가? 예전에는 그저 칼 쓰고 힘쓰는 재미밖에 없더니만 알고 보니 계집질 재미가 아주 꿀맛이지 않겠나. 술향이

넘치고 색향이 넘치는 곳에 있다 보니 내 시간 가는 줄도 모르고 신선
놀음에 흠뻑 빠졌다네. 핫핫핫핫!"

날카로운 웃음을 흘리던 일현이 문득 정색을 하고는 음구의 곁에 제
얼굴을 바짝 들이밀었다.

"어떤가? 자네도 나와 함께 은월각에 가서 고것들의 색향에 듬뿍 취
해 보련가? 어이구. 그런 딱딱한 얼굴 할 것 없다네. 무릇 열 계집 싫은
사내가 어디 사내라 하겠는가? 일례로, 우리 주상 전하를 보시게. 그리
돌아가신 중전마마를 못 잊어 애를 끓이셔 놓고는 지금은 중전마마에
두 분의 후궁마마까지 부족하여 어디서 어떻게 굴러먹은지도 모르는
천하디 천한 매분……."

퍽! 순식간에 날아온 주먹질에 턱을 얻어맞은 일현은 벌러덩 뒤로 나
자빠졌다.

"웃!! 크흑……."

넘어진 채로 찢어진 입가를 손등으로 문지르며 일현이 음구를 노려
보았다.

"자네가 왜 이리 발끈하는가? 왜, 먼 길을 동행하다 보니 정이라도 쌓
인 건가? 하긴 그 긴 시간 동안 아무 일도 없었을 리 없지. 그래, 지켜
준다는 명목으로 곁에 있다 보니 그 계집이 제 치마폭이라도 활짝……."

이번에도 일현은 말을 맺지 못했다. 음구가 멱살을 잡아 일으킨 후
일현의 배에 다시 주먹질을 한 때문이었다.

"으웃. 쿨럭……쿨럭."

"내 진작 경고하였네. 그 입 닥치라고! 더는 그분을 모독하지 말게.
다음에는 주먹이 아니라 내 칼이 자네의 배를 가를 걸세."

여전히 멱살을 쥔 채 일현의 귀에 음구가 으르렁거리듯 위협의 말을

늘어놓았다.

"쿨럭. 쿨럭……옷……우윽."

멱살이 잡힌 일현이 가격을 당한 배를 감싸쥐며 기침과 함께 헛구역질까지 하였다. 그 모습에 음구가 멱살을 놓아주자 웅크려 토를 하는 듯하더니, 저를 걱정하여 들여다보려 허리를 굽힌 음구의 아래턱을 일현이 머리로 들이박았다.

"윽!"

"음구면 음구답게 자네나 그 입 닥치지! 언제부터 자네가 내게 이래라저래라 훈계할 주제가 되었다고! 자네 칼이 내 배를 가르면, 내 칼은 놀성싶던가?!"

갑작스러운 일격에 뒤로 휘청 넘어가려는 음구의 멱살을 잡은 일현이 좀 전에 음구가 그러했듯 음구의 배를 주먹으로 가격하였다.

"도대체 왜 이리 삐뚤어진 게야! 정신 좀 차려!"

음구도 당하고 있지만은 않았다. 재빨리 정신을 수습하여 일현의 멱살을 다시 잡았다.

"결국, 새 후궁이라는 여인이 그 매분구가 맞긴 한 모양이네. 자네가 이리 발끈하는 걸 보니. 중전마마는 아시는가? 대왕대비마마는 아시는가? 조정의 대신들은 모두 아는가? 그 계집이 아무 사내에게나 치마를 올리는……."

"닥치지 못해!"

멱살을 쥔 채 이를 갈며 노려보던 음구가 일현의 이마를 향해 제 이마를 날렸다.

"윽!! 이 자식이!!"

그때부터는 개싸움이 따로 없었다. 늦은 밤이었지만, 어찌나 소란스럽게 엉켜 싸우는지 문 밖을 내다보는 이들까지 있을 정도였다.

이윽고 새벽이 되기 전 두 사내는 사이좋게 나란히 의금부로 압송되어 갔다. 둘 다 금부의 부장들인 까닭에 한밤중의 격투가 그저 사내들의 호기로운 싸움으로 여겨지지 않은 까닭이었다.

"부장 일현. 근래 자네의 입직 태도가 불성실하였으나 따로 문책은 하지 않았다. 무엇보다도 주상 전하께서 자네를 각별히 아끼신 까닭에 작은 허물은 덮어 두라 하명하신 까닭이었다. 허나 지난번의 음주 사건과 이번의 난동 사건은 더는 묵과할 수 없는 수준에 달하였다."

음구와 일현의 직속상관이기도 한 내금위장은 전부터 음구와 일현에 대한 시기심이 남다른 자였다. 엄연히 직책은 자신이 더 높았지만 주상 전하의 총애가 음구와 일현에 미치지 못함을 알고 있었던 까닭이었다. 그러기에 이번의 난동 사건을 대함에도 사사로운 감정이 붙었다. 하여 음구에게는 한 달 감봉 및 연 사흘 간의 입직(入直, 숙직)을 명하였다. 일현에게는 지난번 음주 사건까지 함께 물어 여섯 달치의 급료를 제하고, 보름 동안 입직할 것이 명하여졌다.

"자네가 그분에 대해 많이 오해하고 있는 것은 아네. 하지만 전하의 사람인 우리가 성심을 받들지 않으면 어찌하겠는가? 이제는 숙용마마가 되신 분이네. 곧 옹주마마나 왕자 저하를 출산하실 분이네. 부디, 그분에 대한 자네의 편견을 잠시만이라도 거두고 보아 줄 순 없겠나? 존경받으실 만한 분이네. 내 오래, 가까이에서 지켜봐 와서 잘 아네. 현명하고 어진 분이시네. 전하의 짝으로 부족함이 없으신 분이야."

내금위장과의 면담에서 물러나오며 음구는 일현의 소매를 잡고 간절히 부탁하였다. 일현은 가타부타 답도 하지 않고 소매를 떨치며, 벌로 명받은 일을 하러 가기 위해 서둘러 걸음을 옮겼다. 쓸데없이 드나드는 이가 없도록 항시 경계를 하고 서 있어야 하는, 금군의 임무 중에서도 가장 한직에 속하는 자나 하는 그 일은, 바로 왕대비 한씨의 전각 앞을 지키는 일이었다.

제
10
장

악의와 선의

"그래. 무엇 때문에 싸웠는지는 알려지지 않았고?"

"예. 다만 이상한 것은 자현당의 숙용마마가 입궐한 이후에 일현 부장이 금군의 일을 수행한 적이 없었다 합니다. 무단으로 입궐을 하지 않았던 것이 여러 날이 되었다 합니다."

세답방(궁에서 빨래, 다림질 등을 맡아하던 곳)에 처소의 빨랫감을 맡기러 간다는 핑계 하에 전각을 나가 친분을 쌓아 두었던 궁인들에게 소문을 듣고 온 김 상궁은 제 주인, 왕대비 한씨에게 조심스레 제가 들은 이야기들을 전했다. 왕대비의 명으로 그간 부지런히 떡밥을 뿌려 놓은 덕분에 김 상궁이 전해 듣지 못하는 궁 안의 이야기는 거의 없었다. 새 숙용의 등장으로 소용과 숙의가 얼마나 분통 터져 하고 있는지, 겉으로 표를 내지는 않지만 중전마마 역시 심사가 편치 않은 듯 최근 들어 부쩍 짜증이 늘었다든지, 숙용마마가 전의 궁인 출신이라지만 왜 아무도 숙용마마를 기억하는 이가 없는지 궁금해 하는 이들이 많다든지 하는 이야기들이었다. 이전 날 밤에 다툼하였던 금군의 젊은 부장 일현과 음구에 대한 이야기도 마찬가지였다.

"함께 난동사건을 일으킨 음구 부장에 비해 일현 부장의 벌이 더욱 무거운 것도……"

김 상궁이 슬쩍 방문 쪽을 돌아다보고는 무릎걸음으로 왕대비에게 다가와 귀엣말로 전했다.

"예전에 전하께서 잠행에 납셨을 때 일현 부장이 술에 취한 채 전하의 뒤를 따른 일이 있어 그리 되었다 합니다. 모두들 충직하고 강직한 금군의 부장에게 무슨 일이 생긴 건지 모르겠다고 쑥덕이고 있더군요."

"주상의 금군 부장 둘이 다툼을 하였다. 그것도 한밤중에 격투를?"

김 상궁의 말을 들으며 생각에 잠긴 왕대비가 보료의 장침 위에 타닥타닥 손가락들을 두들기며 어지러운 실타래를 풀어 나가기 시작했다.

'금군의 부장인 음구라는 자가 사라지고 나타난 시점이 매분구 계집이 사라지고 다시 나타난 시기와 같다. 이것이 우연일까?'

'음구와 계집이 나타난 후 일현이라는 자는 무단으로 입궐을 하지 않았다.'

'음구와 일현이 무엇인가에 뜻을 달리 해 격렬하게 다툼을 하였다.'

'……그렇다는 건?'

보료 위에서 어지럽게 춤추던 손가락들이 멈췄다. 동시에 왕대비 한씨의 입가에는 서늘한 미소가 피어올랐다.

"김 상궁."

"예. 마마."

"좀 더 가까이 앉게."

"……? 예. 마마."

좀 전에 귀엣말을 하고 물러앉았던 김 상궁이 다시 제 주인 곁에 다가앉는 순간, 철썩! 하는 소리와 함께 매서운 왕대비 한씨의 손바닥이 김 상궁의 뺨을 후려갈겼다.

"악!"

김 상궁이 갑작스러운 매질에 놀라 비명을 지르며 나뒹굴었다.

"마⋯⋯마? 어이, 어이 이러십니까? 소⋯⋯소인이 무얼⋯⋯."

너무나 놀란 나머지 눈물을 철철 흘리며 김 상궁이 억울한 눈빛으로 제 주인을 보았다. 어찌나 세게 맞았던지 김 상궁의 입가는 찢어져 피까지 흘리고 있었다.

"마마. 흐흐흑⋯⋯ 마마, 어찌⋯⋯."

재차 김 상궁이 울며 물었지만, 왕대비 한씨는 답 대신 제 품에 매달려 있던, 이제 얼마 남지 않은 패물 중의 하나인 노리개를 뜯어 김 상궁에게 던졌다.

"네 것이니라."

"마마⋯⋯?"

"너는 이 길로 대성통곡을 하며 전각 밖으로 나가거라."

"마마."

"일현이나 곁의 군사들이 연유를 묻거든, 네 주인이 이유 없이 때렸다, 그리 사실대로만 말하여라. 그리곤 그 길로 '그이'를 찾아가거라. '그이'에게서 약조한 일을 하겠다는 확답을 받아 오너라."

"마마?"

"왜, 한 대 더 쳐 줘야만 이 일이 쉽겠느냐?"

"아, 아닙니다. 아닙니다. 흐흐흑⋯⋯."

김 상궁이 다시 울음을 키우며, 한 손으로는 슬며시 제 주인이 던져 준 노리개를 품 안으로 집어넣으며 방을 나섰다.

"흐흐흑!! 흐흐흐흑!!"

점점 멀어지는 김 상궁의 울음소리를 들으며, 왕대비 한씨가 히죽, 소리 없이 웃었다. 눈꺼풀 하나 움직이지 않고 오직 입술만이 비틀어 올린 웃음이었다.

그날 이후 하루가 멀다 하고 왕대비 전각의 상궁 김씨는 연신 입가가 터져나갔다. 어떤 때는 눈가에 멍이 들기도 하였다. 본디라면 왕대비 전각을 함부로 드나드는 것이 허락이 되지 않는 일이었지만 눈에 뻔히 보이는 매질 자국을 달고서 의녀를 찾아가야겠다는 김 상궁을 막는 이는 아무도 없었다. 도리어 그럴 때마다 군사들은 저들이 지키고 선 전각의 주인의 포악함에 넌덜머리를 내며 불쌍한 김 상궁을 동정하곤 하였다.

그로부터 얼마 후, 자현당의 곁채에 호산청의 설치가 마무리되었다. 또한 호산청에서 멀지 않은 곳에 의관과 의녀들의 입직처소가 정해졌고, 호산청의 일을 맡아할 의원과 의녀들이 번갈아가며 입직을 서기 시작했다.

"이 노옴, 이제 준비가 다 끝났다 하니 어서 나오너라. 네놈이 보고 싶어 이 아비가 목이 빠진다."

대왕대비 전에서 저녁 문후를 마치자마자 학은 당연한 일인 양 자현당으로 왔다. 그리곤 따르는 이들을 모두 물린 후 홍란은 일어서지도 못하게 하고선 서둘러 홍란을 부축하고 앉아 부푼 홍란의 배를 어루만지며 제 아이와 태담을 나누었다.

"오늘 나오려느냐? 아님, 내일 나오려느냐? 글피더냐? 더는 못 기다린다. 어서 나오거라. 이 아비 애간장 다 녹기 전에 어서 나오너라. 어서 나와."

"후훗…… 왜 이렇게 보채셔요. 어련히 때가 되면 나오려고요."

홍란이 제 조급한 서방을 나무란 후 가만가만 제 배를 쓰다듬으며 아이에게 말을 건넸다.

"아버님 말씀은 귓등으로 들어도 좋단다. 천천히 나와도 돼. 얼마든지 네가 있고 싶을 만큼 있다, 때가 되었다 싶음 그때 나오너라. 넌 그저 무사히 나오기만 하면 돼. 알았니?"

"어허. 안 된다니까? 빨리 나와야 돼. 더는 못 참겠단 말이야."

학이 짐짓 삐친 것처럼 입술까지 삐죽이며 다시 홍란의 배를 쓰다듬으며 말했다.

"오래는 안 된다? 많이는 못 기다려. 아비는 기다림이라면 딱 질색이란 말이다."

학의 말에 홍란의 눈이 조금 젖어 들었다. 제가 정인을 너무 오래 기다리게 하였음을 새삼 뼈저리게 실감했기 때문이었다. 며칠 전인가는 상선에게서 슬쩍 전해 듣기도 하였다.

"날이면 날마다 백악산을 올려다보시며 옥루(玉淚, 임금의 눈물)를 흘리시기에 이 늙은 것, 참으로 받잡기 민망하였사옵니다. 그러니 숙용마마. 언젠가 만에 하나, 이 궁의 생활이 힘에 부치실 때가 오더라도 부디 그날들의 어심(御心, 임금의 마음)을 생각하시어 참고 꿋꿋이 견디어 주옵소서."

학이 저 때문에 울었을 생각을 하면 홍란은 가슴이 찢기는 듯 아팠다. 저 또한 가슴 아리게 그리워하며 울었던 밤이 생각이 나 울컥울컥하였다.

"기다리시는 게…… 그리도 싫으셔요? 힘드셔요?"

홍란이 제 머리 위에 있는 학의 얼굴을 올려다보며 물었다.

"그럼. 힘들지. 이 녀석을 기다리는 것도 힘들지만……."

학이 홍란의 귓불을 물기라도 할 듯이 입술을 가까이 가져다 대고는 끈적한 속삭임을 전했다.

"그대를 다시 품을 수 있을 때까지 기다리는 게 너무 힘들어서 말이야."

"아이, 참!"

속삭임에 담긴 민망한 내용에 홍란이 볼을 붉혔다. 그 모습에 장난기가 더해진 학이 다시 한번 홍란의 귓가에 제 입술을 가져가 좀 더 진한 속삭임을 전했다.

"우리가 동침한 지 얼마나 됐는지 알아? 그대를 기다리느라고 나는 그간 절간의 스님인 양 하고 살았다고. 얼마나 마음이 동했는지 이제는 그대의 치맛자락만 봐도 내 아랫배에서 불이……."

"그만 하셔요. 누가 듣습니다."

홍란이 학의 품 안에서 무거운 몸을 틀며, 두 뺨을 손으로 감쌌다.

"듣긴 누가 들어. 이 방엔 그대와 나밖에 없는 걸?"

학이 홍란의 길고 가는 목에 제 얼굴을 묻으며 못다 한 속삭임을 전했다.

"당장이라도 그대를 이 자리에 눕히고, 그대가 환희에 들떠 비명을 지를 때까지 온몸에 달콤한 입맞춤을 전하고 싶은 걸 꾹 참고 있는 줄만 알아. 알아? 지난밤에는 말야……."

"아이 듣기에 참 좋은 말씀도 하십니다."

점점 더 짓궂어지는 학의 속삭임에 홍란이 곁눈으로 살짝 밉지 않게 노려보고선 억지로 학에게서 물러나 앉았다.

"안되겠습니다. 오늘은 그만 물러가셔요."

"뭐어?"

"더 같이 있다가는 태교에 안 좋을 것 같으니, 그만 물러가시라고요."

"지금 나를 쫓아내겠다는 거야?"

홍란이 말간 얼굴을 하고선 고개를 끄덕였다.

"나는 이 나라의 임금이요, 사사로이는 그대의 지아비거늘 그대가 감히 나를 내소박(아내가 남편을 구박하고 모질게 대함)을 놓겠다고?"

"……흐흐훗."

애써 참고 있던 웃음을 터트린 홍란이 얼른 치맛자락을 들어 제 입을 가리며 웃음소리를 죽였다.

"그러니까 후훗 누가 그런 엉큼한 소리나 하시래요?"

"그래서 내가 싫다고?"

학이 홍란의 어깨를 잡고는 눈을 마주치며 물었다.

"누가 싫대요?"

"그럼 왜 물러가라는 건데?"

"어차피 곁에 계셔도……."

조금 전보다 더 붉게 볼을 붉힌 홍란이 이번에는 제 쪽에서 학의 귀에 입술을 가져다 대어 민망한 말을 속삭였다.

"원하는 걸 못하시니 괴롭기만 하시지 않겠어요? 그러니 걱정하여 드리는 말씀이지요."

"하하하하하하하!!"

예상치 못한 말에 학이 웃음을 터트렸다. 홍란이 그 웃음소리가 큰 것에 놀라 서둘러 손을 들어 입을 막으려 했지만, 학이 먼저 그 손을 잡고서는 사랑스러워 못 견디겠다는 듯, 그 납작한 손바닥에 입을 맞췄다.

"우리 아이가 걱정이야……."

손바닥에서 눈만 치켜들어 홍란을 보며 학이 중얼거렸다.

"……뭐가요?"

"아비도, 어미도 이리 부끄러움을 모르는 응큼한 작자들이니 우리 아이 태교는 다 하지 않았냐는 말이야. 하긴 어찌 생각하면 잘된 일일 수도 있지. 나면서부터 어미와 아비를 닮아 후안무치(厚顔無恥)이니 왕재(王才, 왕의 재목)감으로 딱이지 않겠냔 말이야. 하하하하!"

다시 한번 너털웃음을 터트린 학은 홍란의 손바닥에 한 번 더 쪽, 입을 맞추었다.

"왕자가 아니면 실망하실 건가요?"

이제는 제 하얀 손목에 입을 맞추는 학을 향해 홍란이 물었다.

"그댈 닮은 옹주면 평생 시집도 안 보내고 내 곁에서 늙힐 터인데 그러면 그 아이가 너무 불쌍하잖아."

홍란의 목에 입을 맞추며 학이 답했다.

"그래서 왕자가 좋으시다고요?"

"응…… 아니. 모르겠어. 아직 왕자도 옹주도 가지지 못해서 어느 쪽이 더 좋은지 모르겠어. 그대가 알려 줘. 왕자가 주는 기쁨과 옹주가 주는 기쁨, 어느 쪽이 더 좋은지 꼭 그대가 알려 줘."

답을 마친 학의 입술이 저를 기다리듯 반쯤 열린 홍란의 입술에 가 닿았다.

"윽!"

진통이 시작된 건 예정일을 보름쯤 지난 어느 날이었다. 학이 편전에 들어 정무를 보는 동안, 어느 때처럼 가볍게 전각 앞을 산책하던 홍란은 갑작스러운 복통을 느낀 탓에 본능적으로 배를 감싸며 이맛살을 찌푸렸다.

"숙용마마!!"

"마마!!"

홍란의 팔꿈치를 잡아 부축하고 있던 민 상궁과 의녀가 놀라 홍란의 안색을 살피며 물었다.

"마마, 편찮으십니까? 혹시 배가 아프십니까?"

"……그런 것 같아."

"마마!!"

자현당의 나인들이 모두 일제히 홍란을 향해 달려왔다. 그리고 누가 먼저랄 것도 없이 홍란의 등과 팔을 부축하여 방으로 안내하였다.

"의원!! 어서 내의원에 가서 의원 나으리들을 모셔오너라!"

민 상궁이 나인 하나를 향해 버럭 소리를 질렀다.

"괜찮아. 아직, 조금만 더 기다려 보고……."

방으로 향하며 홍란이 민 상궁을 말렸다.

"마마! 어서 준비를……."

"아직이야. 아직. 가진통(불규칙한 진통, 진통으로 이어질 때도 있고 아닐 때도 있다)일지도 모르니까 조금만 더 기다려보고. 응?"

선양에서 은호의 출산을 도운 적이 있는 까닭에 출산의 과정을 잘 알고 있는 홍란은 초산부(初産婦)이면서도 당황하지 않고 다시 한번 제 배로 온 신경을 집중하였다.

'아가, 이제 곧 너를 만나겠구나.'

요 며칠, 부쩍 배가 뭉치는 느낌이 들면서 태동도 잘 느껴지지 않았던 것을 생각해 보면 진통일 가능성이 높았다. 새삼 겁이 나기는 했다. 오랜 진통으로 거의 숨이 넘어갈 뻔하였던 은호의 모습을 떠올려 보면 이제 코앞으로 다가온 출산이 무섭기 짝이 없었다. 하지만 그 모든 고통의 끝에서 아이를 안고 환히 웃던 은호를 생각하면, 아이를 안고 감격의 눈물을 쏟던 무현 오라버니를 생각하면 용기가 났다. 제 연모하는 사내에게도 그런 감격의 순간을 안겨 주고 싶었다. 제 정인을 쏙 빼어 닮았을, 지난 몇 달 동안 제 전부가 되어 주었던 아이가 눈물겹게 보고 싶기도 하여 출산이 기다려지기까지 하였다.

"읏……."

"마마?"

한 시진(두 시간) 후, 홍란은 걱정스레 제 안색을 살피는 의녀들과 민 상궁을 향해 고개를 끄덕여 보였다. 마지막 통증이 있은 지 일다경이 채 안 돼 다시 통증이 찾아오는 걸 보면 이번에야말로 진짜 진통이 틀림없을 터였다.

"마마!!"

"잘 부탁하네."

홍란이 민 상궁과 의녀들에게 인사를 하였다. 그리곤 눈을 감고 후후, 숨을 몰아쉬며 다시 찾아올 진통에 대비하였다. 이후, 민 상궁과 자현당의 나인들은 각각 대전과 중궁전, 대왕대비 전으로 달려가 숙용마마가 진통을 시작했음을 알렸다. 홍란은 의녀들의 부축과 나인들의 시중을 받아가며 조심스레 호산청으로 걸음을 옮겼다. 미리 대기하고 있던 의원들이 모두 허리를 숙여 홍란을 맞았다.

그 밤.

궁궐의 모든 이들은 침묵을 지키며 초조하게 호산청에서 날아올 소식을 기다리고 있었다. 대왕대비 전에는 일찍부터 중전과 숙의, 소용이 들어 있었고, 학은 강녕전에서 홀로 초조히 방 안을 서성이며 아이의 탄생 소식을 목이 빠지게 기다렸다.

"아직이더냐? 아직 아무런 소식도 없더냐?"

초조함을 견디지 못한 학이 괜히 애꿎은 상선만 닦달하였다.

"벌써 몇 시간째냐? 어쩌자고 이리 더디단 말이냐?"

괜히 버럭, 성질을 낸 학이 다시 초조하게 방 안을 왔다 갔다 하며 혼
잣말을 하였다.

"왕자가 아니어도 좋다. 옹주면 더욱 좋다. 그저 무사히, 무사히……."

방 안을 누비다 말고 학이 우뚝 멈춰 섰다.

"안 되겠다. 내 직접 가 볼 것이다."

"전하, 어디를 가시겠다는 말씀이시옵니까?"

방을 나서는 학의 뒤를 급히 따라나서며 상선이 물었다.

"호산청으로 갈 것이니라."

"아니 되옵니다. 전하! 보는 눈들이 많사옵니다."

"보는 눈이 많으면 뭐. 누가 호산청 앞까지 들어간다 하더냐? 그저 그
앞에 가서 기다릴 것이니라."

"아니 되옵니다. 전하!"

상선이 화들짝 놀라 안 그래도 반쯤 굽은 허리를 굽히며 아니 된다
외쳤다. 이유는 간단했다. 임금은 불편부당(不偏不黨, 어느 편으로나 치우치
지 않음. 공정하고 올바르다)한 존재여야하기 때문이었다.

"안 그래도 근자, 숙용마마에 대한 주상 전하의 지나친 총애를 경계
하는 이들이 많사옵니다. 주상 전하가 직접 호산청 앞에 가서 아기씨의
탄생을 기다렸다는 것이 알려지면 그 사실 하나만으로도 술렁이는 소
리가 적지 않을 것이옵니다. 부디 숙고하여 주시옵소서."

상선의 말뜻은 이랬다. 안 그래도 학의 홍란에 대한 편애와 파격적인
대우 때문에 조정의 신료들이 술렁이고 있는 가운데, 만약 학이 홍란의

출산을 기다리다 못해 밤새 호산청 앞을 애타게 서성였다는 것을 신료들이 알게 되면, 그리고 홍란이 아들이라도 낳게 되면, 홍란과 그 아들을 둘러싸고 조정에 큰 파란이 일 것이라는 이야기였다.

주상 전하가 직접 산청에서 애타게 기다릴 정도로 각별히 아끼시는 왕자 아기씨라면 분명 얼마 안 가 세자로 책봉할 것이 확실하고, 그때에는 이렇다 할 집안도 재산도 뒷배도 없는 후궁과 그 아드님에게 줄을 대려 하는 이들과 어떻게 해서든 그것을 경계하려는 이들로 나뉠 것이었기 때문이었다.

"전하, 부디 상량(商量, 헤아려 생각함), 또 상량하여 주시옵소서. 군주의 지나친 총애는 때로는 독이 되기도 하는 것을 잘 아시고 계시질 않사옵니까?"

상선의 말에 학의 걸음이 잠시 멈췄다. 그러나 학은 다시 걸음을 서둘렀다. 누가 뭐라고 해도 좋았다. 사방이 온통 홍란과 제 아이를 시기하고 해하려는 적들로 가득 차 있다고 해도 상관없었다. 자신이 지켜 줄 것이었다. 든든히 보호해 줄 것이었다. 아무도 눈 한 번 흘겨보지 못하게 세상에서 가장 귀한 이들로 추켜세워 줄 것이었다. 그래서 더더욱 직접 궁 안의 모든 사람들이 보란 듯이 호산청으로 가야만 했다. 지금 아이를 낳으려 하는 여인이, 지금 태어나려고 하는 아이가 이 나라 임금에게 얼마나 소중한 존재인지 궁 안의 모든 이들에게 보여줄 작정이었다.

"전하……, 전하!!"

학이 호산청이 설치된 자현당 인근에 막 다다랐을 때였다. 먼저 소식을 전하라 보내놓았던 내관 놈이 엎어질 듯이, 구를 듯이 하며 학과 상선들을 향해 뛰어왔다.

"어찌, 어찌 되었어? 낳았느냐? 낳았어?"

헉헉 가쁜 숨을 쏟아놓던 젊은 내관이 자꾸만 재촉하는 주상 전하를 향해 감격에 찬 얼굴을 들어 보였다.

"전하! 감축 드리옵니다!! 지금 막, 지금 숙용마마께서 왕자 아기씨를 생산하셨나이다!"

"틀림…… 틀림없느냐?"

"예, 전하!! 방금 산청에서 나온 의녀가 이르기를 틀림없는 왕자, 떡두꺼비 같은 왕자 아기씨라 하옵…… 전하?!"

내관이 제 말을 다 듣지도 않고 자현당을 향해 뛰어가는 제 주군의 뒷모습을 멍하니 바라보았다.

"전하! 뛰시지 마시옵소서!"

"전하, 옥체를!! 옥체를 보존하시옵소서. 전하!"

용포를 휘날리며, 익선관이 떨어지는 줄도 모르고, 바람처럼 뛰어가는 젊은 임금의 뒤를 따라 늙은 상선이, 대전상궁이, 대전의 내관 나인들이 줄줄이 달음박질을 시작하였다.

"어디 보자, 어디 보아!!"

헐레벌떡 호산청으로 온 학은 제게 예를 차리는 모든 이들을 무시하고 바로 산실 안으로 뛰어 들어갔다.

"경하 드리옵니다. 전하!!"

산실 안의 내의녀들이 황공하여 모두 제자리에서 꿇어 엎드렸다. 내의녀들의 수장격인 행수내의녀가 조심을 더해 새하얀 무명 강보에 싸인, 갓 태어난 왕자 아기씨를 주상인 학에게 보였다.

"잠시만. 홍…… 아니 숙용은, 숙용의 상태는 어떠하냐?"

행수내의녀는 아기씨가 아닌 산모를 먼저 챙기는 임금의 태도에 내심 놀라움을 금치 못하며, 얼른 자리를 비켜 의녀들의 보살핌을 받고 있는 산모를 보여 주었다.

"오랜 시간의 진통에 비록 탈진은 하셨으나, 다행히 무탈하시옵니다."

홍란은 기진하였는지 눈을 감고 거친 숨을 몰아쉬고 있었다. 학은 홍란의 머리맡에 앉아 땀에 전 홍란의 이마에 달라붙은 흐트러진 머리카락들을 쓸어올리며 다정히 속삭였다.

"고마워. 고마워. 수고했어. 내 사람, 나의 정인……."

학의 다정한 속삭임이 끝나자마자 홍란이 힘없이 눈꺼풀을 들어 올렸다.

"도깨비 님……."

메마른 입술을 열어 홍란이 학을 불렀다. 어찌나 작은 소리였던지, 바로 곁에 있는 학만이 들을 수 있는 소리였다.

"그래. 나야. 내가 왔어."

"아이는……? 우리 아이는……?"

홍란의 청에 그제야 학이 행수내의녀를 돌아보았다.

"왕자를…… 이리 주거라."

"예. 전하."

행수내의녀가 극히 공손한 태도로 강보를 학에게 건네주었다. 학이 강보를 받아들자 홍란이 물었다.

"어때요? 손가락, 발가락 모두 열 개인가요?"

학이 제 커다란 손으로 제 손톱보다 조금 더 클 뿐인 아기의 손가락들을 도로록, 쓰다듬었다. 강보 안을 뒤져 발가락 역시 그리 도로록, 쓸어 열 개임을 확인하였다.

"열 개야. 모두 열 개가 맞아."

"눈 코 입은요? 눈 두 개, 코 한 개, 입 한 개. 귀 두 개 모두 제자리에 있어요?"

"음. 음. 모두…… 모두……."

목이 메어 온 탓에 학이 더는 말을 잇지 못했다. 대신, 아기를 감싸고 있는 강보 위에 얼굴을 묻어 잠시 숨을 골랐다. 뒤에서 그 모습을 보고 있던 내관들 중 누군가가 코를 훌쩍였다. 임금의 감격을 알기에 저희 눈들이 먼저 훙건히 젖어드는 내관들이었다.

"모두 제자리야. 다 제자리에 있어. 우리 원자는 너무도 건강하고 훤칠해."

헉……, 놀란 내관과 의녀들이 저마다 손을 들어 제 입을 막았다. 그리곤 긴장된 눈빛으로 서로를 마주 보았다. 하지만 학도 홍란도 저희의 감격에 취해 방 안의 다른 이들이 놀라 긴장하는 건 아무도 눈치채지 못했다.

"아가……. 원자야……. 내가 네 아비다. 내가 네 아바마마다. 얼른 불러 보렴. 아바마마하고 얼른 웃어 보려무나."

학이 강보를 기울여 홍란에게 곤히 잠든 저희 아이를 보여 주며, 눈물로 젖은 눈으로 다정히 웃어 보였다. 홍란이 손을 들어 그런 학의 눈가에 맺힌 눈물을 닦아 주었다. 홍란의 눈에도 금세 가득 눈물이 차올랐다. 하지만 학은 홍란의 눈물을 닦아 주지 않았다. 대신 뺨에 흐르는 그 눈물 위에 고운 입맞춤을 전했을 뿐이었다.

왕자 탄생의 소식은 즉시 온 궁궐 안에 퍼져 나갔다. 대왕대비 전에 모인 학의 비빈들은 모두 쓰린 속내를 감추고, 대왕대비를 향해 인사를 올렸다.

"대왕대비마마, 경하 드리옵니다."

"감축 드리옵니다."

"얼마나 기쁘시옵니까?"

대왕대비는 내심 좋으면서도 자꾸만 벌어지려는 입을 애써 다물며 잠자코 고개만 끄덕여 보였다. 중전이나 숙의, 소용의 속을 능히 짐작할 수 있기에 일부러 기쁜 내색을 아니 하였다. 그들이 모두 물러간 다음에야, 슬며시 혼자 웃으며 흐뭇함을 달래었다. 그때였다. 대왕대비 전의 지밀인 허 상궁이 급히 방 안으로 뛰어 들어왔다.

"마마!"

"웬 호들갑인 게냐? 오늘 같은 경사스러운 날은 여느 때보다도 더 조심하고 삼가야 하는 법이거늘!"

"큰일 났사옵니다."

"큰일이라니?!"

허 상궁이 얼른 무릎걸음으로 대왕대비 곁에 다가와 제가 조금 전 밖에서 들은 이야기를 전했다.

"무어라? 주상이 왕자를 일러 원자라 칭하셨단 말이냐?!"

"예, 마마. 이미 그 일이 궁궐 전체에 파다하게 퍼졌다 합니다."

"이런……, 이런……, 주상!!"

좀 전까지의 흐뭇한 기색은 온데간데없이 사라지고 대신 대왕대비의 주름진 얼굴 가득히 수심이 깃들었다.

"어쩌자고 이러십니까? 어쩌자고 이리 조급히 구시는 게요? 그 영민함은 모두 어디로 가시고 이리 어리석게 구시는 게요?!"

대왕대비가 다시금 지끈지끈 쑤셔 오는 머리를 감싸며 장탄식을 하였다.

"무어라? 원자라 하였단 말이냐? 갓 태어난 핏덩이를 보고 원자라고? 핫핫핫하하!!"

대왕대비 전에서 깊은 한숨이 흘러나온 것과 달리 궁궐의 가장 외진 곳에 위치한 왕대비 전각에서는 통쾌한 웃음소리가 새어나왔다.

"원자라니, 후궁의 몸에서 난 아들을 원자라 하다니. 주상이 급하기는 많이 급하였나 보구나. 핫!!"

임금의 맏아들을 원자(元子)라 하지만, 원칙적으로 후궁의 아들은 아무리 장자라고 해도 함부로 원자라 칭할 수 없는 법이었다. 원자는 엄연히 임금의 적장자를 일컫는 말이었다. 하여, 아무리 후궁이 먼저 아들을 생산하였다고 해도 중전의 연치(年齒)가 많지 않다면 후궁의 아들은 원자라 불리지 못하는 법이었다. 언제고 중전의 몸에서 아들이 태어나면, 그 아들이야말로 원자로 칭해지고 그 후에야 왕세자로 책봉되는 법이었다. 중전에게서 아들을 볼 가능성이 없을 때, 그때서야 후궁의 아들은 중전의 양자가 되어 원자로 불릴 수 있었다. 즉, 원자는 어디까지나 중전을 어머니로 둔 아들이어야만 하는 것이었다.

"그런데도 후궁의 아들을 감히 원자로 부르다니 주상이 앞서 나가도 참으로 많이 앞서 나가지 않았느냐? 하하하하하!"

"마마, 목소리를 낮추시옵소서. 밖의 군사들이 들을까 저어되옵……."

"할미가 손자의 탄생을 기꺼워하거늘, 이 일로 감히 누가 무어라 하겠느냐!"

김 상궁에게 버럭 소리를 지른 왕대비 한씨가 문득 언성을 낮춰 일렀다.

"이제 나서야 할 때가 되었구나."

"마마, 정말…… 그리하실 작정이십니까?"

"어허! 넌 그저 내가 시키는 대로만 하래도?!"

"만약 들키기라도 하면……."

탁! 왕대비가 손바닥으로 보료의 장침을 거칠게 내리쳤다. 그 위세에 김 상궁이 어깨를 움찔거리며 고개를 움츠렸다.

"들킬 경우에는 네 년은 그저 죽어라 내 탓만 하라질 않느냐. 네 년의 살 길을 마련해 두겠다는데도 웬 말이 그리 많아! 어서 가서 시킨 대로 하여라!!"

"……예, 마마."

방문이 닫히고 이제 홀로 남은 왕대비는 그제야 으드득, 어금니를 깨물었다.

"좋으시겠구려, 주상. 귀애하는 계집을 궁에 들이고 그리도 바라던 아들까지 품에 안았으니. 실컷 기뻐해 두시구려. 그 기쁨이 가실 날이 그리 머지않았으니. 핫!"

그날 밤, 북촌 일현의 집에 쓰개치마를 단단히 쥐어 얼굴을 가린 여인 하나가 찾아왔다.

"누구시라고 전해 드릴까요?"

"그저 김 아무개라고만 전해 주시지요. 긴히 드릴 말씀이 있다, 그리만 전해 주십시오."

보름 가까운 입직 이후 이틀 간의 휴식을 명받은 일현은 제 방에 틀어박혀 연신 술을 들이붓고 있던 중이었다. 그런데 갑자기 웬 여인 하나가 저를 찾아왔다는 소식에 일현은 순간 긴장하였다. 혹시 은월각의 여인이 저를 찾아온 건가 싶었다.

'아니. 그럴 리 없지. 그럼 누가……?'

일현은 손님을 모셔오라 명했다. 누가, 무슨 볼일로, 저를 찾아왔는지 모르겠으나, 이 야밤의 손님이 왠지 심상치 않을 것 같다는 예감이 들어서였다.

잠시 뒤, 일현의 앞에는 너무나도 뜻밖의 용건을 지닌 여인이 마주 앉았다.

"왕대비 전의 상궁이 어찌하여 이 야심한 시각에 나를 찾아온 것이오?"

"긴히……아뢰올 말씀이 있습니다. 누구에게…… 사정 이야기를 하면 좋을지 몰라 부장 어른을 찾아 뵈었사옵니다."

"전할 말이라는 게 뭐요?"

"그것이 저어……."

두려움 때문인지 김 상궁이 겁에 질린 눈으로 일현의 얼굴을 보며 힘들게 말을 꺼냈다.

"대비마마께서는 지금 무서운 일을 계획하고 계십니다."

"무서운 일이라면……."

"숙용마마를 해하려 하십니다."

"……뭐요?!"

일현은 순식간에 취기가 달아나는 것을 느꼈다. 몽롱하던 머릿속에 갑자기 세찬 바람이 불어와 온갖 잡생각과 상념들을 일거에 몰아내었다.

"아, 아니. 왜?! 대비께서 왜 그 여…… 아니 숙용마마를 해치려 하는 것이오?!"

"복수라 하십니다. 흐흐흑."

"복……수?"

"주, 주상 전하께 맺힌 원한을 갚으시겠다며……."

왕대비 한씨가 주상 전하에게 깊은 원한을 가진 것은 일현도 알고 있었다. 3년여 전, 주상 전하가 지금의 중전마마를 맞기 전, 왕실에서 간택령을 내렸을 때 왕대비는 자신의 친정집안 규수 중 한 명을 중전으로 만들기 위해 간택 후보에 오른 여러 규수들을 해치는 데 앞장섰다. 거기다 주상 전하가 가장 총애하시는 사촌 아우이신 현무군마마를 해치려고도 도모하였었다. 다행히 모든 악행이 드러나긴 하였으나 당시 좌의정 송만섭 대감과 지금은 중국으로 도망가 버린 변 역관이라는 자에게 모든 죄를 덮어씌운 까닭에 왕대비 한씨는 궁궐 내에서 근신하는 것으로 일이 마무리 지어졌다.

"허나, 그 일은 오히려 주상 전하께서 크나큰 자비를 베풀어 주신 일인데 어찌하여 주상 전하께 원한을 가진단 말이오?!"

"그 일로 인하여 대비마마께서는 궁내에 유폐된 것이나 다름없는 자신의 처지를 내내 분하게 여기셨지요. 거기다…… 사가의 어르신들도 모두 벼슬자리를 내어놓고 들어앉으신지라 그 일을 원통하게 여기셨습니다."

하지만 그것이 전부가 아니었다. 왕대비 한씨가 학을, 대왕대비를 눈엣가시로 여기는 이유는 따로 있었다. 아주 오래된 깊고 깊은 원한에 의해서였다.

한때 왕대비 한씨는 조선 최고의 여인이었다. 그녀의 남편이 일찍 승하하신 형님, 즉 학의 아버지인 선대왕의 뒤를 이어 보위에 오른 까닭에 그녀 역시 조선의 모든 여인네들 중에서 가장 으뜸가는 자리인 교태전의 안주인 자리를 차지하게 되었다. 친정 가문의 기세는 하늘을 찌를 듯 높아져만 갔고, 그녀와 그녀의 친정 집안에서 천거한 젊은 신료들이 조정의 실세로 무럭무럭 자라났다.

"원자를 낳으십시오. 원자만 낳으시면, 세자마마만 낳으시면 되옵니다!"

많은 이들이 그녀를 향해 축수, 축원을 하였다. 그녀 역시 누구보다도 간절히 제 자식 하나를 바라고 기원하였다. 왕자. 왕자만 있으면 되었다. 비록 선왕의 아들인 학이 있었지만, 자신이 아들을 낳기만 하면 보위는 당연지사 제 아들의 차지가 될 것이었다.

하지만 하늘은 야속하게도 그녀에게 그 당연한 영광을 허락해 주지 않았다. 아무리 용을 쓰고, 어의를 닦달하고, 전국 방방곡곡에서 올린 귀한 음식들과 천지사방에서 구해 온 용한 비방들을 다 써 보아도 그녀에게 태기는 들지 않았다. 거기다 그녀의 남편 또한 너무나 일찍 유명을 달리하고 말았다. 그녀가 교태전을 차지한 지 겨우 4년 만에 일어난 일이었다. 그녀는 스물 대여섯의 한창 나이에 조선 최고의 여인에서 궁궐의 뒷방 늙은이가 되고 말았고, 어린 조카인 학이 임금이 되고 자신의 시어머니이기도 한 대왕대비 김씨가 수렴청정을 하며 금이야, 옥이야 학을 감싸고 도는 꼴을 지켜보고 있을 수밖에 없었다.

왕대비 한씨는 자신이 중전에 있을 때부터 혹시나 태기가 있을까 봐 전전긍긍했던 시어머니의 속내를 알았다. 자신이 원자를 낳으면 맏손자인 학에게 보위가 돌아가지 못할까 봐 제가 체기에 헛구역질이라도 했다는 소리라도 전해 들으면 얼굴이 새하얗게 질려서 저를 보러 왔던 시어머니의 표정을 단 한 순간도 잊은 적이 없었다.

또한 어린 학이 보위에 오르는 순간, 대왕대비 김씨의 얼굴에 안도와 감격의 표정이 남몰래 스쳐 지나가는 것도 생생히 지켜보았다. 그렇게 학이 보위에 오른 바로 그 순간이 왕대비 한씨의 모든 영광이 꺼져 버린 순간이 되었다.

화려하고 찬란했던 왕대비의 젊음은 너무나 순식간에 지나갔고, 마치 그것을 대신하기라도 하는 양 어린 임금은 무럭무럭 자라나 점점 더 싱그러워져만 갔다. 그래서 제 운명이 그리 된 것이 학의 탓이 아님을 알면서도 왕대비는 학을, 임금을 원망할 수밖에 없었다.

3년여 전, 굳이 학의 계비 감으로 죽어라 제 집안 일문의 여식을 올리려고 했던 것도 다 그 때문이었다. 한 치 앞을 장담할 수 없는 자신과 제 집안의 권세를 유지시켜 줄 수 있는 반석이 필요했던 것이었다.

하지만 간택에 든 규수들을 해치려 한 그 사건의 여파로 얼마 남지 않은 권세의 종말은 너무나 쉽게 앞당겨졌다.

명목뿐인 왕대비. 실상은 궐내에 유폐된 완전한 뒷방 늙은이.

아무도 저를 찾아오지 않았다. 제게 아는 척을 해 오는 이도 없어졌다. 권세를 잃게 된 친정집안도 마찬가지였다. 수많은 은혜를 입어 놓고도 손바닥 뒤집듯 쉽게 등을 돌린 신료들 덕택에 왕대비 한씨의 친정 집안은 거의 한순간에 한미한 가문으로 변모하고 말았다. 친정 집안이 그리 되니 왕대비는 더더욱 끈 떨어진 연이 된 자신의 신세를 한탄하였고, 당연히 그 원망은 학에게로 향할 수밖에 없었다.

"이미 대비마마께서는 이성을 잃으셨습니다. 보셨지 않습니까? 숙용 마마가 입궐한 이후로 그 패악이 도를 넘어가셨음을……."

김 상궁은 아직도 완전히 낫지 않은 제 상처들을 쓰다듬으며 말끝을 흐렸다.

"어떻게든 주상 전하께 복수하고 마시겠다 하셨습니다. 주상 전하와 갓 태어난 아기씨는 항시 따르며 지키는 금군들이 많으니 해하기 어렵 겠지만 숙용마마를 해하기란 보다 쉬울 것이라 하셨습니다. 주상 전하 가 지극히 총애하시는 숙용마마이시니, 숙용마마를 해하면 주상 전하 가 지극히 상심하실 거라며 그분을 해하겠다고 하셨습니다. 흐흐흑."

"그런데…… 왜 이 일을 내게 고하는 것이오? 이런 중차대한 일이라면 감찰상궁에게 고하거나 대왕대비 전, 아니면 의금부에라도 가서 고해야 할 것이 아니오!"

일현이 제가 대신 고할 기세인 양 자리에서 벌떡 일어섰다. 그러자 김 상궁이 허겁지겁 그런 일현의 바짓가랑이를 잡고 늘어졌다.

"안 됩니다!"

"안 된다……?"

"아무 증좌가 없질 않습니까? 소인의 말 이외에는 지금 어떤 증좌도 없는데 무슨 방법으로 대비마마의 일을 고변하려 하십니까?"

"그러니까 직접……."

"저는 죽어도 말하지 않을 것입니다. 죽는 한이 있어도 나리께 그런 일을 고한 적이 없다 그리 발뺌할 것입니다!"

김 상궁이 눈물을 철철 흘리며 바락바락 악을 썼다.

"이보시오, 김 상궁……."

"제가 대비마마를 뫼신 지 이십 년도 넘습니다. 미우나 고우나, 그분 은 제가 모시는 주인이십니다. 제가 지금 나리께 이리 통사정을 하는 이 유 또한 그 일을 막아 장차 대비마마께 닥칠 후환을 없애려 함이지, 대 비마마가 벌을 받기 원해서가 아닙니다. 아시겠습니까? 저를 금부로 데 려가 입을 찢어 죽인다 하여도 저는 나리께서 거짓을 말한 것이라 그리 우길 작정입니다. 흐흐흐흐흑……."

이제는 아예 방바닥에 얼굴을 대고 대성통곡을 하는 여인의 등을 일현이 난처한 기색으로 쳐다보았다. 그리고 여인의 울음이 잦아들 때쯤 물었다.

"그래서 대비께서는 어느 날, 어찌 숙용마마를 해하려 하신다는 게요?"

"방법은 정확히 알지 못하오나, 날짜는 아옵니다."

"그것이 언제요?"

"사흘 됩니다."

"사흘……?"

"네. 사흘 뒤 왕자 아기씨와 숙용마마가 첫 목욕을 하시지 않습니까? 숙용마마의 목욕이다 보니 근처에는 의녀나 상궁 나인들만 있을 것이라며, 그날 일을 벌이실 것이라 합니다."

눈물을 대강 훔치며 김 상궁이 제 주인이 시킨 그대로 말을 전하였다.

"마마, 어찌하여 일현 부장에게 그런 말을 전하라 하시는 겁니까? 만약 그자가 그 일을 금부에 고변이라도 하면……."

"아니. 고변을 못할 것이다. 네 말 빼고는 아무런 증좌도 없으니 섣불리 움직일 수 없을 게다. 내 아무리 유폐당한 뒷방 늙은이 신세가 되었다고 하나 명색이 왕대비이거늘 금군의 젊은 부장 놈 따위가 어찌할 수 있는 상대는 아니거든. 아무런 증좌 없이 나를 고변하려 하면 그것이야 말로 주상이 나를, 자신을 키워 주고 거둬 준 어미나 다름없는 나를 폐비시키기 위해 꾸며낸 짓이라고 의심을 살 수도 있음을 그놈도 알 것이거든. 흐흐흐훗!"

서늘하게 웃다 말고 왕대비는 충직한 제 수하의 손을 덥석 잡았다.

"걱정 말래도? 너는 그저 내가 시키는 대로만 하면 된다. 그럼 다 살 길이 생긴다니까?"

"마마, 그럼 그자가 어찌 나올까요?"

"제 놈이 미워하는 송 숙용에게 위험이 닥치는 것을 보고만 있을지, 아니면 이번 기회에 공을 세워 주상에게 신임을 회복하려 할지 두고 보자꾸나. 어느 쪽이든 모두가 무의미한 일이 되겠지만, 하하하하!"

일현의 집에서 나온 김 상궁은 제 주인이 제게 했던 말을 떠올리며 으스스, 몸을 떨었다. 그리곤 서둘러 밤길을 짚어 다음 목적지로 향했다.

❀

밤이 더디 흐르고 있었다. 순간이 영겁과도 같았다. 벌써 몇 번이나 심란한 꿈에 시달리다 깨는데도, 여전히 새카만 어둠 속에 있었다. 일현은 다시 잠이 올 것 같지 않았다.

"제길!"

애써 다시 눈을 감고 잠을 청하였지만 더더욱 말똥해져만 가는 정신에 짜증이 나, 일현은 저도 모르게 작은 욕지거리를 내뱉었다. 부스스, 몸을 일으켜 벽에 등을 기대고 앉았다. 달빛이 밝아, 등진에 불을 붙이지 않았는데도 어스름한 방 안의 모습이 눈에 들어왔다.

은월각의 객방 중에서도 가장 좋은 방답게 화려하지만 야단스럽지 않게 꾸며진 방이었다. 방금 일현이 벗어난 비단 이부자리 안에는 맨 어깨와 등허리를 내어놓고 잠든 여인이 있었다. 늘씬한 등허리가 달빛을 받아 새하얗게 반짝이고 있었다. 딱히 정욕이 동한 것도 아니면서 일현은 손을 뻗어 그 새하얀 등허리를 쓸어내렸다. 꿈틀, 여인의 몸이 튀었다.

"으흐음······."

엎드려 있던 여인이 신음을 내며 고개를 돌렸다. 그러다 문득 잠이 깨었는지, 게슴츠레 눈을 떠서는 여전히 제 등을 쓸어내리는 일현의 군은 얼굴을 향해 살며시, 미소를 지었다.

"깨셨습니까?"

"음······."

일현이 무뚝뚝하니 고개를 끄덕였다.

"자리끼가 없나요?"

일현이 고개를 저었다. 여인이 일어나려다가 제 나신에 부끄러워진 탓인지 허리 아래까지 밀려 내려간 이부자리를 올려 드러난 몸을 가리고서는 일현의 어깨에 머리를 기대고 앉았다.

"어찌 이리 못 주무셔요? 뭐 근심되는 일이라도 있으셔요?"

"······아니."

"주무실 때까지 한참을 뒤척이시더니 금세 또 잠이 깨시고, 또 한참을 뒤척이시더니, 또 잠을 깨시고. 후후훗. 그리도 잠이 안 오시면 소녀랑 다시······."

여인이 슬그머니 일현의 저고리 고름 쪽으로 손을 뻗으며 속삭였다.

"아야야얏!"

여인이 아픔을 못 이겨 소리를 질렀다. 일현이 여인의 손목을 잡아 비튼 까닭이었다.

"나리, 아픕니다. 아야얏! 아픕니다, 나리!!"

여인이 우는 소리를 내었다. 그제야 일현이 여인의 손목을 허공으로 팽개쳤다.

"나가거라."

"……예?"

"썩 나가래도!"

"아, 예……예!"

여인이 엉금엉금 기다시피하여 치마를 대충 몸에 걸치고는 나머지 옷들을 끌어안고 허둥지둥 방에서 나갔다.

후다다닥, 푸더더덕! 요란스러운 여인이었다. 빈 마루를 뛰어가는 소리조차도 짜증을 치밀게 하는 여인이었다.

"젠장!"

일현은 다시 한번 짜증을 내며 주먹으로 방바닥을 내리쳤다.

지난밤, 일현은 청향 앞에서 보란 듯이 다른 기녀를 청하고 객방을 내어 달라 한 다음, 부러 기녀의 날씬한 허리를 힘주어 안고서 객방에 들었다. 괜한 화풀이인 걸 알고 있었지만 그렇게라도 하지 않으면 제 심란한 속이 풀릴 것 같지 않았다.

"잠시 들겠습니다."

문득, 방 밖에서 청향의 소리가 들려왔다. 답도 아니 듣고서 방문이 열렸고 찻상을 든 청향이 들어왔다.

탁탁, 부싯돌을 때리는 소리가 들렸고 이내 어두운 방 안에 빛이 퍼졌다. 그 빛 아래 드러난 청향의 얼굴은 평소 때의 진한 화장을 모두 씻어낸 맨 얼굴이었다. 지난밤 보았을 때보다 한층 더 수척해 보이고, 조금은 나이도 들어 보이고 지쳐 보이는, 그런데 어쩐 일인지 이제까지 보아온 그 어느 때보다도 가장 청향다워 보이는 모습이었다.

"드셔요."

찻상을 일현의 앞으로 가지고 온 청향이 조르르, 따끈한 찻물을 따랐다.

"무엇이오?"

일현에게서 퉁명스러운 물음이 나왔다.

"용안육(무화과나무과에 속하는 용안의 과육)에 산조인(산대추씨)를 더해 끓인 용안조인차입니다. 불면에 제법 도움이 되니 드시어요."

"······잠을 못 이루는 것은 어찌 알았소?"

청향은 내내 방 앞을 지키고 있었다는 이야기는 하지 않았다. 대신 차를 따라 제가 먼저 한 모금을 입에 물었다.

"내내 방 앞에 있었소?"

일현이 물었다.

"어쩐지 저도 오늘은 쉬이 잠이 오지 않아서요. 제가 마시려 끓여 두었다가 가져온 것뿐입니다."

청향이 다시 찻잔을 들어 천천히 남은 찻물을 모두 들이켰다.

"그럼, 모쪼록 편히 주무시기를······."

찻잔을 내려놓고 청향이 자리에서 일어났다.

"왜냐고 묻질 않소?"

일현이 찻주전자와 작은 찻잔 두 개, 그리고 꿀에 절인 대추가 몇 조각 담긴 간소한 찻상을 빤히 바라보며 중얼거렸다.

"왜 당신이 아닌 다른 여인을 품었는지 묻질 않소?"

"······기루에 오신 객이 어떤 기녀를 택하건, 기녀에게는 그것을 불평할 자격이 없지요."

청향이 방문을 향해 발을 떼었다. 다시 한 발을 더 떼려고 할 때, 일현이 벌떡 일어나 뒤에서 청향의 목을 죄었다.

"윽······."

217

놀라 신음을 삼키긴 하였지만 청향은 몸부림치지 않았다. 일현의 손에는 조금의 힘도 들어가 있지 않아 그 어떤 아픔도 느껴지지 않았다.

"왜 나를 유혹하였소?"

일현이 이를 악물고서는 한 마디 한 마디를 힘주어 내뱉었다.

"왜 은월각 앞을 서성이던 나를 당신의 방으로 불러들였던 것이오?"

까마득한 옛일처럼 여겨지는 첫 만남의 일을 일현이 묻고 있었다. 청향은 눈을 감고, 제 귀에 들려오는 일현의 목소리에 눈 안에 떠오르는 그간의 일현의 모습을 떠올리는 데 집중하였다. 처음엔 그저 이용할 마음이었다. 홍란의 뒤를 쫓아 은월각으로 와서 서성이는 사내의 정체가 금군의 젊은 부장이라는 걸 알고선, 왜 금군의 부장이 하찮은 매분구의 뒤를 캐는 것인지 궁금하였다. 도성에 남긴 변 역관의 재산을 정리하여 보내고 또한 조정의 움직임을 살펴 전하는 일을 맡았던 만큼 금군의 젊은 부장이라면 얼마든지 이용할 수 있겠다 싶은 마음도 있었다. 하지만…… 시간이 지날수록 그것이 전부는 아니게 되었다.

"내게 무슨 수를 썼소? 내게도…… 성 의원에게 한 것처럼 약을 쓰고 요상한 술법이라도 부린 게요?"

"흐읏."

청향이 크게 숨을 들이마셨다. 설마하니 일현이 태겸에 관한 일을 알고 있을 줄은 몰랐다.

"놀랐소? 이전 날 밤, 안채 뒷마당에서 당신과 성 의원이 나누는 이야기를 들었다오. 말해 보오. 무슨 이유로 내게 접근하여 나를 유혹한 것이오? 은월각에서 당신은 무슨 일을 꾀하는 것이오?"

일현의 질문이 거듭될수록 목을 죄는 손에도 조금씩 힘이 들어갔다.

"답하지 않으면 이 목을 꺾어 버릴 것이오."

청향은 아무 말도 할 수 없었다. 이전 날 태겸도 자신에게 답을 요구했었다. 왜 그랬냐고, 자신에게 또 무엇을 숨기고 있냐고. 하지만 그런 태겸에게 답을 줄 수 없었던 청향이었다. 일현에게도 마찬가지였다. 세상 무엇보다, 누구보다 아끼는 두 사내였기에 자신이 얼마나 더럽고 힘한 일을 하며 살아 왔는지 지금의 자리에 있기까지 얼마나 추접한 일을 하며 살아왔는지 말할 수 없었다. 변 역관의 도망 길을 만들기 위해, 변 역관이 다시 조선으로 돌아올 길을 만들기 위해 자신이 조정의 한다 하는 신료들을 구워삶으려 어떤 짓들을 해 왔는지 말하고 싶지 않았다. 설사 죽는다 해도.

그렇게 단단히 침묵을 고집하는 청향에게 화가 치민 일현은 저도 모르게 점점 더 두 손에 힘을 주기 시작하였다. 이까지 앙다물고 있는 힘껏 목을 졸랐다. 그와 동시에 청향의 입에서는 저도 모르게 "윽!" 하는 신음이 비어져 나왔다. 순간 일현이 화들짝 놀라 청향의 목에서 손을 거두었다. 풀썩, 마치 마른 짚더미가 쓰러지듯 청향의 몸이 바닥으로 무너졌다.

"하아…… 하아……."

그 모습을 보는 일현의 얼굴이 일그러졌다. 저 자신에 대한 환멸감이 파도처럼 덮쳐 왔다. 일현은 구석에 얌전히 개어 놓은 제 옷들을 집어 들고 서둘러 방 밖으로 나갔다.

홀로 남은 여인은 살아남았다는 안도감보다 다시는 그가 돌아오지 않으면 어떡하나 하는 불안감에 굵은 눈물을 소리 없이 흘릴 뿐이었다.

그렇게 한참의 시간이 흐른 뒤, 밖에서 장 서방의 목소리가 들려왔다.

"행수, 여기 계십니까?"

"……그래."

"말씀하셨던 분이 오셨습니다요."

"……알았네."

청향이 서둘러 옷매무새를 바로잡으며 밖으로 나갔다. 그리곤 장 서방이 건네주는 너울을 머리 위에서부터 뒤집어썼다.

"그것은?"

"……잘 있습니다요."

"갖고 오게."

"행수, 정말로……?"

장 서방이 전에 없이 내키지 않는다는 얼굴을 하고 청향의 의사를 재확인하였다.

"어쩔 수 없지 않은가? 잘난 분들이 바라시는 일이니 그리 해 드릴밖에. 우리가 언제부터 사람이었다고 사람 구실을 하고 살기를 바라겠느냐 말일세. 그러니 그것이나 얼른 가져오게. 어서 건네 드리고 마세나."

"……예."

장 서방이 행랑채 쪽으로 바삐 사라지자 청향은 고개를 빳빳이 들고 어두운 마당을 등롱 하나 없이 가로지르기 시작하였다.

'차라리 죽이지 그러셨습니까? 그랬더라면 이 일을 하지 않아도 되었을 것을. 분명 나리는 이 밤, 저란 년을 죽이지 않은 것을 후회하게 되실 겁니다.'

드디어 날이 밝았다.

궁궐 안에는 진작부터 묘한 흥분감이 감돌고 있었다. 이 날은 사흘 전 탄생하신 왕자 아기씨의 첫 목욕날이었다. 또한 세태(洗胎, 태를 정결한 물로 씻는 의식) 의식이 거행되는 날이기도 하였다. 세태는 보통 태어난 지 사흘 후나 이레 후에 거행하는 의식으로, 출산 때 받아두었던 태를 산실의 뒤란에서 백 번에 걸쳐 물로 씻은 다음 다시 향기로운 술로 한 번 더 씻는 것을 말한다. 이렇게 씻은 태는 백자로 된 큼지막한 태항아리에 담아 밀봉하여 다시 이레가 지난 후 길일을 골라 태실에 안장하게 된다. 원래 세태는 왕자 출산 후 이레째에 하여도 좋은 일이었으나 번잡스러움을 피하기 위해 보통 난 지 사흘째에 하는 일이 일반적이었다.

"오늘 정신들 똑바로 차려야 한다. 대왕대비마마는 물론 중전마마께서도 자현당으로 납실 것이야."

부산스럽게 움직이는 아랫것들을 민 상궁이 단단히 단속하였다. 거기다 산실에서 목욕을 하시는 아기씨와 달리 숙용마마는 은밀히 모처에 마련된 궁내의 정방으로 옮겨 몸을 씻으셔야 하는 만큼 그에 따른 준비도 두 배나 더 각별히 해야만 하였다.

"아기씨 목욕 준비는 다 되었느냐?"

"숙용마마 목욕 준비는 다 되어 가느냐? 쑥은 충분히 넉넉히 준비하였느냐?"

내의녀들과 나인들을 통솔하는 민 상궁의 뒤에서 태겸은 걱정에 찬 눈으로 부산히 움직이는 아랫것들을 보고 서 있었다. 아침 나절 입궐하는 저를 붙들고 일현이 들려준 이야기 때문이었다.

"……숙용마마의 주위를 잘 살피시게. 자네가 숙용마마를 남달리 생각하는 마음이 있다면 더욱 각별히 경계를 하여야 할 걸세."

"그게 무슨……말씀이십니까?"

"나도 자세한 건 알지 못하네. 다만 오늘 숙용마마의 신변에 무슨 일이 일어날 것이라는 것만 알고 있네. 물론, 만약을 위해 금군의 군사들 중 일부를 자현당 인근에 배치할 수 있도록 위에 말씀을 올릴 것이네."

일현은 주변의 궁인들에게 들리지 않도록 태겸의 곁으로 바짝 다가서 남은 말을 전했다.

"알겠나? 나머지는 자네가 할 일일세. 오늘 숙용마마의 근처에 있을 수 있는 사내들이란 내시들 빼고는 자네들 내의원들이 전부가 아니겠는가? 내시든 내의원이든 혹은 내의녀든 유심히 살피시게. 그들 중 누군가가 자네가 그리도 연모하는 숙용마마를 해하려 할지도 모르니 말일세. 뭐, 나로서는 그분이 어찌 되든 상관은 없는 일이나 주상 전하가 상심하는 것만은 보고 싶지 않아서 전해 준 것뿐이네."

'누구지? 누가…… 왜…… 어떻게?'

정보가 너무나 적었기에 태겸은 당황스러웠다. 제게 그런 막중한 일을 떠넘겨 버린 일현이 원망스러웠지만 지금 그것을 따질 계제가 아니었다. 태겸의 눈앞에 움직이고 있는 궁녀들만 해도 족히 서른은 넘을 성싶었다. 자현당의 궁녀들 외에 궁궐 이곳저곳에서 오늘을 위해 자현당으로 보내진 궁녀들이었다.

'누구란 말이냐? 도대체 누가…….'

혼란스러워 사방을 둘러보는 태겸의 주위를 궁녀들이 스쳐 지나갔다.

"죄송합니다."

"좀 비켜 주십시오."

"잠시만요."

그때였다.

'뭐지? 이…… 냄새는?'

태겸의 곁을 스쳐 지나간 궁녀들 중 한 명에게서 어렴풋하게나마 희미한 냄새 하나가 맡아졌다. 분명히 태겸도 아는 냄새였다. 어디선가 맡았던 냄새.

'이건……?!'

서둘러 태겸이 뒤를 돌아보았다. 그리곤 서둘러 구석으로 돌아 들어가는 궁녀들의 뒤를 쫓았다. 그들 중 누군가의 몸에 분명 태겸에게도 익숙한 몽한약(수면제)의 냄새가 배어 있었다.

"잠깐만!"

숙용마마의 산후 첫 목욕에 쓰일 백마 꼬리채며 마른 수건과 옷가지들을 들고 정방으로 향하던 궁녀들은 소리를 지르며 제 앞을 막아선 의원을 보고서는 당황하여 걸음을 멈췄다.

"무슨 일이십니까?"

"잠시만…… 잠시만."

태겸이 천천히 궁녀들의 주위를 한 바퀴 돌았다. 조금 전 맡았던 몽한약 냄새의 주인을 찾기 위해서였다. 까닭을 모르는 궁녀들은 갑작스러운 사태에 저들끼리 얼굴을 마주 보고 입모양으로 "왜 이런대?", "몰라", "뭐지?" 하며 섰다.

"아, 아니오. 그만 가 보시오들."

낙담한 태겸이 궁녀들에게서 물러났다. 몽한약의 냄새를 지닌 이가 궁녀들 중에 없었기 때문이었다.

'내가 잘못 맡은 건가? 아니야. 그럴 리 없어. 분명히…… 그 향이었다. 그 냄새가 분명해.'

다시 궁녀들을 힐끗 돌아본 태겸은 서둘러 호산청으로 걸음을 옮겼다. 만의 하나를 위해서라도 홍란에게 알려 둘 필요가 있겠다는 생각이 들었다.

"숙용마마를 뵙고자 하오."

태겸이 민 상궁에게 홍란을 잠시 보게 해 달라고 청했다.

"아니 됩니다. 아무리 봉사 나리라고는 하나 어찌 오늘 같은 날 마마를 따로 뵙자 하시는 겁니까?"

"긴히 드릴 말씀이 있어 그러니 잠시만 뵙게 해 주시면 아니되겠소?"

"제게 말씀하시지요. 제가 전해 드리겠습니다."

민 상궁의 태도는 완고하였다. 언제나 뻣뻣하기 그지없는 이다운 태도였다.

"숙용마마께서는 무탈하시옵니다. 뭔가 염려하여 따로 드릴 말씀이 있다면 제게 말씀하시지요."

"알았소. 그럼 숙용마마께서 정방으로 드시기 전 감초즙을 올릴까 하오니, 그것은 허해 주시겠소?"

"……감초즙이요?"

"그렇소. 감초는 모든 혈맥을 소통시키고 근육과 뼈를 튼튼하게 하고 영양 상태를 좋게 하니 마마가 출산으로 소진한 기력을 되찾으시는 데 도움이 되실 것이오. 아직 바깥바람이 찬 까닭에 고뿔에 드실 수도 있으니 그것을 대비하기 위해서도 드시는 게 좋을 것 같소."

"그거야 뭐……, 그리 하시지요."

"알았소. 그럼, 내 얼른 다녀오리다."

태겸이 옷자락을 휘날리며 마당을 가로질러 얼른 약재 창고를 향해 갔다. 그 모습을 보다 말고 민 상궁은 문득 눈살을 찌푸렸다.

"어허! 거기 조심들 좀 못하겠느냐?! 넘어지면 어떡하려고! 너희가 들고 있는 것이 무엇인 줄 잊었느냐?!"

민 상궁이 태겸과 엇갈려 막 궁졸들의 호위를 받으며 항아리와 쟁반들을 들고 호산청 앞마당을 들어서는 궁녀들에게 잔소리를 하였다. 뽀얀 빛의 백자 달항아리를 소중히 품에 안은 궁녀 중 하나가 마당의 돌부리에 걸려 잠시 비틀거린 때문이었다.

"이것을 깨뜨리면 목숨 열을 내놓아도 갚을 수 없음을 알아야지."

방금 비틀한 궁녀 곁으로 다가간 민 상궁이 엄히 꾸짖었다. 그리곤 뒤에서 따라오는 궁녀들에게도 같은 주의를 주었다.

"조심, 백 번 천 번, 각별히 조심하여야 한다."

"예, 마마님."

"그런데 분원에서 온 항아리와 그릇들은 이게 전부더냐?"

민 상궁이 고개를 갸웃거리며 태 접시를 들고 있는 궁녀에게 물었다.

"아닙니다. 아직 한 조(組)가 더 있습니다. 뒤에 옮겨 올 것입니다."

"그럼, 어서 옮기거라."

민 상궁이 걸음을 옮기는데 궁녀들 두엇이 가까이 다가왔다. 겨울인데도 이마에 진땀을 뻘뻘 흘리며 태항아리를 옮기는 동무들을 보다 못해 함께 들어줄까 해서였다.

"마마님, 저희도 도울까요?"

"어허!"

항아리를 들려고 덤벼드는 궁녀들에게 민 상궁이 눈을 부라렸다. 태항아리와 태접시들은 아무나 손댈 수 없는 것들이었다. 왕자 아기씨의 태를 옮기고, 태를 담고, 또 그 담은 항아리를 다시 담는 항아리인 만큼 깨끗한 몸이어야만 손을 댈 수 있었다. 하여 태항아리를 옮기는 궁녀들은 모두 민 상궁이 직접 선택한 궁녀들로, 왕자 아기씨가 탄생하신 그 직후부터 맑은 물에 목욕재계하고 가려 먹고 가려 눕고 가려 입어 몸을 정갈히 한 자들이었다.

"마마, 물이 차진 않으십니까?"

홍란의 등에 방금 막 물을 끼얹은 나인이 물었다. 홍란은 자현당에서 조금 떨어진 전각에 따로 마련된 정방 안에서 궁녀들의 시중을 받으며 몸을 씻고 있는 중이었다. 나무로 만든 욕통 앞에 마련된 따끈하게 덥힌 돌 위에 속저고리 차림으로 앉은 홍란의 팔과 다리, 등에 각각의 나인들이 달라붙어 정중히 씻기고 있었다. 그 문밖에는 만약의 불상사를 대비하여 제법 건장한 감찰부의 상궁과 나인들이 정방을 지키고 서 있었다. 한 사람이 사내 서넛쯤은 너끈히 때려눕힐 수 있는 여장부들이었다. 그들이 지키고 선 문을 세수간(洗手間, 왕실의 세숫물과 목욕물을 대령하는 일을 맡은 곳)의 나인이 부지런히 오가며 연신 정방 안에 물을 대었다.

"괜찮네."

"헌데 마마는 어쩌면 이리도 날씬하시옵니까? 뒷모습만 보면 영락없는 처녀아이 같사와요."

등 쪽의 나인이 백마 꼬리로 만든 채를 약쑥 달인 물에 담갔다 쳐 올려 홍란의 몸을 살살 두드리며 물었다. 입에 발린 소리인 줄 알면서도 홍란도 어여쁘다 하는 칭찬에 흐뭇하게 웃을 수밖에 없었다.

"고맙네."

"팔은 또 어떻고요?"

질세라 홍란의 팔에 연신 쑥물을 끼얹어 씻기고 있던 나인이 끼어들었다.

"어쩜 팔뚝과 손목이 붓기 하나 없이 이리 매끈하신지 오히려 저희들보다 더 날씬하질 않으십니까?"

"팔만?"

치마 위로 물을 끼얹어 다리를 주무르듯 하며 씻기던 나인도 질세라 한마디 거들었다.

"다리는 어쩌시고? 지금껏 여러 웃전 마마들의 정방 시중을 들어 왔지만 숙용마마처럼 이리 몸피가 어여쁘신 분은 처음이라니까?"

"그거야 그렇겠지. 네가 시중을 든 분들은 대왕대비마마와 왕대비마마셨으니까!"

등을 밀고 있던 나인 하나가 지적을 하자 정방 안 나인들이 일제히 쿡, 하고 웃음을 터트렸다. 나인들만이 아니었다. 홍란 역시 소리 나지 않게 슬그머니 웃음을 터트린 건 마찬가지였다. 그러느라 정방 안의 사람들은 아무도 눈치채지 못했다. 방금 막 문을 열고 김이 펄펄 오르는 뜨거운 물이 가득 든 물통을 들고 들어온 세수간의 나인이 제 걷어붙인 소맷자락 안에서 무엇인가를 꺼내 물통 안에 떨어뜨리는 것을. 나인은 물 안에서 스르르 퍼져 나가는 약재를 확인하고는 그 물통을 슬그머니 욕통 가까이에 두고는 얼른 정방 안을 빠져나갔다. 물통 안에 든 몽한약의 향기가 정방 안에 가득한 쑥 향 사이로 스며들기를 기대하며.

잠시 후. 세수간의 나인은 물통을 들고 다시 정방 안으로 들어왔다. 정방에 들자마자 소리가 나지 않도록 조심하면서 문의 안쪽 빗장을 닫아 건 나인은 얼른 품속에서 수건을 꺼내 제 얼굴에 둘러 코와 입을 막았다. 저 역시 몽한약에 취하는 걸 막기 위해서였다. 특별히 약효가 세다 하였다. 그 향을 가까이서 맡는 것만으로도 족히 반 시진(한 시간)은 정신을 차리지 못할 것이라 하였다. 나인에게 그 말을 전해 준 이의 말대로 정방 안에 있는 모든 나인들은 이미 혼절을 하고 있었다. 혼절한 그들 사이를 지나, 조심스레 앞으로 푹 고꾸라지듯 앉은 채로 쓰러져 있는 홍란의 가까이에 다가섰다. 조금 전까지 홍란에게 물을 끼얹었던 백말의 꼬리 채를 단단히 손에 감아 힘주어 양쪽으로 당겨 그 팽팽함을 확인하였다.

그리곤 허리를 굽혀 그 채를 홍란의 목에 둘렀다.

"죄송합니다."

희미하게 속삭인 뒤 나인은 홍란의 길고 하얀 목 뒤에서 엇갈려 잡은 채의 양쪽을 확, 잡아 당겼다. 그때였다.

"윽!"

나인은 저도 모르게 비명과 같은 신음을 흘리고 말았다. 약에 취해 혼절해 있으리라 생각했던 홍란이 제 목에 감긴 채를 두 손으로 잡고선 도리어 나인 쪽을 향해 눕다시피 하여 고개를 세게 쳐 올렸고, 그 때문에 홍란의 뒤통수가 나인의 가슴팍을 거세게 친 것이었다.

"으윽!"

아픔에 겨워 저도 모르게 채를 놓친 나인에게서 엉금엉금 기어 몸을 피한 홍란이 제 목에 감긴 채를 풀며 제가 낼 수 있는 가장 큰 소리를 내었다.

"누……!"

일어설 수도 없을 정도로 약 기운에 취한 까닭에 그리 큰 소리는 아니었다. 밖에 들릴 수 있으리라 장담할 만한 소리도 아니었다. 하지만 홍란은 다시 덤벼든 나인에게 깔린 상태로 계속 소리를 지르려 애썼다.

"누가……좀 ……!"

"마마! 마마!! 무슨 일이시옵니까?!"

다행히 밖의 상궁 나인들에게 정방 안의 심상치 않은 소리가 들린 모양이었다. 누군가가 쾅쾅쾅! 정방 문을 두들기며 홍란의 안부를 물었다. 그 소리에 힘을 얻은 홍란이 더욱 몸을 뒤틀며 큰 소리를 내려 애썼다.

"사……살! 살려!!"

그 소리를 막고자 나인이 두 손으로 홍란의 목을 조르기 시작했다. 순간 밖에서 문짝을 뜯어내려는 소리가 들려왔다.

"빨리 문을 열어라! 어서 문을 열어!"

감찰부 상궁인 듯한 자의 고함소리도 들려왔다. 그 소리에 당황한 나인이 홍란의 위에서 벌떡 일어났다. 그리곤 얼른 정방의 가장 안쪽 구석에 가 섰다. 홍란이 급히 문 쪽으로 엉금엉금 기어가는 모습을 보며 나인이 덜덜 떨었다.

"죄, 죄송합니다. 죄송합니다."

어느새 온 얼굴이 눈물로 범벅된 나인이 걷어 올린 소매 한쪽에서 무엇인가를 꺼내 들었다.

"죄송합니다. 숙용마마……."

"무, 무얼?"

겁에 질린 채 힘없이 돌아본 홍란의 눈에 얼굴에 둘렀던 수건을 내린 앳된 얼굴의 나인이 무엇인가를 급히 입 안으로 털어넣는 모습이 들어왔다. 동시에 우지끈, 문이 뜯기고 감찰부의 상궁 나인들이 급히 정방 안으로 뛰어 들어왔다. 정방 안의 모습─목욕 시중을 드는 나인들은 혼절해 있고, 정방 가장 안쪽 구석에 나인 하나가 온 얼굴을 일그러뜨린 채 서 있는─을 본 상궁 나인들은 모두 경악을 금치 못했다.

"뭣들 하느냐! 얼른 숙용마마를 밖으로 모셔라. 얼른!"

감찰부의 상궁 중 하나가 정방 안에 쑥 향 이외에 다른 뭔가 묘한 냄새가 섞여 있음을 알고 소리쳤다. 그 명에 나인들 중 서넛이 얼른 홍란을 안아 올려 정방 밖으로 데리고 나갔다.

"저년을 잡아라!"

다른 감찰부의 상궁이 정방 맨 안쪽 구석에서 눈을 감은 채 스르르 무너져 내리고 있는 나인을 가리켰다. 감찰부의 나인들이 얼른 범인임이 분명해 보이는 그 나인을 잡고선 정방 밖으로 끌고 나왔다.

"마마님!"

잡고 있던 나인의 어깨를 막 내려놓으려던 감찰부의 나인이 급히 상궁을 불렀다.

"무엇이냐!"

"죽었사옵니다!!"

"뭐야?!"

상궁이 얼른 달려들어 정방 안에서 끌고 나온 나인을 살폈다. 감찰부 나인이 말한 그대로였다. 정방 안에서 감히 숙용마마를 해치려 한 범인은 어느새 황천길로 가고 만 상태였다.

"죽다니!"

"궁궐에서 사람이 죽었다!"

"숙용마마를 해치려 한 세수간의 나인이 자결을 하였다!"

흉흉한 소문이 바람보다 빨리 궁궐 안팎으로 퍼져 나갔다. 하지만 그날 일어난 진짜 비극에 대해서는 그 누구도 알지 못하고 있었다.

"……숙용, 정신 차려. 숙용, 어서 깨어서 날 좀 봐."

학이 의식을 잃은 홍란의 얼굴을 쓰다듬으며 간절하게 애원했다. 그 곁에선 대왕대비와 중전이 앉아 학을 걱정스럽게 쳐다보고 있었다.

"어서 깨어나. 다시는 내 애간장을 녹이지 않겠다 그리 약속했던 걸 잊었어? 어서…… 어서 일어나."

하지만 홍란의 얼굴엔 작은 미동도 없었다. 속상한 마음에 입술을 깨문 학이 방문 앞에 나란히 앉아 있는 의원들을 향해 외쳤다.

"어찌 아직도 깨어나지 않는 것이냐? 정방 안에 있었던 다른 이들은 그 직후 모두 깨어났다 하질 않았느냐? 헌데 왜 숙용만이 아직도 깨어나지 않고 있는 것이야?"

벌써 몇 번째 하문인지 몰랐다. 홍란이 피습당했다는 걸 알고 바로 자현당으로 달려왔던 학은 몇 시진이 지난 후, 또 하루가 지난 후 거듭 묻고 또 물었다.

"숙용마마께옵서는 다른 이들에 비해 몽한약(蒙汗藥)에 취하신 정도가 더욱 중하셔서 그러하오니 잠시만 더 기다리시오면……."

사실 정방 안의 다른 나인들이 일찌감치 몽한약에 취해 완전히 의식을 잃었던 것에 비해 미리 감초즙을 마셔 두었던 홍란은 약에 취한 정도가 덜하여 저를 죽이려는 나인이 다시 정방에 들어왔을 때 조금이나마 제 의식을 갖고 있었다. 그 때문에 범인에게 대항하여 목숨을 구할 수는 있었으나, 몽한약의 향이 가득한 정방 안에서 흉수(兇手)를 피하느라 갑작스러운 움직임과 함께 거칠게 호흡한 탓에 결과적으로는 정방의 다른 이들보다 훨씬 더 깊이 몽한약에 취해 버리고 말았다.

"거기다 숙용마마께옵서는 난산 끝에 출산하신 지 며칠 되지 않으신데다 뜻밖의 일을 당하시다 보니 대경(大驚, 크게 놀람)하시어 기력을 모두 쇠진하신 것이옵니다. 필요한 조치는 모두 취하였으니 얼마 되지 않아 곧 차도를 보이실 것이옵니다."

의원이 벌써 몇 번째인지 모르는 똑같은 답을 올렸다.

"그것이 언제냔 말이야. 언제!"

답답함을 참지 못한 학이 고개를 들어 버럭 소리를 질렀다. 방 안의 모든 사람들이 놀라 어깨를 움찔할 정도의 노성(怒聲)이었다.

"주상……."

대왕대비가 학의 손등에 주름 가득한 자신의 손을 올려놓으며 다정히 학을 불렀다. 하여 학은 가만히 눈을 감고 크게 숨을 쉬어 가며 제 노여움을 가라앉히려 하였다.

"되었다. 모두 나가거라!"

엎드린 채, 난처하여 서로를 마주 보던 의원들이 슬금슬금 자리에서 일어나 방을 나갔다. 다른 의원들과 함께 방을 나서다 말고 흘낏 돌아본 태겸의 눈에 마음속 고통을 그대로 내비치고 있는 학의 눈빛이 보였다. 세상 모든 것을 가지고 있는 사내, 심지어 태겸 자신이 연모했는지도 모를 여인까지 가진 사내였지만, 어쩐지 가여운 마음이 들 정도로 아파하는 눈빛이었다.

"할마마마, 큰소리를 내어 송구하옵니다."

의원들이 모두 물러간 뒤 학이 대왕대비를 향해 고개를 숙였다.

"주상, 밤이 늦었소. 주상도 이만 침전으로……."

"할마마마."

학이 대왕대비의 말을 끊었다.

"소손은 숙용이 깨어날 때까지는 자현당에서 거할 것이옵니다."

"전하!"

중전이 놀라 학을 불렀다. 대왕대비도 놀라 주름 가득한 미간을 찌푸렸다.

"주상, 주상이 걱정하고 근심하는 뜻은 아오나 어찌 주상이 이 좁고 협소한 자현당에서 지낼 수 있단 말이오? 그젯밤도, 어젯밤도 이 자현당에서 지내지 않으셨소? 허니, 오늘은 그만 침전으로 가세요. 내일 아침 일찍 다시 살피러 오면 될 것이 아닙니까?"

"할마마마, 숙용이 간악한 자에 의해 이리 상하였으나, 아직 사건의 전말이 밝혀지지 않고 있사옵니다."

학의 말대로였다. 사건이 일어난 직후 학은 금부와 감찰부에 범인이 누구의 사주를 받고 꾸민 짓인지 알아내라 하였으나 사건이 터진 지 이틀이 넘도록 아직 밝혀진 것은 아무것도 없었다. 세수간의 나인은 일가 친척이 없는 천애 고아나 다름없는 아이로, 누군가에게서 뒷돈을 받은 정황도 드러나지 않았다. 그 방을 뒤졌으나 이렇다 할 증좌 하나 발견되지 않았다. 함께 방을 쓰던 나인을 잡아들여 엄히 캐물으니 원래 다른 나인들과 특별한 교류가 없는 지극히 내성적인 아이로, 평소 있는 듯 없는 듯 처신하였기에 그리 흉악한 짓을 꾸밀 줄은 전혀 몰랐다고 했다.

"혼자 꾸민 짓이 아니옵니다. 분명 따로 사주한 이가 있사옵니다. 그러니 왕자까지 해하려 한 것이 아닙니까?"

학이 두 주먹을 쥔 채 분노에 부르르 몸을 떨었다.

홍란이 피습을 당했다는 소식을 들은 직후 자현당으로 달려왔던 학은 홍란의 상태를 확인한 후, 바로 산실로 향했다. 다행히 왕자의 산후 첫 목욕은 중단된 상태였다. 막 목욕 의식을 시작하려던 찰나, 홍란의 피습 소식이 전해진 까닭이라고 했다. 대신 태만 온전히 태 접시에 담겨 다시 태 항아리로 옮겨져 있었다.

"왕자…… 왕자를 이리 내어라!"

목욕을 주관하는 상궁에게서 빼앗듯이 강보를 안아 든 학은 강보 안에서 쌔근쌔근 잠들어 있는 아이를 보고선 두려움과 안도가 뒤섞인 복잡한 표정으로 꽈악 힘주어 강보를 품에 안았다.

"모두 들어라!"

강보를 안고 산실 밖으로 나간 학은 모든 내시, 상궁, 나인, 금군들을 향해 엄명을 내렸다.

"지금 당장 자현당과 산실 안팎, 아니 궁궐 안 전부를 샅샅이 조사하라. 감히 이 궁궐 안에 숙용과 왕자를 해치려 한 이들이 있다. 찾아라! 찾아서 과인의 앞에 무릎을 꿇려라!"

"예, 전하!!"

그때부터 온 궁궐이 발칵 뒤집혔다. 어느 귀한 전각이건 상관없이, 이미 비워져 쓰지 않은 전각이건 말건 증좌를 찾으려는 궁인들로 북적거리기 시작했다. 그리고 어느 어린 나인 하나가 산실에서 그리 멀지 않은 빈 전각에 버려진 작은 가죽 주머니 하나를 발견하였다. 가죽 주머니 안을 열어 보니 유백색의 점액 비슷한 것이 아주 역한 냄새를 풍기고 있는지라 그 주머니는 즉시로 의원들에게 넘겨졌다.

"두꺼비 독입니다!"

주머니 안의 점액을 조사한 의원이 점액의 정체를 밝혀 냈다. 두꺼비 독은 구충 역할을 하거나 화상의 염증을 가라앉히는 약재로도 흔히 쓰이는 것인지라 쉽게 알아낸 것이었다.

"하지만 진액을 만진 맨손으로 어린 아기씨의 눈을 더듬었다면 자칫 눈이 멀 수 있고, 입 안에 넣었다면 목숨을 앗을 수도 있는 맹독이라 할 수 있습니다."

"산실을 뒤져라! 만약 왕자를 해하려 하였다면 산실 어디고 두꺼비 독이 발라져 있을 것이다. 당장 찾아라!"

의원들의 아룀에 다시 추상 같은 어명이 내려졌다. 그리고 그날 밤이 되기 전에 산실 안에 놓여 있던 천들 중 한 장에 두꺼비 독이 발라져 있음이 밝혀졌다. 탄생 후 사흘 동안 왕자의 몸을 닦아 줄 양으로 마련되어 있던 천들이었다. 본디 왕자가 태어나면 첫 목욕을 하기 전까지 황연감초탕(황연꽃과 감초 달인 물), 밀주사(꿀을 짜낸 찌꺼기를 끓여 만든 기름에 붉은 모래 가루를 섞은 것)로 아기씨의 입 안을 닦아내고, 부드러운 천을 따뜻한 물에 적셔 몸을 닦아 주게 되어 있었다. 그 천들 중 한 장에 두꺼비 독이 발라져 있었다는 것에 놀란 의원들은 걱정하는 학의 눈앞에서 강보에 싸인 아기씨의 몸을 샅샅이 훑었다. 장정의 팔뚝 반도 안 되는 자그마한 아기씨의 몸을 앞뒤로 샅샅이 살피고 입 안을 열어 혹시 이물질을 드시지 않았는지 면밀히 살폈다.

"천만다행으로 아기씨는 무탈하시옵니다. 다만……."

직접 아기씨의 몸을 살폈던 어의가 신중히 고했다.

"다만……이라니! 무엇이냐! 빨리 고하라!"

"누군가 낮 동안 아기씨에게도 몽한약을 썼던 것 같사옵니다. 다행히 지극히 미량을 쓴지라 한 시진 정도 잠들어 계셨던 것 같사옵니다만 강보 안쪽에 아주 희미한 몽한약 냄새가 배어 있었습니다."

너무나 희미한 냄새인지라 의원들은 처음에는 누구도 냄새가 배어 있음을 알지 못했다. 하지만 이미 그 냄새를 여러 번 맡아 왔던 태겸에 의해 냄새의 정체를 밝힐 수 있었다.

"왕자에게까지 약을 썼다는 말이냐?! 그런……그런…… 천인공노할……."

학의 곁에서 의원들의 보고를 듣던 대왕대비는 거의 혼절할 정도로 놀라 말을 잇지 못했다.

"어떻게 이런 일이…… 어떻게 감히 궁 안에서 왕자와 그 어미를 해하려는 시도가……."

중전 또한 온몸을 떨며 놀라움을 감추지 못했다.

그 밤. 모두를 물린 채 홍란이 깨어나기를 기다리며 학은 내내 노하고 두려워하고 슬퍼하였다. 갓 태어난 왕자마저 죽이려 한 정체 모를 적을 향한 분노와 하마터면 제 여인과 제 아이를 모두 잃을 뻔했던 두려움과 임금인데도 제 사람 하나 지키지 못한 자신의 무능에 대한 슬픔이 학을 비통케 하고 잠 못 들게 하였다.

"어찌하면 좋을까? 당신과 내 아이를 어찌 지켜야 좋을까? 그대를 손바닥만큼 작게 하여 품에 집어넣고 다녔음 좋겠어. 아무도 아니 보는 곳에서 우리 셋만이 살 수 있음 좋겠어. 홍란, 제발 깨어나 줘. 날 더 이상 불안하게 하지 말아 줘."

밤이 깊었다. 모두가 물러간 자현당의 내실에는 이제 홍란과 학만이 들어 있었다. 아기는 여러 명의 상궁과 나인이 지켜보는 가운데 바로 곁방에서 잠이 들어 있었다. 할 수만 있다면 학은 직접 제 손으로 보살피고 싶었지만 아무리 부정(父情)이 깊어도 갓난아이를 학이 보살필 순 없었다. 대신 언제고 한달음에 달려갈 수 있는 곁방에 아이를 두고 학은 밤새 홍란과 아이 사이를 오가며 제 애끓는 마음을 달랬다.

"왕자는 무사해. 이름은 연이라고 지으려고 해. 곱고 총명하고 아름다운 당신을 꼭 빼어 닮았으니 곱고 총명할 연(妍)자를 쓸까 해. 당신 생각은 어때? 그놈이 커서 괜히 계집 여(女)자가 들어간 이름을 지었다고 나를 원망하면 어쩌지?"

홍란의 바로 곁에서 한쪽 팔을 괴고 누운 학이 홍란의 이마를 다정히 쓸어 넘기며 가만가만 혼잣말을 하였다.

"……저는 좋아요."

홍란의 입에서 아주 작은 소리가 흘러나왔다.

"……!"

놀란 학이 벌떡 자리에서 일어나 앉았다.

"깼어……?"

눈을 뜨고 저를 빤히 바라보고 있는 홍란을 본 학의 입술이 비죽비죽 흐트러졌다.

"또…… 우시려고요? 아마도…… 전하처럼 눈물 많으신 임금님은…… 세상에…… 다시 없을 거예요."

"그래. 그래."

저를 흉보는데도 학은 금세 눈물이 흘러내릴 것 같은 젖은 눈으로 헤벌쭉 웃었다.

"이제 되었어. 다 되었어. 그대가 깨어나고 우리 아이가 무사하니 더는 아무것도 바라지 않아."

홍란의 두 뺨을 감싼 채 학이 홍란의 이마에 촉, 입을 맞췄다.

"당신을 어쩌면 좋을까? 항상 이리 내 애간장을 녹게 하니, 이리 미운 당신을 어쩌면 좋을까?"

말로는 원망을 내어놓으면서도 홍란의 얼굴을 들여다보는 학의 얼굴에는 연모의 정이 그득하였다.

"아무도 용서하지 않을게. 두고 봐. 당신과 내 아이를 해하려 한 인간들은 모두……."

"우리 연이요."

"응?"

"우리 연이는 지금 어디 있습니까?"

"곁방에 있어. 무사해. 털끝 하나 다치지 않았어. 안심해도 돼."

"······보고 싶어요. 지금 당장······ 안 되어요?"

"돼. 돼. 되고 말고. 잠시만······."

홍란의 물음이 끝나기 무섭게 대답한 학이 누구를 시키지도 않고 친히 곁방으로 향했다. 그리곤 곤히 잠든 아이를 민 상궁에게서 건네받아 방으로 돌아왔다. 어느새 홍란은 일어나 앉아 있었다.

"여기, 우리 연이야. 아주 잘 자고 있어."

학이 홍란의 곁에 앉아 강보를 기울여 잠든 아이를 홍란에게 보여 주었다.

"봐. 하나도 다치지 않았어. 상한 곳은 하나도 없어."

홍란이 힘없이 미소 지으며 학이 기울인 강보의 아기를 내려다보았다.

"······전하?"

홍란의 얼굴에서 미소가 걷혔다.

"전하······?"

홍란이 기묘하게 얼굴을 일그러뜨리며, 저를 보며 미소 짓고 있는 학에게 물었다.

"이 아기는······ 누구입니까?"

제 11 장 ─ 사라진 보물

"우리 아이잖아. 우리 연이잖아."

학이 당연한 걸 왜 묻느냐는 듯 홍란에게 물었다.

"우리…… 연이라고요? 이 아기가…… 우리 아이라고요?"

"그래. 잘 봐. 우리 아이가 맞아."

학이 단언하자, 홍란이 여전히 미심쩍다는 얼굴로 떨리는 손을 내밀어 강보를 좀 더 활짝 펼쳐 아기의 얼굴을 살폈다.

"아…… 아…… 아……!"

홍란이 차마 말이 나오지 않는 제 입을 손으로 가리며 눈물을 철철 흘렸다. 고운 얼굴이 흠씬 젖도록 뜨거운 눈물을 쏟아냈다. 자리에서 벌떡 일어나 어디론가 가려는 듯 급히 걸음을 옮기던 홍란은 금세 휘청, 무릎을 꺾고 말았다. 아직 몸의 마비 증세가 완전히 풀리지 않은 까닭이었다.

"아아아……!"

홍란이 움직이지 않는 다리 대신 팔을 휘저어 방문을 향해 기어가려고 하였다.

"숙용! 홍란!! 왜 이러는 거야? 갑자기 왜 이러는 거냐고!"

"우리 연이요. 전하, 우리 연이를 찾아야지요. 어디서 이 어미를 찾아 울고 있을 텐데 얼른 찾으러 가야지요."

"정신 좀 차려 봐. 왜 이래? 연이는 여기 있어. 여기 우리 연이가 있잖아."

"아니에요. 아니에요. 그 아기는 연이가 아니에요! 아……!"

홍란이 저를 붙드는 학을 뿌리치고 다시 엉금엉금 기어가려 하였다. 아이를 안은 학으로서는 말리기가 어려울 정도였다. 하여 보다 못한 학이 바깥을 향해 소리를 질렀다.

"밖에! 아무도 없느냐!! 누구든 어서 들어오너라! 어서!"

어명이 떨어지기가 무섭게 얼른 상선을 비롯한 대전 내시들과 대전상궁, 민 상궁이 방 안으로 뛰어 들어왔다. 그리고 그들 모두 방 안 모습을 보고는 놀라 그 자리 그대로 얼어붙었다.

왕자 아기씨의 울음과 숙용마마의 울음이 뒤섞인 방에서 주상 전하는 강보를 안은 채 어쩔 줄 몰라하셨고, 숙용마마는 눈물이 뒤범벅된 얼굴로 방문 쪽을 향해 엉금엉금 기어오고 있는 중이었기 때문이었다.

"어서, 어서 의원을 불러 오거라!"

학이 젊은 내시에게 명을 내린 후 이번에는 상궁 나인들을 향해 명을 내렸다.

"너희는 얼른 숙용을 제자리에 눕혀 주거라. 민 상궁은 왕자를 받고!"

"전하아아아아……."

상궁 나인들이 여전히 울부짖는 홍란의 곁에 달려들어 억지로 몸을 일으켜 이부자리에 눕혔다. 그 모습을 보고 학은 제게서 강보를 건네받은 민 상궁에게 명을 내렸다.

"호산청에 들었던 의녀들과 사흘 간 왕자를 돌보았던 모든 나인들을 불러들여 왕자를 살펴라."

"……어찌 살피라는 말씀이십니까?"

민 상궁이 어명의 뜻을 알아듣지 못하고 물었다.

"이번 일들로 갓 난 왕자가 많이 놀라진 않았는지, 혹시 의관들이 미처 보지 못한 작은 상채기가 남지 않았는지 꼼꼼히 살피란 말이다. 알겠느냐? 그리고…… 무언가 작은 이상한 점이라도 있거든, 석연찮은 구석이 조금이라도 있거든 반드시 고하여야만 한다."

"……예. 전하."

민 상궁이 강보에 싸인 아기를 안고 다시 곁방으로 건너갔다. 홍란은 여전히 자리에서, 상궁 나인들의 손에서 벗어나려 몸부림을 치고 있었다.

"놓으시오! 다들 날 좀 놓으란 말이오! 놔아아!!"

"물러나라."

학이 나인들을 물러나게 한 다음 힘주어 홍란을 안았다.

"전하아, 우리 아기가……아기가……."

"모두 나가라. 당장!"

어명에 따라 방 안의 모든 사람들이 밖으로 나갔다.

"아아아! 아아아아!!"

홍란이 학의 품에서 몸을 뒤틀며 울음을 토해냈다.

"왜 제 말을 믿지 않으세요? 왜 우리 아이를 못 알아보세요? 당신도 우리 아일 보셨잖아요. 두 눈으로 똑똑히 보셨지 않습니까?"

"진정해."

학이 어떻게든 홍란을 진정시키려 좀 더 힘주어 홍란을 꽈악, 껴안았다.

"아기는 바뀔 수 없어. 지켰던 사람들이 너무 많아. 그대가 뭘 잘못 생각한 거야. 궁에서 왕자를 바꿔치기 할 수 있는 사람은 아무도 없어. 지난 수백 년 간 그런 일은 단 한 번도 없었어. 차라리 임금인 나를 죽일 수는 있어도 왕자를 바꿔칠 수 있는 사람은 아무도 없어. 그걸 왜 몰라?"

"아니에요. 연이가 아니라고요!"

"괜찮아. 지금 약기운이 덜 깨서 그래. 너무 큰일을 당해서 잠시 정신이 혼란스러워진 것뿐이야."

"아니라고요! 아니란 말입…… 흐으윽……! 얼굴이 다른 것을요. 손도 발도 내 아이가 아닌 것을요!"

"원래 갓난아이는 하루가 다르게 얼굴이 바뀌는 법이야. 거기다 태지(胎脂, 신생아의 몸에을 둘러싸고 있는 얇은 기름막)까지 벗겨지고 깨끗이 씻겨 조금 달라 보일 수도 있고. 그래도 우리 아이가 맞아. 우리 연이가 맞아."

"아니에요. 아니에요. 아니에요!"

홍란이 비명을 지르며 거칠게 고개를 가로저었다. 학의 품에서 벗어나려 거세게 학의 가슴을 밀기도 하였다.

"잠시만, 잠시만 내 말을 들어 봐!"

학이 홍란의 어깨를 잡은 채 부러 엄한 목소리로 홍란을 진정시켰다.

"당신 말이 사실이라면, 정말 상상도 하기 싫지만, 당신 말이 사실이라면, 내가 어떻게든 찾아낼게. 찾고 말고! 분명히 찾아낼 거야. 하지만 당신도 인정해야 돼. 지금 당신은 많이 혼란스러운 상태야. 봐봐. 아직 약에 취해 제대로 걷지도 못하잖아. 그러니 잠시만…… 조금만 진정해 봐. 정말 확신할 수 있어? 조금 전 그 아이가 우리 연이가 아니라고 천지신명께 맹세할 수 있어?"

학이 홍란의 눈을 빤히 쳐다보며 물었다. 끄윽, 끄윽, 울음을 진정시키려 노력하며 홍란이 그런 학의 눈을 빤히 바라보았다. 학이 그리 물으니 홍란 역시 제가 잘못 본 것은 아닐까, 정말 제가 약에 취해서 정신을 차리지 못하고 있는 건 아닐까 의심스러워졌던 것이다.

"정……말……일까요? 제가 본 그 아이가…… 정말…… 우리 연이가…… 맞을까요?"

홍란이 울음과 비명으로 잔뜩 쉬어 버린 목소리로 학에게 물었다. 그러면서도 또다시 눈에는 그렁그렁 눈물이 차올랐다. 그런 홍란이 안쓰러워 학이 그 눈에 맺힌 눈물을 손가락으로 쓰윽 거두어 주었다.

"전하, 어의 입실하였나이다."

밖에서 상선의 목소리가 들려왔다. 이어 내의녀들을 대동한 채, 어의 영감과 의원들 두엇이 함께 방으로 들어왔다. 그중에는 태겸도 있었다.

"전하, 부르셨나이까?"

"다행히 숙용이 깨어났지만, 많이 흥분한 것 같다. 약의 기운이 아직도 남아 있는 것인지, 심신을 안정시킬 수 있는 방법은 무엇인지 의논하여 주길 바란다."

학이 의원들과 내의녀들에게 명하고는 자리에서 일어섰다.

"어딜 가시려고요? 전하!"

제 불안함을 이기지 못한 홍란이 벌떡 자리에서 일어서려다 내의녀들이 붙잡는 바람에 다시 자리에 눕혀졌다.

"숙용마마. 잠시만 진정하여 주시옵소서."

"전하아!"

몸을 뒤트는 홍란의 팔과 다리를 내의녀들이 단단히 잡아 고정시켰다. 그런 홍란의 손목에 진맥을 위한 비단 천이 둘러졌고, 어의가 그 비단 위로 손을 짚어 맥을 살피기 시작하였다.

학은 의원들과 내의녀들에게 둘러싸여 연신 저를 부르는 홍란을 뒤로하고 방을 나섰다.

"전하!"

학의 뒤를 따르던 상선이 놀라 학을 불렀다. 자현당의 내실을 나선 학이 전각 기둥에 머리를 기대고 괴로워하는 걸 보고서였다.

"전하, 옥체가 미령하시나이까?!"

고통으로 일그러진 용안을 보고 놀란 상선이 물어 왔다.

"아니. 아니다. 아무것도 아니야."

학이 전각 기둥에 손을 댄 채 하늘을 바라보다 문득 "에……" 하고 울음소리가 들려오는 내실의 곁방을 돌아다보았다.

'아니라고? 저 아이가 우리 연이가 아니라고?'

학이 얼른 고개를 저어 제 의심을 떨쳐 내었다.

'아니다. 그럴 리 없어. 지켜본 눈이 몇인데, 그럴 리 없다. 그렇게 끔찍한 일이 나도 모르게 일어났을 리 없다. 설마하니…… 하늘이 내게 그렇게까지 잔인하게 구실 리 없다.'

설사 자신이 둔하고 어리석어 몇 번 본 제 아기의 얼굴조차 구분하지 못하였다고 해도 그간 아기를 돌보아 온 상궁, 나인들과 의녀들이 모두 바꿔치기한 아이를 몰라본다는 건, 말이 되질 않는 일이었다.

'그래도…… 그래도……'

학은 근심하였다. 고뇌하였다. 그럴 리 없겠지만, 정말 아직도 성치 않은 홍란이 잘못 본 것이겠지만, 그래도 만약 홍란의 말이 사실이면, 만의 하나 홍란의 말대로라면…….

"상선."

"예, 전하."

"강녕전으로 가겠다. 일현과 음구를 들라 하게."

"……예, 전하."

그 밤, 주상에게 불려갔다 물러나온 음구와 일현은 망연자실, 말을
잃은 채 궁궐 밖까지 나왔다.

"도성 안팎에 아기, 그것도 태어난 지 사나흘쯤 되는, 왕자 아기씨와
비슷한 정도의 갓난아기 사체가 발견된 것이 있는지 살피라니, 주상 전
하께서는 무엇을 근심하여 그런 해괴한 명을 내리신 것인지…… 자네는
알겠나?"

음구가 일현에게 물었다. 하지만 일현은 무엇인가에 정신이 팔린 것
인지 음구의 말에 답하는 것도 잊고 있었다.

"일혀언!"

"나는…… 남촌 쪽을 훑겠네. 자네는 궁궐 근처와 북촌 일대를 샅샅
이 훑어 주게나."

일현이 여전히 어안이 벙벙하여 저를 보고 있는 음구를 뒤로 한 채,
훌쩍 말 위에 올라탔다.

"이럇!"

일현이 말의 옆구리를 거세게 걷어찼다. 놀란 말이 히히히힝, 울음을
쏟아내며 어둠 속으로 재빨리 사라져 갔다.

한편, 강녕전에 든 학은 태겸과 독대를 하여 앉아 있었다. 어의와 함
께 든 의원들에게서 홍란의 상태를 전해 들은 뒤, 태겸 홀로 남으라 하
였던 것이었다.

"……성 봉사."

"예, 전하."

"네게 한 가지 물을 것이 있어 남도록 하였다."

"예, 전하. 하문하시옵소서."

"숙용이 정방에 가기 전 네가 감초즙을 올렸다고 들었다."

"……예. 소신이 그리하였습니다."

"숙용에게 일이 닥칠 것을 어찌 알았던 것이냐?!"

마주 보는 이를 얼어붙게 할 정도의 차가운 눈빛으로 학이 태겸에게
물었다.

"답하라. 네 어찌 숙용이 몽한약에 취할 것임을 미리 알고 대비를 하
였단 것이냐?!"

엄히 취조를 당하는 것은 태겸만이 아니었다. 그 무렵 태겸의 누이
청향 역시 은월각의 내실에서 일현에게 취조를 당하고 있었다. 그것도
목에는 시퍼런 칼날까지 겨누어진 채로.

"말해. 왕대비 전하고는 언제부터 연통해 온 것이지?"

"……무엇을 묻고 계신지 모르겠습니다만."

눈을 내리깐 채 청향이 답했다.

"모른다고? 아무것도 모른다고?"

일현이 청향의 목에 겨눈 칼을 좀 더 깊이 들이밀었다. 그 바람에 청
향의 하얀 목에 보일 듯 말 듯 붉은 실금이 생겼다.

"답해. 진실만을 답해. 말하지 않아도, 거짓을 말해도 너는 내 칼에
죽을 것이다."

"……왜요?"

청향이 눈을 들어 일현을 올려다보았다.

"제가 무엇을 했다고요?"

"왕대비 전과 짜고 숙용을 해하려 했지. 왕자 아기씨에게도 무슨 짓인가를 했고."

"증좌는요?"

"……뭐?"

"왕대비 전이나 제가 그 일에 연루되었다는 증좌가 있습니까?"

똑바로 제 눈을 쳐다보며 표정 하나 변하지 않은 채 조곤조곤 답하는 청향의 태도는 누가 보면 참으로 결백한 자의 모습인 양 차분했다.

"숙용을 해하기 위해 쓰인 몽한약! 그것을 왕대비 전에 건네준 게 바로 너잖아!"

"왜요. 제가 동생에게 이미 몽한약을 쓴 적이 있어서요?"

"……그래. 더 이상 무슨 증좌가 필요하지?"

"후후후훗……."

청향이 더는 참지 못하겠다는 듯 어깨를 움찔거리더니 기어이 웃음을 터트렸다. 그리곤 사뿐히 손을 들어 제 목에 겨누어진 칼날을 슬그머니 밀었다.

"나리, 고작 그것으로 저와 왕대비마마를 대역죄로 옭아매실 수 있으시겠습니까?"

"뭐야?"

비웃음당한 것에 화를 내며 일현이 다시 청향의 목으로 칼을 겨누었다. 하지만 청향이 두려움도 없이 제게 겨누어진 칼날을 한 손으로 거머쥐었다. 그 때문에 청향의 손바닥에서는 청향의 입술만큼 붉디 붉은 핏방울들이 흘러내렸다.

"세상에 몽한약이 어디 한두 종류입니까? 몽한약을 만들 수 있는 게 한두 사람입니까? 제가 아우의 병을 치료하기 위해 한때 몽한약을 썼다고는 하나, 그 몽한약이 숙용마마를 해하는 데 쓰인 몽한약과 같은 것임을 어찌 증명하시려고요? 그리고…… 왕대비 전이요? 제가 왜, 무슨 까닭으로 왕대비 전에 약을 건네준 것이라 생각하십니까? 왕대비마마는 왜 숙용마마를 해하려 하신 거고요?"

"왕대비마마가 주상 전하께 앙갚음을 하기 위해 송 숙용을 해하려 했다는 것을 내게 털어놓은 증인이 있어!"

"언제 아셨습니까?"

"……뭐?"

"왕대비마마가 숙용마마를 해하려 한다는 이야기를 언제 들어 알고 계셨던 것입니까?"

"그, 그건……."

"나리의 얼굴을 보아 하니 분명 일이 있기 전에 들으신 게군요. 그런데 왜 진작 일이 있을 것이라 고변하지 않으셨습니까?"

제가 쥐고 있는 칼날에 힘이 사라진 것을 깨달은 청향이 자리에서 벌떡 일어섰다. 그리고 낭패감으로 미간을 찌푸리고 있는 일현의 귀에 아주 은밀한 속삭임을 흘렸다.

"솔직히 말씀해 보셔요. 나리도 숙용마마가 변을 당하기를 내심 바라고 계셨던 것이 아닙니까?"

툭, 일현의 칼이 바닥으로 떨어졌다. 동시에 일현의 고개도 바닥으로 향했다. 좌절감과 배신감이 젊은 사내의 마음속에서 분노라는 이름으로 휘몰아치기 시작했다.

"으아아아아아!!"

울부짖는 일현을 뒤로하고 청향은 방을 나섰다.

뚝, 뚝, 뚝.

날카로운 칼에 베인 손바닥에서 피가 떨어져 비통한 청향의 발자국이 되었다.

"행수!"

방을 나선 청향에게 여느 때처럼 너울을 건네려다 말고 장 서방이 놀라 청향에게 달려들었다.

"무슨 일이십니까? 어찌……."

"괜찮다. 시킨 일은?"

피가 흐르는 손을 그대로 땅바닥을 향해 늘어뜨린 채 급히 걸음을 옮기며 청향이 장 서방에게 물었다.

"…… 채비는 다 끝났습니다."

"홍 영감은?"

"손써 두었습니다."

장 서방이 은근한 표정으로 눈을 꿈뻑였다. 지금껏 몽한약을 비롯해 은월각에 들었던 중신들에게 은밀히 사용하였던 미약(媚藥, 음심을 동하게 하는 약)을 만들어 주던 홍 영감을 시키는 대로 잘 처리했다는 뜻이었다.

"되었네. 허면 먼저 가서 기다리게."

"예. 행수."

답을 해놓고서도 연신 손에서 피를 흘리는 청향이 걱정되어 자리를 옮기지 못하는 장 서방을 보고 청향이 다른 손으로 휘휘 저어 보였다.

"얼른 지혈이라도……."

"알아서 할 것이다. 이깟 상처로 호들갑 떨지 마라."

차가운 말로 장 서방을 물린 청향은 그제야 치맛자락을 들어 피가 흐르는 제 손바닥을 감쌌다.

"……으아아아……."

멀리서 다시금 일현의 울부짖음이 들려왔다. 걸음을 옮기다 말고, 청향은 새삼 뒤를 돌아보았다. 대낮처럼 환하게 등이 밝혀진 후원 마당에는 청향이 걸어온 걸음, 걸음마다 핏방울이 흩어져 있었다. 예상보다 더 선연한 핏자국에 청향은 손바닥을 덮고 있는 치맛자락을 내려 뚜렷이 베인 자국에서 여전히 진하게 배어 나오는 핏물을 보았다.

참 이상도 하였다.

어지간히 깊게 베인 상처이기에 아플 만도 하련만, 쓰릴 만도 하련만 상처는 청향에게 그 어떤 고통도 주지 않고 있었다. 그 어떤 아픔도 전해 주지 않고 있었다. 그런데도 청향의 눈에서는 어느새 뜨거운 눈물이 넘쳐나고 있었다.

'그러게 연모 같은 건 하는 게 아니었다. 내 주제에, 내 팔자에 무슨 되지도 않을 사치스러운 감정이란 말인가? 그런 건 사람들이나 하는 것이다. 사람처럼 살 수 있는 이들이나 누릴 수 있는 것이다. 나는 사람이 아니니, 사람인 적이 없으니 아파할 자격도 슬퍼할 자격도 없다.'

제 서글픈 신세를 한탄하며 청향이 돌려지지 않는 걸음을 돌렸다. 이밤, 해야 할 일이 많았다. 전부터 연통하여 두었던 변 역관의 옛 수하에게 은월각의 일을 맡길 참이었다. 남은 변 역관의 귀중품들과 그간 마련해 두었던 자금들, 조정 중신들의 약점과 치부를 기록한 장부 등이 새 행수를 맡을 이의 손에 건네질 것이었다. 그것이 끝나는 대로 청향은 지금까지의 제 모습을 버리고 새로운 사람이 되어 아무도 쉽게 찾지 못할 곳으로 숨어들어갈 예정이었다. 왕자로 태어났지만 절대 왕자로 살아가지는 못할 아기를 데리고.

"죽이진 말라 하십니다."

이전 날, 손님으로 위장하여 은밀히 왕대비의 명을 전하러 왔던 이가 그리 말했었다.

"절대 죽어서는 아니 된다 하십니다."

"……그러면?"

"만약을 위해, 인질로서 살려 두라는 말씀이십니다."

"인질이요?"

왕대비는 만에 하나 일이 잘못될 경우, 왕자의 행방을 담보로 학에게 구명(救命, 목숨을 구하다)해 달라 청할 작정이라 하였다. 그러기 위해서라도 왕자는 상처 하나 없이 온전히 살아 있어야만 했고, 동시에 누구에게도 쉽게 발견되지 않을 곳에서 숨어 있어야 한다고 했다.

"하여 행수가 그 일을 맡아 주었으면 하시오."

"제가…… 직접이요?"

"여러 사람이 끼어들면 들수록 비밀은 더욱 쉽게 새어나가는 법이질 않소. 거기다 행수의 수하에는 수완 좋은 검계의 무사들이 있으니 크게 도움이 되지 않겠냐는 것이 그분의 뜻이시오."

싫다고 마다할 수 없는, 청이 아니라 명이었다. 변 역관이 도성의 일을 청향에게 맡기면서 내건 임무 중 가장 막중한 것이 바로 왕대비 쪽의 명을 절대시하는 것이었다. 실각한 왕대비 일파가 다시 재기하는 것, 변 역관이 중국 땅에서 호시탐탐 노리고 있는 것이 바로 그 일이었기 때문이다.

"대신…… 조건이 있습니다."

"조건이라……."

왕대비의 말을 전하러 온 이는 감히 기루의 행수 따위가 조건 운운하는 말에 못마땅한 기색을 내보였지만, 지금 아쉽고 다급한 것은 저희 쪽이다 보니 하는 수 없이 청향의 말을 들어주어야 했다.

"무엇이오? 그 조건이란 것이."

"제 아우 태겸, 성 봉사는 차후에라도 절대 연루시키지 말아 주십시오. 이번 일은 물론이고 다음의 그 일 역시, 제 아우와는 그 어떤 관계도 없게 하겠노라 약조하여 주십시오. 허면 제가 기꺼이 뜻을 받들겠습니다."

"알았소. 그리 전해 드리리다."

"꼭입니다. 꼭 그리 해 주셔야만 한다고 말씀 드려 주십시오."

"알았다질 않소. 행수야말로 부디 차질 없이 일을 잘 처리해 주시오!"

자기가 한 말을 손바닥 뒤집듯 금세 뒤집는 것이 높으신 분들이라는 건 알고 있었다. 그럼에도 불구하고 청향은 태겸의 안전을 두 번, 세 번 부탁할 수밖에 없었다. 또 다시 태겸을 버리고 가야 하는 지금의 상황에서 청향이 할 수 있는 일은 그것밖에 없는 것 같았다.

❀

"그래서 만약의 일을 대비하기 위해 감초즙을 올렸다?"

학이 태겸에게 따져 물었다. 방금 태겸은 제가 호산청 마당에서 제 곁을 스쳐 지나간 궁인들 중 한 명에게서 몽한약의 냄새를 맡았던 일을 아뢰었다. 학은 그 냄새가 어떻게 몽한약인 줄 알았느냐는 물음은 하지 않았다. 태겸이 약재에 능한 이라 하였으니, 몽한약에 대해서는 충분히 알고도 남았으리라 그저 미루어 짐작했을 뿐이었다.

하지만 그런 학에게 태겸이 뜻밖의 이야기를 전했다.

"실은, 소신은 처음 전하를 뵌 일과 숙용마마를 뵈었던 일에 대해 아무 기억도 못하옵니다."

"그게 무슨 소리인가? 기억에 없다니, 백악산에서 나를 본 일을 기억 못 한다는 것인가?"

"……그렇사옵니다."

그리고 태겸은 제가 알고 있는 모든 것을 고했다. 제가 내내 기억을 잃고 있었던 것, 은월각의 행수가 제 누이인 것, 그 누이가 저에게 내내 약을 써 왔다는 것, 그리하여 자신이 몽한약에 대해 알 수 있었다는 것, 또한 일현이 제게 미리 숙용마마의 신변에 무슨 일이 닥칠지도 모를 것을 경고했다는 것까지 모두 고했다.

"잠깐, 잠깐만……."

너무나 충격적인 이야기의 연속에 학이 잠시 태겸의 말을 그치게 하였다.

"그렇다는 건, 이 일에 네 누이와 일현이 연루되어 있다는 것이냐?"

"소신이 아는 건 모두 고했사옵니다. 이 이외의 것은 소신도 알지 못하옵나이다."

"……이 일로 네 누이가 곤경에 처할 수도 있다. 그것을 알고도 이리 모든 것을 고한 이유는 무엇이냐?"

학의 물음에 태겸이 숙이고 있던 고개를 들어 학을 보았다.

"제 누이가 정녕 이번 일에 연루되지 않았기를 바라고 있기 때문입니다. 또한 설령, 정말 만에 하나 제 누이가 이번 일에 연루되었다면 제가 이리 고함으로써, 적어도 목숨만은 건질 수 있게 되기를 바라서입니다."

태겸은 달리 누이를 구명할 수 있는 방법을 알지 못했다. 그렇다고 사실을 고하지 않을 수도 없었다. 그것이 태겸이 제 누이를 위하는 방법이고 의원된 자로서 제 양심을 지키는 유일한 방법이었기 때문이었다.

"알았다. 만약 네 누이가 이 일에 연루되었다면 내 너의 면을 봐서라도 네 누이의 목숨만은 구명해 주겠노라."

"……성은이 망극하옵나이다."

태겸이 물러간 뒤, 학은 상선에게 일러 날이 밝는 대로 일현을 불러오라는 명을 내렸다. 일현이 무엇을 얼마만큼 알고 있는지 알아야만 했다. 마음 같아선 이 밤이라도 당장 일현을 잡아들이라 명하고 싶었지만, 그랬다가는 일현에게 가려진 진짜 범인이 제 일이 들통 났음을 눈치채고 서둘러 꼬리를 감출 수도 있는 노릇이었다.

'죽은 세수간의 나인 하나가 문제가 아니다. 일현까지 일에 연루되었다면 더 거대한 흑막이 있을 수 있다. 그에 동조하는 이들도 얼마든지 있을 것이다. 그렇다면 섣불리 움직여서는 아니된다. 만약…… 만약…… 홍란의 말이 사실이라면, 생각하기도 싫지만 홍란의 말대로 왕자가 바뀐 것이라면…… 더욱 조심스럽게 움직여야 한다.'

피가 거꾸로 솟구치는 기분을 애써 달래며 학은 두 주먹을 불끈 쥐었다. 만약 왕자가 정말 바뀐 것이라면 더욱 신중히 살펴야 했다.

홍란이 아이가 바뀐 것에 대해 의심하고 있는 걸 알면, 범인이 또 무슨 일을 벌일지 몰랐다. 어쩌면 또 다시 홍란을 죽여 왕자의 일을 숨기려 들 수도 있고, 데리고 나간 왕자를 죽여 쥐도 새도 모르게 숨길 수도 있는 노릇이었다. 그 어떤 것도 절대 용납할 수 없는 일이었다. 절대 일어나서는 안 될 일이었다. 그러니 빠르게, 그리고 은밀하게 움직여야 했다. 당장의 분노보다 홍란과 왕자의 안위가 먼저였다.

'누가, 왜, 무슨 목적으로 이런 일을 꾸민 것인지 알아내야 한다!'

하지만 다음 날 일현은 궁에 들지 않았다. 집에까지 금군을 보내 당장 입궐하라는 명을 전했지만 전날 밤 집에도 돌아오지 않았다고 했다. 그 즉시, 금군과 도성을 수비하는 군사들에게 은밀히 명이 전해졌다. 금군의 젊은 부장, 일현을 발견하는 즉시 궁으로 압송하라는 명이었다.

"숙용!"

자현당에 들었던 학은 안심하였다. 크게 가슴을 쓸어내렸다. 홍란이 강보에 싸인 아이를 안고 앉아 있었기 때문이었다. 민 상궁을 비롯한 나인들과 의녀들이 모두 흐뭇한 미소를 띤 채 그 모습을 보고 있었다.

저도 모르게 눈시울이 붉어질 정도로 안심한 학이 홍란의 곁에 다가 앉았다.

"젖은 물렸어?"

학이 흔연히 말을 붙이자 홍란이 가만히 고개를 저었다. 민 상궁이 얼른 홍란을 대신하여 답을 올렸다.

"의원들은 이제 약기운이 다 없어졌으니 괜찮다고 하였으나, 마마께옵서는 혹여 왕자 저하에게 나쁜 기운을 줄 수 있다며 당분간은 주의하겠다고 하셨나이다."

"그래? 숙용의 뜻이 그러하다면야……."

학이 강보에 싸인 아기의 얼굴을 들여다보려고 손을 뻗는데 홍란이 강보를 민 상궁에게 건넸다.

"잠든 것 같네. 데려가게."

"네, 마마."

민 상궁이 강보를 안고 일어서자마자 홍란이 나인과 의녀들에게도 눈짓하여 나가기를 명했다. 모두가 물러가자 학이 덥석 홍란의 손을 잡았다.

"다행이야. 얼마나 걱정한 줄 몰라. 다행이······."

학의 말이 멈췄다. 홍란이 제 손을 잡은 학의 손에 제 얼굴을 묻고는 소리도 내지 않고 굵은 눈물을 흘렸기 때문이다.

"숙용······ 홍란!"

"전하, 아니에요. 연이가 아니에요."

홍란이 오직 학에게만 들리도록 목소리를 죽인 채 호소해 왔다.

"······!"

"몇 번을 다시 보아도 우리 연이가······흐흐흑······아니에······요."

홍란이 울음소리를 죽이며 몇 번이나 같은 말을 되풀이하였다.

"전하, 아니에요. 우리 연이가 아니에요······ 믿어 주세요, 제발······."

혹시나 학이 믿어 주지 않으면 어쩔까, 제 말이 미친 사람의 말처럼 들리지 않을까 걱정하면서도 홍란은 되풀이해서 같은 말을 할 수밖에 없었다. 세상 천지에 지금 홍란의 말을 들어줄 사람은 학밖에 없었다.

"알았어!"

와락, 학이 홍란을 끌어안았다. 가여워서 더는 보고만 있을 수 없어 온 힘을 다해 홍란을 부여안았다.

"당신 말 믿어. 걱정 마. 난 알아. 다른 사람은 다 못 믿어도 당신이 하는 말은 믿어. 그래, 당신 말이 맞아. 누가 우리 연이를 바꿔······."

홍란이 얼른 손을 들어 학의 말을 막았다. 그리곤 밖에 들리지 않도록 한껏 소리를 죽여 학에게 속삭였다.

"청이······청이 있습니다. 무슨 일이 있어도 그 청을 들어주시겠다고 약조해······ 주시겠습니까?"

"······안 돼."

학은 거절하였다. 어쩐지 홍란이 제게 무서운 청을 해 올 것 같은 예감이 들어서였다. 어쩐지 홍란이 무서운 결심을 한 것 같은 예감이 들어서였다. 왕자가 바뀌었다는 이야기만큼 무서운 이야기를 할 것 같아서였다. 그렇게 단호하게 고개를 젓는 학의 목을 이번엔 홍란이 와락, 끌어안았다. 그리곤 학의 귀에만 들릴 가느다란 소리로, 울음이 한껏 배인 처연한 목소리로 간절히 호소하였다.

"궁을 나가게 해 주셔요. 절 궁 밖으로 쫓아 주셔요."

"홍란!"

놀란 학이 홍란의 팔을 잡아 제게서 떼어 놓으려 하였다. 하지만 홍란은 학의 목을 껴안은 팔을 풀지 않고 조금 전보다 더 많이 울먹이는 소리로 간청하였다.

"전하, 아무도 믿지 못해요. 아무리 보아도 우리 연이가 아닌데 저 낯선 아기를 연이라 우기는 궁의 사람들…… 전, 아무도…… 믿을 수 없어요. 그러니 제가 나가야만 해요. 제가 직접…… 우리 아이를 찾아야만 해요."

홍란의 팔을 잡고 있던 학의 손이 힘없이 바닥으로 떨어졌다. 툭, 어깨가 내려앉기도 하였다.

"그럴 수는……."

"도깨비 님. 죄송해요. 이럴 수밖에 없는 저를…… 용서하세요."

홍란이 학의 얼굴을 마주 보았다.

"보셔요. 아이가 밖에서 살아 있다면…… 그 아이가 우리 아이임을 확인할 수 있는 건…… 저밖에 없어요. 그러니 제가…… 나가야 해요."

"다시는 못 돌아올지 몰라."

"……알아요."

"어쩌면 당신 생각보다 빨리 범인들을 찾아낼 수 있을지 몰라."

"제발요. 꼭 그리 해 주세요. 그리만 하면 우리 연이를 하루라도 빨리 찾아만 주시면 더는 바랄 게……."

"죽는 게 나아."

"도깨비 님."

"연이를 잃은 나에게…… 이제 다시 그대까지 잃으라고 하는 건, 날더러 죽으라는 소리와 같아."

입을 열어 크게 숨을 들이마시며 애써 눈물을 참은 학이 홍란의 얼굴을 두 손으로 감쌌다.

"그래도 그대를 위해서, 우리 연이를 위해서…… 나는 기꺼이 죽을 것이야."

"전하……."

학이 떨리는 입술을 홍란의 입술에 가 닿게 하였다. 마른 입술 한 쌍이 조심스럽게, 너무도 애틋하게, 간절하게 서로의 호흡을 머금었다 떨어졌다. 학이 두 손으로 홍란의 젖은 얼굴을 닦아준 후, 서둘러 제 얼굴의 눈물기도 닦았다. 그리고선 벌떡 자리에서 일어나 밖에까지 들리도록 고함을 질렀다.

"밖에 게 아무도 없느냐!"

자현당으로 어의와 내의원들을 불러 모은 학은 은밀히 그들에게 무엇인가를 명했다. 학의 명에 따라 어의와 의원들은 의녀를 앞세워 다시 한번 홍란을 진맥하였다. 그리고 그날 오후, 자현당의 숙용 송씨에게는 특별한 어명이 내려졌다.

피접(避接, 앓는 사람이 다른 곳으로 자리를 옮겨서 요양함)을 위해 당분간 경기도 양주에 있는 별궁에 가 요양하라는 명이었다. 왕자 아기씨를 출산하신 지 이레도 되지 않은 산모를, 그것도 지금까지 여러 면에서 편의를 봐 주고 파격을 허용해 주었던 총애하던 후궁을, 피접을 명목 삼아 출궁을 시킨다는 어명은 안 그래도 정방에서의 사건으로 가라앉은 궁궐의 분위기를 더욱 뒤숭숭하게 만들었다.

"아기씨들이 편찮으실 땐 종종 피접을 가시는 경우도 있다고 들었지만, 후궁마마가 피접을 가시는 경우도 있어?"

"민 상궁마마를 비롯해서 호산청에 들었던 의녀들까지 모두 데리고 나가라셨대."

"그런 큰일까지 겪으신 숙용마마께 왜?"

"그게 말이야."

궁인들의 수군거림은 이내 숙의와 소용의 귀에까지 가 닿았다. 하여, 조금은 반색을 하고 조금은 걱정스러워하며 숙의와 소용은 교태전으로 가 중전에게서 사실 여부를 알아내려 하였다.

"숙용이 반은 정신이 나갔다면서요?"

먼저 중전의 눈치를 살피며 제가 들은 소문의 진위를 알고자 한 건, 진 숙의였다.

"저가 낳은 왕자를 들여다보며 어여쁘다 할 때는 언제고 돌아서 앉으면, 그 아기는 누구냐 한다면서요?"

"숙의께서도 들으셨습니까? 저도 그 소문을 듣고 놀라 이렇게 달려왔지 뭡니까?! 아이의 어미가 제정신이 아니니 혹시나 어린 왕자에게 무슨 해코지를 할까 저어하시어 출궁령까지 내리셨다 하니 오죽 걱정이 되어야지요. 도대체 어떻게 실성을 하였기에."

정 소용 역시 진 숙의에게 제가 들은 소문을 전하면서도 넌지시 중전의 눈치를 살폈다. 그 얼굴에는 화색이 도는 것이 이번 일이 사뭇 고소한 듯 보였다.

"다들 말씀을 삼가시게."

중전 심씨가 무거운 표정으로 두 후궁을 나무랐다.

"의원들의 말에 의하면 아이를 낳고 난 어미들 중에는 종종 제가 낳은 아이를 몰라보는 이들도 있다 하네. 산후에 몸만이 아니라 마음을 다쳐 제 아이를 돌보길 거부하는 어미들도 종종 있다질 않는가? 숙용도 그런 경우인 것 같다 하네. 특히 숙용은 정방에서의 일로 목숨이 경각에 달하기도 한 바, 그 일로 크게 놀라 마음을 더 크게 다친 것 같다는 게 내의원의 소견이네. 같은 지아비를 모시는 몸으로서 그런 그이를 걱정스러워하고 안쓰러워해야 할 것을 어찌 이렇게 경망되이 말씀들을 하시는가?"

"…… 저희도 걱정되어 드리는 말씀이지요."

나무람에 쌜쭉하니 입을 다물며 정 소용이 중얼거렸다.

"허면 왕자는 뉘가 보살피게 되는 것입니까? 아픈 어미더러 데리고 나가 보살피라 할 수는 없으니, 소첩이 왕자를 보살피면 어떨까 합니다만."

진 숙의가 중전의 눈치를 살피며 조심스레 여쭈었다.

"물론 왕자의 양육과 훈육은 중전마마가 하심이 마땅하시오나, 어찌 갓난아기를 돌보는 일까지 중전마마께서 하시겠나이까? 위로는 대왕대비마마를 모시옵고 아래로는 상궁, 나인들까지 보살피시니 내명부의 일만으로도 바쁘실 터이니 당분간만이라도 소첩이 어린 왕자를 돌보는 데 미력이나마 다하겠사옵니다."

"아니옵니다. 중전마마. 소첩이, 소첩이 하겠나이다."

미처 예상치 못한 진 숙의의 아룀에 정 소용이 멍한 얼굴을 하다 말고 얼른 저도 끼어들었다.

　"아이를 돌보는 힘든 일을 어찌 숙의께 맡기겠나이까? 내명부의 아랫사람인 제가 돌봄이 마땅하지요. 제가 왕자를 맡겠나이다."

　"그럴 생각도 없으셨으면서 왜 뒤늦게 끼어드십니까? 제가 먼저 아뢰지 않았습니까?"

　"그럴 생각이 없기는요? 당분간 어미 없이 살게 될 그 어린 것이 눈에 밟혀 이리 달려온 저인 것을요."

　서로 왕자를 맡겠다고 다투는 숙의와 소용을 보는 중전의 입가에는 잠시 실소가 맺혔다.

　"숙의와 소용의 뜻은 가상하나 왕자의 양육과 훈육을 어찌 그대들에게 맡기겠는가? 그 일이야말로 중전인 내게 주어진 지당한 소임인 것을. 그 일에 대해서라면 크게 걱정들 않으셔도 되네. 숙용이 출궁하는 대로 왕자는 교태전으로 데려올 걸세."

　중전이 단호하게 매듭을 짓자, 결국 숙의와 소용은 낙망하여 교태전에서 물러날 수밖에 없었다. 두 사람 다 절호의 기회를 놓친 것이 아까워 속이 쓰릴 지경이었다.

　'왕자만 데려다 놓았으면 전하께서 매일처럼 보러 오셨을 것을.'

　'친자식도 아닌 아이를 어미를 대신하여 지극 정성으로 보살피는 모습을 보면 전하께서도 괴어하셨을 것을……'

　'중전만 좋은 일이 되질 않았는가? 아깝구나, 아까워.'

　숙용 송씨가 곧 출궁한다는 소식은 왕대비 전각에도 알려졌다.

　"반 실성을 하였다?"

　"예. 강보에 싸인 아기씨를 보고 벙긋이 웃다가 돌아서서는 대성통곡을 하니 그 모습이 기이해 의원들에게 소상히 병세를 살피라 하였더니 마음에 병이 들었다, 그리 고해 올린 모양이랍니다."

김 상궁이 둘뿐인 방인데도 제 손으로 입을 가려 소리를 한층 죽인 채 아뢰었다.

"그래도 어미라고 눈치가 영 없지는 않은 모양이구나. 흥! 그래 봐야 그것을 증명할 방법이 없으니 저도 딱 죽을 맛이겠지. 미치지 않을 수가 없었겠지. 뻔히 다른 아이를 제 아이라 우기는 세상에서 어떤 어미가 아니 미칠 수 있단 말이더냐?"

"헌데 숙용 송씨가 출궁을 하면 예정했던 일은……."

"어차피 그 계집을 내쫓자고 계획했던 것이니 당장 나설 일은 아니다. 다시 입궁하려는 낌새가 보이거든 그때 해도 늦지 않을 터."

왕대비 한씨가 흐뭇하게 웃으며 제 앞에 놓인 다과상에서 감주 한 사발을 들어 시원하게 한 번에 들이켰다. 원래의 계획대로라면 왕자를 바꿔치기 한 후, 왕자가 임금의 친자가 아닌 것 같다는 소문을 뿌릴 작정이었다. 하여 만인이 보는 앞에서 친자확인을 하여 바꿔치기한 왕자가 임금의 친자가 아님을 드러내어 보여 가짜 왕자와 송 숙용을 궁에서 쫓아내고 엄벌로 다스리게 하는 것, 그것까지가 왕대비 한씨가 계획한 일의 결말이었다.

밉고도 미운 학이 세상 모든 것을 가진 듯한 기쁨을 느끼게 되었을 때 그 모든 것을 빼앗는 것, 그리하여 학이 연모하는 여인을 직접 학의 손으로 벌을 주고 내쫓게 하는 것, 그것이 왕대비 한씨가 꾸민 복수의 완전한 모습이었던 것이다.

그리 왕대비 한씨가 제 절반의 성공에 만족하고 있을 때, 학은 분주하게 움직였다. 우선 금군 중에서 가장 믿을 만한 군사 열을 골라 두었다. 물론 그 수장은 음구가 될 터였다. 음구에게는 따로 할일을 일러 두었다. 또한 당장 은밀히 사람을 보내 은월각의 동태를 살피라는 명도 내렸다.

내의원에 일러 성 봉사와 함께 별궁에 입직할 의원 두엇을 골라 놓으라 이르기도 하였다. 그 외에도 할 일이 지천이었다. 후궁 하나를 출궁시키기 위해 거쳐야 하는 번거롭고 성가신 일은 한 둘이 아니었다. 하지만 학은 지친 기색 하나 없이 서둘러 모든 일들을 차례차례 해치워 나갔다. 홍란이 출궁하기 전, 단둘이 있을 수 있는 얼마 안 되는 시간을 축내지 않게 하기 위해 눈 한 번 깜짝이지 않고 자신이 해내야 할 일들을 숨 가쁘게 진행해 가고 있었다.

학이 자현당에 든 것은 궁궐 안의 모든 전각에서 불이 꺼진 즈음이었다.

"준비는 다 했어?"

내실에 들자마자 학이 홍란에게 물었다. 일어서 맞은 홍란이 가만히 고개를 끄덕였다.

"전하, 왕자 아기씨를 데려올까요?"

저간의 사정을 알지 못하는 상선이 넌지시 아뢰었다. 제 딴엔 출궁 전 세 사람이 오붓하게 밤을 보내시라는 배려에서였다.

"잠을 깨우면 불쌍하지 않겠느냐. 곤히 자게 두어라."

상선이나 상궁 나인들이 달리 의심하지 않도록 그리 말한 학은 홍란에게 등을 돌린 후 자리에 앉았다. 그리곤 등허리에 양손을 가져다 대었다.

"숙용은 업히거라."

"전하!"

놀란 상선과 민 상궁이 입을 모아 학을 불렀다.

"내 숙용과 밤 산책을 하고 싶어 그런다. 허나 몸이 편치 않아 요양을 하러 출궁하는 이를 어찌 걷자 하겠는가? 그러니 내가 좀 업어 주려 한다. 다들 두말 말거라."

"전하, 이러시지 마시옵소서. 이 모든 것이 숙용마마의 허물이 됨을 상량하여 주시옵소서."

민 상궁이 깊게 허리를 숙여 부당함을 고했다. 그러나 놀라운 일이 일어났다. 민 상궁의 말이 끝나기도 전에 홍란이 납죽 학의 등에 가 업힌 것이었다.

"마마!"

민 상궁이 놀라 얼른 내려오라는 듯 홍란에게 덤벼들려 하였다. 하지만 지엄한 어명이 민 상궁을 물러서게 하였다.

"개의치 마라!"

"전하……."

"누가 감히 어명에 토를 다는 것이냐?!"

홍란을 업은 채 가뿐히 일어선 학이 한 번 더 불호령을 내렸다. 민 상궁은 입을 다물 수밖에 없었다.

"숙용에게 등롱을 건네어라."

자현당 마당에 내려선 학은 놀라 황급히 허리를 숙이는 궁인들에게 어명을 내렸다. 밤길을 밝혔던 붉은빛의 청사초롱(대궐에서 쓰던 등롱)을 든 내관이 떨리는 손으로 청사초롱을 건넸고, 학의 어깨 너머로 홍란이 그것을 받아들었다.

"아무도 따르지 마라."

다시 한번 단호한 목소리로 엄명을 내린 학은 홍란이 든 등롱 빛에 의지해 걸음을 옮기기 시작하였다. 너무 놀라 멍하니 그 뒷모습을 주시하던 대전상궁이 얼른 제가 거느린 나인들과 함께 그 뒤를 따르려 하였지만 상선이 재빨리 앞을 막아섰다.

"상선 영감."

"궁 안이오. 별일이야 있겠소? 어명을 받드시오."

"그래도 상선영감……."

"내일이면 기약 없는 이별을 하셔야 할 분들이 아니십니까? 그 마음을 헤아려서라도 이 밤의 일은 그저 다들 묻어 두십시다. 너희도 마찬가지이니라, 알겠느냐?"

상선이 자현당 마당에 늘어선 모든 궁인들을 향해 엄히 말했다.

"예. 상선 어른."

궁인들이 일제히 허리를 굽혀, 답을 전하였다.

"무겁지 않으셔요?"

홍란이 저를 업은 채 성큼성큼 긴 다리를 움직여 걷는 학에게 물었다.

"차라리 무거웠으면 좋겠어."

"……왜요?"

"돌덩이처럼 바윗덩이처럼 무거우면 날아갈 걱정을 아니 해도 될 테니까. 당신은 언제나 깃털 같아. 꽃잎 같아. 잠시 잠깐만 한눈을 팔면 어느새 내 손 닿지 않는 곳으로 훠어이 날아가 버릴 것 같거든."

"……"

홍란은 아무 말도 하지 못했다. 입을 떼면 대성통곡을 할 것만 같아

서였다. 이제 더는 울지 않겠노라, 연이를 찾을 때까지는 더는 울지 않겠
노라 맹세한 제 결심이 무너질 것만 같아서였다.

"빨리 와."

"……네."

"금세 와."

"……네."

홍란이 치밀어 오르는 울음을 참으려 학의 어깨에 제 얼굴을 묻었다.
끅끅, 억지로 눈물을 삼키는 제 여인의 소리를 들으며, 학이 별 하나 없
는 까만 밤하늘을 올려다보았다.

"아침이 아니 되었으면 좋겠다……."

어디서 홀로 울고 있을 제 아이를 생각하면 그리 해서는 안될 걸 알
면서도, 학은 이루어지지 않을 소망을 가만히 입 밖에 내어 보았다.

다음 날 아침, 숙용 송씨는 대왕대비 전과 중궁전인 교태전에 차례대
로 들어 출궁 인사를 올렸다. 공식적인 첫 대면 인사가 출궁 인사가 된
것에 대왕대비도 중전도 아쉽고 섭섭함을 표시했다. 특히 중전은 다정히
손까지 잡아 주며 어린 왕자를 잘 보살필 터이니 걱정하지 말라고, 한시
바삐 건강한 몸이 되어 돌아오라고 타이르는 어진 면모까지 보였다.

"모두 꼼짝 마라!!"

그날 저녁 느지막이 궁을 나온 홍란 일행이 양주의 별궁에 닿자마자
일행을 호위해 온 금군의 군사들이 갑자기 달려들어 일제히 민 상궁을

비롯한 나인들과 의녀들을 포박하기 시작하였다.

"이게, 이게 무슨 짓들이오?!"

"마마, 마마! 소인들을 살려 주시옵소서. 마마!!"

민 상궁을 비롯한 궁인들이 일제히 비명을 지르며 금군의 군사들에게 몸을 피하려 하였다. 하지만 별궁의 문을 닫아건지라 달리 도망갈 데가 없어진 궁인들은 음구가 지휘하는 금군 군사들에 의해 포박당해 무릎이 꿇려질 수밖에 없었다. 홍란이 그 모습을 조금은 침통한 표정으로 보고 있었다.

포박당한 이들은 도합 일곱이었다. 호산청에서 홍란의 출산을 거들고 왕자 출산 후에는 왕자를 돌보았던 의녀 둘과 태항아리를 운반하고 씻겼던 나인 넷, 그리고 민 상궁이었다.

"궁녀의 몸에 어찌 사내들이 함부로 손을 대는 것이요?!"

"그렇습니다! 이런 법은 없습니다!"

"숙용마마! 살려 주시어요! 저희가 무슨 죄를 지었다고 이러십니까?!"

포박당한 여인들이 저마다 울먹이며 하소연들을 쏟아내었다.

"닥쳐라!"

음구가 소리를 질렀다. 천지가 진동할 만큼 큰 고함이었다. 그 바람에 다른 모든 여인들이 찔끔하고 놀라 입을 다물었지만 민 상궁만이 고개를 빳빳이 든 채 음구와 그 등 뒤에 선 홍란을 똑바로 쳐다보았다.

"무슨 까닭이십니까? 까닭도 없이 이러시지는 않으셨겠지요?"

미세하게 떨리기는 하나 주저함은 없는 단단한 목소리였다.

"이 별궁에서 너희는 궁녀도 의녀도 아니다. 대역죄를 지은 죄인일 뿐이다."

음구가 눈에 불을 담고 꿇어앉은 민 상궁을 내려다보았다.

"저희가 무슨 죄를 지었습니까?"

"대, 대역죄라니요? 어, 억울합니다."

"저희한테 왜들……흐흐흑 이러십니까?"

대역죄라는 소리에 잔뜩 겁을 집어먹은 여인들의 물음들이 뒤따랐다. 일어서려는 자들도 있었다. 하지만 이내 금군의 군사들이 어깨를 누른 통에 어느 한 사람 일어나는 사람은 없었다.

"시끄럽다!"

음구가 금군의 군사들을 향해 명을 내렸다.

"저것들의 입에 재갈을 물려라!"

"엡!!"

일제히 답한 군사들이 일곱의 여인들에게 덤벼들어 재갈을 물렸다. 여인들은 저마다 머리를 흔들고 몸을 비틀며 반항하려 했지만 군사들의 힘을 당해낼 리 없었다.

"으읍!!"

"읍!!"

의녀와 나인들이 재갈이 물려진 채 눈물 콧물을 흘려가며 홍란을 바라보았다. 하지만 민 상궁만은 그저 가만히 눈을 감고 저에게 닥친 모든 일들을 담담히 받아들이고 있었다.

"얼굴도 가려라!"

"엡!"

음구의 명에 군사들이 허리춤에서 미리 준비해 두었던 구멍 하나 뚫려 있지 않은 검은 보자기를 꺼내 "읍!" "으읍!"하며 기겁하는 여인들의 얼굴 위에 뒤집어 씌웠다.

일을 다 마친 군사들에게 음구가 고개를 끄덕였다. 그리곤 미리 비워

진 곳간을 향해 고갯짓을 하였다. 군사들이 얼른 의녀와 나인들을 잡아 일으켜 곳간으로 끌고 갔다.

빛 하나 들지 않는 어둠 컴컴한 곳간의 문이 열리고 여섯의 죄인들이 그곳에 갇혔다. 이제 마당에는 주위에서 들리는 소리에 당황하여 어쩔 줄 모르는 나인 하나만이 남았다. 태항아리를 운반했던 나인이었다.

"나는……."

조용해진 가운데 비로소 홍란의 입이 열렸다. 갑작스레 들려온 홍란의 소리에 나인은 얼른 소리가 나는 쪽을 향하여 고개를 돌렸다.

"기다릴 것이다. 너희가 스스로 너희의 죄를 자복할 때까지 기다릴 것이다. 그때까지 너희는 앞으로 내내 이 별궁에 갇혀 지낼 것이다. 기한은 없다. 일 년, 십 년, 이십 년, 백 년. 너희의 숨이 끊어질 때까지 너희는 이대로 포박당한 채 눈에는 안대를 찬 채, 입에는 재갈이 물린 채 갇혀 있을 것이다. 너희는 누구와도 말을 섞지 못할 것이고, 누구와도 눈을 마주치지 못할 것이다. 또한 너희의 모든 인간적인 행위는 금지될 것이다."

서늘한 홍란의 말에 나인은 "으으읍!" 하며 세차게 고개를 흔들었다. 고운 아이였다. 홍란이 무슨 말이건 건네면 꽃송이처럼 환하게 웃으며 재게 움직이던 아이였다. 매번 손이 빨갛게 얼고 터 있는 것이 안쓰러워 홍란은 제가 지니고 있던 자운고를 나눠 주기도 했었다. 자운고는 자초 근과 당귀, 호마유, 밀랍, 돈지 등을 잘 끓인 후 식힌 것으로 바르면 지혈과 통증이 멎는 데 효과 있고 피부의 재생도 빠를 뿐 아니라 무좀, 화상, 동상, 화농성, 종기 등에도 잘 듣는 연고였다. 매분구 시절 홍란이 몇몇 여인 장사치들의 손이 트는 것이 안쓰러워 하나 둘씩 만들어 팔던 것이었다.

"써 보고 효과가 좋거든 다른 아이들에게도 나눠 주려무나."

그리 말해 주었을 땐 눈물까지 글썽이며 고마워하던 아이였다. 그런 아이이기에 죄를 추궁하는 홍란의 마음은 편치 않았다. 그 심란한 마음을 숨긴 채 홍란은 차가운 목소리로 다시 물었다.

"죄를 자복하겠느냐?"

나인이 자신은 아무것도 모른다는 듯, 고개를 저었다.

"그러려무나. 나는 너희를 동정하지 않을 것이란다. 미안해 하지도 않을 것이란다. 그러니 내게 더 이상 인간다운 온정을 기대하지 마라. 내가 너희를 이곳까지 데리고 올 수 있었던 것은 주상 전하에게 너희의 생사여탈권을 부여받았기 때문이다. 궁의 법도에 가로막혀 할 수 없는 일을 얼마든지 해도 좋다는 자유를 얻었기 때문이다. 그러니 나는 내가 생각할 수 있는 가장 잔인한 방법으로 너희를 고신(拷訊, 고문)하기로 하였다. 그것이 바로 침묵의 벌이다."

홍란이 음구에게 말했다.

"이 아이를 데려가고 다른 아이를 데려와 주세요."

"예, 마마."

그날 다른 여섯 명에게도 똑같은 말을 하였다. 그들 중 대부분은 첫 번째 나인처럼 맹렬히 고개를 흔들며 저희의 죄를 부정하려 하였다. 허나, 민 상궁만은 달랐다. 내실에 든 홍란의 앞에 무릎 꿇려진 민 상궁은 미동조차 없이 빳빳이 고개를 들고 앉아 있을 뿐이었다.

"나는…… 자네가 고마웠어. 다정하진 않았지만, 그 모습이 되려 믿음직스러웠어. 그래서 자네에게 기꺼이 내 아이를 맡겼던 것이야. 궁중의 법도에 대해 자네가 해 준 엄한 한마디 한마디가 얼마나 든든했는지 몰라. 그래서 지금! 자네를 더 용서할 수 없어."

"네 이년, 네 뉘에게 무슨 부귀영화를 약속받고, 재물을 얼마나 받고 이런 무도한 짓을 하였는지는 모르나……."

"……으브 으브,……"

홍란의 말을 거드는 음구의 말 중에 민 상궁의 신음이 끼어들었다. 민 상궁이 재갈이 물린 채 무엇인가를 말하려 하고 있음을 알고 홍란이 음구에게 눈짓을 하였다. 음구가 민 상궁의 머리에 둘러씌운 보자기를 벗기고 입의 재갈도 풀었다.

"말해라."

홍란의 명이 떨어졌다.

"감히 나의 충정을 매도하지 마오!"

민 상궁이 소리쳤다.

"충정……?"

"기생이 낳은, 어디의 누구 자식인지도 모르는 아이가 원자로 책봉되는 일을 가만히 두고 지켜볼 궁녀 따위 단 한 사람도 없느니!"

"네 이년!"

무엄하고 무례하고 무도한 말에 분노한 음구의 칼이 민 상궁의 목에 겨누어졌다. 하지만 홍란이 손을 들어 음구를 말렸다.

"……그래서였어? 내 신분이 천해서…… 내 아이가 전하의 아이가 아니라고 생각해서 그래서 그 아일 빼돌린 거였어?"

"흥!"

민 상궁이 늘 단아하고 단정하고 점잖아 보이던 얼굴에 환멸감을 담고 홍란을 노려보았다.

"내게서 더 이상은 그 어떤 말도 듣지 못할 것이오. 그대의 아인, 천한 기생이자 매분구의 몸에서 태어난 아이는 제 신분에 맞는 삶을 살다 죽게 될 것이니!"

말을 마친 민 상궁이 으드득, 혀를 깨물었다. 하지만 본디 혀를 깨물어 자결하는 일은 단번에 성사될 수 있을 정도로 쉬운 일이 아닌지라 민 상궁의 자결 시도는 무위로 돌아가고 말았다. 하여 민 상궁이 다시 힘을 주어 혀를 깨물려 할 때 음구가 재갈을 들이밀어 그것을 막았다.

"읍! 으으읍!!"

이번에야말로 몸을 뒤틀어 반항다운 반항을 하려는 민 상궁의 가슴팍에 음구의 발길이 날아들었다.

"으윽!"

바닥에 내처진 민 상궁을 깔고 힘주어 숨통을 짓밟는 음구 곁에 홍란이 다가왔다. 그리곤 여전히 고개를 흔들며, 자신을 노려보는 민 상궁을 차가운 눈빛으로 내려다보았다.

"자결은 허락할 수 없네. 절대로 곱게 죽게 내버려 두지 않을 거야."

이어 홍란은 음구에게 명했다.

"벽에 머리를 찧어 자결을 시도할지 모릅니다. 짚단을 구해와 곳간의 벽과 바닥을 채워 주세요."

"예, 마마."

음구가 민 상궁의 머리에 검은 보자기를 뒤집어씌웠다.

"데리고 가라!"

음구가 명하자 군사들이 들어와 민 상궁을 데리고 나갔다. 앞으로 길고 긴 침묵과 어둠 속에서 죽을 자유도 없이 고통스러워할 죄인을.

"……괜찮으십니까?"

어느새 창백해진 홍란을 보며 걱정스레 음구가 물었다.

"……괜찮아야지요. 이만 일에 낙담해서야 쓰겠습니까? 앞으로 갈 길이 더 먼 것을요."

"어찌 저런 간악한 계집이 숙용마마의 곁으로 온 것인지……."

"아닙니다."

"예?"

"민 상궁이 특별히 간악해 벌어진 일이 아닐 겁니다. 사람들은 의외로 재물이나 다른 무엇인가의 보상보다 제 나름의 원칙에 따라 더 끔찍한 짓을 저지르곤 하는 법이거든요. 충정에서 벌인 일이라는 그 말은 사실일 것입니다. 그 충정을 자극한 간악한 이가 따로 있을 뿐이겠지요. 당연히 들 수 있는 의심과 반발심을 자극시킨 사람이요."

홍란을 보는 음구의 눈빛에는 이제 경외심까지 들어 있었다. 현명하고 어진 분이라는 것은 진작부터 알고 있던 일이었으나, 지금의 홍란은 그 이상이었다.

처음 민 상궁을 범인으로 의심한 것도 홍란이었다. 가장 가까이에서, 가장 많이 아기를 접하고 봤을 뿐 아니라 호산청으로 운반된 태항아리를 씻을 사람을 정한 것도, 운반되는 태항아리에 다른 사람들이 쉽게 범접하지 못하게 한 것도 모두 민 상궁이었기 때문이었다.

거기다 음구가 은밀히 궁궐의 문지기들에게 알아본 결과 호산청으로 운반된 두 조의 태항아리 중 하나가 호산청에 들자마자 금세 다시 내어 가졌다고 했다. 호산청으로 운반된 태항아리 중 하나에서 눈에 쉽게 띄지 않는 실금이 가 있는 것을 발견하여 민 상궁이 도로 물린 것이었다고 했다.

"그런데 민 상궁이 끝내 태항아리의 행방을 불지 않으면…… 어디서 어떻게 왕자 아기씨를 찾아야 할지. 은월각에서도 특별한 정황을 찾을 수 없으니…… 분명 어딘가에 아기씨를 숨기고 있음이 분명한데 어디서 어떻게 찾아야 할지 암담합니다. 만약, 만약…… 돌아가시기라도 하셨으면 이런 망극한 일이……."

음구가, 단단한 바위 같은 사내가 울컥 치민 눈물을 주먹으로 쓰윽, 닦아냈다.

"죄송합니다. 저 같은 것보다 전하와 마마의 상심이 더욱 크실 것을……."

"아니에요. 우리 연이는 아직 살아 있습니다. 그것을 안 것만으로 다행이지 않습니까?"

"……마마, 그 무슨?"

음구가 놀란 듯 홍란을 보았다.

"민 상궁 그자가 이미 우리의 질문에 해답을 주지 않았습니까?"

"해답이라 하시면……?"

"천한 기생이자 매분구의 몸에서 태어난 아이는 제 신분에 맞는 삶을 살다 죽게 될 것이라고 하지 않았습니까? 그 말인즉슨…… 우리 연이는 아직 살아 있다는 말이요, 연이를 숨긴 곳은 보통의 양반집은 아니라는 것이지요. 그거면 됐습니다. 그거면 충분합니다."

홍란은 마음을 굳게 다졌다. 아들이 살아 있다는 걸 확인하였으니 더는 거칠 것이 없었다.

'살아 있기만 하면 돼, 연아. 어미는 수일, 수년, 수십 년이 걸리더라도 반드시 너를 찾아내고 말 테니. 조금만, 조금만 더 기다려주렴.'

"옷을 가져다주세요."

음구가 얼른 밖에 나갔다가 보퉁이 하나를 들고 들어왔다. 매분구 시절 홍란이 입었던 옷들이 들어 있었다.

"모두 들어라."

"예. 부장!"

홍란이 옷을 갈아입을 동안 음구는 별궁에 함께 온 금군의 군사들을 모두 불러 모았다.

"숙용마마는 내내 이 별궁에서 피접을 하시고 계신 것이다. 심신이 모두 상하셔서 누구의 방문도 받지 않고, 방 밖으로는 쉽게 얼굴도 내보이지 않으시는 것이다."

"······옙!"

군사들이 음구가 내린 명의 속뜻을 알아듣고 일제히 고개를 숙였다.

"입직하러 올 의원들은 어떻게 할까요? 의녀들을 찾거나 진맥을 하겠다고 하면······."

부하 하나가 슬그머니 물었다. 당연한 물음이었다. 어명에 따라 숙용 송씨의 병세를 살피러 별궁에 입직할 의원들이 곧 당도할 터였다. 상당 시간 오랜 입직이 될 것이라 의원들도 각자 입직할 준비를 하고 오느라 홍란들보다는 조금 늦게 별궁에 도착할 예정이었다. 비록 의녀들이 동행하였다고는 하나, 의원들은 당도하는 대로 숙용마마의 병세를 살피러 올 것이 분명했다.

"성 봉사만이 내실에 들게 하고 다른 의원들이 내실 가까이에 오는 것을 엄히 금하라. 성 봉사가 달리 궁금해 하는 것이 있거든 나를 찾아오라 전하고."

"어디로 찾아가야 하는지 물으면 어찌합니까?"

"······묻지 않을 것이다."

별궁의 내실이 비어 있다는 것을 성 봉사는 동료 의원들에게 발설하지 않을 것이었다. 음구는 성 봉사에 대해 그리 잘 아는 처지는 아니었지만 그 정도 믿음쯤은 가지고 있었다.

'그런데 그자는 왕자 아기씨의 일에 대해 어디까지 알고 있는 것이지?'

"부장?"

명을 내리다 말고 잠시 생각에 빠진 음구에게 다음 명을 재촉하듯 수하가 불렀다.

"아, 아니다. 하여간 너는 저것들 중 어느 하나라도 토설하는 것이 있거든 그대로 적어 도승지 영감께 직접 전하거라. 다른 어느 누구의 손을 거쳐서도 아니된다. 주상 전하 외에는 아무도 그 내용을 봐서는 아니되는 것이다! 알겠는가?"

"옙!!"

음구는 두 번, 세 번 같은 명을 반복하며 제 수하들에게 항시 긴장의 끈을 놓치지 말 것을 명했다. 누구도 별궁, 그것도 내실에 가까이 들지 못하게 하고 갇힌 계집들에게 섣부른 온정을 베풀지 말 것 그리고 지금 일어나고 있는 일들에 대해 자세히 알려 하지 말 것. 그것만이 자신들의 목숨 따위보다 훨씬 중요한 어명을 지키는 것이라고 당부에 당부를 거듭하였다.

그날 밤. 의원들이 채 별궁에 당도하기 전에 별궁 근처 숲에서는 작은 가마 한 채가 은밀히 길을 나섰다. 양주에서 급히 불려온 가마꾼들은 장옷으로 얼굴을 가린 여인네 한 명을 가마에 태웠고, 눈빛이 사나운 삿갓 쓴 사내로부터 목적지를 들었다. 그저 그뿐이었다. 가마꾼들 중 누구도 자신들에 멘 가마 안에 든 이가 누구인지, 혹시나 가마를 떨어뜨리지나 않을까 연신 자신들의 머리 뒤꼭지를 노려보며 뒤따라오는 말 탄 사내가 누구인지 알지 못했다. 아니 알려고 들지도 않았다. 알려고 해봤자 날카롭게 눈을 빛내는 사내의 심기만 거슬리게 할 뿐 자신들한테 좋을 게 하나도 없다는 것을 본능적으로 깨달았기 때문이었다.

꽤나 웃돈을 주고 발 빠른 가마꾼들을 산 보람이 있게, 홍란과 음구
는 인정이 치기 전에 거의 사대문 근처까지 당도할 수 있었다. 인근 주
막에서 하룻밤을 지내고 아침 일찍 사대문이 열리자마자 가마는 무사
히 도성 안으로 입성하였다. 도성의 문지기들이 가마 안에 든 홍란의 신
분을 확인하려 들기도 하였지만 미리 무슨 귀띔이라도 있었던 것인지
음구의 얼굴을 본 수문장(守門將, 문을 지키는 무관)이 두말 없이 통행을 허
가하고 따로 길을 열어 준 덕분에 문을 통과하는 것은 그리 어렵지 않
았다.

그리고 목적지를 백여 걸음을 앞둔 어느 후미진 곳에서 가마가 섰
다. 가마꾼들은 한 번 더 넉넉한 삯을 받고 허리를 굽힌 채 가마의 손님
을 배웅하였다. 그러느라 그들은 결국 가마에 탄 이의 얼굴은커녕 머리
카락 한 올 보지 못하였다.

"괜찮으십니까? 피곤하지 않으십니까?"
쪽 찐 머리에 머릿수건을 뒤집어쓴 홍란의 얼굴을 살피며 음구가 걱
정스레 물었다.

"피곤하긴요. 내내 가마 안에 곱게 앉아만 있었는걸요."
가마꾼들을 보내고 나서야 들어선 마을은 예전 홍란의 집에서 걸어
서 두어 식경쯤 떨어진 곳이었다. 홍란이 제일 먼저 와야 한다고 고집을
피운 곳으로, 중국에 가기 전 자주 이곳에 들러 일을 하였다고 했다.

"천천히 가십시오. 아직 걷는 게 그리 편하시지도 않으실 텐데."
홍란의 빠른 걸음을 걱정하며 음구가 한 소리를 더했다. 이제 출산한

지 겨우 열흘 남짓밖에 되지 않으신 분이었다. 거기다 출산 후 사흘 만에 하마터면 큰일을 당할 뻔하셨던 분이었다. 몽한약에 취하고, 범인과 난투극을 벌이고, 아이가 바뀌는, 여느 사람이라면 일생에 단 한 번도 겪기 어려운 일을 단 수일 만에 겪어 내고 있는 분이었다. 미치지 않고는 견딜 수 없을 슬픔과 고통들을 작고 여린 여인의 몸으로 어찌 견뎌 내고 있는지 도통 이해를 할 수 없는 분이었다.

"제발 천천히 가십시오. 무리하시다 병이라도 나시면……."

제 말을 듣는 둥 마는 둥 점점 더 걸음을 빨리하는 홍란을 향해 또다시 잔소리를 늘어놓으려던 음구는 얼른 입을 다물고 등을 돌렸다. 한 중년 여인이 홍란을 보고 반색을 하며 뛰쳐나오는 걸 봤기 때문이었다.

"아니, 이게 누구야?! 홍란이! 홍란이 아니야?!!"

"아주머니!"

여인이 화다다닥 달려와 와락 홍란을 안았다.

"중국 갔다더니 언제 돌아왔어?! 그간 잘 있었어?!"

여인은 홍란에게 출산과 산 구완 일을 가르쳐 주었던 산파 돌방네였다. 일솜씨는 그냥저냥한 편이었지만 천성이 화통하고 뒤끝 없이 시원시원한 데다 워낙 발이 넓고 아는 사람도 많은지라 홍란의 장사 일에도 제법 도움을 많이 주곤 했던 이였다. 물론 홍란 역시 올 때마다 손에 바를 연고며, 화장수며, 연지며, 그릇단지들이며 넉넉히 챙겨 주긴 마찬가지였다. 이래저래 돌방네는 홍란을 제 친아우인 양 허물없이 대해 주었다.

"이게 얼마 만이더라? 일 년? 일 년은 훨씬 더 됐지?"

제 집에 홍란을 데리고 들어와서도 돌방네의 얼굴에서는 미소가 가시지 않았다.

"어디보자. 에이그, 이게 그 소문의 상처구만? 예쁜 얼굴에 어쩌다 이렇게 상처가 남아서. 쯧쯧쯧. 아까워 죽겠어, 정말. 그래. 다녀오는 길은 힘들지 않았고? 송 대방 어른께는 인사 드렸……"

"왜에?"

"아주머니."

"어?"

"……저 좀, 도와주세요."

홍란이 두 손으로 덥석 돌방네의 손을 잡았다.

"어? 그, 그야 내, 내가 도울 수 있는 일이라면……."

"아주머니는 다른 산파들도 많이 아시죠?"

"그야 사대문 안에서 일하는 산파들이야 뭐. 한 다리는 몰라도 두어 다리만 건너면 다 아는 사이라 할 수 있지. 근데 무슨 일인데? 왜, 누가 애라도 낳나? 그럼 다른 사람 손 빌릴 것 없이 내가……."

홍란이 고개를 저었다.

"아니야? 그럼……?"

"아주머니께서 아시는 분들께 수소문해서 열흘 전 혹은 그보다 하루 이틀 전까지여도 좋아요. 아들 낳은 산모를 찾아 주세요."

"아들 낳은 산모를?"

"예. 실은…… ."

홍란은 아무도 엿듣고 있는 자가 없음을 알면서도 괜히 목소리를 한껏 낮춰 은밀한 이야기를 하는 양 하였다. 그러자 돌방네 역시 괜히 침을 꿀꺽 삼키며 한껏 긴장하여 홍란의 다음 말을 기다렸다.

"제가 다니는 어느 댁 마님께서 급히 아들 낳은 산모의 속곳을 찾고 계시거든요. 그런데 워낙 지체가 높으신 분이다 보니 바깥에 소문이 나는 것을 염려하고 계셔요."

"속곳? 아아아! 아들 보시려고?"

"예."

돌방네의 입술에 그제야 다시금 웃음이 되돌아왔다.

"난 또 뭐라고. 그쯤이야 뭐 어려운 일이라고. 우리 동네만 해도 아들 셋씩 줄줄이 낳은 애어멈이 한 둘이……."

"아뇨."

홍란이 서둘러 돌방네의 말을 막았다.

"예전에는 안 돼요. 꼭 열흘 정도, 그보다 하루 이틀 더 전까지도 괜찮지만, 하여간 꼭 그 안에 아들을 낳은 산모여야만 해요."

"응? 꼭 그 안이어야만 해? 한 달 아니 반달 전에 낳았어도 안 되고?"

"저도 그리 여쭤 봤는데 안 된다고 하시네요. 실은…… 용한 무당이 그랬다나 봐요. 열흘에서 열이틀, 이 사이가 아주 길한 탄일이라고요. 그래서 그날들에 아들을 낳은 산모의 속곳을 베개 안에 넣고 자야만 떡두꺼비 같은 아들을 수태하실 수 있다고."

"쯧쯧쯧. 하여간 그것들이 제일 문제라니까? 뭘 해야 애를 밴다, 뭘 해야 아들을 낳는다. 온갖 간계를 부려 돈 빼먹을 생각만 하니, 에이그."

"답답한 건 저도 마찬가지지만 어쩌겠어요? 마님이 그리라도 한번 해 보시겠다는 걸."

홍란이 짐짓 저도 답답해 죽겠다는 듯 한숨까지 쉬며 말했다.

"그래도 그 속곳 주인은 완전 횡재하는 거예요. 마님이 속곳 값으로 족히 백 냥은 내놓으실 것 같으니. 그냥 앉은 자리에서 돈벼락 맞는 셈이죠."

"배, 배, 배, 백 냥?!"

돌방네의 입이 떡 벌어졌다. 아들 둔 어미 속곳을 여태도 여러 장 팔아 보고 거래를 성사시킨 적은 있었지만 그 값이 열 냥을 넘어 간 적이 없었거늘, 그 열 배에 달하는 돈을 속곳 값으로 내놓으려 한다는 이야기에 놀라지 않을 수 없었다. 백 냥이 속곳 값이라면 거래를 중개한 이에게도 제법 적지 않은 거간비가 들어올 것이 분명하였다.

"아, 알았어. 하여간 그 속곳만 벗겨오면 된다는 거지? 열이틀 정도 안에 아들 낳은 산모 속곳? 내 얼른……."

성미 급한 돌방네가 당장이라도 뛰쳐나갈 듯 엉덩이를 들썩하였다. 홍란이 그런 돌방네를 주저앉히려 말을 잘랐다.

"아니에요."

"아냐? 방금, 아들 낳은 어미 속곳 산다고……."

"마님께서 저더러 직접 아들을 낳은 산모가 맞는지 눈으로 확인한 후에 그 속곳을 사 오라고 하셨거든요. 아, 아주머니들을 의심하는 건 아니에요. 단지…… 값이 값인 만큼, 또 일이 일인 만큼 신중하려는 거죠. 그런데 일은 오래 걸릴까요?"

"글쎄?! 하여간 믿고 기다려 봐. 그리 오래지는 않을 것이야!"

뭘 믿고 그러는지 모르겠지만 돌방네는 제법 큰소리를 쳤다.

홍란은 돌방네 말고 다른 산파 두엇을 더 찾아가 같은 소리를 하였다. 하지만 가장 큰 도움이 된 건, 역시 홍란이 궁에서 나왔다는 소리에 한달음에 달려온 송 대방이었다.

"사람도 아니다! 인두겁을 쓰고 할 짓이 있고 못 할 짓이 있지! 걱정 마라! 내 도성의 모든 장사치를 동원해서라도 아니 온 조선 팔도의 장사치들을 동원해서라도 왕자 저하를 찾아낼 터이니."

"안 돼요, 할아버지!"

"안 된다니?"

"그렇게 크게 일을 벌이면 연이의 일이 세상에 알려져 버려요. 그럼 어쩌면 연이를 다시 만날 수 없게 될지 몰라요. 그러니…… 이 일을 아는 사람은 적으면 적을수록 좋아요."

"숙용마마께서 왕자 아기씨가 아닌 왕자 아기씨 탄신일에 아들을 낳은 산모를, 그것도 도성에서 찾고 계신 것도 바로 그 때문이십니다."

음구가 말을 보탰다.

"예정일을 훨씬 넘기고 왕자 아기씨를 낳으셨으니, 일을 꾸민 자들 역시 급작스럽게 아이를 준비해야 했을 테니까요. 태어난 지 사흘 정도 아무리 많이 잡아도 닷새 정도도 되지 않은 갓난쟁이를 궁에 들이려면 멀리서 수배하진 않았을 것이라는 게 마마의 생각이십니다."

"그래, 그렇겠지. 혹여 다른 사람들이 보더라도 눈에 띄게 차이가 나지 않으려면 비슷한 때 태어난 아기를 수배할 수밖에 없었겠지. 그러려면 도성 안에서 아이를 구했을 것이고."

그제야 송 대방은 홍란이 왕자 연이가 아닌 최근 아들을 낳은 산모를 찾고 있는 이유를 알았다.

"네. 벌써 연이를 궁에서 내어간 지 근 열흘이 다 되어 가지만 자기 아이를 바꿔치기한 산모만 찾아낸다면 누가 일을 꾸몄는지 알아낼 수 있을지도 몰라요. 아직은 죽…… 흐읍."

말을 잇다 말고 홍란이 불쑥 치밀어 오른 눈물을 참느라 입술을 깨물었다.

"다행히 간악한 자들이 아직은 연이를 죽이지 않았다고 하니, 당분간 아이를 해할 생각은 없는 것 같아요. 그러니 일은 거기서부터 시작하면 돼요."

홍란은 눈을 감았다. 그리곤 마치 천지신명께, 부처님께 비는 것처럼 합장을 하였다.

"하늘이 계시다면, 천지신명이 도우신다면 제 아이를 내어놓은 산모가 우리 연이를 대신 돌봐 주고 있을지도 모르는 일이에요. 연이를 해칠 생각이 없는 자들이니 돌볼 사람이 필요할 텐데 이중 삼중으로 사람을 구하기는 번거롭고 또 위험하다고 생각할 수도 있을 테니까요."

"그 말이 맞다. 내가 일을 꾸몄더라도 그리했을 것이다. 비밀을 지켜야 하는 건 저쪽으로서도 숙명과 같은 일. 여러 사람의 손을 거치려 하진 않을 것이야. 알았다. 내 도성의 모든 상인들에게 일러 두마! 귀한 댁 마님께서 아들 낳은 산모의 속곳을 찾고 계신다고. 도성 안에 정녕 아이의 어미가 있다면 금세 찾아낼 수 있을 것이야!"

송 대방의 말 대로였다. 그로부터 채 사흘이 안 돼 홍란은 연이의 행방에 대한 작은 실마리를 찾을 수 있게 되었다.

"일곱 집이요?"

"그래. 마침 딱 고 시기에 아들 낳은 집이 일곱 집이 되더라고."

돌방네는 남촌 주막에 방을 잡은 홍란을 찾아와 반가운 소식을 전했다.

"……양반 댁도 포함된 것인가요?"

"어딜! 귀한 양반 댁 아씨께서 속곳을 팔려고 하실 리가 있어? 왜?! 그 댁 마님이 양반 댁 산모가 아니면 안 된대?"

"아니에요. 그저 혹시나 해서 물어본 거예요."

"그럼, 오늘이라도 당장 가보겠어? 쇠뿔도 단숨에 빼랬다고."

성미 급한 돌방네가 당장이라도 일어설 듯 펑퍼짐한 엉덩이를 들썩거렸다. 송 대방이 도성의 산파라는 산파, 장사꾼이라는 장사꾼들에게 모두 속곳을 찾는다는 이야기를 전해 놓은 까닭에 경쟁자들이 너무 많이 생긴 탓이었다. 빨리 홍란을 데리고 가 자기가 직접 거간을 하지 않으면 이 좋은 돈벌이를 다른 산파나 장사꾼들에게 뺏길까 봐 몸이 단 것이었다.

"잠시만요. 먼저 나가서 기다려 주시겠어요?"

"……웅? 그래. 그러지, 뭐."

갑자기 표정이 변한 홍란을 이상하다는 듯 바라보던 돌방네가 이내 방을 나갔다. 홍란은 방문이 닫히자마자 급격히 뛰기 시작한 제 가슴에 손을 얹고 "후……, 후……" 숨을 쉬어 보았다. 가슴이 너무 두근거려 견딜 수가 없어진 때문이었다.

'일곱…… 일곱 집 안에…… 제발…… 제발…….'

담대해지자고 수백 수천 번 마음먹었건만, 막상 산모들을 찾았다고 하니 숨이 잘 쉬어지지 않았다. 입속이 바짝바짝 말랐다.

'어쩌면 일곱 집 중 어딘가에 연이가 있을지 몰라.'

'어쩌면 바로 찾을 수 있을지도 몰라.'

'어쩌면, 어쩌면……!'

홍란은 제 의지와 달리 자꾸만 덜덜 떨리는 손을 마주 잡고 어금니를 악물었다. 떨지 말자고, 먼저 들뜨지 말자고 다짐에 다짐을 거듭하며 자리를 박차고 일어났다. 연이를 찾으러 가야만 했다.

❀

한편, 그 무렵 청향은 은월각 가장 깊은 곳에 자리한 자신의 내실에서 한 발자국도 나서지 않고 있었다. 원래대로라면 벌써 며칠 전 '그 아이'와 함께 길을 떠났어야만 했다. 이미 도성에 있지 말았어야 했다. 실제로 은월각의 일은 모두 정리하여 변 역관의 수하에게 넘긴 상태였다. 그간의 대가로 적지 않은 돈도 받아 챙겼다. 은월각의 기녀들에게도 진작 작별인사까지 해 두었다. 그런데도 작별인사가 무색하게 청향은 은월각을 벗어나지 못하고 있었다.

나흘 전 밤에 일어난 일 때문이었다.

"행수, 정말 성 의원은 아니 보고 가실 참이십니까?"

떠날 준비를 마친 청향의 눈치를 살피며 장 서방이 물었다.

"됐다. 일이 모두 잘 마무리되면 그때 안부서찰이나 주고받으면 되겠지."

제 아쉬운 속내를 검은 너울 아래 숨기며 청향이 중얼거렸다. 자신에게 약과 사술(邪術)을 쓴 것을 알게 된 후에도 태겸은 청향을 다정히 대하였다. 하지만 그 다정함의 이면에 전과 다른 서먹함이, 무엇인가에 대한 의심이 깃든 것을 청향은 쉽게 눈치챌 수 있었다. 그러기에 호산청이 설치되고 장기간의 입직을 하게 되었다고 인사를 하러 온 태겸을 부러 얼굴도 보지 않고 보낸 청향이었다. 태겸이 도와 세상에 나오게 될 아이는 제가 찾은 산모에게서 태어날 아이와 뒤바뀔 운명이었기에 더더욱 태겸을 볼 면목이 없었다.

"그…… 아이는?"

"아직 그 집에 있습니다. 오늘 데리러 간다 하였으니, 준비는 다해 놨을 것입니다."

"그럼 어서 가세."

청향은 얼마 안 되는 짐들을 종들에게 들린 채, 은월각의 곁문 쪽으로 앞장 서 걸어갔다. 한때 홍란이 드나들던 통로이기도 한 곁문 앞에는 청향을 태울 가마 한 채가 기다리고 있었다.

"가세."

청향이 곁에 선 장 서방에게 고개를 끄덕였다. 하여 장 서방이 가마의 앞문을 막 들어 올리려 몸을 굽힐 때였다.

"청향!!"

채 스무 걸음도 떨어져 있지 않은 곳에 있는 나무 뒤에서 웬 사내 하나가 소리를 지르며 청향을 향해 뛰어왔다. 삿갓이 목 뒤로 넘어간 사내가 온 얼굴의 핏줄을 가득 세우고 시뻘겋게 충혈된 눈으로 쏘아보며 제게 달려드는 모습을 청향은 잠시 멍하니 바라보았다.

'어디서 본 자더라?'

짧은 찰나였지만, 이상하게도 길게만 느껴지는 순간이었다. 달빛이 밝아 밤인데도 옹색한 외상투 옆으로 머리카락들이 사납게 출렁이는 것이 보였다. 사내가 치켜든 단도가 달빛을 반사하여 번쩍이는 것도 보였다.

"청햐아아아앙!"

사내의 입에서 나온 자신의 이름이 길게 울려 퍼지고 있었다.

'아……그래! 그자로구나…….'

멍하니 눈 하나 깜짝 않고 자신에게 덤벼드는 괴한의 모습을 지켜보고만 있던 청향은 사내와는 다른 쪽에서 불쑥 튀어나와 제 앞을 가리는 그림자를 미처 눈치채지 못하였다.

"윽!"

푹! 하는 기묘한 소리와 함께 누군가의 비명이 들린 것 같았다. 파앗! 무엇인가가 세차게 얼굴에 튄 것 같은 느낌이 들었다.

"행수!"

"행수 어른!"

"아이구우우!"

너무도 눈 깜짝할 사이에 벌어진 일이라 미처 대응하지 못했던 검계의 무사 중 한 명이 칼을 휘두른 괴한을 덮쳐 흙바닥에 쓰러뜨렸다. 다른 한 명은 막 앞으로 꼬꾸라지는 그림자를 받쳐 들고, 콸콸 피가 솟는 목 부분을 손으로 잡아 눌렀다.

"행수 어른, 괜찮으십니까?! 행수어른!"

장 서방이 멍하니 서 있는 청향의 어깨를 잡아 흔들었다.

"……장 서방?"

멍하니 장 서방을 보던 청향이 문득 손을 들어 제 얼굴을 닦아 내렸다. 달빛에 그 손에 묻은 것이 피임을 깨달은 청향의 얼굴이 서서히 일그러졌다. 그리고 저를 대신하여 칼을 맞고 쓰러진 그림자 사내에게로 눈을 돌렸다.

"나……리? 나리이!!"

청향의 입에서 비명이 터져 나왔다. 동시에 무릎이 꺾였다. 그런 청향을 얼른 장 서방이 부축하였다.

"안 돼에에!"

하늘을 찢을 듯 비명을 지른 청향이 장 서방을 뿌리치고는 피를 흘리며 쓰러진 일현에게 엉금엉금 기어갔다. 일현의 몸을 안아든 무사를 우악스레 밀쳐내고는 일현의 몸을 품에 안았다.

"나, 나리. 눈을 뜨세요. 나리? 나리이, 제발…… 제발 눈 좀!"

일현의 목에서 쏟아져 나오는 피를 제 손으로 막으며, 빨간 핏물에 젖어 가는 일현의 옷과 제 치맛자락을 보며 홍란이 다시 비명을 질렀다.

"아아악! 안 돼! 안 돼에!!"

"행수! 정신 차리십시오. 안 되겠다! 일단 안으로!! 너는 가서 의원을 불러오너라. 어서!"

보다 못한 장 서방이 기겁을 하여 주저앉은 가마꾼들을 윽박질러 수습에 나섰다. 방금 본 끔찍한 광경에 몸서리치던 가마꾼 한 명은 비틀거리며 근처의 약방을 향해 뛰어갔고, 나머지 가마꾼들은 아직도 피를 흘리고 있는 일현을 놓아주지 않으려 하는 청향을 강제로 뜯어내고 얼른 일현을 들어 올려 은월각 안으로 들어갔다. 그 뒤를 여전히 피울음을 토하는 청향을 부축한 장 서방이 따랐다. 그것이 청향을 떠나야 할 때, 떠나지 못하게 한 나흘 전 밤의 일이었다.

"행수, 뭣 좀 드셔야지요. 조반도 제대로 안 드시지 않으셨습니까?"

나흘 간 의식을 차리지 못하고 있는 일현의 곁을 청향은 단 한 순간도 떠나려 하지 않았다. 장 서방이 부지런히 옮겨다 주는 끼니도 제대로 들지 않았다. 밤에는 눈 한 번 제대로 붙이지 못하고 일현의 곁에만 매달린 까닭에 청향의 얼굴은 단 며칠 만에 몰라볼 정도로 수척해져 있었다.

"……물러가게."

청향이 귀찮다는 듯 휘휘 손을 내저었다. 그러면서도 시선은 내내 일현에게서 떠나지를 않고 있었다.

"……그놈은 어찌할까요?"

장 서방이 다시 조심스레 물었다. 이전 날 밤, 일현에게 아니 청향에게 칼을 휘두른 자에 대해 묻는 것이었다.

"죽여!"

청향이 버럭 소리를 질렀다가 얼른 고개를 저었다.

"아니, 아니다. 그리 간단히 죽일 순 없지. 연심으로 그리 어리석은 짓을 하였으니…… 그 연심으로 평생 죽을 만큼 괴로워하게 할 테다."

으드득, 청향이 이를 갈았다. 초췌해진 얼굴에 시퍼렇게 눈을 빛내며 이를 가는 청향의 모습은 흡사 귀신의 형상과도 같아 장 서방의 굵은 팔뚝 위에 오소소, 소름이 돋을 정도였다.

"다시는…… 다시는 사내 구실을 못하게 하초를 자르거라. 그리고 두 발의 힘줄을 잘라 다시는 서서 다니지 못하게 하여라."

"……옙. 행수."

장 서방은 새삼 청향의 잔인함에 흐드득 몸을 떨며 방을 나섰다.

하여, 그로부터 채 반 나절이 되기 전에 어느 야산으로 몰래 옮겨진 사내, 가진은 청향이 말한 그대로의 벌을 받았다.

"으아아아아아악!!!"

극심한 고통으로 피눈물을 쏟으며 마침내 혼절까지 하고 만 가진은 처음이자 마지막으로 꿈을 꾸었다. 어여쁜 세오의 손을 맞잡고 백화가 만발한 들판을 뛰어다니는 꿈을 꾸었다. 너무도 달콤하여, 깨고 난 후의 현실을 더욱 더 증오하게 만들 그런 꿈을…….

❀

"윽…… 윽…… 흐윽."

저녁 늦게 주막 객방으로 되돌아온 홍란은 방문을 닫자마자, 문고리를 붙잡고 후드득 무너져 내렸다. 그리곤 자꾸만 새어나오려는 울음을 참으려 입술을 비죽거렸다. 없었다. 발이 부르트게 일곱 집 모두를 돌아다녀 봤지만 찾지 못했다.

'어떡합니까? 전하…… 우리 연이를 어디서…… 어떻게 찾아야 합니까.'

울음이 터질 것 같아 홍란은 얼른 손을 들어 제 입을 막았다. 울 수 없었다. 제 자식도 못 찾고 울 수는 없는 노릇이었다. 그런데도 치미는 울음에…… 홍란은 주먹을 쥐어 제 가슴을 툭, 때렸다. 그래도 울음이 참아지지가 않았다. 홍란은 조금 더 세게 툭, 툭, 툭 가슴을 때렸다. 젖이 나오지 않는 가슴이었다. 아이가 바뀐 것을 알아차린 후, 어쩐 일인지 신기하게도 젖이 말라붙은 가슴이었다. 그 서러운 가슴을 연신 두드리느라 홍란은 바깥에서 들려온 소리를 듣지 못하였다.

"……란이."

희미하게 저를 부르는 소리에 홍란이 가슴을 두들기던 주먹을 내렸다.

"이보게 홍란이!"

돌방네였다. 벌써 돌아간 줄만 안 돌방네가 방문 밖에서 홍란을 부르고 있었다. 홍란이 얼른 손으로 얼굴을 더듬어 눈물기를 씻고 방문을 열었다.

"안 가셨어요?"

"어이고, 왜 이렇게 늦게 문을 열어? 난 그새 자나 했네! 좋은 소식이야! 한 집이 더 있대! 한 집이 더 있다네!"

낮 동안 홍란과 함께 일곱 집을 다니면서도 홍란이 마땅해 하는 기색을 보이지 않자 크게 실망한 눈치를 보였던 돌방네의 얼굴에 은근한 기대감이 들어 있었다.

"예? 더 있대요?"

"홍란이도 알려는가? 오득이네 있잖아. 저기 청계천 쪽에서 산파 일을 하는……."

"그런데요?"

급한 마음에 홍란이 돌방네의 말을 자르며 물었다.

"그이가 그러는데 딱 열하루쯤 전에 거기 닭장수하는 박 과부가 유복자(遺腹子, 태어나기 전에 아비를 여읜 자식)를 낳았다고 하지 뭔가? 서방이 한 석 달 전에 갑자기 급사했⋯⋯."

"어디에요? 어서 가셔요."

돌방네가 말을 채 끝맺기도 전에 자리에서 일어난 홍란이 얼른 툇마루로 나섰다. 그리곤 놀라 자신을 보는 돌방네를 재촉하여 서둘러 밤길을 나섰다.

"그만 좀 울어! 더는 네놈 줄 젖도 없대도?!"

애, 애, 보채는 아기의 울음소리에 짜증이 치민 박 과부가 버럭 소리를 질렀다. 대충 아무렇게나 방바닥에 눕혀 놓은 낡은 강보 안의 아기가 그 소리에 놀란 듯 애, 애, 다시 울음소리를 높였다.

"시끄러워! 시끄럽대도!!!"

박 과부가 양쪽 귀를 틀어막으며 진저리를 쳤다. 원수도 저런 원수가 없었다. 무슨 놈의 애새끼가 하루 왠종일을 울어 댔다. 뭐가 그리 불만인 것인지, 뭐가 그리 서러워 죽겠는지 젖을 먹이면 그때만 반짝 울음을 그칠 뿐, 하루 종일 울어 재꼈다. 성질 같아서는 확, 내다버리고 싶었다. 몇 날 며칠 잠도 못 자게 계속 울어 재낄 때는 분김에 어린놈의 가는 모가지를 두 손으로 조르는 상상도 해 보았다. 허나, 그럴 수는 없었다. 아무리 밉고, 아무리 귀찮아도 해할 수는 없었다. 이제 곧 큰돈과 맞바꾸어 이 왠수 같은 놈을 데려갈 '그'가 올 테니까.

'설마, 이대로 나한테 저 애물단지를 영영 떠맡기려는 속셈은 아니겠

지?'

문득 든 생각에 박 과부는 불안한 눈빛으로 온 얼굴의 실핏줄이 터져 나가지 않은 게 용할 정도로 얼굴을 시뻘겋게 물들인 채 애, 애, 울고 있는 애새끼를 내려다보았다.

'에이, 아니겠지? 설마아……'

원래대로라면 벌써 나흘 전에 데려갔어야 할 애였다. 제 아이를 건네주고 받은 쉰 냥에 애를 데려가면서 다시 쉰 냥을 더 주기로 약속한 이들이었다. 지지리도 재수가 없는 제 팔자에 이만한 횡재는 평생 다시없을 것 같아 애새끼를 데려가는 날만 손꼽아 기다려 왔거늘, 그날 밤 오기로 한 이들은 오지 않았고, 다음 날 슬그머니 찾아와서는 열 냥만 훌쩍 던져 주고는 가기로 한 날이 미뤄졌다며 당분간만 더 애를 봐달라고 했었다.

"그래서 당분간이 얼마난데요? 하루? 이틀?"

"빠르면 하루 이틀, 늦어도 그리 오래 기다리게는 하지 않을 것이네."

처음 저를 찾아왔을 때처럼 신분도 밝히지 않은 사내는 극진히 보살필 것까지는 없지만 아이한테 해코지는 하지 말 것을 당부하며, 당분간은 이웃 간의 왕래도 삼가라는 쓸데없는 명령까지 덧붙였었다.

"……그 애는…… 잘…… 아, 아니요."

자신의 집에 올 때처럼 다른 이들의 눈을 피해 슬그머니 나가려는 사내의 등에 대고 박 과부는 제 아들의 안부를 물으려다 말고 얼른 입을 다물었다.

"잘 있네. 타고난 제 팔자론 꿈도 못 꿀, 다시없는 호강을 누리고 있으니 걱정 말게."

사내가 박 과부가 차마 물을 수 없었던 아들 소식을 전해 주고 갔다.

'잘됐어. 잘된 거야. 지지리도 재수 없는 나 같은 년 밑에서 커 봐야 네 인생도 지지리 궁상이지, 더 뭐가 있겠어? 그리 갔으니 잘 먹고 잘 살아라!'

제 년 팔자란 재수가 없어도 그리 없을 수 없을 정도로 더러운 팔자였다.

조실부모하고 남의 집 살이를 하다 열일곱의 꽃다운 나이에 마흔 넘은 중늙은이한테 시집와서 뼈 빠지게 일만 했더랬다. 홀시어머니는 시집온 그날로부터 애 가져라, 애 가져라 성화를 해댔지만 혼인 후 칠 년 동안 태기가 들지 않아 맵디매운 시집살이에 눈물 콧물 안 흘려본 적이 없었다. 시어미가 죽고 나서야 임신을 한 것 알았지만, 그 기쁨도 잠시, 장삿길을 떠났던 닭장수 서방이 홍수로 불어난 강물에 휩쓸려 죽고 말았다. 어느새 배는 남산처럼 불러오는데 밥은 먹었는지, 겨울 추위에 얼어 죽지는 않았는지 걱정해 주는 일가친척 하나 없었다. 다행히 동네 사람들이 동냥하는 셈 치고 가져다주는 식은 밥들과 말라 빠진 나물 반찬으로 허기를 달랬다. 뱃속의 애만 아니었으면 어디 계곡물에라도 가서 코를 박고 죽어 버렸을 것이었다. 하지만 그때마다 살겠노라고 제 배를 쿵쿵 차는 뱃속의 애 때문에 그리할 수도 없었다.

그러던 어느 날이었다. 출산을 하루 이틀쯤 앞둔 어느 날, 여느 때처럼 나물 시레기라도 주워 끓어 먹을 양으로 장터를 기웃거리던 박 과부는 우연히 얍삽하게 생긴 늙은이와 눈초리가 심상치 않은 사내와 마주쳤다.

"홍 영감."

사내가 옆의 늙은이에게 눈치를 주자 얍삽하게 생긴 늙은이가 박 과부의 주위를 빼글 돌더니 사내에게 고개를 끄덕여 보였다. 그게 전부였다.

그들이 다시 나타난 건 박 과부가 동네 인심 좋은 산파의 도움으로 무사히 몸을 푼 다음 날 밤이었다. 멍하니 잠든 아이의 얼굴을 들여다보며 앞으로 어찌 살아가야 할지 막막해 하던 박 과부를 찾아온 사내는 '홍 영감'이라는 이에게 망을 보게 한 후, 아주 은밀한 제의를 해왔다.

쉰 냥. 쉰 냥에 아들을 팔라고 했다.

판다고 하지 않으면 왠지 저를 죽이기라도 할 것 같은 사내의 눈빛에 박 과부는 오들오들 떨며 그러마, 하였다. 어느 양반집에 업둥이로 들여보낼 것이라는 사내의 말을 완전히 믿은 건 아니었지만 어차피 제가 제대로 키울 수 있는 사정도 아니었으니 두 번 재고 자시고 할 것도 없었다. 잘 되었다고, 잘한 일이라고 백 번, 천 번을 거듭 생각하였다.

하지만 그로부터 채 사흘이 안 돼 사내가 강보를 안고 다시 나타났을 때는 죽은 서방이 살아온 것마냥 반가웠다. 사내가 던져 주고 간 쉰 냥, 사흘 동안 단 한 푼도 축내지 않았던 그대로를 되돌려 주고 덥석 강보부터 받아 안았다. 하지만 강보의 아이는 꿈에도 그리던 제 아이가 아니었다.

"누, 누굽니까? 얜……"

"원래대로라면 지금 자네 아들이 있는 곳에 있었어야 할 아이네. 하지만 그 댁 어르신들께서 아이의 신분이 천하니 업둥이로 들일 수 없다며 내치셨다네. 하여 자네 아들이 그 댁에 대신 들어간 것이고."

"그런데 저더러…… 어쩌라고?"

"왜, 설마 자네한테 이 애를 키워 달라 할까 봐서 겁이라도 나나? 흥! 쓸데없는 걱정은 말게. 이 아이는 다른 집에서 이미 거두기로 하였으니, 자네는 그동안 잠시 봐주기만 하면 되네."

사내는 말했다. 닷새 정도만 돌봐 준다면 아이를 다시 데려갈 때 쉰 냥을 더 주겠다고.

'데려가겠다고 했으면 약속한 날로 데려갔어야 할 것 아니야!'

"애, 애!!"

뭔 놈의 기운이 그리 장산지, 갓난쟁이가 다시 앵앵 울기 시작하였다.

"왜 또오!! 뭐! 뭐! 어쩌라고!"

짜증이 치밀어 강보의 아이를 겁주기라도 할 량으로 주먹을 올리는데, 문득 밖에서 인기척이 들려왔다.

"박가네. 이보게, 박가네. 안에 있는가?"

몸을 풀 때 도움을 주었던 산파, 오득이네 아주머니였다. 한 동네 사람이라고 가난한 박 과부의 처지를 동정하여 공짜로 돌봐 준 은인이라면 은인이었다.

"아주머니가 이 밤에 웬일이세요?"

계속 울어대는 아이를 방구석에 밀쳐 두고 박 과부가 방문을 열었다.

"……?"

박 과부가 방문 앞에 선 세 여인을 보고 눈살을 찌푸렸다. 어두워서 잘 보이지는 않았지만 오득이네 아주머니를 뺀 다른 두 사람은 처음 보는 사람인 것 같았다.

"애가 왜 이렇게 울어? 젖은 먹였고?"

"예에. 좀 전에 배 터지게 먹였는데도 저리 보채네요. 그런데 같이 오신 분들은……?"

"내 자네에게 좋은 이야기를 가져왔는데 잠시 들어가도 될까?"

"좋은 이야기요……?"

'괜찮으려나?'

박 과부는 잠시 망설였다. 힐끗, 방 안에서 계속 울어 재끼는 갓난쟁이를 돌아보기도 했다.

'이웃 간의 왕래도 삼가라고 했지만, 오겠다는 날짜에 안 온 건 그쪽 책임이니까. 뭐 별일이야 있으려고?'

사내가 제게 전한 경고의 말을 한 번 더 되짚어 보기도 했지만, 신의를 지키지 않는 사내보다야 어려울 때 기꺼이 도와준 오득이네 아주머니가 더 미더웠기에 박 과부는 방으로 사람들을 들였다.

오득이네 아주머니 그리고 오며가며 한 번쯤 봤음직은 하지만 누군지는 잘 모르는 중년의 여인네, 그리고 머릿수건을 깊게 눌러써 얼굴을 반 이상 가린 젊은 여인네가 차례차례 방에 들어왔다. 여인들은 누구랄 것도 없이 방에 들어서자마자 초라한 방 안을 훑어보고는 방구석에서 여전히 계속 울고 있는 강보의 아기 쪽으로 시선을 돌렸다.

"괜찮아요. 저러다가 금방 그치니까 신경 쓰지 말고 앉으세요. 그래, 좋은 이야기라는 게 뭔데요?"

박 과부가 권하는 대로 중년의 여인들이 방에 앉았다. 하지만 젊은 여인은 여전히 방문 가에 우뚝 선 채 계속 목이 터져라 울어 대고 있는 아이 쪽을 보고 있을 뿐이었다.

"……제가…… 아이를 좀 달래도…… 될까요?"

젊은 여인이 시선은 강보 쪽에 고정시킨 채 작게 중얼거렸다.

"예? 아니 괜찮아요. 금세 그칠 테니까 그냥 내버려 둬요. 잠투정 하는 것뿐이니까."

박 과부가 그리 말하면서 오득이네 아주머니에게 입모양으로 '누구?' 하고 물었다.

"아아, 실은 말이야."

오득이네가 입을 열어 돌방네가 갖고 온 이야기를 전하기 시작하였다. 그와 동시에 우두커니 서 있던 젊은 여인이 무언가에 홀린 것처럼 방구석에 밀쳐 둔 강보 쪽으로 성큼 다가섰다.

"이봐요!"

이야기를 듣다 말고 박 과부가 버럭 소리를 지르는데 젊은 여인이 강보를 들어 품에 안았다. 그 순간, 신기하게도 몇날 며칠, 잠잘 때와 젖을 물고 있을 때를 제외하면 단 한 순간도 울지 않았던 적이 없었던 갓난아이가 울음을 뚝 그쳤다.

"……어이구?"

갑자기 찾아온 정적에 방 안의 여인들이 모두 놀라 강보를 안은 여인을 보았다.

"하이고, 신기하기도 하지. 저이가 안자마자 울음을 딱 그쳤네?"

"그러게?"

"이봐요, 얼른 내려놔……."

박 과부가 일어나 젊은 여인에게서 아이를 뺏으려 하였지만 오득이네가 그런 박 과부의 손을 잡아 앉히고는 하다 만 이야기를 마저 하였다.

"자그마치 백 냥이야!"

"뭐, 뭐가요?"

'뭐지? 이 사람들, 저 애에 대해서 뭘 알고 온 건가?'

괜히 지레 놀란 박 과부가 멍하니 제 눈앞의 두 여인네를 보았다.

"자네 속곳 한 벌에 백 냥 벌이를 할 수 있다고!"

"예에……?"

놀란 박 과부와 점점 더 이야기에 흥을 실어가는 두 여인네들을 방에 두고 홍란은 서둘러 강보를 안은 채 툇마루로 나왔다. 그리곤 애써 떨리는 마음을 가라앉히려 "후, 후," 연거푸 얕은 한숨을 쉰 뒤, 다시 한 번 찬찬히 강보 안의 아이를 들여다보았다.

"……연아, 우리 연이니?"

그저 배냇짓인지 아님 무얼 알고 그러는지 강보의 아이가 홍란을 보며 방긋, 미소를 지었다. 헤에, 웃느라 동그랗게 벌어진 입매며 미소로 가늘게 휘어진 눈매가 영판 제 아비를 쏙 빼닮은 아이였다.

"그렇지? 연이가 맞지? 넌 줄 알았어. 단박에 넌 줄 알았어……."

마당에 들어선 순간 알았다. 방 안에서 들려오는 아이의 울음소리만으로 홍란은 제 가슴이 찌르르, 울리는 것을 느꼈다. 방에 들어서면서 달래 주는 이 없이 홀로 방구석에 내버려져 우는 모습을 보았을 땐 가슴은 갈가리 찢기는 듯했지만, 동시에 발끝에서 손끝까지 짜르르, 전율이 흘렀다. 믿기지 않는 일이었지만 보지 않고도 그 아이가 제 아이임을 확신할 수 있었다.

"연아, 어미가 왔다. 못난 어미가 이제야 너를…… 찾으러 왔어."

홍란이 다시 강보를 들여다보며 아이와 눈을 맞추며 인사를 전했다. 톡, 또르르. 그런 홍란의 눈에서 맑은 눈물이 흘러내려 아이의 이마 위로 떨어졌다.

"애, 애."

제 어미가 우는 것이 저도 속상한 것인지, 아니면 왜 이제야 저를 찾으러 왔나 투정하는 것인지 아이가 방 안에서와는 다른, 어쩐지 서글프게 들리는 가는 울음소리를 내어놓았다.

"그래. 그래. 그래. 미안해. 엄마가 미안해. 엄마가 잘못했어. 엄마가…… 정말…… 잘못했어."

홍란이 연거푸 사죄하며 연이를 꽈악 힘주어 제 품에 안았다.

그때였다. 어느새 방 밖으로 나온 것인지 박 과부의 사나운 손이 홍
란에게서 아이를 감싼 강보를 낚아채려 하였다.

"안 돼!"

홍란이 연이를 빼앗기지 않으려 강보를 품에 안은 채 주저앉아 웅크
렸다.

"당신 뭐야! 남의 애 데리고 뭐하는 것이야!"

홍란이 웅크린 채 도통 아이를 내어줄 생각을 안 하자 박 과부는 머
릿수건과 함께 홍란의 머리채를 잡고는 방 안으로 질질 끌고 들어가려
하였다.

"네 이년! 내놔. 그게 어떤 앤데. 이리 안 내놔?!"

"애애애애!"

아이의 울음소리가 한층 더 커졌다.

"어이구, 왜들 이러는가?"

툇마루에서의 소란에 방을 나서려던 오득이네와 돌방네가 홍란의 머
리채를 끌고 들어오는 박 과부의 모습에 기겁을 하였다. 그리곤 아이를
안은 채 고개를 웅크리고 있는 홍란과 그런 홍란의 머리채를 드잡이하
고 있는 박 과부 사이에 끼어들어 두 사람을 떼어 놓으려 덤벼들었다.

"이거 놓게! 왜 이러는가?!"

"박가네. 이거 놓아! 놓으래도!"

"놔요! 이년이 남의 애를 훔치려 하잖아요!!"

"아이고, 이거 놔. 놓고 이야기해. 누가 애를 훔쳐?"

"아주머니들이 못 들어서 그래요. 이년이 분명 애를 안고서는 엄마가
왔다느니 하면서 헛소릴 하고 있었다고요. 지금도 봐요. 애를 꼭 껴안고
는 죽어도 안 내놓고 있잖아요. 이년! 이녀언!!"

박 과부가 여인들에게 바락바락 악을 쓰며 대들었다. 그제야 오득이네와 돌방네가 아이를 안고 방바닥에 웅크리고 앉아 있는 홍란의 모습을 심상찮은 눈으로 보았다.

"이봐, 홍란이. 왜 이러는가? 그 아이 이리 내놓게. 얼른."

"아, 안 돼요. 안 돼요."

홍란이 웅크린 채 고개를 절레절레 저었다. 아이를 빼앗길까 겁이 나 품에 안은 아이를 더 세게 고쳐 안았다.

"거봐요. 내 말이 맞죠? 이년, 이거 도둑년이에요! 사람 도둑년이라고요!! 하이고, 갓난쟁이 훔쳐다 삶아 먹는 잡것들이 있다더니, 이년이 딱 그럴 심산이었던 거예요! 이년!! 이 염천 더위에 얼어 죽을 년!!"

하마터면 제 장사 수단을 뺏길 뻔했다는 생각에 씩씩거리던 박 과부가 분을 못 이기고 아이를 안고 웅크리고 있는 홍란의 등과 어깨에 사나운 매질을 하였다. 그러고도 고개를 들려 하지 않는 홍란의 머리채를 거세게 잡아당기기도 하였다.

"으윽!"

홍란의 입에서는 저도 모르게 짐승의 울음소리 비슷한 신음이 터져나왔다.

"아이고, 어쩌나? 어쩌나? 이보게, 홍란이 어서 아이를 내어주게. 어서. 이러다 자네 죽겠네!!"

"박가네 자네도 그만하고, 매분구 자네도 얼른 아이 내놓게. 오밤중에 이게 무슨 사달인가 말일세!"

돌방네와 오득이네가 박 과부의 어깨를 잡고 진정시키려 애쓰며, 그 와중에도 계속 박 과부에게 매질을 당하고 있는 홍란에게 소리쳤다.

"안 돼요. 그럴 수 없어요!"

어깨를 잡힌 까닭에 손을 쓸 수 없게 되자 박 과부는 이번엔 발로 홍란의 등허리를 모질게 발길질하였다. 그 매를 다 맞으면서도 홍란은 그저 계속 고개만 세차게 저을 뿐이었다.

원래는 이럴 계획이 아니었다. 혹시나 하늘이 도와, 운 좋게 연이가 있는 곳을 알게 되고 연이를 찾게 되더라도 큰 소란을 피우지 않고 아이를 찾아올 생각이었다. 뒤바뀐 아이의 엄마이든, 아니면 단순히 그냥 아이를 돌보아 주고 있는 이든 일을 사주한 측에서 약속한 대가, 그 이상의 대가를 주겠다고 구슬려 큰 소리 내지 않고 아이를 되찾을 작정이었다. 나름 생각해 둔 복안도 여러 가지가 있었다.

하지만 연이의 얼굴을 보는 순간, 낡은 강보에 싸여 내내 울고 있던 제 아이를 품에 안은 순간, 홍란의 머릿속에는 아무 생각도 들지 않았다.

생각? 계획? 작정?

그 모든 것들이 머릿속에서 사라져 버렸다. 오직 제 아이를 내어줄 수 없다는 어미로서의 본능만이 남아 있을 뿐이었다.

"아주머니는 뭐하세요! 날 붙잡을 게 아니라 애를 뺏어 주셔야죠!!"

박 과부가 발을 동동 구르며 제 오른편 어깨를 붙잡고 있는 오득이네에게 짜증을 내었다.

"그, 그렇긴 하지."

어찌 됐건 애를 훔치려 한 쪽은 홍란이었으니, 오득이네도 돌방네도 박 과부의 난동을 이해할 수밖에 없었다. 하여, 오득이네는 웅크린 홍란의 품에서 강보를 빼내려 하였다. 박 과부는 그 틈을 타 다시 홍란의 머리채를 거세게 잡아채었다.

"으윽!!"

다시 한번 홍란의 목이 뒤로 거세게 꺾였다.

"아이고!! 이러다 진짜 사람 잡겠네."

돌방네가 안쓰러워 발을 동동 굴렀지만 이미 약이 바짝 오를 대로 오른 박 과부를 막을 재간이 그이에겐 없었다.

"이보게, 이러는 게 아닐세. 왜 남의 아이를 훔치려 하는가? 이러지 말게. 얼른 아이 이리 내놓게."

오득이네가 다시 홍란의 가슴팍으로 손을 끼어 넣어 강보를 낚아채려 하였다.

그렇게 머리는 박 과부에게 휘어 잡힌 채, 오득이네까지 덤벼들고 보니 홍란 혼자서는 도저히 대적할 수 없을 지경이었다.

"안 돼요. 안 돼!"

제 손에서 강보가 떼어지는 것을 느끼며, 다시 끌어안으려 몸부림치며 홍란이 울음을 토했다.

"연아……! 연아아아!"

그때였다! 갑자기 방문이 부서질 기세로 우당탕, 열리더니 웬 사내 하나가 뛰어 들어왔다.

"……! 지금 뭣들 하는 것이냐!"

머리는 산발이 되고 저고리는 뜯겨 나가기 직전인 홍란의 모습과 그런 홍란의 머리채를 잡고 있던 박 과부, 박 과부의 어깨를 잡고 말리고 있는 돌방네, 홍란의 품에서 강보를 뺏고 있는 오득이네의 모습에 사내가 천장을 뚫을 듯 거한 고함을 질렀다.

제
12
장
— 결심

박 과부의 집에 난입한 사내는 홍란의 곁에서 박 과부와 오득이네를 차례차례 뜯어내듯 밀쳐 버리고는 얼른 웅크린 홍란의 어깨를 잡아 일으키려 하였다.

"아이구우우!"

"아유, 이게 다 무슨 일이야? 아유, 아유, 아유우우!!"

방구석으로 밀쳐진 오득이네가 죽는 소리를 하였고, 돌방네는 이게 무슨 조화속인지 몰라 그저 발만 동동 굴러 대며 "아구구구!"만 연발하였다. 박 과부만이 방구석으로 밀쳐진 채로 씩씩거리며 홍란을 일으키는 사내의 모습을 보다가 후다닥, 방 밖으로 뛰어나갔다.

"동네 사람들! 여기 아기 도둑놈들…… 읍……!"

고래고래 소리 지르던 박 과부의 입을 어둠 속에서 튀어나온 또 다른 사내의 커다란 손이 막았다.

"읍! 읍!!"

"조용히 하라! 목숨이 아깝거든!!"

제 입을 막은 사내뿐 아니라 다른 사내 하나가 더 눈앞에 나타나 으름장을 놓듯 눈썹을 치켜세우자, 박 과부는 반항을 멈추고 이내 순순히 입을 다물었다. 그리곤 사내들이 시키는 대로 순순히 툇마루에 올라 방으로 들어갔다. 방 안에서는 오득이네와 돌방네는 방구석에 주저앉아 눈치를 살피고 있었고, 처음 방에 뛰어들었던 사내는 여전히 일어나지 않으려고 웅크리고 있는 여인의 어깨를 잡아 일으키려 하고 있었다.

"안 돼요, 안 돼!"

홍란이 머리가 흩날릴 정도로 세차게 고개를 흔들었다.

"이거 놓······."

강제로 제 어깨와 허리를 잡고 저를 일으키려는 사내에게 몸을 뒤틀며 반항하려다말고 혹시나 안고 있는 아이를 떨어뜨릴까 겁이 난 홍란은 문득, 고개를 들어 저를 들어 올린 사내를 보고는 놀라 입을 벌렸다.

"도깨비 님······?"

"그래, 나야."

와락, 사내가 제 아이를 안고 있는 홍란을 제 품으로 끌어당겼다.

"내가 왔어!"

학이 망연히 저를 올려다보고 있는 홍란의 산발한 머리를 쓰다듬었다. 그리곤 이제 막 박 과부의 입을 틀어막고 방에 들어온 충성스러운 부하의 이름을 불렀다.

"음구."

"옙."

"잠시 마루에 나가 있겠다. 아무도 밖으로 나서지 못하게 하라."

"옙!"

음구와 음구의 수하가 동시에 고개를 숙였다.

잠시 후.

좁은 툇마루에 앉은 홍란은 가만히 제가 세상에서 가장 사랑하는 두 남자를 보고 있었다. 마당 중간에 우뚝 선 사내는 제가 안고 있는 강보 안의 아이를 한참 동안 내려다보고 있는 중이었다. 그리 달빛을 받고 선 사랑하는 이들의 모습은 한 폭의 그림 같았다. 꿈에서도 보고 싶었던 모습이었다. 너무 아름다워서 눈물이 날 것만 같은 모습이었다. 까딱, 그림 속의 사내가 홍란을 향해 손짓을 하였다. 가까이 오라고, 당신도 그림의 일부가 되라고. 달 선인의 그것 같은 미소를 지으며 다정한 손짓을 하였다.

"얼른."

홍란이 떨리는 다리를 움직여 제가 연모하는 사람들에게로 갔다.

"그런데 어떻게 알고 오신 거예요?"

"당신을 보내 놓고, 당신에게만 일을 맡겨 놓고 내가 편히 발을 뻗고 숨을 쉴 수 있을 거라 생각했어?"

홍란의 뒤는 내내 음구가 쫓고 있었다. 그 음구의 행방은 음구의 수하가 일정 간격으로 학에게 전해 올렸다. 하여, 홍란이 약 보름 전에 아들을 낳은 집들을 찾아다닌다는 것을 전해 들은 학은 오래간만의 잠행에 나섰던 것이었다. 연이의 행방을 알 수 있는 작은 단서라도 찾을 수 있다면, 홍란과 머리를 맞대고 다음을 의논할 참이었다. 연이의 행방을 알 수 있는 단서를 영 찾지 못한다면 절망에 가까운 낙담을 할 홍란을 안고 아이를 잃은 아비와 어미의 비통함을 나누고 달랠 작정이었다. 그래서 박 과부의 집까지 쫓아와 기척을 살피다 심상치 않은 방 안 모습에 놀라 방으로 뛰어들었던 것이었다.

"늘 저를 놀라게 하시네요."

"당신이야말로 언제나 상상 그 이상의 놀라운 모습을 보여 주고 있잖아. 설마하니 진짜, 이렇게 빨리, 연이를 찾아낼 줄은……."

학의 말 끝에 울음이 스며들었다.

"연이 어멈."

학이 눈물이 그렁하여 홍란을 보았다.

"연이 아버지."

홍란도 학의 이름을 불렀다.

"으응."

아이가 제 아비와 어미를 부르듯 작은 소리를 내었다. 학이 홍란을 안았다. 홍란이 학을 안았다. 학과 홍란이 연을 안았다.

반짝, 광활한 밤하늘을 작은 별똥별 하나가 길게 꼬리를 늘인 채, 수를 놓았다. 다시는 헤어지지 말자. 다시는 헤어지지 말자. 별똥별을 본 것도 아니면서 사내와 여인은 눈빛으로 깊고 간절한 소망을 함께 나누었다.

꿀꺽. 박 과부는 마른 침을 삼키며 살며시 제 앞에 앉은 이들의 눈치를 살폈다. 아기를 안은 젊은 여인과 그 여인의 어깨를 감싸고 앉은 선비, 그리고 엎드린 자신과 산파들 곁에서 눈을 부라리고 앉아 있는 무사로 보이는 사내까지, 모두 예사 사람이 아닌 것은 확실한데 왜 제가 이리 죄인 취급을 당해야 하는 것인지, 박 과부는 도통 이해할 수가 없었다.

좀 전의 일만 해도 그랬다. 사내에게 안겨 밖으로 나갔다가 돌아온 매분구 여인은 방구석에서 벌벌 떨고 있는 산파들에게 각각 묵직한 돈주머니를 건네주고 다정히 손을 잡아 주었다.

"고맙습니다. 이 은혜는 잊지 않겠습니다. 자세한 건 나중에 따로 말씀 드릴 터이니, 오늘 일에 대해서는 부디 함구해 주셨으면 합니다."

산파들은 얼결에 받아든 돈 주머니의 무게에 꽤나 놀란 듯했다. 무사두 명과 꽤나 값나가 보이는 도포를 걸친 선비가 자신들을 주시하는 모습에 기가 눌린 듯 보이기도 했다.

"우, 우리 아니 저희야 뭐, 어차피 오늘 밤의 일은 본디 비밀리에 하려던 것이었는데, 뭘. 아, 아니. 뭘요."

"그, 그럼요. 저희는 오늘 밤 아무것도 못 봤습니다, 암요. 걱정 붙들어 매시지요."

돈 때문만이 아니었을 것이었다. 두 산파 모두 오늘 밤 자신들이 연관된 이 일이 자칫하면 자신들의 목숨까지 좌지우지할 수 있는 큰일임을 본능적으로 깨달은 것 같았다. 그러기에 젊은 무사와 함께 방을 나가는 두 여인 모두 살려 달라고 무언의 애원을 하는 박 과부의 눈빛을 애써 외면하며 나간 것이었으리라.

박 과부도 그리고 싶었다. 당장이라도 이 숨 막히는 방을 뛰쳐나가고 싶었다. 하지만 그랬다가는 지금 자신을 노려보고 있는 무사의 긴 칼이 제 등을 가르고 말 것이었다.

"부인."

산파들이 나간 후 계속 이어진 침묵을 깨고 제게서 아이를 뺏어간 젊은 여인이 입을 열었다. 분명 매분구라 했던 여인이었다.

"뭐, 뭐요?"

박 과부가 퉁명스레 말을 받다 제게 눈을 부라리는 무사의 눈치를 보고는 얼른 말을 고쳐 하였다.

"왜, 왜 그러십니까?"

"부인, 오늘 밤의 소동에 대해서는 부인께 사과 드릴게요. 부인도 갑작스러운 제 행동에 적잖게 놀라셨을 것으로 알아요."

"그, 그야. 놀랐지요. 좋은 얘기가 있다고 찾아와 놓고선 대뜸 남의 애를 빼앗아 가려 하니……."

"부인, 정녕 이 아이가 부인의 아이가 맞습니까?"

홍란이 박 과부의 말에 끼어들었다.

"그렇소! 그쪽, 그쪽이 안고 있는 게 내 애라니까요! 애비도 없이 태어난 불쌍한 유복자 놈, 이 과부 년의 아들놈이 그쪽이 안고 있는 바로 그 놈……."

"어허!"

음구가 들고 있던 칼집으로 방바닥을 쿵 소리가 나게 두들겼다.

"감히 누구에게 막말을!"

"괜찮습니다."

당장이라도 박 과부의 멱살을 잡을 듯 다가서는 음구를 홍란이 손을 들어 말렸다. 그리곤 박 과부를 향해 다시 다정하게 말을 걸었다.

"이보셔요, 부인."

"……예."

"제 말을 듣고 아니라면 아닌 것을, 틀리다면 틀린 것을 말해 주시오."

"그, 그럽시다."

"불행히 지아비를 여의고 아이를 낳다 보니 그간 벌이할 것이 뚜렷하지 않아 살림 형편이 넉넉지 못하였다지요?"

"……그런데요?"

"헌데 부인이 지금 입고 있는 핫저고리(솜을 넣어 만든 저고리)는 어디서 어떻게 마련한 것인지요?"

아차! 박 과부는 미간을 찌푸리며 입술을 깨물었다.

"이해는 갑니다. 하천에 인접한 집이다 보니 여느 집보다 외풍이 심하여 더욱 추위를 탔을 것이지요. 봄이 가까이 오고 있다고는 하나 아직은 겨울의 끝자락, 거기다 출산을 한 지 이제 겨우 보름 정도이니 뼈마디에 스며드는 바람이 얼마나 아리고 쓰렸겠습니까?"

말을 하다 말고 홍란은 애틋한 눈빛으로 가만히 제 손을 쥐어 주는 학을 바라보며 자신은 괜찮다는 듯 작게 고개를 흔들었다.

"그러니 저라도 돈이 생기면 두툼한 솜이불 한 채, 두툼한 핫저고리 한 벌부터 마련하였을 것이지요."

"그, 그래서 뭐요. 나 같은 년은 핫저고리 한 벌 해 입는 것도 죄가 된단 말이오?! 내 하도 바람이 아프고 쓰려 땡빚을 내어 옷 한 벌 해 입었소. 그래서 뭐요?!"

제 사정을 다 꿰뚫는 홍란의 혜안이 두렵기는 했지만, 박 과부는 쉽게 물러나려 하지 않았다. 박 과부에게 이 일은 단순히 아이를 돌려주고 말고의 문제가 아니었다.

걸리는 게 너무 많았다. 만약 자기가 데리고 있던 아이를, 얼굴 생김새가 꼭 닮은 걸 보면 아비임이 틀림없어 보이는, 낯선 선비와 매분구 여인에게 되돌려 주고 나면 후에 아이를 데리러 올 이에게는 무어라 핑계를 댄단 말인가? 거기다 이 일이 귀한 양반집 업둥이로 들어갔다는 제 아이와는 정녕 무관하기는 한 것인지 알 수도 없는 노릇이었다.

'만약 저 귀한 옷을 입은 선비가 그 양반집 사람이라면? 이 아이를 데려가고 내 아이를 도로 물린다면? 안 돼. 그럴 순 없어. 그래선 안 돼!'

박 과부는 자꾸만 떨리는 마음을 다잡고 애써 다시 턱을 치켜들었다.

"내, 내가 옷 한 벌 해 입은 게 뭐 그리 대수라고 이 난리란 말이오!"

"그래요. 그것이 어찌 대수겠습니까?"

홍란이 태연히 박 과부의 말을 받았다.

"갑자기 어디서 생각지 못한 돈이 생겨 마련한 옷일 수도 있고, 부인 말대로 땡빚을 얻어 마련한 옷일 수도 있지요. 그런데 조금 전 부엌에 들어가 보니 쌀독에 흰쌀들이 제법 가득 차 있더군요. 뭐, 그 또한 충분히 있을 수 있는 일이지요. 그런데……."

다시 박 과부의 얼굴을 쳐다보는 홍란의 눈에는 서글픔이 가득하였다. 처연하기 그지없는 눈빛이었다. 이어 그 입에서 흘러나오는 목소리에도 감정의 동요로 인한 떨림이 묻어 있었다.

"그렇다면 왜…… 이 어린 것의 강보는 이리도 낡고 누추한 것입니까? 배냇저고리도 이리 때 묻은 것을, 어찌 갈아입혀 주지도 않은 것입……흑."

끝내 차오르는 눈물을 참지 못한 홍란이 떨리는 손을 들어 얼굴을 가렸다. 이야기를 듣고 있던 학이 참담함에 고개를 숙였고, 칼집을 들고 있는 음구의 손은 부들부들 떨려 왔다.

"……이 아이가 부인의 친자식이었다면 이리 하였을까요? 부인이 배 아파 낳은 자식이었다면, 부인이 새 옷을 지어 입기 전 이 아이의 낡은 강보 먼저 바꾸어 주려 생각지 않았을까요? 부인의 뼈마디에 스며드는 추위보다 어린것의 여린 살속에 스며들 추위를 먼저 생각하지 않았을까요?"

"……나는…… 나는 모르오……."

박 과부는 고개를 흔들며 저는 모르는 일이라 몇 번이나 중얼거렸지만 그 얼굴에는 조금씩 후회와 난감의 빛이 스며들고 있었다.

"부인의 아들이, 그 아이가 지금 어미에게서 떨어져 낯선 이들 틈에서 얼마나 불안하고 서럽게 울지 생각해 보셔요. 따뜻한 아랫목에 있어도 어미 없는 설움은 북풍한설에서 떠는 것과 같다는데, 그 어린것이 천지 사방 아는 사람 하나 없는 낯선 곳에서 얼마나 불안해 할는지요."

눈물로 가득 젖은 눈을 하고 홍란이, 조금 전 제 머리를 쥐어뜯고 저를 사납게 매질하였던 박 과부에게 다가가 다정히 그네의 손을 잡았다.

"보서요."

어느새 고개를 숙이고 얼굴을 일그러뜨리며 울상을 짓고 있던 박 과부가 홍란의 말에 고개를 들었다. 홍란이 그런 박 과부에게 평온히 잠든 연이의 얼굴을 보여 주었다.

"보이시지요? 아무것도 해 준 것이 없는 못난 어미인데도…… 그런 어미의 품이라고…… 이리 곤히 잠들어 있는 아이의 모습이 보이시지요? 부인의 아이도 이리 안아 주셔야지요. 어미를 그리며 내내 울고 있을 겁니다. 제 설움을 이기지 못해 애타게 울고 있을 그 아이를 어미가 아니면 그 누가 진심을 다해 안아 주겠습니까?"

"나, 나는…… 우리 애는."

홍란의 다정한 말에 점점 동요하는 박 과부를 보며 홍란은 제가 잡은 박 과부의 손등을 자상히 쓸어 주었다.

"아이의 이름은 지어 주셨던가요? 저도 보았지만 똘망똘망하게 생긴 것이 참으로 잘생긴 아이였지요."

"나, 나는 우리 애 이름도…… 이름도 못 지어줬……흐윽……."

마침내 봇물이 터지듯 박 과부의 울음이 터졌다. 동시에 와락, 홍란의 치맛자락을 잡고 엎드린 박 과부가 길게 눈물바람을 하였다.

"겨우 쉰 냥에 지 새끼 팔아먹은 나 같은 년도 어미라고…… 그리 울며불며 간 내 새끼는…… 애비 없이 태어나 이제는 어미까지 잃은 불쌍한 내 새끼는…… 흐으으흑!!"

한번 터진 울음은 그칠 줄을 모르고 계속되었다. 내내 치맛자락을 붙들고 울던 박 과부는 종당에는 설움에 겨워 방바닥에 이마를 짓이겨 가면서까지 울음을 토했다.

홍란은 그런 박 과부의 등허리를 다정히 쓸어주었다. 울음이 멈출 때까지 다정히 기다려 주었다.

그 밤, 학은 궁궐로 돌아가지 않았다. 홍란과 연이를 데리고 어느 주막의 방을 빌려 들었다. 주모는 범상치 않은 도포 차림의 선비와 머릿수건을 써서 얼굴을 가린 채 아이를 안고 있는, 누추한 차림의 아낙이 방 하나를 빌리려는 것에 잠시 의심스러운 눈초리를 보냈지만 객방 값보다 서너 배나 더 쳐주겠다고 하자 객방에서 외따로 떨어진, 객방보다 좀 더 좋은 제 방을 쓰라며 선뜻 내어주었다.

"……돌아가셔야지요."

"안 가."

"전하…… 도깨비 님."

혹시 누가 들을까 걱정하여 전하라는 소리조차 마음 놓고 입 밖에 내놓지 못하는 홍란이었다.

"안에서…… 걱정들 하십니다."

"당신 안색이 너무 안 좋아. 게다가 연이까지 이리 두고 내가 어떻게 들어가!"

학이 이제는 종잇장처럼 하얗게 질려 버린 홍란의 뺨을 쓰다듬으며, 또 어느새 뜨끈뜨끈하게 열이 오르는 이마를 짚으며 속상해 하였다.

"열도 좀 나는 것 같아. 지금 당장이라도 어의 영감을 불러……."

"도깨비 님."

홍란이 가만히 고개를 저었다.

"지금 어의 영감을 부르시면 이 모든 일들을 어찌 설명하시려고요? 아직 배후에 대해서는 아무것도 밝혀진 것이 없는 것을요……."

홍란의 얼굴에는 피곤한 기색이 역력하였다. 하지만 홍란은 그 어느 때보다 더 환히 웃어 보였다.

"저는 괜찮아요. 아프기는요, 하나도 안 아파요. 지금 이 순간이 너무 행복해서 꿈꾸는 것 같은 걸요. 제 품에 연이가 있고, 제 눈앞에 도깨비 님이 있는 이 순간이 영 믿기지 않는 것을요. 천지신명이 도우셨어요. 부처님이 도우셨어요. 이렇게 빨리 우리 연이를 찾아내다니, 이런 날이 이런 순간이 오다니, 정말 믿기지 않아요."

홍란도 가만히 손을 뻗어 제 정인의 뺨을 쓰다듬었다.

"도깨비 님, 그거 아셔요? 아마 오늘 밤, 이 세상에서 저보다 더 행복한 여인네는 없을 거예요."

와락, 학이 홍란을 끌어안았다.

"당신은…… 당신이란 여자는 어쩌면 이리 착해 빠진 것인지, 어쩌면 이리 너그럽기만 한 것인지. 왜 원망 한마디를 할 줄 몰라? 왜 남의 탓을 할 줄 몰라? 나 때문인데 모두가 나 때문인데 어떻게 이렇게 한결같이 혼자만 아프고, 혼자만 참으려 드는 것이야?"

연이를 찾았다고 문제가 해결되는 것은 아니었다. 일을 꾸민 자들이 누구인지 알아야 했다. 궁녀들이 연루되었다는 것은 분명 궁 안에 주동자가 있다는 뜻이었다. 그게 누구인지 짐작이 아니 가는 것도 아니었지만, 그렇기에 더더욱 신중해야 했다. 무작정 왕대비 쪽을 추궁하였다가 그 어떤 증좌도 증인도 발견해 내지 못하게 되면 오히려 역풍을 맞게 될 것이었다. 역풍을 맞는 쪽이 학이면 상관없었다. 어떻게든 버텨낼 수 있는 일이었다.

하지만 왕자가 바꿔치기 된 것을 알게 된 이후에 대왕대비마마는 물론 내명부 전체를 속이고 몰래 궁을 빠져나간 것 그리고 자현당의 상궁과 궁인들이 사건에 연루가 되었다는 것이 밝혀진다면 그것이 모두 홍란의 죄가 될 터였다. 거기다 홍란이 가짜 신분으로 입궐한 이상, 홍란에 대한 조사가 시작되면 그 일조차 홍란의 대역죄가 될 것이었다. 그리고 과거 홍란과 구설에 올랐던 현무군 등에게도 불똥이 튈 것이 분명하였다.

또한 홍란이 한때 현무군과 소문이 있었다는 것에 빗대, 분명 연이의 출생에 대해서도 음해하는 소문들이 마른 산의 산불처럼 단숨에 퍼져 나갈 것이 분명하였다.

그것을 염려하여 부러 홍란이 입궐한 뒤에는 현무군이나 군부인을 입궐시키기를 주저했던 학이었다. 이 모든 저간의 사정을 학이 인지하고, 또한 모든 일을 학이 꾸미고 시킨 일이었지만 그 모든 죄는 결국 홍란이 짊어지게 될 것이었다. 이는 곧 모든 일이 무사히 마무리되려면 일의 주동자가, 범인이 누구인지 명확히 알아내야 할 뿐 아니라 그에 따른 증좌나 증인이 완벽히 갖춰 있어야 한다는 뜻이었다.

"모두가 나 때문이야."

학은 그리 말할 수밖에 없었다. 홍란을 얻자고 거짓을 꾸민 것도 자신이고, 홍란을 궁 밖으로 내보내어 아이를 찾게 한 것도 자신이었다. 아니, 따지고 보면 임금이라는 자신의 신분이 이 모든 일들을 일어나게 한 근본적인 이유였다.

그런데도 홍란은 빈말로나마 그런 자신을 원망한 적이 없었다. 왜 이런 신분이어서 자신을 이렇게 힘들게 하냐고 투정한 적도 없었다. 모든 책임을 지려 들었고, 홀로 아픔을 감내하려 하였다. 그것만이라도 대단하고 또 대단하다 감탄할 일이건만 홍란은 언제나 그 이상이었다.

조금 전 박 과부의 일도 그러했다.

한참 만에 울음을 그친 박 과부는 제 아이를 데려갔던 '홍 영감'이라 불렸던 늙다리 사내와 눈초리가 심상치 않던 사내에 대해 털어놓았다. 어느 집 업둥이로 들일 것이라고 했던 말도 고스란히 전했다. 그리고 며칠 후에 눈초리가 심상치 않던 젊은 사내가 연이를 데리고 온 것도 이야기했다. 그자가 쉰 냥에다 열 냥을 더 주고 갔다는 이야기도, 수일 안에 아이를 데리러 오겠다고 한 것도 모두 털어놓았다. 다만, 그 자가 누구인지는 알 수 없다 하였다. 장터에서 오다가다 만났을 뿐, 그리고 그 사내가 불쑥 자신의 집으로 찾아왔을 뿐 따로 밝힌 이름도 정체도 없다 하였다.

"일이 끝나거든 별궁 근처에 따로 집을 얻어 주고, 장사 수단을 찾아 주시어요. 장사 밑천도 대어 주시고요."

홍란은 학과 음구에게 박 과부의 일을 부탁하였다. 박 과부에게는 그리 해 준다면 곧 아이를 되돌려 놓을 방법을 찾겠다고 하였다. 박 과부는 자신을 원망하지 않고 오히려 호의를 베푸는 홍란에게 감읍하여 선뜻 일을 돕겠다고 하였다. 자신이 그 사내에게 받은 돈도 내어놓았다. 그 돈 중 얼마는 학과 음구가 각각 따로 챙겼다. 돈의 출처를 캘 수 있을 만한 무엇인가가 있을지 알아보기 위해서였다. 그리고 당분간 박 과부의 집은 음구의 수하들이 번갈아 가며 지키기로 하였다. 하여 아이를 데리러 온 사내와 그 일당을 잡아낼 것이었다.

"어떻게 그런 여자한테까지 온정을 베풀 생각을 했어? 그 여인은 제 아이를 팔아먹은 여자야."

"사람이 굶주림에 지치면 제 손등도 뜯어먹는다고 하지요. 갓난아이를 돈 몇 푼에 내어놓은 그 어미의 심정이야 오죽 했겠습니까?"

"그 여인은 감히 우리 연이에게 함부로 굴었어."

"……그래도 배는 곯지 않게 해 준 것을요. 제 아이 아니라고 젖을 아니 먹일 수도 있었을 것을 생각하면 그래도 고맙지 않습니까?"

"그 여인은 감히 내가 이 세상에서 가장 연모하는 여인을 때리고 할퀴었어!"

"도깨비 님이 연모하시는 여인은…… 그 정도로는 끄덕도 없는 무쇠 같은 여인인 것을요."

"세상 어느 천지에 이리 고운 무쇠가 있단 말인가?"

홍란의 날씬하고 긴 목을 감싸 어루만지던 학의 손길이 멈칫, 했다.

"점점 더 열이 오르는 것 같아."

학이 다시 홍란의 이마에 손을 올렸다가 화들짝 놀라 손을 떼었다. 홍란의 이마가 펄펄 끓고 있기 때문이었다.

"음구! 어서 어의를……!!"

벌떡 일어서려는 학의 바짓가랑이를 홍란이 잡았다.

"잠시만요…… 잠시만 안아 주셔요."

"홍란……."

"그저 긴장이 풀려, 한꺼번에 피곤이 몰려온 때문일 것입니다. 그러니 그저 도깨비 님의 품에서 조금만 쉬게 해 주셔요. 도깨비 님의 가슴이 뛰는 소리를 들으며 조금만 자게 해 주셔요. 그러면 내일 아침에는 분명 말끔히, 씻은 듯이 개운해질…… 것 같아요."

"홍란!!"

학이 다시 주저앉아 가련하고 아름다운 제 여인의 얼굴을 감싸고 물었다.

"정말…… 괜찮겠어? 정말?"

"……그럼요. 그러니 새벽이 오기 전에 돌아가셔요. 그 전까지는 피곤

타 생각 마시고 이렇게 가만히 안아 주셔요."

홍란의 눈을 가만히 들여다보던 학이 자리에서 일어섰다. 홍란이 그 모습에 서운함을 느끼려는 찰나, 학은 방에 들어올 때 주모가 들여놔 주었던 새 이부자리를 가져와 폈다. 고이 잠들어 한 번도 깨지 않는 기특한 연이의 강보도 이부자리 옆에 나란히 두었다. 그리곤 먼저 이부자리 안에 들어가 누운 뒤 앉아서 저를 보고 있는 홍란의 손목을 잡아 제 품 안으로 끌어들였다.

"……이제 됐어?"

"훗, 네."

홍란이 미소를 지으며 학의 품에 고개를 묻었다. 학의 냄새를 맡듯, 잠시 코를 킁킁거리고 혼자 멋쩍게 웃기도 하였다. 학의 손이 그런 홍란의 머리를 가만가만 쓰다듬어 주었다.

"홍란."

"……네?"

잠결인 듯 아닌 듯 가느다란 목소리로 홍란이 학의 목소리에 응했다.

"……우리 셋이 이대로 어디 먼 곳으로 도망가서 살까?"

"으음……."

홍란이 학의 품에서 잠시 뒤척였다. 어느새 깊이 잠든 것 같았다.

"그러자고?"

"……으흠."

"답하였네. 이제 무르기 없기야?"

그렇게 학은 홀로 아홉 개째의 질문과 답을 완성시켰다.

다음 날 새벽이 되어도 홍란의 열은 떨어질 줄을 몰랐다.

"윽……."

열이 올라 괴로운지 학의 품에서도 계속 몸을 뒤트는 홍란이었다. 결국 학은 의원을 불러오기에도 너무 이른 새벽이었기에 툇마루에서 내내 방을 지키고 있던 음구가 잠시 조는 틈을 타, 친히 빈 물동이를 찾아 주막 뒤편의 우물가로 가서 직접 물을 길어 왔다. 그저 두레박을 내리고 끌어올려 물을 작은 동이에 담아 오는 간단한 일인데도 평생 단 한 번도 해 보지 않았던 일이기에 학의 몸놀림은 어설프기 그지없었다. 방으로 돌아오는 길에는 하마터면 삐끗하여 동이를 놓칠 뻔도 하였다.

"누구냐!"

잠결에도 누군가 제가 지키고 있는 방으로 다가오는 걸 깨닫고는, 음구가 제 곁에 세워 두었던 칼을 집어 들고 낮게 부르짖었다.

"흠흠, 나다."

학이 멋쩍은 듯, 작게 헛기침을 한 후 음구에게 저의 정체를 밝혔다.

"……전하?"

음구가 작은 물동이를 소중히 품에 안고 있는 학의 모습에 기겁을 하고 놀라 얼른 동이를 받아 안으려 툇마루 밑으로 내려섰다.

"이리 주옵소서. 소신이……."

"쉿, 목소리가 크다. 열이 올라 괴로워 하니 몸을 좀 식혀 주려 하는 것뿐이다. 너는 날이 밝거든 근처 약방에 가서 의원이라도 불러오너라."

"……옛!"

허리를 곧추세워 명을 받잡는 음구를 뒤로 하고 학이 물동이를 안고 방으로 들어갔다.

"홍란……! 괜찮아? 일어나 앉아 있어도?"

방 안의 광경에 놀란 학이 얼른 물동이를 내려놓고 홍란 곁으로 다가 앉았다. 등잔이 환하게 빛을 발하는 가운데, 홍란은 땀을 뻘뻘 흘리면서도 연이를 가슴에 꼭 끌어안은 채 벽에 기대어 앉아 있었다.

"……보셔요."

온화한 미소를 가득 띠운 홍란이 작게 속삭이며 제 품의 연이를 향해 고갯짓을 해 보였다. 학이 얼른 홍란의 시선이 가리키는 곳을 보았다.

"어……언제부터?"

아직 잠결인 양 두 눈을 꼭 감은 연이가 힘차게 어미의 젖을 빨고 있었다. 열심히 오물거리는 연이의 입가에는 하얀 젖이 조금 새어나온 흔적도 있었다. 연이를 잃은 후 거짓말처럼 말라붙었던 젖이 연이를 찾은 후 다시 거짓말처럼 흐르게 된 것이었다.

"내내 열이 나고 가슴이 뻐근하다 하였더니, 젖이 돌려 그랬나 봐요. 웃……."

익숙지 않은 아픔에 잠시 미간을 찌푸리긴 했지만, 드디어 제 아이에게 제 젖을 먹일 수 있게 되었다는 사실에 홍란은 눈물까지 글썽이며 기뻐하였다. 학 역시 놀랍고 기쁜 일에 질리는 줄도 모르고 연이가 포만감에 스스로 젖을 밀어낼 때까지 연이와 홍란의 얼굴을 바라보고, 또 바라보기만 하였다.

아침이 되기 전, 천근만근 무거운 걸음으로 돌아온 학은 현무군을 입궐케 하라는 명부터 내렸다. 오랜만의 부르심에 현무군 윤이 다급히 입궐한 것은 어명이 내려진 지 채 반 시진도 되지 않아서였다.

"찾아계시오니까?"

"잠시 걷자꾸나."

학은 현무군과 함께 산책을 시작하였다. 따르는 이들에게는 조금 천천히 오라 이른 후 현무군과 나란히 앞서 걸었다.

"오랫동안 격조하였지?"

"……많은 일이 있지 않았사옵니까?"

"이유가 있어 그간 너를 멀리하였다. 섭섭하게 생각지 말거라."

"아니옵니다. 그리 생각지 않습니다. 전하께선 이유 없는 행동을 하실 분이 아니심을 잘 알고 있는 것을요."

"언젠가…… 다 밝힐 날이 올 것이다."

"예, 전하."

"그리고 이거."

학이 현무군에게 박 과부에게서 받아온 엽전을 건넸다.

"이게 무엇이옵니까?"

"자세히 살펴보라."

어명에 따라 현무군이 엽전을 이리 돌려보고, 저리 돌려보고 꽤나 유심히 살펴보았다.

"보통의 돈과 다름이 없사옵니다."

"의당 그렇겠지. 그럼 이것은 어떠한가?"

학이 다시 다른 엽전 하나를 현무군에게 건넸다. 현무군이 역시 이리 돌려보고 저리 돌려보다 좀 더 가까이 들여다보았다.

"이것은……?"

"어떠하냐. 이만하면 유심히 살피면 다른 것을 알 수 있겠느냐?"

현무군이 다시 학이 건네준 엽전을 들여다보았다. 학이 건네준 엽전은 가운데에 뚫린 네모 구멍 곁으로 가느다란 금이 가 있었다. 무엇인가 날카로운 것에 긁힌 자국 같기도 하였다.

"이만하면 감쪽같을 것입니다."

"되었다. 그러면……."

학은 현무군의 귀를 빌려 은밀한 명을 내렸다. 조금 전 학이 건네준 엽전처럼 다량의 엽전에 은밀한 표식을 내도록 하였다. 족히 수 천 개의 엽전에 실톱으로 자국을 내라는 것이었다. 송 대방이 도울 것이라고도 하였다.

"연유는 알려 주시지 않을 것이옵니까?"

"만약을 위해서니라."

학은 그렇게만 말하였다. 그리고 아무에게도 이 일이 알려져서는 안 될 것이라 그리 신신당부하였다. 현무군은 순순히 그러겠다고 답하였다.

학이 이제까지 부러 멀리해 왔던 현무군의 손까지 빌리려 하는 것은 작정한 것이 있어서였다. 그 시작은 궁으로 돌아오기 전, 학이 홍란에게 그간의 일들에 대해 털어놓으면서였다.

"성 의원이 고변하였어. 당신과 연이에게 쓴 약은 제 누이인 은월각의 청향이 제게 썼던 약과 같은 것이라고. 일현 또한 당신에게 변고가 있을 것을 미리 알려 주었다고 하니 일현도 어떻게든 연루가 된 일일 것이야. 일현이 갑자기 사라진 것도 은월각의 그자랑 분명 관계가 있겠지."

"행수 청향이 왜……."

"물론 혼자서 꾸민 일은 아닐 거야. 민 상궁과 같은 궁인들과 의녀까지 연루되었다는 것은 분명 궁궐 안에 이 일의 배후가 있다는 뜻일 테니까. 거기다 청향은 변 역관의 수하기도 해."

"헉……."

변 역관이라는 소리에 홍란이 놀라 급히 숨을 들이마셨다. 그 지긋지긋한 이름을 또 다시 듣게 될 줄은 몰랐던 까닭이었다.

"그래. 이번 일에도 그자가 끼여 있는 것이나 마찬가지야."

"청향이 변 역관과…… 연루되어 있는 것은 어찌 아셨습니까?"

"현무군이 알아냈어. 언제부턴가 변 역관이 지니고 있던 고가품들이 은밀히 시중에서 팔려 나가고 있음을 알고 부러 그중 하나를 사 들이며 흠집을 낸 은자를 지불하였던 것이지. 그리고 그 은자는 이내 은월각에서 흘러나왔고 말이야. 거기다 중국으로 가는 상인들의 소지금 속에서도 흠집 난 은자가 적지 않게 발견되었다는 걸 보면 청향이 변 역관 쪽으로 계속 돈을 보내주고 있었다는 걸 말하지."

'그래서……?'

그제야 홍란은 이제는 아주 까마득히 먼 일이 된 것 같은 예전의 일을 떠올려 보았다. 은월연의 일을 너무도 순순히 받아들였던 청향. 중국으로 가는 길 중에 습격 받았던 일. 동행하겠노라 따라왔던 성 의원이 갑자기 사라졌던 일, 그리고 중국에서 마치 기다렸다는 듯 자신을 쫓아온 변 역관까지…… 그제야 모든 아귀가 딱딱 맞아떨어졌다.

"당신도 아는지 모르겠지만, 변 역관은 예전에 좌상이었던 송만섭의 명을 받아 계비 간택 후보에 올랐던 규수들을 해치려 했던 자야. 또한 현무군을 죽이려고도 한 자였지. 그 모든 일의 배후에는 왕대비마마가 계셨고."

"그럼?"

"그래. 그러니 이 일의 배후에 또 그분이 계시리라고 생각하는 것은 너무도 당연한 일이겠지. 하지만 지난번 규수들과 현무군의 일 때는 증좌와 증인이 없어 왕대비마마에게 아무런 죄도 묻지 못했어. 오히려 더 원한만 키워 주고 말았지. 그래서야. 이번에 더욱 신중하게 일을 처리하려는 것도, 분명한 증좌와 증인을 찾으려고 하는 것도 모두 더는 왕대비마마가 빠져나갈 구멍을 만들지 않기 위해서지."

"……."

홍란은 포만감을 느끼며 쌔근쌔근 잠들어 있는 연이를 보며 깊은 생각에 잠겼다.

"걱정 마. 이번에는 그냥 넘어가지 않을 것이야. 절대! 다행히 박 과부의 집에서 일을 꾸민 자를 잡을 수만 있다면, 그자를 족쳐 청향을 잡아들일 수 있을 것이야. 또한 청향을 통해 왕대비마마의 죄악을 대명천지에 낱낱이 밝힐 수도 있겠지."

근심하고 있는 홍란을 안심시키기 위해 그리 말하면서도 학은 제 말이 조금은 뜬구름 잡는 소리로 들릴 것을 알았다. 박 과부의 집에 그자가 아니 오면? 그자를 잡지 못하면? 그자를 잡았는데 청향과는 아무 연관이 없는 자이면? 아니, 아무 연관이 없다고 딱 잡아뗀다면? 청향을 잡아들이는 데 성공한다 하여도 청향이 모든 것을 부인한다면? 배후에 아무도 없다고 딱 잡아뗀다면?

가정(假定)과 의문(疑問)이 너무 많았다. 이는 곧 성사되기 어려운 일이라는 뜻일 수도 있었다.

"도깨비 님……."

홍란이 학을 보지도 않고 불렀다.

"응?"

"만약 끝까지 증좌가 안 나온다면…… 어찌 되는 것입니까?"

"……생각하긴 싫지만 또다시 없었던 일인 척 그리 넘어가겠지. 걱정마. 그런 일은 없을 거야. 내가 어떻게 해서든……."

또 다시 연이의 안위와 홍란의 안위를 위험에 빠뜨리게 하는 일은 없게 할 것이라고 다짐을 하려는데, 홍란이 고개를 들고 맑디맑은 눈빛으로 학을 보았다.

"저더러 착해빠진 여인이라고 한 말은 이제 거두어 주셔요."

"응?"

"저는…… 저는…… 이제 흉계를 꾸미고 싶습니다. 이 아이를 위해서, 도깨비 님을 위해서 못된 간계를 내어 볼까 합니다."

제 입으로 흉계를 꾸미겠다니, 그것도 다름 아닌 제가 이제껏 본 어떤 이들보다 더 선하고 맑은 홍란이 스스로 간계를 내겠다니, 학은 저도 모르게 그런 홍란이 귀여워 피식, 웃고 말았다.

"그래, 말해 봐. 당신의 그 흉계가 뭔데?"

학이 그리 말했는데도 홍란은 선뜻 입을 열지 않았다.

"응? 괜찮아. 말해 봐. 얼른."

몇 번이나 거듭 재촉한 후에야 비로소 홍란이 다시금 입을 열었다.

"만약…… 만약, 그들이 일을 꾸민 것이 분명하고, 그런데도 정 증좌가 나오지 않는다면 그때에는……."

홍란이 말을 하다 말고 멈추었다. 떠오른 생각은 있었으나 그 간계를 입 밖에 내길 주저하고 있었던 것이었다. 그런 홍란 대신 학이 입을 열어 홍란의 심중에 든 말을 꺼내어 놓았다.

"증좌를 만들면 되겠군."

❀

'여기 갇힌 지 몇 밤이나 지났을까?'

포박당한 일곱 여인 중 화정은 가장 어린 축에 속했다. 화정이 한 일은 호산청의 태실 뒤에서 태항아리를 씻는 시늉을 한 것밖에 없었다. 하지만 별로 억울하진 않았다. 어차피 목숨을 걸고 시작한 일이었기 때문이었다.

"들킬 염려는 없다. 증좌가 없는 한, 주상 전하라 해도 함부로 우리 목숨을 빼앗지는 못할 것이니! 설사 목이 베여 죽는다 한들, 무엇이 대술까? 모두가 이 나라 종묘사직을 위한 일이니 한낱 초개(草芥, 지푸라기) 같은 목숨에 연연해 할 것 없다."

일을 도모하던 무렵, 민 상궁마마는 그리 자신하셨다. 그러면서도 혹시나 모를 일에 대비해 비상을 조금씩 나눠 주기도 하셨다. 만약 일이 발각될 위기에 처하거나, 증좌나 증언을 강요당할 경우 다 같이 입 안에 털어넣기로 하고, 치마끈 밑에 작은 비상첩을 찔러 넣었더랬다.

"돌아가신 중전마마의 은덕이 없었더라면 우리는 이미 진즉에 죽었을 몸이다. 중전마마와 원자마마가 그리 일찍 졸하신 것만으로도 망극하기 그지없는 일이거늘, 어찌 매분구 따위가 원자의 모후가 될 것이며, 또한 매분구의 아들이 원자가 되는 것을 지켜만 보고 있을 것인가?! 구천에 계신 중전마마와 원자마마의 원혼을 위해서라도 이는 절대로 간과해서는 안 될 일!"

첫 목욕을 앞두고 민 상궁은 급히 화정을 비롯해서 전부터 각별한 인연이 있는 나인들과 의녀들을 불러 모아 일장 연설을 늘어놓았다. 의녀들은 돌아가신 중전마마의 산실청에 들었던 이들이었다. 중전마마가 출산 후 산후병이 들어 돌아가셨던 만큼 원래대로라면 의녀들, 그중에서도 가장 지근에서 중전마마의 출산을 도운 의녀 둘은 바로 궁 밖으로 내쳐지는 것은 물론 큰 벌을 받았을 터였다. 하지만 돌아가시기 직전까지도 "의관이나 의녀들에게는 죄를 묻지 말아 달라"며 간곡히 호소하셨던 까닭에 의녀들은 근신 처분에 그쳤던 것이었다. 나인들도 마찬가지였다. 다들 각각의 사정으로 돌아가신 중전마마에게는 죽어서도 갚지 못할 은혜를 입은 이들이었다.

화정 또한 그랬다. 생각시 시절 돌연 원인 불명의 고열과 오한에 시달리며 시름시름 앓다가 죽기 직전에 출궁을 하게 되었더랬다. 집에 돌아가서 병구완을 하라는 핑계였지만, 궁에서는 왕족을 제외하고는 아무도 죽어서는 안 되니 '나가서 죽으라'는 명이나 진배없었다. 하지만 교태전의 민 상궁마마가 그런 화정을 불쌍히 여겨 중전마마께 넌지시 딱한 사정을 전했다. 그러자 황공하옵게도 중전마마께서는 화정의 처지를 불쌍히 여겨 교태전의 주무 의관과 의녀를 직접 보내 진맥케 하시고는 궁 안에서 병을 치료받게끔 해 주셨다. 그뿐만이 아니었다. 생과방에서 올린 죽을 뜨시다가도 문득 "병든 생각시, 몸은 좀 어떠하냐" 하시며 따로 화정에게 죽을 보내주시는가 하면, 보통의 궁녀들은 입에 대기도 힘든 알 굵은 과일까지 몇 번이나 보내주사기도 하셨다. 그저 하찮은 생각시 하나에게도 그리 마음을 쓰시는 분이니 다른 궁녀들에게는 말할 것도 없었다.

그렇듯 돌아가신 중전마마는 자애롭고 온후한 분이셨다. 소박한 성정에 높으신 분답지 않게 늘 아랫사람의 사정을 헤아릴 줄 아는 분이셨다. 그러기에 중전마마를 뫼시는 모든 자들은 주상 전하께서 후궁 한 분 들이지 않으시고 중전마마만 귀히 여기시는 것을 참으로 다행스럽게 여겼더랬다.

망극하기 그지없게도 중전마마와 원자마마가 연이어 돌아가신 후 상심을 거두지 못하는 주상 전하를 뵐 때마다 저들 가슴도 찢어지고는 했지만, 한편으로는 새 중전마마를 들이시고 후궁마마까지 두 분이나 들이셨음에도 여전히 돌아가신 중전마마를 잊지 못하는 주상 전하의 모습에 뿌듯함과 함께 어쩐지 안도감마저 들었던 이들이었다.

하지만 그런 전하가 어느 날부터 딴 분이 되신 양 한 순간에 변하셨다. 점점 잠행이 잦아지시는 듯하더니, 부쩍 상심하시는 모습을 보이시기도 하셨다. 그리고 드디어는 어느 날 갑자기 출산을 앞둔 여인을 후궁이라며 입궐시키셨다. 민 상궁이 누구보다 돌아가신 중전마마를 따르던 이임을 알면서, 그런 민 상궁에게 특별히 "잘 부탁한다"고까지 당부하시며 새 후궁을 돌보게까지 하셨다.

그 후, 전의 중전마마를 기억하는 이들은 자현당에 들 때마다 세상 모두를 가진 듯 행복해 보이시는 주상 전하의 모습에 모두들 마음속으로 섭섭함을 삭히지 못했다. 벌써 중전마마와 원자마마를 싹 다 잊으신 모습이 원망스럽기까지도 하였다. 그래서 자현당 마마의 정체를 알게 되었을 때, 전하께서 신분도 천한 후궁의 아이에게 원자의 증표를 주었다는 사실을 알게 되었을 때, 모두들 격분하였다. 그런 천한 여인이, 천한 여인의 몸에서 난 아이가 돌아가신 중전마마와 원자마마를 대신하게 둘 수는 없다, 그리 굳게 다짐하였던 것이다.

'손목만이라도 자유로워져야 비상을 입 안에 털어 넣을 텐데.'

곳간에 갇힌 후 줄곧 눈과 입이 막혀 있었다. 손목과 발목이 묶인 채 바닥을 길 뿐이었다. 하루에 두 번, 아침과 저녁인지 점심과 저녁인지 알 수 없지만 아무튼 하루에 단 두 번, 웬 여인이 보자기를 벗기고 재갈을 풀어 개죽 비슷한 것을 입 안에 흘려 넣어 줄 뿐이었다. 벙어리인지 귀머거리인지 몰랐다. 아무튼 그 여인은 저들 일곱을 차례대로 먹인 후에 다시 재갈을 물려 부러 바닥으로 넘어뜨렸다. 요의를 참지 못하고 몸을 비틀면, 어찌어찌 그 뜻을 알아먹고는 다가와 일으켜서는 곳간 구석으로 데려가 치마를 걷어 올리고 속곳을 내려주고 볼일을 마친 후 다시 올려 주었다.

요의 사정을 남에게 살피게 하는 일이 수치스러워 처음엔 차라리 딱 그냥 바닥에 머리를 처박고 죽고 싶은 심정이었지만, 요의를 느껴 몸을 뒤트는데도 다가와 도와주지 않는 바람에 누운 자리에서 그대로 오줌을 싸고 말았을 때는, 차라리 남의 손일지언정 빌려서 해결하는 것이 백 번 나은 일이었음을 뼈저리게 실감하였다. 그나마 다행인 점은 누운 채 오줌을 지린 것이 저만은 아니라는 사실이었다. 가까이에서 들려오는 질척한 물소리를 어림짐작해 보면 저를 포함해 족히 다섯은 쓰러진 제 자리에서 오줌을 싼 것 같았다. 그 때문에 곳간 안에는 지린내와 누군가 죽을 먹다 게워낸 토의 냄새가 뒤섞여 구역질을 자극하고 있었다.

덜커덕.

"읏!"

누군가 놀란 소리에 화정은 자신들을 계속 돌보던 이가 아니라 새로운 사람이 곳간 안에 들어온 것임을 알고 혼미해지려는 정신을 재빨리 수습하였다. 그간 자신들을 돌보아 온 여인은 곳간을 나갔다 와도 단 한 번도 신음 비슷한 소리를 낸 적이 없었다. 그 여인이 귀머거리거나 벙어리라고 짐작하는 것도 그런 여인의 무반응 때문이었다.

"모두 듣거라."

갑자기 들려온 목소리에 화정은 저도 모르게 턱을 움찔하였다. 갇힌 후 처음으로 듣는 숙용마마, 아니 신분을 속이고 궁에 들어온 매분구 홍란이라는 여인의 목소리였다.

"내 너희에게 마지막으로 단 한 번의 기회만 더 주려 한다. 더 이상의 기회는 없다. 알겠느냐? 마지막이다. 오직 이번 한 번만 스스로의 목숨을 구할 기회를 줄 것이다. 뜻이 있는 자는 목을 움직이거라."

'흥. 그래 봐야 아무도 동조하지 않을 것이오. 누가 당신 따위에게……'

"되었다. 여봐라, 저것을 데리고 나오너라."

차가운 홍란의 말에 화정은 또 한번 흠칫거렸다.

'누구지? 누가 배신을 하겠다고 나선 건가? 누구야. 대체 누가 맹약을 깨……!'

귀를 쫑긋 세워 배신자의 기척을 알아내려던 화정은 순간, 기절할 것처럼 놀랐다. 억센 사내의 손들이 제 어깨를 잡아 일으켜 질질 끌어냈기 때문이었다.

"읍! 으으으읍!!"

'아냐! 난 움직이지 않았어! 난 배신할 생각 따윈 눈곱만큼도 없다고!!'

화정은 거세게 도리질을 하며 저는 그럴 뜻이 없음을 밝히려 하였지만 팔과 다리가 포박당한 상태에서 눈과 입이 가로막혀 다부진 사내들에게 끌려 나가고 있는 처지로서는 그 모두가 부질없는 짓이었다.

"부장, 이자들에게 제대로 된 밥을 나눠 주서요. 어쩌면 이승에서의 마지막 끼니가 될지 모르니 편히 먹을 수 있도록 해 주시고요."

"예. 마마!"

숙용 송씨의 명이 떨어지자 음구 부장의 굵은 목소리가 금세 씩씩한 답을 내어놓았다. 그리고 이내 군사들이 한꺼번에 달려들어 보자기를 벗기고 재갈을 푼 것인지, 민 상궁을 비롯해 제 동무들의 목소리가 한꺼번에 터져 나왔다.

"배신한 것은 누구냐?!"

맨 처음 일성(一聲)을 터뜨린 것은 민 상궁이었다.

"감히 누가 배신을 한 것이냐?!"

"한 마음, 한 뜻으로 함께 죽자고 해놓고! 이 배신자!"

"화정이! 화정이 넌이 없습니다요!!"

"나쁜 년!"

민 상궁의 뒤를 이어 다른 나인과 의녀들까지 목이 터져라 욕지거리를 늘어놓았다. 화정은 제 뒤로 덜커덕 곳간 문이 닫히는 소리를 들으며, 제 동무들이 배신감에 가득 차 저를 욕하는 소리를 들으며 온몸을 뒤틀었다.

'아냐! 내가 아냐. 난 배신 안 해! 배신하겠다고 한 적도 없어!'

하지만 그것도 잠시였다. 화정은 어딘가로 끌려가 강제로 무릎이 꿇려졌다. 그리고 누군가의 손에 의해 보자기가 벗겨지고 재갈도 풀렸다.

"나는…… 배신을 하겠다고 한 적 없습니다!"

보자기가 벗겨짐과 동시에 화정이 외쳤다.

"그래. 넌 배신하겠다고 한 적 없지. 하지만 남겨진 이들은 어떨까? 분명…… 네가 배신을 했을 것이라 믿고 있을 것이야."

홍란의 말을 들으며 화정은 방 안의 불빛에 익숙해지려 애쓰며 자꾸만 눈을 껌뻑거렸다. 내내 암흑 속에 있다 보니 방의 작은 등잔 불빛마저도 눈부시게 여겨지는 화정이었다.

"그, 그래서 뭐요? 마마의 이간질이 먹힐 것 같습니까? 내 동무들은 마마의 거짓말 따위엔 속아 넘어가지 않을…… 응?"

드디어 불빛에 익숙해진 눈으로 제 앞의 홍란을 향해 고개를 치켜들며 대들던 화정은 홍란이 강보에 싸인 아기를 안고 있는 모습에 놀라 저도 모르게 이마에 여러 겹의 주름이 질 정도로 눈을 한껏 치켜세웠다.

"그…… 그 아기……아기는……."

"왜, 놀랐느냐? 있어서는 아니 될 아이가 내 품에 있어서?"

"거짓말……! 또 무슨 속임수를 쓰려…… 하는 것이지요?"

"그렇게 생각하고 싶겠지. 하지만 보려무나."

홍란이 강제로 무릎이 꿇려진 화정 앞으로 다가와 강보를 기울여 보였다.

"너도 우리 연이의 얼굴을 봤지 않니. 그러면 알겠지. 이 아이가 진짜 연이인지 아닌지."

그 말대로였다. 화정은 홍란이 강보 안의 아이를 보여주자마자 그 아이가 누구인지 한눈에 알아보았다. 제 손으로 씻은 태항아리 안에 민 상궁이 집어 넣었던 바로 그 아이였다. 홍란의 아이. 그리고 어쩌면 진짜 주상 전하의 아드님이실지도 모르는 아이.

"왜 그렇게 떨고 있니? 네 말대로 너는 아무 배신도 하지 않았는데, 네가 무슨 짓을 했는지 아직 아무 증좌도 없는데 왜 그리 사시나무 떨 듯 부들부들 떨고 있는 것이니? 무엇이 그리 두렵기에."

홍란의 말투는 전과 다름없이 나직하였고, 평온하였다. 그런데도 홍란의 말처럼 화정은 아랫니와 윗니가 부딪쳐 다그닥다그닥 소리를 낼 정도로 부들부들 떨고 있었다.

"그래. 네가 생각하는 그대로 연이와 난 곧 궁궐로 돌아갈 것이다. 그리고 아이가 너희의 손에 의해 바뀌었음을 천명(闡明, 사실이나 입장을 드러내어 밝힘)할 것이다. 그럼 모든 것이 밝혀진 다음 지금 궁에 있는 가짜 왕자는 어떻게 될까? 제 자식이 돌아오기를 눈물로 학수고대하고 있을 불쌍한 과부 어미는 또 어떻게 될까? 십중팔구는 대역죄로 다스려지겠지. 제 천한 아이를 감히 왕자 아기씨와 뒤바꾸어 궁으로 들여보낸 과부 어미와 감히 왕자를 대신해 궁에 눌러앉은 그 무구한 핏덩이는 감히 다음 대의 보위까지 탐내려 한 벌로 사지가 찢겨 죽고 말겠지."

"그, 그런, 그들이 무슨…… 죄가 있다고요!"

별궁으로 떠나오기 전 마지막으로 보았던 궁궐의 갓난아기를 생각하며 화정이 목소리를 높였다.

"너무 가혹한 벌이잖습니까? 그들을 죽이느니, 차라리 저를 죽여……."

"아니. 그럴 순 없지. 너희는 이미 죽음을 각오한 자들이지 않니."

홍란이 자신이 앉은 보료 밑에서 무엇인가를 싼, 더럽혀진 낡은 종이 하나를 꺼내 화정에게 보여 주었다.

"……!"

모두가 맹약의 증표로 품에 지니기로 했던 비상이 담긴 종이라는 건 자세히 보지 않아도 알 수 있었다.

"비상을 품고, 언제라도 죽을 각오를 하고 있는 이들에게 죽음이 무슨 형벌이 되겠니?"

"그, 그래서 어쩔 작정이십니까? 기어이 그 죄 없는 모자를 죽이고 말 작정이십니까?!!"

"아니."

홍란이 보료 밑으로 비상을 집어넣은 후 화정의 눈을 똑바로 바라보았다.

"그들을 죽이는 것도 살리는 것도 모두 네 선택에 달려 있단다."

"…… 무슨 말이신지?"

"선택하려무나. 너희 목숨 일곱과 박 과부와 그 아들의 목숨 둘. 도합 아홉의 목숨을 초개처럼 버릴지, 아니면 박 과부와 그 어린 아들의 목숨만은 살릴 것인지."

"아, 아직도 무슨 말인지 잘……."

"네가 계속 모르쇠로 일관한다면 그 과부와 아들의 목숨은 나조차도 장담할 수 없게 된다는 것이다."

"거, 거짓말이……시……지요? 마마……는 그런…… 분이 아니질 않……습니까?"

"제 아무리 순한 개도 제 새끼를 물려고 덤비는 승냥이를 두고 보지만은 않는 법. 거기다 그 아이가 살아 있으면 그것도 단 한 점의 의혹도 없이 완벽한 가짜임이 드러나지 않으면, 이 아이가 살아 있는 내내 이 아이에게는 가짜일지도 모른다는 의심이 따라붙게 될 것이다. 어느 어미가 그것을 용납하겠느냐?"

"그, 그래도…… 저는…… 저는……."

"어차피 너는 네 동무들 곁으로는 돌아가지 못할 것이다. 아마 그들도 지금쯤은 저희들 곁에 없는 누군가가 바로 너라는 사실을 눈치챘겠지. 그리고 그런 그들에게 나는 이리 말할 것이란다. 나인 화정이 모든 것을 자복하였으니 더는 고집을 피우지 말라고. 어떠니? 그래도 그들이 너를 믿고 너를 동무로 계속 받아 줄 것 같니?"

"그……그래……도. 그래도……."

화정은 망설이고 망설였다. 배신은 죽어도 할 수 없었다. 배신을 하느니 차라리 혀를 깨물고 자결을 하는 것이 나았다. 하지만 자신들은 그리 결의했으니 하는 수 없다고 하여도 가엾은 과부와 그 아들까지 죽게 된다면 사정은 달랐다.

"얼른 선택하려무나. 아홉과 일곱. 둘 중 무엇을 고를 것이더냐? 망설일 건 없다. 어차피 자복을 한다 하여도 십중팔구 너는 중벌을 면치 못할 것이니. 민 상궁이나 다른 아이들도 마찬가지다. 너희는 대의를 위해 죽기를 각오한 몸이니 무엇이 두렵겠느냐? 그에 반해 불쌍한 과부와 그 아들은 네가 죄를 자복하지 않으면 바로 극형에 처해질 것이다."

"저, 저는……."

"일곱이더냐, 아홉이더냐?"

홍란의 거듭된 물음에 홍란이 안고 있는 강보를 보며, 화정은 그저 두어 번 얼굴을 들여다본 적이 있는 가짜 왕자 아이의 얼굴을 떠올렸다. 식구 많은 집 입 하나 덜자고, 어린 저를 궁에 보내며 울며불며 맨발로 뛰쳐나오던 제 어미의 모습도 떠올렸다.

"모, 모든 걸 다 토설하겠습니다. 그러니 궁의 아이를, 궁의 아이를 어미에게 돌려보내 주십시오. 흐흐흑."

그렇게 대의와 명분이라는 이름으로 단단히 뭉쳐 있던 자들의 결계는 지극히 사람다운 마음에 의해 순식간에 깨어져 버렸다.

"계속 이 별궁에 가둬 놓을 생각입니다. 본격적인 문초가 시작되면 그때 금부로 압송할 것이옵니다."

화정의 자복 내용을 꼼꼼히 기록한 서책을 덮으며, 음구가 향후의 일이 어찌될 것인지를 고했다. 그런 음구의 얼굴에는 화정의 마음을 흔들며 어렵지 않게 자복을 이끌어 낸 홍란에 대한 존경심이 가득하였다. 부러 동패들에게 화정이 배신한 것처럼 보이도록 일을 꾸며 화정의 마음을 어지럽혔던 것과 과부와 그 어린 아들이 죄가 없다는 사실을 은연중에 강조하고서는 화정에게 결과가 뻔히 보이는 선택지를 주는 걸 보았을 땐, 그야말로 혀를 내두르고 싶은 심정이었다. 제가 화정이었더라도 같은 선택을 하고 말았을 것이었으니까.

하지만 그런 음구의 심정과는 달리 홍란의 심정은 꽤나 복잡한 모양이었다. 강보에 싸인 제 아이를 내려다보는 얼굴에는 상심이 가득하였다.

"왜…… 그러십니까?"

"참 사람답지 않은 일을 하였네요."

"마마! 아니옵니다. 자복을 받기 위해 거짓을 말하신 것이 어찌 잘못이겠사옵니까?"

"그네의 선한 마음을 이용하였으니 그것이 어떻게 잘한 일이겠어요?"

홍란은 영 마음이 편치 않았다. 홍란이 쓴 방법은 예전 몸담고 있던 기루의 행수 하 서방이 했던 수법들을 흉내 낸 것이었다. 하 서방은 누군가를 억지로 포섭하려 할 때 종종 그러곤 했다. 동패들 간에 이간질을 시키고, 죄 없는 다른 이들까지 연루시켜 나쁜 선택과 더 나쁜 선택 중 한 가지를 고르게 함으로써 자신이 원하는 방향으로 일이 흘러가게 했던 것이다. 그 술수에 당하고 피눈물을 흘린 여러 사람들을 볼 때마다 홍란은 그 잔인함에 치를 떨었었다. 이기심이 아니라 남을 생각하는 선한 마음에 결국은 하고 싶지 않은 선택을 하게 만드는 그 교묘함만은 죽어도 닮고 싶지 않았었다.

"그런데 저 역시 그자와 다를 바 없는 사람이 되고 말았네요. 사람의 선한 마음을 이용하다니…… 어찌 인간이 할 짓이란 말입니까?"

"……그래서 후회하십니까?"

"아니요. 후회하지 않습니다. 오히려 안도하고 있지요. 그래서 더 씁쓸할 따름이고요."

잠든 아이의 얼굴을 내려다보며 홍란이 폭, 한숨을 쉬었다. 화정의 자복으로 그들이 왜 모의를 한 것인지, 궁 바깥과는 어찌 연통한 것인지 다 알게 되었다. 태항아리의 운반이 손쉽도록 도와준 궁의 문지기가 누구인지, 그리고 궁녀들에게 홍란의 정체를 은밀히 일러 준 것이 누구인지가 명백해졌다. 학의 짐작대로였다. 왕대비 전의 상궁 김씨가 이 모든 일의 시작이었다. 그러니 그자에게 제대로 미끼만 던진다면 그자의 뒤에 숨어 있는 왕대비, 그리고 함께 일을 도모한 은월각의 행수 청향까지 한꺼번에 끌어 낼 수 있을 것이었다.

"참, 성 의원이 계속 마마를 뵙기를 청하고 있습니다만……."

청향을 떠올리고 있던 홍란은 문득 음구에게서 성 의원에 관한 이야기가 나오자 묘한 우연의 일치에 쓴웃음을 지었다.

"별궁에 든 이후로는 아직 한 번도 따로……."

"부장, 이대로 별저에 들어 입직 의원들에게 내가 모두 도성으로 돌아가라 한다고 그리 전해 주세요. 곁에 둔 의녀들만으로도 충분히 몸을 보할 수 있으니, 다들 돌아가라고. 주상 전하께서도 곧 그리 어명을 내리실 것이라고 전해 주세요."

"그럼, 성 의원은……."

"의원님도 마찬가지입니다. 이대로 다른 입직 의원들과 함께 돌아가라 전해 주세요."

"……옙."

궁금한 것이 많은 듯하였지만, 음구는 순순히 답을 하고는 별저에 명을 전하기 위해 방을 나섰다.

홍란은 이제 성 의원과 거리를 둘 작정이었다. 더 이상 성 의원을 자신들의 일에 끼어들게 하지 않을 참이었다. 의주 땅에서 쓰러졌을 때 성 의원은 고열에 들떠 의식을 잃은 와중에 눈물을 흘리며 앓는 소리를 한 적이 있었다.

"이대로 가기만 해. 죽여 버릴 거야…… 나만 두고 가기만 해. 용서 안할 거야! 누이……누이!"

그때 그토록 애타게 부르짖던 성 의원의 누이가 청향이었다. 그 모든

339

사실을 알면서 성 의원을 또 다시 자신의 일에 연루시킬 수는 없었다. 성 의원에게 상처가 되는 일임을 알면서 모른 척 그의 호의에 기댈 수는 없었다. 그러니 홍란이 끊는 것이 맞았다. 그래야만 했다.

❧

그로부터 이틀 뒤, 도성의 궁지기 김씨 집에 밤늦게 한 중국 상인 부부가 은밀히 찾아왔다. 경복궁의 여러 문 중에서도 특히 왕족과 상궁들이 출입하는 건춘문의 궁지기로 일하고 있는 김양진은 건춘문의 수문장도 아니면서 정사품 호군(護軍) 못지않은 실세를 자랑하는 이였다. 애초에 가진 것 없고, 배운 것 없고, 이렇다 할 무예도 지니지 않고 있는 그가 임금이 계신 궁의 문을 지키는 일을 할 수 있었던 것은 오촌 고모인 김 상궁 덕분이었다.

선대왕 시절, 즉 왕대비 한씨가 아직 막강한 권세를 자랑하던 중전이던 시절 중전의 지밀상궁이었던 김 상궁 역시 제법 호가호위(狐假虎威, 남의 권세를 빌려 위세를 부림)했던 이였다. 그러니 원래대로라면 어디 노름방에 엎어져 한 세월을 보냈을 양진을 건춘문의 문지기로 들이고 수시로 그 뒤를 봐 준 바, 어느새 건춘문의 수문장도 슬며시 양진의 눈치를 볼 지경이 되었다. 드나드는 상궁, 나인들에게서 뒷돈을 받아 챙기거나 들여가서는 안될 물건, 혹은 가지고 나가서는 안될 물건들을 은밀히 눈감아 주고 거기서 챙긴 돈을 군졸들과 나누는 세월이 벌써 십수 년이 넘다 보니 군졸들 중에서 양진에게 돈냥쯤 안 얻어 쓴 사람이 없었기 때문이었다. 비록 김 상궁이 왕대비마마의 근신으로 인해 더는 양진의 뒤를 봐 줄 수가 없는 처지가 되었다고는 하나, 여전히 왕대비마마의 사가에서 얻어 쓰는 잔돈푼만으로도 주변의 문지기나 군졸들에게 인심을 사고 있었다.

그런 양진이 깊은 밤 저를 찾아온 중국 상인 부부를 흔쾌히 집 안에 들인 것은 중국인 사내에게서 '변 역관'의 이름을 들은 때문이었다.

"변 역관 나리가 보내서 왔다고요?"

신경 써서 기른다고 기르는데도 풍성해지지는 않고 점점 숱이 빠져 염소수염 모양이 되어 가는 제 수염을 어루만지며 양진이 물었다. 변 역관은 양진도 여러 번 보아 잘 아는 이였다. 사시사철 절기마다, 또한 왕 대비 한씨의 생일 때마다 하례 예물을 들여보냈던 변 역관은 양진에게 도 제법 넉넉한 뒷돈을 찔러 주며 다른 궁지기나 군졸들과 나누라고 했 었기 때문이다.

"쉿, 조선 바닥에서는 아직 그분에 대해 공공연히 말해서는 아니됨을 아시지 않소?"

스스로를 공 대인이라고 밝힌 자는 어눌한 조선말로 양진을 주의시 킨 뒤 제 곁의 안사람에게 고개를 끄덕였다. 그리곤 제가 들고 왔던 꾸 러미를 양진 앞에 내어놓았다. 이어 공 대인의 부인 역시 제가 들고 온 꾸러미를 양진 앞에 내어놓았다.

"이게 다 무엇입니까?"

"저희 부부가 장사차 조선으로 들어올 때, 변 역관께서 부탁하신 것 입니다. 귀한 어른께 미처 인사도 드리지 못하고 조선을 떠나오게 되어 송구하기 그지없으니, 봄이 오기 전 소용되는 곳에 쓰시라며 전해 드리 라 하셨습니다. 원래는 부원군 댁에 전해 왕대비마마께 올리는 것이 맞 지만 부원군 댁과 왕대비마마의 왕래가 막혀 있으니, 김 공께 대신 전해 드리라 하셨지요."

공 대인이 가져온 보따리 안의 것을 본 양진의 눈이 휘둥그레졌다. 보따리 안에는 찰랑거리는 소리도 들리지 않을 정도로 빽빽하게 줄에 꿰인 엽전들이 가득하였기 때문이었다.

"이, 이걸 다요?"

양진이 욕심에 또르륵 눈알을 굴리며 허둥지둥 엽전 뭉치들을 끌어안으려는데, 날카로운 눈빛을 한 공 대인이 덥석, 양진의 손목을 잡았다.

"이것을 유용하시면 안 되실 것입니다. 김 공께는 따로 드리라 한 은자가 있으니 이것은 그대로 왕대비마마께 전하라는 명이셨소."

"내게는 으, 은자를? 아, 알았습니다요. 내 틀림없이 마마께 전해 드리리다. 헌데 이만한 것을 어찌 은밀히 전해야 할지 그것이 걱정입니다요."

"그만한 돈을 옮길 수 있는 방법도 모르십니까? 호호호. 저 같으면 떡이라도 쪄서 그 안에 숨겨 들여보내겠습니다만?"

[닥쳐! 누가 끼어들래?]

공 대인의 부인이 양진의 어리석음을 비웃자 공 대인이 중국말로 크게 부인을 나무랐다. 그러자 그 부인도 지지 않고 무어라 크게 맞받으며 소리치더니 이내 방을 박차고 뛰어나갔다.

[감히 나한테 소리를 지른 것이야? 지금까지 당신이 밥벌이를 해 올 수 있었던 게 다 누구덕인데!]

분이 쉽게 삭혀지지 않는지 중국 여인은 밖에 나가서도 방 안의 제 남편을 향해 바락바락 소리를 질러 댔다.

"내 아내의 결례를 용서 바라오."

마당에서 들려오는 아내의 고함 소리에 고개를 절레절레 저으며, 공 대인이 양진에게 크게 머리를 숙여 잘못을 빌었다.

"아, 아이고. 아닙니다. 그럴 수도 있지요. 괜찮습니다. 하시던 말씀이나 마저 하시지요."

공 대인은 제 아내와 다툰 일을 부끄러워하며 난처해 하였지만 양진은 방금 제가 본 중국인 부부의 부부싸움으로 오히려 마음이 놓였다. 혹시 이 낯선 이들이 무언가 다른 꼼수를 지니고 저를 찾아온 것이 아닌가 잠시 의심도 했지만, 그런 것이라면 제 앞에서 이리 다툴 리가 없었기 때문이었다.

'하긴 이자들이 내게 큰돈을 주어 노릴 꼼수가 뭐 있겠어? 이미 권력과는 멀어도 한참 멀어진 왕대비마마께 뇌물을 쓸 것도 아니고, 그저 인사치레일 뿐이라는데. 안 그래? 변 역관 나리의 손이 큰 것은 진작부터 알고 있었던 것이잖아!'

양진이 크게 만족하여 보따리를 챙기는데, 공 대인이 괜히 빈 방을 두리번거리더니 품속에서 작은 가죽 주머니를 꺼내어 슬쩍 양진 앞에 밀어 주었다.

"이건 또 무엇입니까?"

서둘러 열어 보려는 양진의 손을 공 대인이 제지하고는 까닥까닥 손짓을 하여 양진의 귀를 제 입가로 불러들였다.

"극약이오. 단 몇 방울만으로도 집채만 한 멧돼지를 쓰러뜨릴 수 있는 극약이지요."

"그, 그, 극약이오? 이것을 왜⋯⋯."

양진이 화들짝 놀라 뒤로 물러났다.

"왕대비마마께 전해 드리라 하셨소. 언젠가 한 번은 분명 소용이 되실 때가 올 것이라면서요. 아, 뒤탈은 걱정하지 않아도 되오. 이미 우리 땅의 황제들 중에서도 여러 분이 이 약을 드시고 졸하셨으나 아직 한 번도 이 약의 정체가 드러난 적은 없었으니까. 단, 주의할 것은 이 안에

든 것은 오직 단 한 사람 분에 달하는 미량 중의 미량이니 신중히, 아주 신중히 쓰셔야 한다 그리 전해 주시오. 아시겠소?"

공 대인이 은밀히 목소리를 낮춰 마치 양진을 겁주듯 으르렁거리자 양진이 찔끔하여 어깨를 움츠리고는 겁먹은 얼굴로 고개를 끄덕였다.

그 밤, 양진의 집에서 나온 중국 상인 부부는 밤길을 걷다가도 내내 싸워 댔다. 그러더니 은월각 앞으로 가 대문을 두드렸다. 문을 연 하인에게 무어라 말을 하니 곧 얼마 전부터 은월각의 행수가 된 이가 직접 뛰어나와 공손히 그들을 맞았다.

양진의 집에서부터 내내 그들의 뒤를 따랐던 양진의 하인이 그 모습을 보고는 얼른 저의 보고를 기다리고 있을 제 주인에게로 돌아가기 위해 걸음을 서둘렀다.

다음 날, 양진은 제 집에서 쪄 온 시루떡을 건춘문을 지키는 동료 문지기들과 함께 나누었다. 양진은 전날 처가에서 있었던 잔치에서 받아 온 시루떡이라는 핑계를 대었다. 떡은 물론이고 맛 좋은 식혜에 고기 전까지 얻어먹은 수문장과 문지기들은 양진이 제 오촌 고모에게 맛이나 보라고 시루떡 좀 가져다주려 한다는 말에 딱히 막을 생각도 하지 않았다.

하여 양진은 시루떡 안에 감춰 둔 적지 않은 돈뭉치들과 전날 밤에 있었던 저간의 사정을 적은 서찰까지 김 상궁의 손에 무사히 건네줄 수 있었다.

그리고 그 모습을 건춘문에서 멀리 떨어진 겨울 고목 뒤에 몸을 숨긴 중국인 사내, 불과 얼마 전 간신히 몸을 추스르고 일어난 진 공자가 눈을 빛내며 훔쳐보고 있었다.

"정말 왕대비 쪽에서 그 돈들을 쓰겠습니까?"

이전 날 송 대방은 중촌 인근의 도방에 진 공자를 둔 채 어디론가 나갔다가 한밤중이 되어서야 돌아왔다. 그리고 진 공자에게 도움을 구하였다. 중국 상인으로 위장하여 따로 마련할 '표식'이 있는 돈을 왕대비의 끄나풀에게 전달하는 것, 그것이 진 공자가 해야 할 일이라 하였다.

"아니 쓰고는 못 견딜 걸세. 돈으로 비밀을 만든 사람은 돈으로 비밀을 지켜야 하는데, 그분께서는 비밀은 만드셨으되, 그 비밀을 유지할 만한 돈이 없으시거든. 헌데 이제 그만한 돈이 수중에 생겼으니 그 돈으로 어찌할 것 같은가? 따로 사치를 할 형편도 아니니, 십중팔구는 자신에게 충성을 맹약한 이들에게 입막음의 대가로 나누어 주겠지. '그분들'께서는 그것을 노리고 계심이라네."

송 대방이 학이 시킨 대로 돈에 표식을 내어 가며 진 공자의 말에 답해 주었다. 그 말대로, 아니 홍란과 학이 생각한 대로였다. 중국으로 도망간 변 역관에게서 뜻하지 않은 거금을 선물 받은 왕대비 한씨는 김 상궁에게 일러 그 돈 중 일부를 내어 궁궐 내의 제 사람들에게 은밀히 나누어 주라 하였다. 제 귀가 되고 발이 되어 주는 곳곳의 심복들에게.

❧

겨울이 다 갔노라, 이제는 진짜 봄이노라 주장이라도 하듯 유난히 햇살이 쨍한 어느 날이었다. 그 며칠 전까지도 동장군의 마지막 위세이기라도 한 양 살이 에이게 추웠던 탓에 화사한 봄볕을 즐기는 궁궐 사람들의 발걸음은 가볍기 그지없었다. 하지만 궁인들이 그 봄볕을 채 다 누리기도 전에 궁궐 안에는 심상치 않은 불길함의 검은 기운이 드리웠다. 상궁부, 내시부의 가장 윗자리에 있는 이들이 직접 내시들은 물론이요 상

345

궁들과 나인들, 무수리들의 처소를 이 잡듯이 뒤지기 시작한 것이다.

"잡아들여라!"

무엇을 발견한 것인지, 방을 뒤지다 말고 상궁 중 하나가 소리를 높이면 감찰나인들이 득달같이 달려들어 대뜸 방 주인들의 무릎을 꿇리고 단단히 포박부터 하였다.

"무, 무엇이옵니까? 제가 무엇을 어찌하였다고 이러십니까?"

"억울하옵니다! 억울하옵니다! 제가 무엇을 잘못한 것이옵니까?"

"사, 살려 주시어요. 살려 주시어요. 왜 이러시는 겁니까? 왜요!"

궁 안 여기저기서 억울함을 호소하는 이들의 비명과 울음소리가 터져 나왔다. 내시부에서는 상선내시가 직접 내시들의 몸 뒤짐을 지휘한 끝에 때마침 '그것'을 지니고 있던 내시 몇몇을 잡아 포박하기도 하였다. 예외는 없었다. 어느 전의 궁인들도 뒤짐을 아니 당할 수 없었다. 대왕대비 전에서도 어린 나인 서넛이 중좌를 발각당해 포박당할 정도였으니, 교태전이나 후궁의 전각이라고 다를 바 없었다. 하여, 봄 햇살이 따뜻하게 내려앉은 궁의 이곳저곳에서는 그 햇살이 거두어질 때까지 죄지은 자들의 울음소리가 연이어 터져 나왔다.

"마마! 마마!"

오전 무렵, 대전의 나인 아이에게 고위급 상궁과 내시가 직접 궁의 각 처소들을 사찰할 것이라는 은근한 귀띔을 전해 들은 김 상궁은 왕대비 한씨의 명에 따라 궁궐의 동태를 살피고는 화들짝 놀라 뛰어 들어왔다. 그런 김 상궁을 맞는 왕대비 한씨는 간식 삼아 아침 일찍 생과방의 상궁 하나가 은밀히 가져다 바친 수정과 한 사발을 막 들려 하던 참이었다.

근자에 들어선 어쩐 일인지 예전처럼 왕대비 전각을 지키는 금군들

의 경계가 그리 단단치 않아 지난번 시루떡이 그러했듯이 은밀히 다과
나 음료가 들어오는 일이 그리 어렵지 않았다.

"어찌하옵니까? 이번에는 정말 심상치가 않사옵니다. 어찌들 알아낸
것인지 귀신같이 저희가 손을 쓴 아이들만 속속 잡아내고 있사옵니다!"

김 상궁이 왕대비 한씨에게 고했다. 궁궐의 가장 외딴 곳에 위치한
낡은 왕대비의 전각까지는 아직 감찰자들이 오지 않았다. 하지만 곧 이
곳까지 사람들이 들이닥칠 터이고 그때에는 자신이 제일 먼저 잡혀가
모진 고신을 당할 것을 안 김 상궁은 불안함에 연신 닫힌 방 문 쪽을
흘끔거리며 제 주인이 제 살 길을 열어 줄 것을 기다렸다.

"곧 이곳으로 올 것이니, 저는 어찌하면 좋습니까? 정말 숙용마마
와 왕자 아기씨에 대한 일을 다 알아낸 것이라면 이젠 어찌해야 하옵니
까?"

겁에 질려 울상이 된 김 상궁의 모습을 왕대비는 그저 무심한 눈빛
으로 보고 있을 뿐이었다.

"그들이 저를 치죄하려 들면, 저는 무어라 해야 합니까? 마마……."

"걱정할 것 없느니라."

"……예?"

너무나 태평한 웃전의 어조에 놀라 김 상궁이 멍하니 고개를 들었다.

"그게 무슨?"

"양단아."

"마마……."

김 상궁은 너무도 오랜만에 제 이름을 불러 주는 웃전을 보았다. 그저
다정히 이름을 불러 주신 것뿐인데 어쩐지 울컥, 눈물이 날 것 같았다.

"내, 너와 벗하여 산 지 참으로 오래지 않았느냐?"

"마……마."

"내 대행대왕께 분에 넘치는 굄을 받았으나 한 점 혈육이 없어, 그것이 늘 천추의 한이었느니라. 뼈와 살이 에이는 이 차가운 궁궐 안에서 너만이 나의 마음을 알아 주고, 너만이 내게 진정한 충심을 보여 줬느니라."

"마마…… 그런 말씀 마시옵소서. 흐흑…… 소인이 한 것이 무에 있다고."

"네가 내 수족이 되어 주질 않았던들, 네가 내 마음의 버팀목이 되어 주지 않았던들, 내가 무엇을 기대하고 바라며 살 수 있었겠느냐? 너는 나의 지밀이었다. 너는 나의 벗이었다. 너는 나의 아우였다."

"마마…… 흐흐흐흑……."

양단 아니 김 상궁은 언제나 차갑고 매정하기만 하셨던 제 웃전이 저를 그리 생각해 오셨던 것에 감읍하여 뜨거운 눈물을 흘리며 고개를 조아렸다.

"마마. 마마…… 걱정 마옵소서. 이년, 죽어서도…… 죽는다 하여도 절대 마마의 일을 입 밖에 내지 않겠나이다. 모두가 소인이 꾸민 일이라 그리……."

"양단아."

"예, 마마……."

"그럴 것 없다."

"마마……?"

방바닥이 다 젖도록 울다 말고 김 상궁이 다시 고개를 들어 왕대비 한씨의 인자한 얼굴을 우러러보았다.

"네게 무슨 죄가 있다더냐? 모든 죄는 내게서 시작된 것이니 내가 책임질 것이야."

"마마!"

"설마 주상이 이 나를 죽이기야 하겠느냐?"

"마마, 그래도."

"되었대도. 자 여기 이거나 마시면서 마음이나 진정시키려무나."

왕대비 한씨가 조금 전 제가 막 들려던 수정과 한 사발을 김 상궁에게 건넸다.

"아, 아니옵니다. 제가 어찌 감히 마마의 수정과를……."

"아침부터 내내 동동거리며 뛰어다니느라 물 한 그릇 제대로 마시지 못했을 것 아니냐? 쯧쯧쯧. 그리 눈이 퉁퉁 붓게 울었으니 목은 또 얼마나 말랐을 것이냐? 자, 어서 마시려무나. 왜, 벗이자 아우라고 칭해 놓고 고작 이까짓 수정과 한 그릇으로 때우려는 것 같아 치사해 보이더냐? 후훗."

"아, 아니옵니다. 소인이 어찌 감히……."

"이 수정과 한 그릇이 내 너에게 주는 소박한 마지막 선물일지 모르니, 사양 말거라."

"흐흐흐흑. 마마……."

왕대비가 재차 권하자, 김 상궁은 분에 넘치는 광영에 송구하고 또 감읍하여 떨리는 두 손으로 수정과 한 사발을 받아 단숨에 다 비웠다.

"맛은 어떠하냐? 제법 괜찮지 않느냐?"

"흑……흑. 예, 마마. 소인이 태어나 맛 본 음식 중에서 이것만큼 맛있는 것은, 이만큼 달고 맛있는 수정과는 처음이……응?"

수정과 그릇을 내려놓고 눈물을 훔치며 달콤 쌉싸름한 수정과 맛을 칭송하던 김 상궁이 무엇인가의 느낌에 고개를 갸웃거렸다.

"왜 그러느냐?"

"아, 아닙니다. 그냥 잠깐 맛이……으윽……?"

여전히 제게 무슨 일이 일어났는지 모르고 눈을 휘둥그레 떴던 김 상궁의 몸이 기우뚱, 크게 앞으로 기울었다.

"으……? 마……마?"

이미 저려 오는 손발로 간신히 방바닥을 짚어 앞으로 쓰러지는 것을 막은 김 상궁이 왕대비를 보았다.

"왜 그러느냐?"

그런 김 상궁과는 달리 너무도 태연한 표정으로 왕대비가 물었다.

"왜…… 왜…… 제게? 크흡…….."

가쁜 숨을 쉬며 말을 하다 말고 김 상궁의 가슴이 크게 꿀렁거렸다. 그와 동시에 김 상궁은 속에서 치밀어 오른 핏물을 입 밖으로 쏟아내었다.

"마……마?"

두 손으로 제 몸을 지탱하고 있던 걸 미처 의식하지 못하고, 김 상궁이 제 입가에 묻은 뜨끈한 물기를 닦아내려 손을 들어 입가로 가져갔다. 순간…… 지지대를 잃은 힘 빠진 여인의 몸이 앞으로 고꾸라졌다. 쿵! 여인의 이마가 방바닥과 부딪혀 큰 소리를 내었다.

"마……? 왜…… 왜에……우으으웨엑!"

여인의 등이 크게 치솟았다. 그리곤 마치 방바닥으로 끌려들어가듯 깊게, 깊게 바닥으로 가라앉았다.

"그러게. 왜 나도 모르게 그 모든 일을 꾸민 것이냐? 어쩌자고 주인도 모르게 그런 주제넘은 짓을 한 것이야? 이리 자진한다고 해서…… 해결될 일도 아닌 것을…… 쯧쯧쯧, 이 어리석은 사람아."

왕대비 한씨가 제 품속에서 조금 전 수정과에 쏟아 붓다 만 비상이 든 약 종이를 꺼내었다. 그리곤 이미 망자가 되어 버린 제 지밀상궁의 손에 약 종이를 꼭 쥐어 주었다.

　"잘 가시게. 그간 고마웠으이."

　허리를 펴고 일어서 죽어 자빠진 김 상궁의 등을 내려다보는 왕대비 한씨의 눈에서 또르륵, 눈물이 흘러내렸다.

　"알아서 눈물까지 나 주니, 참으로 고맙지 뭔가?"

　젖은 제 눈가를 더듬던 왕대비가 다시 김 상궁의 시체를 내려다본 후, 얼굴을 일그러뜨렸다. 그리곤 크게 소리소리 지르며 방에서 뛰쳐나 갔다.

　"거기! 아무도 없느냐?! 아무도 없느냐?! 누가! 누가 좀 와 보거라! 제 발, 제바아알!"

　그 고함 소리에 왕대비의 전각을 지키고 있던 금군들이 뛰어 들어왔다.

　"마……마? 김 상궁이 왜……?"

　"자진을 하였느니라! 김 상궁이 방금 내 앞에서 비상이 든 수정과를 마셨느니라! 아흐흐흑…… 김 상궁, 이 사람아! 김 상구웅!! 왜, 왜에!"

　왕대비 한씨가 오래 제 수발을 들어주었던 충성스러운 수하를 잃은 아픔에 크게 몸부림을 치며 통곡을 하였다.

　그로부터 채 하루가 되지 않아, 온 궁궐 안에는 심상치 않은 소문이 퍼져 나갔다.

　"들었어? 들었어? 세, 세상에. 수, 숙용마마가 원래는 궁녀가 아닌 매 분구였대. 그것도 기생 출신의 매분구!"

　"말도 안돼!"

"진짜라니까? 너희들 이번에 왕대비 전의 김 상궁마마가 왜 자진을 하신 줄 알아?"

"뭔데?"

"뭐야? 뭐? 넌 들은 것 있어?"

"김 상궁 마마께서 우연히 숙용마마의 비밀을 알게 되어서 그걸로 은밀히 숙용마마를 겁박하여 왕대비마마의 근신을 풀어 주십사 하려다가 일이 어그러지는 바람에 자진하셨다는 거야."

"비밀이라면 뭐, 매분구였다는 거?"

"아아니."

"그럼?"

소문을 옮겨 담는 이들은 전부 하나같이 거기서 입을 다물었다. 차마 그 이상은 결코 입에 담아서는 아니 되는 내용이었기 때문이었다.

하지만 봄바람을 타고 궁벽을 넘어 도성 안에까지 퍼져 나간 소문은 달랐다. 궁인들이 아니니 소문을 옮기는 사람들에게 금기란 없었다. 하여 소문은 좀 더 구체적인 살이 붙어 사방 천지에 퍼지기 시작하였다.

"얼마 전 탄신하신 왕자 아기씨가 실은……."

"예끼, 이 사람아. 자네 목은 세 개, 네 개라도 된다든? 아기씨가 주상 전하의 아드님이 아니라니! 그런 소리는 다시 입 밖에 내지도 말게."

소문을 들은 사람들은 너나 할 것 없이 저마다 혀를 내두르며 제 귀를 씻으려 하였다. 소문도 보통 소문이 아니었기 때문이었다. 왕자 아기씨가 주상 전하의 씨가 아니라 현무군의 소생일지도 모른다는 내용이었으니 말이다.

"왜, 그 매분구가 애초에 현무군마마의……."

"어허! 자네 이러다가 정말 큰일 치른대도?! 자네의 가벼운 입방정 때문에 자네뿐만 아니라 삼족에 삼족, 구족이 몰살당할 수도 있는 일임을 어찌 모르시나?!"

조정 신료는 물론이요, 양반들 중에서도 신분을 속이고 후궁이 된 매분구와 왕자 아기씨에 대한 흉흉한 소문을 듣지 아니한 자들이 없었다. 하지만 어느 누구도 그 일에 대해서 함부로 가타부타 따지려 하지 않았다. 섣불리 입을 열기에는 너무 큰일이었던 탓이었다.

"이미 도성에 소문이 파다하니, 또한 사안이 사안인 만큼 주상 전하에게 이 일의 사실 여부를 가려 달라 주청을 드려야 하지 않습니까?"

"그럼 영감부터 그리 해 보시구려. 주상 전하의 용안을 뵙고 왕자 아기씨가 주상 전하의 씨가 아니라 하는데 사실이옵니까? 하고 여쭤 보란 말이오."

"아, 아니. 그걸 왜 제가?"

"먼저 말씀을 꺼내셨으니 하시는 말이 아닙니까?"

대궐 안팎에서 아무리 여러 사람이 모여도 결론은 늘 똑같았다. 누군가 먼저 나서는 사람이 있으면 동조는 하겠으나, 죽어도 먼저 나서서 아뢰지는 못하겠다는 것이었다. 거기다 실상 말만 그러하지 설령 그 일이 공론화되어도 왕자 아기씨와 주상 전하의 친자 친부 관계를 명확히 하자는 의견에 동조를 하는 이들은 거의 없을 것이라는 걸 모두들 알고 있었다.

신분을 속인 채 궁에 들어와 후궁의 자리에까지 오른 숙용 송씨에 대한 치죄는 둘째 치고 주상 전하의 유일한 소생이신 왕자 아기씨를 두고 그 근본을 의심한다는 말을 하는 건, 첫째는 이미 왕자 아기씨를 친생자로 인정하고 계신 주상 전하에 대한 불충이요, 둘째는 왕자 아기씨에게 평생 씻을 수 없는 오욕과 수치의 기록을 남기는 일이기도 했다.

그러니 공연히 일을 벌였다가 만에 하나 왕자 아기씨가 주상 전하의 친생자로 밝혀지면 당장 주상 전하가 내리실 엄벌도 엄벌이거니와 훗날 왕자 아기씨가 보위라도 이으시게 되면 그날로 자신들은 멸족을 당할 수도 있는 노릇이었다. 왕권을 흔들리게 하는 일은 모두 대역죄였다. 그러니 결백한 왕자 아기씨를 감히 의심한 자라면 비록 그자가 죽은 다음이라 하더라도 부관참시를 면치 못할 것이었다.

"그렇다고 이대로 지켜만 보고 있을 수는 없지 않소?! 그랬다가 정말 그 소문이 사실이면 어쩌려고요!"

혈기가 왕성한 젊은 관리 하나는 그래도 잠자코 있는 건 신하된 도리가 아니라며, 충신이라면 이런 때야말로 목숨을 걸고 진언을 드려야 한다고 목청을 높이기도 하였다. 하지만 주변의 다른 모든 관리들은 그런 그의 충정을 어리석다 비웃을 뿐이었다.

"쯧쯧쯧, 잘 생각해 보게. 자네 집안의 존폐가 자네 한 사람의 입에 달려 있을 수도 있다는 것을 말이야. 설령 자네 말대로 그…… 소문이 사실이라고 치세. 그런다고 주상 전하가 자네를 장하다 하겠는가? 십중 팔구는 자네를 불구대천의 원수처럼 여길 걸세. 그래도 좋은가?"

"그래도……"

"나서지 말게. 자고로 세상사란 먼저 나서는 놈이 독박을 뒤집어쓰기 마련인 법이야. 진중하시게. 자중자애하시게. 굳이 자네가 나서지 않아도 나서실 분은 많다네."

"나서실 분이라면?"

"대왕대비마마를 위시하여 중전마마나 다른 후궁마마들이 모두 가만 있으시겠는가? 종친 대감들도 가만 있지 않으실 것이네."

"아……"

다른 신료도 모두 마찬가지였다. 소문에 놀란 이들이 적지 않고, 그 진위 여부에 대해서도 궁금한 이들이 적지 않았지만 모두들 자신들이 나서지 않아도 따로 이 소문에 대해 적극적으로 나설 이들이 있음을 알고 한 발들 물러서는 입장을 취하였다.

❀

"웃……!"

한편, 장터에서 우연히 아낙들끼리 왕자 아기씨가 주상 전하의 씨가 아닐지도 모른다는 이야기를 쑥덕거리는 걸 본 장 서방은 혼비백산하여 은월각의 제 주인에게로 향했다.

하지만 은월각의 가장 안쪽에 위치한 내실의 문을 열자마자 장 서방은 단숨에 훅, 끼쳐 오는 역한 약냄새에 인상을 쓰며, 작게 콜록거리기까지 하였다.

청향과 일현이 들어있는 방 안은 공기도 탁하였다. 벌써 한참이나 씻지도 먹지도 자지도 않고 일현의 곁을 지키고 있는 청향이 아예 방 안의 화로에 약탕관(藥湯罐, 탕약을 달이는 데 쓰는 질그릇)을 올려놓고 계속 약을 달여 대고 있었기 때문이었다.

"행수, 이러고 있을 때가 아닙니다! 어서 이곳을 떠야 합니다!"

제 코를 움켜쥔 채 코맹맹이 소리로 장 서방이 청향을 닦달하였다. 돌아가는 일이 심상치 않았다. 도성을 뜨기로 한 날 갑작스러운 습격 사건으로 발이 묶인 것도 심란한데, 왕대비가 사주했던 일까지 들통이 났다. 다행히 아직 왕자를 바꿔치기한 것에 대해서는 눈치채지 못하고 있는 것 같긴 하였지만, 연루된 작자들이 많은 만큼 누구 하나라도 입을 열면 자신들이 잡히는 것은 시간문제일 터였다.

"어서요! 행수! 아직 왕자가 바뀌치기된 것을 눈치채지 못하고 있을 때 서둘러 아이를 데리고 떠야 합니다! 벌써 궁궐에서는 한바탕 사달이 났다니까요? 왕대비가 꼬리를 잡혔으니 당장이라도 금부의 것들이 이곳으로 쳐들어올지 모르는 일입니다요!"

급한 마음에 장 서방은 발까지 동동 구르며 청향을 재촉하였다. 하지만 청향의 귀에는 아무것도 들리지 않는 듯 탕약을 달이는 것에만 집중하고 있을 뿐이었다.

"행수! 일어서시라고요!"

참다 못한 장 서방이 청향의 두 팔을 잡아 힘으로 일으키려 하였다. 하지만 그 여린 몸에 무슨 힘이 있었던지 청향은 단 한 번의 몸부림만으로 장 서방의 팔을 뿌리친 채 다시 약탕관 앞에 앉아 후후, 입 바람까지 불어가며 부채질을 하였다.

"행수우……."

으드득. 장 서방이 이를 악물었다. 더는 지체할 수 없는 상황인데도 정신을 놓고 사내에게 빠진 청향에 대한 원망에서였다. 이윽고 장 서방은 스윽, 제 옆구리의 칼집에서 칼을 뽑아 들었다. 그제야 그 심상찮은 기척에 청향이 장 서방을 올려다보았다.

"뭘 하는 겐가? 장 서방……?"

평소의 총기는 어디론가 사라지고 멍청해 보이기까지 하는 몽롱한 눈빛으로 청향이 물었다.

"이자가 살아 있으면 행수는 절대 이 방을 뜨지 못할 터이니, 내 이자를 죽여 행수의 걸음을 가볍게 할 생각입니다. 용서하십시오, 행수!"

장 서방이 일현의 목을 향해 칼을 내리치려 하였다. 순간, "안 돼엣!"

하는 비명과 함께 청향이 뜨거운 약탕관을 맨손으로 잡아 장 서방의 등으로 던졌다.

"으아아악!"

갑작스레 퍼부어진 뜨거운 탕약에 장 서방이 들고 있던 칼을 놓치고 펄떡펄떡 제자리에 뛰었다.

"나가앗!!"

그런 장 서방의 등을 매몰차게 방 밖으로 밀어 버리고서 청향은 방문을 닫아걸었다.

"행수! 행수우!"

"난 안 가! 아무 데도 안 가……."

밖에서 들려오는 장 서방의 애타는 부름을 듣는 둥 마는 둥, 방문에 등을 기대고 선 청향이 씩씩, 숨을 몰아쉬며 혼잣말을 중얼거렸다. 그러다 문득 여전히 미동도 않고 누워 있는 일현 쪽으로 후다닥 달려가 벌겋게 데인 손바닥으로 일현의 뺨을 쓰다듬으며 다정히 속삭였다.

"겸아, 걱정하지 마. 누나는 절대 안 가. 너 두고 아무 데도 안 가. 언제나 네 곁에 있을 거야."

문득 몽롱한 눈빛으로 여전히 약 냄새가 가득한 방 안을 휘휘 돌아본 후 새삼 무서운 듯 어깨를 움츠린 청향이 일현이 덮고 있는 이불 위에 제 고개를 기대었다.

"어제는 슬픈 꿈을 꿨어. 무슨 꿈이냐고? 어어, 그게 뭐더라? 그래…… 네가 내 짚신 한 짝을 들고 막 나한테 달려오는 꿈이었던 것 같아. 근데 그게 왜 슬픈 꿈이냐고? 글쎄? 왜 슬펐지? 잘 모르겠는데? 그런데 그냥 막 슬펐던 것 같아. 무진장 막. 너무 너무 너무."

"행수……."

방문 앞에서 여전히 화끈거리는 등 때문에 잔뜩 얼굴을 구기고 섰던 장 서방은 다시 내실 안으로 뛰어 들어가려던 마음을 고쳐먹고 마루에서 내려섰다. 이어 마당을 가로질러 원래대로라면 이미 진작 자신들과 함께 이 은월각에서 떠났어야 할 검계의 무사들이 묵고 있는 곳을 향해 걸음을 빨리하였다. 그들에게 약속한 보수를 쥐여 주고 은월각을 뜨게 해야만 했다. 궁과 관련된 일이 아니더라도 금부에 들키면 안 될 일을 너무 많이 했기 때문이었다. 은월각에 원래 있었던 행랑아범부터 비약을 조제하던 홍 영감, 그리고 사람 구실을 못하게 만들어 놓은 가진에 이르기까지 세상에 드러나서는 안 될 일이 너무 많았다. 거기다 은월각의 기녀들 중 온다간다 말도 없이 어느 날 갑자기 사라진 기녀 서넛의 행방까지 밝혀지게 되면 대역죄가 아닌 연속한 살인 죄로 장 서방과 무사들의 목이 뎅강 잘리고 말 일이었다.

 "당장들 떠나라. 보수는 넉넉히 챙겨 넣었으니 섭섭지는 않을 것이다."

 "행수는요?"

 검계 중 한 명이 청향에 대해 물어왔다. 원래 행수와 자신, 그리고 왕자 아기와 함께 동행하기로 했던 자였다.

 "단출하게 나와 따로 움직이기로 하셨다. 그러니 괜한 걱정 말고 부지런히 움직이거라. 이곳에서 있었던 일일랑 입 밖에 낼 생각을 말고!"

 단단히 엄포를 놓은 뒤 은월각을 나선 장 서방은 어느새 해가 져 점점 더 어둑어둑해져 가는 거리 속으로 스며들어갔다. 목적지는 우선 인근의 약방이었다. 아직도 등이 계속 화끈화끈하였다. 단단히 덴 것만 같았다. 일단은 약방으로 가 화상 치료를 받은 뒤 밤이 좀 더 으슥해지면 청계천으로 향할 것이었다. 박 과부에게 맡겨 놓은 왕자를 되찾아오기 위해서였다. 아니, 되찾아 온다는 말은 사실이 아니었다. 반드시 살려 놓아야 한다는 왕대비의 명이 있었다고는 하지만, 이미 궁궐 안에서 일이 터졌으니 더는 귀찮게 살려 놓을 필요가 없었다. 살려봐 봐야 제 죄를 증명할 증좌만 될 뿐이었다. 청향까지 저리 정신을 놓은 마당에 장 서방 혼자 아이를 데리고 뭘 어떻게 할 수도 없는 노릇이었다.

귀찮은 화근거리는 아예 존재 자체를 없애는 것. 그것만큼 간단한 해결 방안은 없었다. 그러니 이 밤, 장 서방이 해야 할 일은 분명하였다. 박 과부에게서 아이를 데려온 다음, 아무도 보지 않는 야산으로 가 산 채로 생매장을 시키든, 어린놈의 멱을 따든 하면 그만이었다. 아니, 아예 박 과부와 어린놈을 한꺼번에 죽이는 방법도 있었다. 청향을 어찌할 것인지는, 억지로라도 데리고 함께 도망을 갈지, 아니면 왕자처럼 말끔하게 화근을 없애 놓고 갈지는, 조금만 더 생각해 보고 싶었다.

"장 서방……? 장 서방이 여기엔 웬일인가?"

은월각에서 그리 멀지 않은 곳에 있는 약방에 들어서자마자 장 서방은 흠칫, 몸을 굳혔다. 약방 의원 곁에 나란히 앉아 저를 향해 알은체를 하는 태겸을 본 때문이었다.

한편, 뜻밖의 사람을 만나게 된 건 장 서방만이 아니었다. 양주 별궁에 머무르고 있던 홍란 역시 뜻밖에 저를 찾아온 이를 보고 놀라기는 마찬가지였다.

"군부인."

"숙용마마."

처음 만났을 때와 사뭇 달라진 모습으로, 그만큼 확연히 다른 호칭으로 서로를 부르는 두 여인이었다.

"그간 무고하셨습니까?"

"무탈하셨사옵니까?"

두 여인이 누가 먼저랄 것도 없이 동시에 서로의 안부를 챙겼다. 슬며시 웃음을 터뜨린 것도 둘이 함께였다.

"제가 왜 왔는지 아시고 계시옵니까?"

웃음을 거두고 먼저 입을 뗀 쪽은 현무군의 안사람인 서경이었다.

"죄송합니다. 추문에 휩쓸리게 하여 현무군께도 군부인께도 면목이 없습니다."

홍란이 두 손을 앞으로 내어 방바닥을 짚고선 공손히 머리를 숙여 자신의 일에 현무군과 서경을 끌어들인 것에 대해 사과하였다.

"그러지 마시옵소서."

서경이 얼른 홍란의 두 손을 잡고 고개를 들게 하였다.

"사과를 받잡고자 온 것이 아닙니다. 현무군의 등쌀에 못 이겨 온 것을요."

새어나오는 웃음을 지그시 깨물며, 다정히 눈웃음을 지으며 서경이 말했다.

"실은 지금도 많이 삐져 있거든요. 후훗. 친애하옵고 경애하는 전하께서 아무 말씀도 해 주시지 않고 비밀리에 일을 꾸미신 것에 마음이 상했다 합니다. 일전에도 송 대방 어른께는 일의 자초지종에 대해서 자세히 털어 놓으시고는 자신에게는 아무것도 일러 주지 않았다며 단단히 마음이 상해 있으시지요. 후훗."

서경은 예전의 형님마마답지 않다며 점점 자신을 만나는 일조차 뜸해진 학에 대해 섭섭하다며 아이처럼 토라졌던 윤의 얼굴을 떠올리고는 또 다시 슬며시 웃음을 깨물었다.

"송구합니다."

홍란이 이번에는 학의 잘못을 빌었다.

"아닙니다. 전하께서 또 마마께서 저희를 생각하시어 그리 하셨을 거라 능히 짐작하고도 남는 것을요."

서경의 말이 맞았다. 현무군 내외는 학이 가장 믿는 이들이자 홍란과 연이를 제외하면 가장 보호하고픈 이들이기도 하였다. 거기다 홍란의 정체가 드러나고 나면 사람들의 입에 현무군의 이름이 오르내릴 수밖에 없었다. 그러기에 학은 부러 현무군 내외를 일에 연루시키지 않음으로써 그들을 지키려 하였다. 물론, 현무군 내외가 진작부터 왕자 아기씨를 출산한 숙용 송씨가 홍란이라는 사실을 알고 있었고 일부러 학의 마음을 살펴 모른 척해 주고 있음을 학은 꿈에도 생각지 못하고 있었지만 말이다.

"그보다 제가 찾아 뵈온 것은 아무리 생각해도 궁금증이 풀리지 않아섭니다. 일전에 마마를 해하려 한 일로 숨어 있는 왕대비마마의 추종 세력들을 찾아내기 위해 일을 꾸미신 것은 알겠사오나 왕자 아기씨에 대한 소문은 이해가 가질 않아서요."

"……"

"단순히 마마의 출신 때문에 그런 소문을 내지는 않았을 텐데요? 아무리 마마의 정체를 알아내었다고 한들, 궁에 계신 왕자 아기씨는 틀림없는 전하의 아드님이신 것을요. 왕대비마마도 모르실 리 없으실 텐데 그런데도 이런 공연한 헛소문을 낸 이유가 무엇일까요? 금세 밝혀지고 말 일이니 오히려 그 소문으로 더 자승자박하게 되고 말 일을요."

도성에 퍼진 소문을 들었을 때, 현무군과 서경이 가장 궁금해 한 것도 바로 그 점이었다.

홍란의 정체가 드러난 것은 어쩔 수 없는 일이라 치부하였지만, 왕자 아기씨의 소문은 달랐다. 홍란을 해치려 한 일은 죽은 김 상궁이 한 짓이라 모두 떠넘길 수 있겠지만, 왕자 아기씨의 근본을 의심하는 소문을 퍼트리는 것은 자칫 대역죄로 치죄될 수 있는 위험한 일이었기 때문이었다.

"까닭이 있습니다."

"까닭이라 하심은…… 설마? 그 소문마저 전하와 마마께서?"

서경이 놀라 되묻자, 부인도 시인도 아니 한 홍란이 가만히 밖을 향해 일렀다.

"음구 부장, 들어오세요."

"예, 마마."

굵은 사내의 음성이 즉답하였다. 그리곤 조심스럽게 방문이 열리고 소중히 강보를 안은 무장(武將)이 성큼성큼 방으로 들어와 홍란에게 강보를 건네었다.

"그럼 소신은 이만."

음구가 다시 철통 같은 경계를 하려 방을 나섰다.

"……아기씨이시옵니까?"

서경이 목소리를 낮추어 묻자 홍란이 강보를 기울여 서경에게 말똥말똥 눈을 뜨고 얌전히 있는 제 아들, 연이를 보여 주었다.

"연아, 인사 드리거라. 네 작은어머님 되시니라."

"왕자 저하."

서둘러 서경이 머리를 조아려 임금의 아들에게 예를 표하고는 다시 걱정스러운 눈빛으로 홍란을 보았다.

"아기씨가 어찌 별궁에 계시는 것입니까? 언제 이쪽으로……?"

왕자 아기씨를 별궁으로 출궁시켰다는 소식을 들은 바 없기에 놀라 묻는 서경에게 홍란이 처연한 웃음을 보이며 고개를 저었다. 그리곤 저와 제 아이가 겪었던 짧고도 억겁처럼 길었던 그 모든 일들에 대해 털어놓기 시작하였다.

"그럼. 그래서……?"

일을 꾸민 왕대비에 대한 환멸감을 온 얼굴에 노골적으로 드러내며 서경이 물었다.

"그들은 제가 연이를 찾은 것에 대해 아직 알지 못하고 있습니다. 그 때문에 안심하고 헛소문을 퍼트린 것이겠지요."

"또한 왕자 아기씨를 다시 궁에 들이시기 위해서 전하와 마마도 부러 그 소문에 대해서는 막지 않으신 것이겠고요!"

이미 자신들의 속을 훤히 꿰뚫고 있는 서경의 현명함에 홍란은 속으로 감탄하였다.

"……아시고 계시지요? 위험한 선택을 한 것은 전하와 마마도 마찬가지시라는 것은?"

서경의 맑은 눈에 동정과 연민이 깃들었다. 홍란이 그 눈빛을 차마 마주 보지 못하고 저를 향해 벙긋벙긋 웃어 주고 있는 연이만을 바라보았다.

"모두가 이 아일 위해서인 것을요."

"결행일은 언제이십니까?"

홍란이 다시 가만히 입을 닫았다. 이번에도 서경이 그 침묵 속에서 답을 찾아내었다.

"곧……이겠군요."

"더는 시간을 두고 기다리시지 않겠다 하셨습니다."

"며칠 간은 무슨 일이 있어도 궁궐 근처에도 얼씬거리지 말라는 어명이 있으셨다더니 바로 그래서였나 보군요."

모든 일이 잘 될 거라는 걸 알면서도 만약에 대한 두려움에 서경이 낯을 굳혔다.

하지만 곧이 아니었다. 홍란과 서경이 서로를 위로하고 있는 그 순간 도성에서는 이미 학이 뜻하고 예정한 그 모든 일들이 이루어지고 있었다. 왕대비 한씨의 친정집과 문지기 양진의 집으로 금부의 도사와 군사들이 어명을 받잡고 달려가고 있었고, 청계천의 박 과부 집을 찾은 장 서방은 금군들에게 쫓기고 있었다. 또한 청향의 상태가 심상치 않다는 전갈에 급히 은월각으로 가고 있던 태겸보다 먼저 한 무리의 의금부 군사들이 은월각을 향해 달려가고 있었다.

"전하, 대왕대비 전에 비빈마마들과 종친 대감들이 들어 있다 하옵니다."

편전에 있던 학에게 상선이 아뢰었다.

"아니 갈 것이다."

학이 단언하였다. 두 번 말도 붙이지 못하게 지엄한 목소리였다. 상선이 학의 명을 젊은 내시에게 전하고 젊은 내시가 그 뜻을 대왕대비 전에 알리기 위해 부리나케 편전을 나서는 모습을 보며 학은 눈을 빛냈다.

'왕대비마마, 그 약을 아니 쓰시고는 못 견디게 만들어 드리지요.'

왕대비 전의 김 상궁이 약을 먹고 자진하였다는 소식을 들었을 때는 제법 놀랐던 학이었다. 설마하니 수십 년 간 수족처럼 부려 오던 지밀에게 약을 쓸 줄은 몰랐기에 놀라긴 했지만, 그보다는 미리 작정한 것이 있어 왕대비의 손으로 전달해 둔 '그 약'을 쓴 것인가 걱정한 때문이었다. 그 약은 사람의 목숨을 해치기 위한 약이 아니었다. 그 약은 왕대비의 오랜 악행을 뿌리째 뽑아 내기 위한 약이었다. 오직 왕대비만이 써야 하는 것이었다. 그것을 위해 부러 이 밤, 왕대비의 친정 식구들을 모두 잡아오라 하였다. 도승지도 그것만은 쉽게 결단할 수 없는 일이라며 몇 번이나 다시 생각해 보시라고 거듭 진언을 올렸지만 학은 물러서지 않았다.

"왕대비마마의 지밀인 김 상궁이 자진을 하였다. 일전에 숙용을 해치려 한 일이 모두 제가 꾸민 일이었다는 토설을 하였다 하나, 어찌 죽은 자의 말만을 믿고 일을 처리할 것인가? 김 상궁이 왕대비마마의 사가와 잦은 연통을 하였다 하니 왕대비마마와 부원군이 억울한 일을 당하지 않게 하기 위해서라도 자초지종을 자세히 밝혀 내야 할 것이다! 알겠느냐?!"

그리고 한 술 더 떠, 학은 상선을 왕대비 전으로 보내 이제는 겨우 열댓살 먹은 나인 하나만이 수발을 들어주고 있는 왕대비에게 부원군과 그 일가가 오늘 밤 안으로 의금부로 잡혀 올 것임을 친절히 알려 주기까지 하였다.

"주상! 주사아아아앙!!"

학의 전갈을 받은 왕대비 한씨는 피를 토하듯 비명을 질렀다.

하지만 어린 나인도 늙은 상선도 그런 그녀를, 한때는 조선 최고의 여인이었던 이를, 그저 혐오스럽게 바라만 볼 뿐이었다.

제
13
장
─
권
선
징
악

그 밤, 부원군 집안의 사내란 사내들이 모두 의금부로 끌려가고 여인들만이 목을 놓아 통곡을 하고 있을 때, 남촌과 북촌 사이의 경계에 있는 은월각 또한 갑작스레 쳐들어온 금부도사와 군사들로 온통 아수라장이 되고 있었다. 은월각에서 고용한 힘깨나 쓴다는 왈패들은 서슬 퍼런 금부도사와 군사들에게 힘 한 번 제대로 쓰지 못하고 제압당했는가 하면, 뇌물이라도 찔러 주려고 지전들을 한 움큼 들고 나온, 눈치라곤 약에 쓰려고 해도 없는, 새로 온 지 얼마 안 된 행수며 행랑아범 등이 줄줄이 굴비 엮이듯 한 줄로 엮여 모두 의금부로 압송되어 갔다.

"죄인 청향은 어디에 있느냐!"

금부도사가 하늘까지 울리도록 쩌렁쩌렁 소리를 질렀다. 은월각의 하인들이 그 기세에 눌려 저마다 땅바닥에 납작 엎드린 채 손을 들어 청향의 내실이 있는 방향을 가리킬 뿐이었다.

"죄인 청향은 나와서 순순히 오라를 받아라!"

청향의 내실까지 단숨에 쳐들어온 금부도사가 내실 앞에서 소리를 질렀다. 하지만 아무 소리도 없었다. 거기다 방에는 불빛 하나 없어 정말 사람이 들어 있는 것인지 조차 알 수 없을 정도였다.

"죄인을 끌어내라!"

도사가 명을 내리자 군사들이 신을 신은 채로 내실 앞마루로 뛰어올라가 문을 열었다.

"웃! 콜록콜록!"

장 서방이 그랬던 것처럼 군사들 역시 온 방에 진동한 약 냄새 때문에 잠시 콜록거렸다.

"불을 비춰라!"

도사의 명이 떨어지자마자 등롱을 든 군사들이 일제히 방으로 들어왔다. 순간, 모두의 얼굴이 약속이나 한 듯 하얗게 굳었다. 그들 앞에 펼쳐진 기괴한 광경 때문이었다.

"다가오지 마! 한 발자국만 더 다가오면 모두 죽여 버리고 말겠어!"

방 안은 온통 난장판이었다. 뒤집힌 화로가 아무렇게나 뒹굴고 있었고 엎어진 약탕관에서 흘러나온 약물이 방바닥을 어지럽히고 있었다. 그런 가운데 검은 너울을 뒤집어쓴 여자가 의식을 잃고 누워 있는 사내의 몸을 안고 벽까지 물러나 앉은 채, 사내들이나 쓸 법한 긴 칼을 위협적으로 휘두르고 있었다.

"죄인 청향은 순순히 오라를 받아라!"

금부도사가 칼을 겨누며 슬쩍 한 발자국 앞으로 향했다.

"오지 마! 오지 마!"

슉슉! 허공을 가르는 소리가 날 정도로 세게 칼을 휘두르며 청향이 악다구니를 써 댔다.

"난 못 가! 안 가!"

"당장 저 계집을 끌어내라!!"

금부도사가 다시 소리를 질렀다. 그러자 청향에게 조금 다가갔던 군사들 중 하나가 놀라 소리를 질렀다

"이, 이, 일현 부장입니다!"

"뭣이라?!"

놀란 도사가 얼른 청향의 품에 안긴 남자의 모습을 자세히 살피더니 급히 명을 내렸다.

"얼른! 얼른 저 계집에게서 일현 부장을 떼어 놓거라!"

버럭 소리를 지른 금부도사는 제가 먼저 청향에게 덤벼들었다.

"오지마아아아악!"

앞뒤 가리지 않고 칼을 휘두르는 바람에 쉽게 다가서진 못했지만, 마침내 군사 하나가 청향에게 덤벼드는 데 성공했다. 뒤이어 너울이 엉망으로 찢겨 나가도록 거칠게 몸부림치는 청향에게 덤벼든 군사의 수만 셋이 넘었다. 그 결과 앙상하게 마른 청향의 손에서 칼을 뺏을 수 있었다.

"안돼! 안 돼에!"

군사 중 하나가 얼른 청향의 품에서 일현을 뺏어 안고는 서둘러 뒤로 물러났다. 그런 일현에게서 떨어지지 않으려 청향은 닥치는 대로 발길질을 하고 손에 잡히는 모든 것을 쥐어뜯었다.

"아이고!"

"무슨 계집이 이렇게 힘이 세!"

"뭣들 하느냐. 얼른 끌고들 가지 않고!!"

청향의 난동에 아파하는 군사들의 신음과 어서 빨리 끌어내라는 금부도사의 외침과 청향의 악다구니가 뒤섞여 방은 온통 난리법석이었다.

"누이!"

뒤늦게 은월각에 당도한 태겸이 놀라 뛰어들려 하였지만 군사들이 그 앞을 단단히 막아섰다.

"누구냐!"

"성태겸이라 합니다. 저기 있는 저…… 청향이 제 누이가 됩니다."

태겸의 말에 금부도사가 아래위로 훑어보았다. 은월각의 청향을 잡아오되, 그 아우인 성 봉사에게는 죄를 묻지 말라는 어명이 있었던 까닭이었다.

"그대가 내의원 봉사 성 태겸이란 말이지?"

"그렇습니다."

태겸과 금부도사가 말을 나누는 중에도 청향은 여전히 제게 덤벼든 군사들을 할퀴고 꼬집고 발로 차며 난동을 부리고 있었다.

"겸이를 두곤 아무 데도 못 가! 안 가! 놓아라, 이놈들아!! 겸아, 겸아!"

"……!"

"그럼 저 계집이 부르짖는 겸이라는 건 자네를 이르는 말이로군. 그런데 왜 저 계집은 일현 부장을 자네라 하고 있는 것인가?"

"윽! 으윽!! 놔아!"

마침내 완력을 쓰는 사내들에 의해 제압당한 청향을 보는 태겸의 심정은 이루 말로 할 수 없었다. 아무리 극악한 일을 저지른 죄인이라 하여도 제게는 언제나 다정하기 그지없었던, 소중하고 또 소중한 누이였던 까닭이었다.

"성 봉사?"

자신을 부르는 소리에 태겸은 금부도사의 물음에 답하기 위해 방에 엎어진 약물을 찍어 잠시 맛을 보았다.

"읏!"

"무슨 약인가?"

"……지혈제와 내상에 듣는 약초들, 그리고 몽한약과 비약이 한 데 섞인 듯합니다."

"몽한약과 비약이? 그럼?"

"……예."

방에 배인 약향으로 짐작해 보건데 바깥바람도 잘 통하지 않는 방 안에서 내내 탕약을, 그것도 급한 맘에 의원에게 받은 약재들만이 아니라 여러 가지 약재들을 한꺼번에 달여 대어 청향 본인도 약에 중독된 것 같았다.

"비록 지금은 사리 분간이 쉽게 가지 않는 상태일 것이나, 직접 약을 취한 것이 아니니 해독을 하면 금세 본디의 정신으로 되돌아올 것입니다. 그러니 제발 너무 거칠게는…… 해독약을 먹기 전에는 고신을 해 봐야 아무 증좌도 얻기 어려울 터이니……."

"알았네. 죄인을 끌고 가라!"

제 누이를 잘 부탁한다는 말을 할 염치도 없어 말을 못 잇는 태겸의 심정을 짚은 듯, 금부도사가 조금 전보다 한결 침착해진 목소리로 명을 내렸다.

"옙!"

이윽고 청향이 군사들의 손에 의해 방에서 질질 끌려 나갔다. 제가 그리도 애타게 부르짖는 겸이의 곁을 지나치면서도 그이가 겸이라는 것도 알지 못한 채 내내 제 등 뒤에 있는 일현만을 한사코 돌아보는 청향이었다.

"겸아! 겸아아악! 거기 있어? 누나가 금방 올게! 거기 꼭 있어야 해?! 알았지이?!!"

"누이……."

참담한 심정에 태겸은 질끈 눈을 감았다. 누이가 지금 무엇을 착각하고 있는 것인지 알 것 같았다. 비록 완전히는 아니었지만 최근 들어 점점 더 많은 것이 기억나고 있는 덕분이었다.

"일현 부장의 상태를 보아주게."

금부도사가 마루로 내어 온 일현을 진맥하여 달라 청했다. 태겸은 애써 마음을 추스르고 일현의 상처를 확인한 후, 눈꺼풀을 뒤집어 동공을 확인하고, 맥을 짚고, 가느다른 숨의 세기까지 확인하였다. 그 외에 옷을 걷어 몸의 곳곳에 다른 내출혈이 일어난 것은 없는지 유심히 살폈다.

"어떠한가? 곧 깨어날 수 있겠는가?"

"……호흡도 맥도 위급한 지경이니 당장은 소생을 확답하기 어려울 것 같습니다."

"천하의 일현 부장이 어찌하여 이런 꼴을…… 쯧쯧."

전하를 지근에서 모시던, 한때는 가장 충성스러웠고 전하께서 가장 믿고 아끼시던 금군의 젊은 부장이 살아 있는 송장이나 다름없는 꼴로 발견된 것에 금부도사는 안타까움을 금치 못하였다.

학이 비로소 편전에서 나와 대왕대비 전으로 향한 것은 일에 연루된 모든 자들을 잡아들였다는 소식을 듣고서였다.

"주……."

"쉿!"

대왕대비 전의 상궁이 학이 당도했음을 알리기도 전에 학이 손을 들어 고하지 못하도록 말렸다. 안에서 들려오는 소리 때문이었다.

"왕대비에게 죄를 물어서는 아니 됩니다!"

방 안에서 목소리를 높이고 있는 이는 종친들 중에서도 가장 꼬장꼬장한 성격을 자랑하는 선잉군이었다. 대왕대비에게는 사촌 아우가 되고 학에게는 작은 할아버지뻘인, 종친들 중 가장 웃어른에 속하는 이였다.

"애당초 주상이 그런 천것을 궁에 들이는 게 아니었어요. 기생년 따위가 감히! 매분구 따위가 감히 내명부의 직첩을 받다니요! 돌아가신 형님 전하께서 명부에서 통곡하실 일이 아니오닙까?!"

"선잉군 대감……."

"이게 다 대왕대비마마께서 너무 유하셔서 벌어진 일입니다. 당장 직첩을 거두고 출궁을 시키라 하세요. 더는 왕실이 세간의 웃음거리가 되어서는 아니 될 것입니다!"

선잉군의 노성을 들은 학이 질끈, 눈을 감았다. 그리곤 곁의 상궁에게 제가 왔음을 고하라는 듯 고개를 끄덕였다.

"대왕대비마마, 주상 전하 납시셨사옵니다."

"어서 모시거라!"

"늦어서 송구합니다. 할마마마."

대왕대비를 제외한 모든 사람들이 학을 맞으려 일어나는데도 선잉군만은 대왕대비 앞에 꼿꼿이 허리를 세우고 앉아 돌아보려고도 하지 않았다.

"작은할아버님도 계셨습니까?"

학이 대왕대비 곁에 자리를 잡고 앉자, 그제야 선잉군이 고개만 까딱하여 인사를 하였다.

"예서 기다린다고 전갈을 넣은 지 벌써 두 시진이 넘어갑니다."

"죄송합니다. 처리해야 할 일이 산적한지라 편전에서 나올 수가 없었사옵니다."

"주상, 선잉군 대감을 위시하여 여기 모인 이들이 주상께 긴히 아뢰고 싶은 말씀들이 있으시다며 오래 기다리셨습니다."

"무슨 말씀들이신지 기탄없이 얘기해 보시지요."

짐짓 온화한 미소를 띤 학의 말이 떨어지자마자 선잉군이 제 손바닥으로 무릎을 내려치며 이야기를 시작하였다.

"앞으로 어찌하실 작정이십니까?"

"무엇을 말씀이십니까?"

"그 매분구 말입니다. 아직도 별궁에 머물고 있다면서요? 어서 합당한 처분을 내리셔야지요. 종묘사직을 능멸한 이를 어찌 그대로 두고만 보고 계십니까?"

"숙용을…… 폐서인(廢庶人, 벼슬이나 신분적 특권을 빼앗아 서민이 되게 함)하라는 말씀이십니까?"

학의 얼굴에서 미소가 걷혔다. 그 차가워진 얼굴에 방 안의 공기도 일순 차갑게 얼어붙었다. 하지만 선잉군은 학의 태도에 아랑곳하지 않고 말을 이었다.

"아니지요. 어차피 신분이 천하니 폐서인을 한다 하여 그것이 무슨 벌이 되겠습니까? 숙용은…… 아니, 그 매분구는 종묘사직을 능멸한 죄인입니다. 주상도 아시고 계시지 않습니까? 신분을 속이는 일은 엄히 다스려야 할 대죄임을요."

"궁에서 내쫓는 것으로도 부족하다는 말씀이십니까?"

"그렇지요. 퇴궐을 시킨 후에 사사(賜死, 임금이 독약을 내려 스스로 죽게 함)해야 합니다!"

"대감!"

선잉군의 대담한 발언에 방 안 모두가 놀라 숨을 들이켰다. 설마하니 거기까지 이야기할 줄은 몰랐던 것이었다.

"왕자의 어미를 죽이라는 말씀이십니까?"

학의 목소리가 조금 떨려 나왔다. 방 안의 모든 사람들이 그것을 눈치 채고 눈만 들어 살며시 용안의 기색을 살폈다.

"죽여야지요!"

선잉군은 단호하였다.

"왕자의 전정을 위해서라도 그리 해야 합니다. 왕자를 중전의 자식으로 키우기 위해서라도 천한 어미는 없는 것이 나……."

"선잉군 대감!"

드디어 학의 노성이 터져 나왔다. 방 안의 모두가 놀라 떨 정도로 무시무시한 음성이었지만 선잉군은 눈썹 하나 까딱하지 않았다.

"왜요? 제 말이 어디 하나 틀렸습니까? 그 매분구가 살아 있는 한, 왕자는 매분구의 자식, 기생의 자식이라는 소리를 등에 업고 살아가야 합니다. 거기다 만약 끝끝내 중전의 소생인 원자가 태어나지 않으면……".

선잉군이 고개를 깊게 숙인 중전을 힐끗 보고선 이내 다시 말을 이었다.

"지금의 왕자가 세자로 책봉되어야 할 터. 중국에서 황제의 고명을 받아야 할 터인데 과연 그것이 쉽겠습니까? 아니, 세자가 된다고 칩시다. 보위에도 오른다고 칩시다. 그때는 매분구의 자식, 천기의 자식이라는 것이 더 큰 문제가 될 것입니다. 그야말로 종묘사직이 위태로워질 수 있다는 소리입니다. 기껏 총비(寵妃, 왕의 총애를 받는 여인) 하나 지키자고 종묘사직을 벼랑 끝으로 내모실 작정이십니까?"

"통촉하여 주시옵소서!"

다른 종친 대감들이 일제히 허리를 숙여 소리를 높였다.

"주상, 제게는 자식도 손자도 없습니다."

선잉군이 학의 눈을 똑바로 마주 보며 한마디, 한마디를 힘주어 내어놓았다.

"그러니 다른 모든 이들이 만약이 두려워하지 못하는 말을 이리 직언

드릴 수 있는 것입니다. 훗날 왕자가 제 어미를 죽인 일로 누군가를 원망하고 보복할 것이 두려우시다면 그때에 이 늙은 할아버지의 이름을 대시옵소서. 설마 그때까지 이 늙은 몸이 살아 있기야 하겠습니까?"

눈 하나 깜빡이지 않고, 그 어떤 두려움도 없이 학에게 제 소신을 늘어놓는 선잉군이었다. 학이 어금니를 꽉 깨문 채 선잉군의 이야기를 모두 들은 후, 천천히 눈을 감았다.

학이 다시 눈을 뜬 것은 한참이나 지나서였다.

"……알겠습니다. 그러하겠습니다."

"전하! 참으로 잘 결정하셨습니다."

학의 답에 선잉군의 얼굴에 희색이 감돌았다. 방 안의 다른 이들도 모두 마찬가지였다. 뜻밖에도 선선히 숙용을 사사하겠다는 말에 다들 놀라면서도 한편으로는 안심하는 듯하였다.

"그런데 말입니다."

학이 선잉군을 똑바로 마주 보았다.

"그럼 여기 계신 대왕대비마마와 중전, 숙의와 소용은 어찌해야 할까요?"

갑작스러운 학의 물음에 선잉군의 미간에 잡혀 있는 주름이 더욱 굵어졌다.

"무슨 말씀이시온지?"

"작은할아버님께서 숙용에게 죄를 주자고 하신 것은 어디까지나 숙용이 신분을 속였다 하여 그러신 것 아니옵니까? 허면 숙용의 신분을 속이는 것을 알고 허락해 주신 대왕대비마마나 모두 동조하여 묵인해 준 중전과 숙의, 소용도 함께 죄를 물어야 하지 않겠습니까? 아니지요. 그보다 더 큰 죄는 이 몸에게 있지요. 숙용의 신분을 속인 것은 숙용이 아니라 바로 제가 한 일이니까요. 자, 그럼 이제는 어찌해야 합니까? 대왕대비마마를 위시하여 저와 제 비빈들이 모두 함께 대죄를 지었으니 저희들 모두 폐서인이 되어야 되지 않겠습니까?"

"전하!"

"주상!"

방 안 사람들이 일제히 놀라 학을 보았다. 학이 놀라 탄식을 늘어놓는 그 한 사람, 한 사람과 눈을 맞추었다. 뜻밖의 사태에 놀라 토끼처럼 동그랗게 눈을 뜬 숙의와 소용, 중전과도 눈을 맞추며 말했다.

"참으로 실망스럽습니다. 어찌하여 이 자리가 숙용의 죄를 논하는 자리가 되었단 말입니까? 굳이 누군가의 죄를 논하려 한다면 왕대비마마의 죄를 논했어야지요. 감히 임금의 총비를 죽이려 하였습니다. 그뿐입니까? 중국으로 도망친 죄인 변 역관에게서 적지 않은 뇌물을 받아 궁인들을 포섭하기도 하였습니다. 그리하여 이 궁 안에 왕대비마마의 돈을 받고 왕대비마마의 눈과 귀 노릇을 한 궁인들이 여든이 넘습니다. 이 일을 모두 묵과하란 말씀이십니까?!"

"……김 상궁이 한 짓이라 하질 않습니까? 스스로 죄를 자복하고 자진하였으니 그 일을 어찌 왕대비에게 물을 것입니까?"

"그 이야길 믿으십니까? 저보고도 믿으라고요?! 할아버님, 그리고 여기 계신 모든 분들이 말씀해 보세요. 그 이야기가 정말 진짜라고 믿으십니까?!"

아무도 학의 물음에 답하려 하지 않았다. 그 모습에 더욱 분통이 터져 학이 목에 굵은 힘줄이 서도록 있는 힘껏 고함을 질렀다. 눈에도 벌건 핏발이 섰다.

"정녕 폐서인이 되어 죽어야 하는 것이 도대체 누구란 말입니까?!"

"왕대비를 죽이면 주상은 폐륜아가 됩니다."

선잉군이 나직하게 하지만 단호하게 한마디를 내뱉었다.

"폐륜을 저지른 것은 왕대비가 먼저입니다. 왕의 여인을 죽이려 하고, 왕의 아들을 해하려 하였습니다! 그뿐인 줄 아십니까?"

부들부들 떨면서, 어금니를 힘껏 깨물며 학이 말을 이었다.

"왕대비는!"

더는 왕대비에게 마마라는 존칭도 붙이지 않는 학이었다.

"죽어도 마땅한 죄를 지었습니다!"

"전하! 말씀이 너무 심하……."

"닥치세요!"

학이 끼어드는 다른 종친의 말을 단칼에 잘랐다.

"숙용이 습격을 받은 틈을 타, 왕대비는 사람을 시켜 태어난 지 사흘도 안 된 어린 왕자를 다른 갓난아이와 바꿔치기하여 몰래 빼돌렸습니다. 아시겠습니까? 지금 교태전에서 돌보고 있는 그 아이가 제 아이가 아니란 말씀입니다!"

"헉!!"

이번에는 아니 놀란 사람이 없었다. 방 안의 모두는 제 귀를 의심하며, 저마다 더는 커질 수 없을 정도로 크게 눈을 뜨고 입까지 벌리며 방금 저희가 들은 말을 제대로 이해하려 애썼다.

"그, 그런……."

"설마요."

"마, 말도 아니 되는……."

종친들 중 누구도 제대로 말을 잇지 못하였다. 그런 끔찍한 일을 왕대비가 저질렀다는 것이 쉬 믿기지 않아서였다. 아니, 무엇보다도 임금이 계신 대궐에서 임금의 아들이 바꿔치기되었다는 사실이 믿어지지 않는 이들이었다.

"이 못난 아비는…… 이 못난 임금이란 작자는……."

감정을 추스르지 못한 학의 눈에서 뜨거운 눈물이 솟아나왔다.

"제 자식이 바뀐 줄도, 왕자가 간악한 자들에 의해 빼돌려진 것도 미처 알지 못하였습니다. 그것을…… 숙용이…… 그 아이의 어미가 알아차리고…… 이 무능한 아비를 대신하여 직접 아이를 찾고……지킨 것입니다. 혹. 자 이제 말씀해 보십시오. 이런데도 감히 죽어도 용서 못할 죄를 지은 왕대비의 일은 덮고, 숙용의 죄만 물어야 한다 말씀하시겠습니까?!"

학이 주먹으로 눈물을 훔쳤다. 그리곤 용포를 떨치고 일어나 놀라고 비참한 심정에 방바닥만 내려다보고 있는 종친과 내명부의 여인들을 차가운 시선으로 내려다보았다.

"더는 아무 말씀들 마세요. 숙용에 대해서도 왕대비와 그에 동조한 이들을 어찌 처결할지에 대해서도 단 한마디도 끼어들지 마세요. 아시겠습니까?!!"

"증좌는…… 왕대비가 그런 천인공노할 짓을 저질렀다는 증좌나 증인은…… 있습니까? 왕자가 바뀌었다는 증좌는……."

선잉군이 그래도, 혹시나 하는 심정으로 간신히 입을 떼어 물었다. 차마 학의 얼굴은 보지 못한 채였다.

"그리 말씀하실 줄 알았습니다. 하여 모든 증좌와 증인들을 모으느라 시간을 들였지요. 걱정하지 마십시오, 할아버님. 그리고 종친 여러분. 머지않아 금부에서 공초(供招, 범인들이 범죄 사실을 진술하는 일)를 받아 올 것입니다. 지위 고하를 막론하고 이 일에 연루된 모든 자들의 다리가 으스러지도록 주리를 틀고, 피와 살점이 튀도록 모진 고신을 하라 일러 두었습니다. 그들 중 어느 한 명에게서라도 왕대비가 거론되면 그때야 말로 왕대비에게는 사약이 내려지고 말 것입니다."

아연실색한 사람들을 뒤로 하고 학이 크게 발을 굴리며 방을 나갔다.

"와, 왕자가 왕자가 아니라니……."

"왕자 아기씨를 바꿔치기하다니 그런……."

"선잉군 대감, 이제 이 일을 어쩝니까?"

놀란 종친들이 서로 마주 보며 난감해 하던 그때, 대왕대비가 손을 들어 이마를 짚었다.

"다들…… 이제 그만…… 물러……."

힘겹게 한마디를 내뱉다 말고 대왕대비가 눈을 허옇게 뒤집고는 스르 특, 옆으로 쓰러지고 말았다.

"대왕대비마마!"

"마마!"

"어의, 어서 어의를 부르거라!! 어서!"

대왕대비 전이 발칵 뒤집히던 바로 그 무렵, 의금부에서는 잡혀 온 죄 인들의 비명 소리가 하늘을 어지럽게 수놓았다. 대역죄에 버금가는 대 죄의 혐의를 받고 있는 자들인 만큼 엄히 문초하라는 어명이 내려진 때 문이었다.

"으아아악!!"

철썩, 철썩하는 매질 소리와 지지지직 살이 타들어 가는 소리, 으드 득 주리에 틀려 뼈가 부러지는 소리들이 들릴 때마다 귀청을 찢을 듯한 비명이 뒤를 이었다.

그리고 모진 고문에 지친 자들은 누가 먼저랄 것도 없이 저희의 죄를 앞다투어 털어놓기 시작하였다.

❀

그 밤, 다른 종친들을 먼저 보낸 선잉군은 대왕대비 전 상궁의 안내를 받아 왕대비 전각으로 향하였다.

"서, 선잉군 대감…… 선잉군 대감. 흐흐흐흑."

선잉군의 모습을 보자마자 왕대비가 눈물바람부터 하였다. 선잉군이 초라한 세간과 왕대비의 모습을 보고는 눈살을 찌푸렸다.

"……."

아무 말도 않고 차갑게 저를 보는 선잉군에게 왕대비가 눈물로 하소연을 하였다.

"저는 모르는 일입니다. 제 아랫것이 저도 모르게 꾸민 일이니 제가 어찌 알았겠습니까? 뒷방 늙은이가 된 저를 안쓰럽게 여겨 한 일인 것을요. 천한 기생년 따위가 매분구 따위가 임금의 총애를 등에 업고 오만방자해진 것을 보다 못해 아녀자의 좁은 소견으로 싫은 소리 몇 마디를 하였더니, 그것을 저 혼자 곡해하여…… 흐흐흐흑."

"……꼭 그래야만 할 것이오."

선잉군이 온정이라고는 조금도 느껴지지 않는 목소리로 차갑게 말했다.

"설령 대비의 친정붙이들이 모두 이 일에 연루되어 있다는 정황이 나와도, 그 때문에 대비의 사가가 모두 절단이 나는 한이 있어도, 대비는 절대 모르는 일이어야 하오."

"저, 정말 저는 모르는 일이래도요."

"감히 왕자를 바꿔치기하였다고요?"

"헉…… 그, 그런……"

그 일까지 들통이 난 줄 몰랐기에 왕대비 한씨의 얼굴이 한층 더 일 그러졌다.

"저, 저는 정말……"

"모든 일은 왕대비 몰래 왕대비 집안과 왕대비 전의 상궁, 나인들이 합심하여 꾸민 짓이겠지요."

"……그, 그렇습니다."

"왕실의 존엄을 지키기 위해서라도 반드시 그래야만 할 것이오. 주상이 대비를 사사시키는, 천에 하나 만에 하나라도 폐륜이라는 오명을 뒤집어쓸 수 있는, 그런 일은 있어서는 아니 될 것이오!"

"흐흐흑…… 예. 그럼요. 그렇지요. 그러니 주상을 말려 주십시오. 여색에 홀려 친어머나 다름없는 제게 이리 박정하게 대하는 주상을……"

왕대비 한씨가 선잉군의 말에 힘을 얻어 더욱 우는 소리를 늘어놓는데, 선잉군이 벌떡 자리에서 일어섰다. 그리곤 방을 나서며 왕대비 한씨가 들으라는 듯 결코 작지 않은 소리로 혼잣말을 하였다.

"친정 집안과 부리던 이들이 꾸민 짓에 망극하여 자진을 하시는 일은 없어야 할 터인데…… 하긴, 폐서인이 되어 사약을 받는 것보다는 훨씬 모양새가 낫긴 하겠구려."

선잉군을 배웅하려 엉거주춤 일어서던 왕대비가 망연자실하여 털썩, 자리에 주저앉았다. 방금 한 선잉군의 말인즉, 자신더러 자진을 하라는 소리였던 것이다.

'누구 마음대로!'

왕대비가 피눈물을 흘리며 입술을 깨물었다.

설마 선잉군까지 저리 나올 줄은 몰랐다. 중전과 왕대비로 있는 내내 선잉군에게도 적지 않은 돈과 후의를 베풀어 준 자신이었거늘 이제 와 자신더러 왕실에 수치를 주지 말고 스스로 죽으라고 하다니 원망스럽기 이를 데 없었다.

'그럴 수는 없지요. 그리 허망하게 죽자고 이리 수치스럽게 살아 있는 것이 아님을요. 어차피 죽어야 할 운명이라면……'

왕대비는 가만히 품속에 감추어 두었던 '그것'을 꺼내어 보았다.

'하고 싶은 일은 하고 죽어야겠지요.'

의금부에서 문초를 받던 죄인들은 얼마 지나지 않아 자신들의 죄를 순순히 토설하기에 이르렀다. 하지만 모두들 하나마나한 대답들만 늘어 놓았을 뿐이었다.

"어느 날 왕대비 전의 김 상궁이 불러 말하기를, 간악한 계집이 성총을 흐리고 궁에 들어와 다른 이의 씨를 감히 성상의 아들로 거짓 꾸며 종묘사직을 능멸하고 있으니, 어찌 충성된 신하로서 이를 묵과할 수 있는가 하여 자진하여 가짜 왕자를 궁 밖에 내어놓는 일에 찬동하였나이다!"

왕자 바꿔치기에 동조한 이들은 하나같이 그리 진술하였다. 김 상궁에게 죄를 덮어씌운 건 김 상궁의 친척인 문지기 양진 역시 마찬가지였다.

"김 상궁이 저와는 가까운 인척이자 은인이니 그의 말을 거절하기가 항시 어려웠습니다. 평소 그가 궁을 드나들 때 몸수색을 등한시하고, 그가 들여오고 내가라 명한 태항아리의 안을 자세히 살피지 않았을 뿐, 저는 모든 일에 대해 아무것도 알지 못합니다."

왕대비의 아비와 동생, 그리고 조카를 비롯해 그 집안의 하인들은 한

술 더 떴다. 그들은 아무것도 알지 못한다고 딱 잡아뗐었다.

"김 상궁이 때때로 은밀히 들러 왕대비마마의 안부를 전해준 바는 있사오나 그가 무슨 짓을 꾸미고 무엇을 획책하였는지는 조금도 알지 못하였습니다. 믿어 주십시오!"

답답한 마음에 학이 직접 친국을 하기도 하였지만, 어느 하나도 왕대비가 이 일에 직접 연루되었다는 진술을 하지 않았다. 아무리 모진 고신을 하여도 그들의 입에서는 오직 김 상궁의 이름만이 튀어나왔을 뿐이었다.

"참으로 대단들 하더군. 어느 누구하나 그 이름을 불지 않았어."

고이 잠든 연이의 얼굴을 내려다보며 학이 한숨을 쉬었다.

"어쩌면…… 그것이 그들이 알고 있는 진실일지도 모르지요. 그러니 다른 말을 내어놓으려고 해도 내어놓을 수 없는 것일 거고요."

딱딱한 학의 어깨를 주무르며 홍란이 말했다. 밤늦게 별궁까지 달려온 정인의 어깨는 한 군데도 말랑한 곳이 없이 온통 딱딱하게 뭉쳐져 있었다.

"그러니 그만 끝내자고?"

"이미 많은 이들이 벌을 받았잖아요. 그 정도면……."

"아니, 안 돼. 나중을 위해서라도 왕대비는 반드시 처벌해야만 해."

벌써 몇 번째 되풀이되는 문답인지 몰랐다. 연이와 홍란을 해치려 한 자들을 잡아들인 지 벌써 석 달이 넘었다. 이미 잡혀 온 많은 자들이 지은 죄에 합당한 벌을 받았다.

제일 먼저 토설한 화정을 제외한 민 상궁과 다른 궁인들 그리고 의녀들에게는 사약이 내려졌다. 관여한 정도는 적으나 왕대비의 눈과 귀 노롯을 하였던 궁인들은 모두 장 100대 이상을 맞고 궁에서 쫓겨나는 벌을 받았다.

건춘문의 문지기 양진과 은월각의 새 행수와 그 수하들은 모든 재산을 몰수당한 후 도성에서 삼천 리 이상 떨어진 곳으로의 유배형에 처해졌다. 가장 심한 벌을 받은 이는 청향의 수하 장 서방이었다. 그는 변 역관과의 연계를 한사코 부정하였고, 자신이 저지른 일에 대해 모르쇠를 계속했더랬다. 하지만 왕자를 납치한 일의 공범이자 은월각의 전 행랑아범이었던 오 영감과 비약을 만들던 홍 영감의 죽음에 직접적인 주범으로 사대문 한복판에서 많은 사람들이 보는 가운데 공공연히 목이 베이는 극형을 받았다. 또 다른 주범인 청향의 경우에는 아직 정신이 온전히 돌아오지 않은 관계로 문초를 하지 못한 바, 그 처벌이 유예되고 있는 상황이었다. 청향처럼 처벌이 유예되고 있는 이들은 또 있었다. 바로 왕대비 한씨의 친정 가문 사람들이었다. 심증은 가지만 그들에게 드러나는 물증이 없는지라 그들은 아직 합당한 처벌을 받지 못하였다.

하지만 오히려 처벌을 받는 것이 더 나았을지도 몰랐다. 모른다 하여도 그것을 용납해 주지 않은 학 때문에 그들은 하루가 멀다 하고 국청에 끌려 나와 죄를 토설하기를 강요받았다. 일흔이 넘은 부원군에게는 나이와 직위를 감안하여 직접적인 고신이 가해지진 않았으나 옥중에서 하루도 빠짐없이 매일같이 끌려 나가 온갖 고신을 다 받고 온몸이 너덜거리게 찢기고 상처 입은 아들과 손자들을 지켜봐야 하는, 형벌 그 이상의 형벌을 받고 있는 중이었기 때문이었다. 그런 와중에도 학은 이레에 한 번은 양주에 있는 별궁으로 홍란과 연이를 만나러 왔다. 홍란은 공식적으로는 아직도 병환 중으로 여전히 별궁에 머무르는 처지였다.

"낮에 중전마마께서 전갈을 보내셨습니다."

"왜, 또 하루속히 환궁하라든가?"

"이제는…… 들어가야겠지요."

"아직은 안 돼. 아직은 완전히 안심할 수가 없어."

학이 제 어깨를 주무르는 홍란의 손을 잡아 제 품으로 끌어당겼다. 그 힘에 못 이겨 홍란이 학의 품으로 가뿐히 안겨들었다.

"우리가 풀었던 돈 중에서 회수한 건 그 삼분의 이밖에 안 돼. 아직 돈을 받은 왕대비의 사람들이 궁에 얼마나 더 있는지 모른다는 이야기지. 그런 곳에 당신과 연이를 오라 할 순 없어. 거기다……."

거기다 환궁하는 즉시 연이는 교태전에서 데려갈 것이었다. 선잉군을 비롯한 종친들은 아직도 여전히 홍란을 퇴궐시켜야 한다고 강건하게 버티고 있고, 와병 중인 대왕대비를 대신하여 내명부를 총괄하고 있는 중전 심씨는 가짜 왕자 아이를 내어준 다음부터 줄곧 왕자는 자신의 손으로 키울 것이라고 공공연히 천명하고 있었다. 후궁의 자식을 중전이 훈육시키는 일은 당연한 일인데, 특히 숙용의 신분에 대하여 조정의 중신들과 종친들이 보는 눈이 곱지 않은 바, 중전은 자신의 밑에서 연이가 크는 것만이 연이의 전정을 위해 좋은 일이 될 것이라고 강변(强辯)하였다.

"아직은 괜찮아. 그대의 병이 아직 완전히 낫지 않았고, 그런 그대에게서 연이를 빼앗아 오면 환후가 더욱 깊어질 것이라고 으름장을 놓았으니, 아무 걱정 말고 당분간은 연이랑 여기서 편히 있어."

홍란의 날씬한 등을 어루만지며 학이 불안한 홍란의 마음을 위로하였다.

사실 홍란이나 연이를 창경궁처럼, 경복궁에서 가까운 별궁에 둘 수도 있는 노릇이었다. 하지만 그랬다가는 당장 매일처럼 대궐 문 앞에 모여 앉아 "숙용을 폐하라"며 소리를 높이고 있는 유생이나 사람들의 존재를 알게 될 것 같아 학은 내내 홍란을 양주 별궁에 머물게만 하였다. 그 외에도 홍란과 연이를 입궁시킬 수 없는 이유가 또 있었지만, 그것까지는 아직 밝히지 않고 있는 학이었다.

"그럼 예까지 오시는 횟수라도 줄이셔요. 매번 밤길을 이리 달려오시니 마음이 편치 않아요."

"그럼. 나는? 매일 이놈이 보고 싶어 눈이 짓무르는데, 매일 이렇게 그대의 살 냄새가 맡고 싶어 피가 끓는데."

학이 홍란의 저고리 매듭으로 손을 뻗었다.

"이렇게 이레에 한 번 보는 것도 감질나 죽겠는데, 이런 나는 어떻게 하라고?"

학이 제 품에 안긴 홍란의 고개를 들어 올렸다. 그리곤 가만히 홍란의 눈을 들여다보며 아주 작은 소리로 속삭였다.

"날 빨리 보내고 싶으면 부디 협조 좀 해 주지 않겠어?"

홍란의 뺨이 학이 올 것을 기다리며 특별히 골라 바른 붉은 입술연지보다 더 붉게 물들었다. 그리곤 학의 손에 제 옷고름이 풀려 나가는 걸 차마 보지 못하고 눈을 들었다가, 학의 진한 눈빛에 괜히 더 놀라 긴 속눈썹을 바쁘게 움직였다.

"욕심일까?"

어느덧 드러난, 예전보다 훨씬 더 육감적인 형태를 갖게 된 뽀얀 가슴에 얼굴을 묻으며 학이 중얼거렸다.

"……무엇을요?"

순식간에 온몸을 사로잡는 욕정에 어느새 잔뜩 쉬어 버린 목소리로 홍란이 물었다.

"이 밤, 연이 동생이 생기길 바라는 건?"

학이 홍란의 치마 사이를 더듬으며 씨익, 장난스럽게 웃었다. 그리곤 홍란의 답도 기다리지 않고 늘씬하고 하얀 홍란의 허벅지가 나타날 때까지 치맛자락을 걷어 올린 후, 본디부터 제 자리이기라도 한 양 홍란의 다리 사이에 자리를 잡고는, 저를 기다리며 조금 벌어진 홍란의 입술에 뜨거운 입맞춤을 내렸다.

홍란과의 밀회 아닌 밀회는 학이 숨 쉴 수 있는 유일한 기회였다. 사실 그 무렵의 학에게는 숨 막히게 하는 똑같은 일상들이 반복되고 있던 것이다. 아침마다 편전에 든 학을 기다리고 있는 것은 어느 때와 다름없는 산더미 같은 상소들이었다.

"치워라!"

신물이 난다는 듯 상소들이 적힌 두루마리들을 밀어 버리려는 학의 손이, 근심하는 상선의 낯빛과 도승지의 수심에 가득 찬 얼굴을 보고는 우뚝 멈추었다.

"알았다. 알았느니!"

학이 서안 위에 쌓인 두루마리 중 아무 것이나 먼저 손에 잡히는 대로 집어 들고는 펼쳐 읽었다.

"전하께서 숙용 송씨에 대한 사은(私恩, 사사로이 베푸는 은혜)은 익히 알고 있사오나, 신민들은 숙용의 사람됨의 그릇됨에 의혹의 시선을 두고 있사오니, 훗날에 닥쳐올 종묘사직의 위태함과 임금에 대한 급한 화를 생각하오면 더는 침묵만이 선비의 도라 할 수 없겠나이다. 전하. 간절하게 호소하니 성상께서 쾌히 결단을 내리시어 여론을 따르시면 다행이겠사옵나이다."

말인즉슨 저들의 의견에 귀를 기울여 홍란을 폐출(廢黜, 직위나 관직을 떼고 내침)하라는 것이었다. 하여 다 읽기도 전에 학은 그것을 옆으로 밀쳐 놓고 다시 다른 상소를 읽어 내려갔다.

　"숙용을 이대로 두시오면 훗날 숙용이 자기 아들을 세워 종묘와 사직의 근간을 어지럽힐 것이 불을 보듯 분명합니다. 전하께서 숙용을 총애하시매 충성스러운 자들의 소리에 귀를 기울이지 않으시면 그 방자함이 하늘에까지 닿을 것입니다. 이미 숙용으로 인하여 왕대비마마께 그 화가 미치고 있으니, 이를 어찌 두고만 보시려 하시옵나이까? 부디 의로운 선비들의 말에 귀를 기울여 주시옵소서. 숙용으로 하여금 폐출의 순을 밟게 하시어 훗날의 화근을 제거하시옵소서!"

　그 또한 홍란을 폐출하라는 상소였다. 다시 집어든 다른 상소의 내용은 이러하였다.

　"임금이 어버이를 높이 여기고 따르지 아니하면 신민은 어디서 그 본을 찾을 수 있나이까? 왕대비께서는 전하의 숙모이자 의모나 다름없으신 분이니 그분을 핍박하시는 것은 곧 낳아 준 어버이를 핍박하심과 무엇이 다르오리까? 부디 성상의 어진 혜안으로 사리의 옳고 그름을 가려 판단하여 주……."

　"어찌 하나같이 이럴 수가 있단 말인가?!"

　읽다 만 상소를 집어던지며 학이 노성을 질렀다.

　"모두들 죄인들의 공초에 대해 알고 있을 터! 그런데도 다들 하나같이 숙용을 죄 주자 하고 왕대비를 용서차 하니, 이것이 가당키나 한 말인가?!"

　"전하, 아뢰옵기 황공하오나 사간원과 사헌부의 관원들이 공론을 모으고 있다 합니다. 홍문관의 관원들 역시 공론을 모으는 중이오니 상소들에 대한 비답(批答, 상소에 대한 임금의 답)을 내려주셔야만······."

"거부한다, 거부한다, 거부한다!"

도승지의 아룀에 학이 신경질적인 답을 전하며 벌떡 자리에서 일어났다.

"숙용의 입궐 절차에 문제가 있었다는 건 나도 안다! 내가 직접 한 일이니까! 하지만 어찌 그것이 숙용을 폐출시킬 정도의 중죄가 되겠는가! 도승지는 사간원과 사헌부, 홍문관에 전하라. 더는 이 일로 나를 귀찮게 할 것을 용납하지 않겠다고! 아울러 이 모든 상소의 비답은 오직 불허(不許) 한마디임을 분명히 한다!"

그리 떨치고 편전을 나오면 이번에는 중전 심씨가 기다리고 있었다. 학이 본 체 만 체 답답한 마음을 경회루 산책으로 풀까 하여 걸음을 옮기면, 중전이 서둘러 그 뒤를 따르며 학에게 답을 요구하였다.

"전하, 언제까지 숙용과 왕자를 별궁에 두실 것이옵니까? 속히 환궁하라 하시옵소서. 왕자의 훈육을 더는 미뤄 둘 수 없사옵니다."

"아직 혼자 힘으로는 설 수도 없는 갓난쟁이요. 훈육이라니, 너무 이른 말이지 않소?"

"왕자에게 훈육의 시기가 따로 있겠사옵니까? 이미 보모상궁과 훈육상궁을 모두 수배해 놓았으니, 만약 숙용의 몸이 정 편치 않다면 저라도 가서 왕자를 데려오게 윤허하여 주시옵소서."

"중전."

앞서 걷다 말고 학이 중전을 돌아보았다. 찬찬히 얼굴을 살폈다. 늘 수더분한 여인네라고만 생각했던 중전의 얼굴이 새삼 달라 보였다. 학의 말을 기다리며 가만히 눈을 내려깔고 있는 중전의 얼굴이 어쩐지 예전, 새로 중전이 되어 자신을 내려다보던 무표정한, 그러나 어쩐지 무섬

중이 들게 만들었던 왕대비의 얼굴과 겹쳐 보였다.

"설령 왕자가 환궁하다 하여도 당분간 왕자는 자현당에서 보살피게 될 것이오."

"송구하옵니다. 전하, 허나 그 일만은 소첩도 양보할 수가 없나이다. 전하의 아드님은 중전인 제 아들이기도 합니다. 제 아들을 어찌 아랫사람의 손에 맡겨 키우게 하겠나이까? 제게 어미된 책임을 다할 수 있도록 윤허하여 주시옵소서."

강단 있는 대답이 돌아왔다. 대왕대비가 몸져눕고, 왕대비가 쥐죽은 듯 납작 엎드려 있는 동안, 어느새 중전의 목소리에는 제법 힘이 실려가고 있었다.

"중전."

"예, 전하."

"어느새 그리 미워지셨소?"

"……예?"

생각지도 못한 말에 놀란 중전이 눈을 들어 학을 마주 보고는 얼른 다시 고개를 깊이 숙였다. 학이 그런 중전에게서 조금이라도 더 빨리 멀어지고 싶은 마음에 성큼성큼 긴 다리를 휘저어 경회루의 돌다리를 건너갔다.

'저를 이리 밉게 만든 건 누구시란 말입니까? 전하.'

학의 뒷모습에 중전이 서운한 눈빛을 보내며 오랫동안 그 자리를 뜨지 않았다.

"……"

"여기가 어딘지, 왜 여기에 와 있는지도 아시겠습니까?"

전옥서(조선 시대에 죄인을 수감하였던 감옥)의 여옥에 투옥되었던 청향을 찾아와 탕약을 먹이고 침을 놓아준 후, 태겸이 청향에게 물었다. 청향은 다른 죄수들이 적게는 서너 명에서 많게는 십여 명에 이르기까지 한 방에 투옥된 것과 달리 특별히 외방에 투옥되어 있는 중이었다. 태겸은 청향이 그곳에 수감된 이후 매일 탕약을 달여 와 청향에게 마시게 하고 기와 혈을 되찾는 침을 놓아 청향의 정신이 맑아지기만을 기다렸더랬다.

"알아보시지요?"

"……"

청향은 입술을 꾹 깨문 채, 그저 벽만 가만히 바라보고 있을 뿐이었다. 태겸과 시선도 마주치려 하지 않았다.

"정신이 진작 맑아진 것을 알고 있습니다. 그러니 더는 모른 척 마시지요."

"……"

"후우."

한층 더 고집스레 입술을 깨물고는 아예 눈을 감아 버리는 청향을 보며, 태겸이 한숨을 쉬었다.

"그간 은월각이 헐렸습니다."

"……"

"박 과부의 집에서 붙잡힌 장 서방은 사대문 한복판에서…… 목이 베였습니다."

움찔, 미세하게 청향의 턱이 흔들렸다. 하지만 굳게 닫힌 눈꺼풀은 열릴 생각을 하지 않았다.

"……그분은…… 일현 부장은……."

말을 하다 말고 태겸이 입을 다물었다.

"하긴 이제 와 말해 봐야 무슨 소용이 있겠습니까?"

태겸이 주섬주섬 침구들과 약그릇을 챙기며 자리에서 일어났다. 그리고 옥문 앞에 서 있는 옥졸에게 문을 열어 달랄 셈으로 다가서려는데 청향에게서 들릴 듯, 말 듯 작은 소리가 들려왔다.

"……어찌……?"

"안 그래도 독한 약재와, 비약, 몽한약들을 섞어 쓰신 것 때문에 더는 회복할 수 없을 정도로 오장육부가 망가지셨습니다. 침과 뜸을 써 억지로 연명은 하시고 계시나 그 역시 오래는 지속되지 못할 것입니다. 길어야 사흘, 아니면 나흘이 한계겠지요."

"사나흘……."

"왜 진작 저를 찾지 않으신 겁니까? 제게 도움만 구하셨더라도, 제게 봐달라고만 하셨더라도 그분이 그렇게까진!"

치미는 화에 저도 모르게 목소리를 높였던 태겸이 다시 본래의 저로 되돌아와 침착하게 말을 이었다.

"왜요. 그분도 저처럼 몽한약에 취하게 하실 작정이셨습니까? 저처럼 아무것도 모른 채 쉽게 뜻한 대로 움직이게 하려 하셨습니까?"

"……."

"네. 이제 와 그것을 따지는 게 뭐가 중요하겠습니까? 그러니 다른 걸 물을게요. 그분을, 그분을 마지막으로 한 번 더 뵙고 싶지는 않으십까?"

태겸의 말에 청향이 멍한 눈을 들어 태겸을 올려다보았다.

"……뵐 수 있어?"

"알고 계시는 모든 것을 털어놓으세요. 누가 시켜서 그런 일들을 한 것인지, 단 하나도 빼놓지 말고요."

차갑기만 한 태겸의 눈빛과 말투에 청향은 문득, 그가 자신을 누이라고 부르지 않고 있음을 눈치챘다.

"겸아…… 누나는……."

"토설이 먼저입니다. 이미 너무 많은 사람이 너무 오래 기다렸습니다. 저 역시 마찬가지고요."

이윽고 태겸이 옥을 나갔다. 곧 추국장으로 불려갈 것이라는 말만을 남기고. 홀로 남은 청향의 눈에서는 하염없이 뜨거운 눈물이 흘러넘쳤지만 그것이 매정한 아우에 대한 섭섭함 때문인지, 평생에 단 한 번 제 마음을 허락해 주었던 정인이 죽어간다는 사실에 대한 슬픔 때문인지, 청향은 제 눈물의 의미를 조금도 알지 못하였다.

"드디어!"

청향의 정신이 되돌아왔고 추국을 받을 수 있을 만한 정도가 되었다는 태겸의 보고에 학의 얼굴에 비로소 반가운 기색이 들었다. 학은 친히 내의원의 태겸을 불러 독대를 하고 있는 중이었다.

"……일현은 어떠한가? 정말 앞으로 소생할 기미가 조금도 없는 것인가?"

"하루에도 몇 번씩 잠시 잠깐 의식을 회복하고는 계시오나 그리 오래는 버티지 못하실 것입니다."

395

"……일현이 또 다시 정신을 차리거든 '그 일'에 대해 정말 동의하는지 한 번 더 물어주게."

"이미 수차례 의사를 물어봤습니다만 확고부동하였습니다."

"알았느니."

"……전하야말로 다시 한번 '그 일'에 대해 재고하실 순 없으시옵니까?"

임금과 눈을 마주친 태겸의 눈빛에는 불손함이라곤 없었다. 하지만 동시에 삼감이나 어려움도 없었다.

"제 누이가 토설을 하면 그때는 다른 이들도 왕대비가 이 모든 일의 흑막임을 알게 될 것입니다. 그리 되면……."

"그리 된다고 뭐가 달라지겠는가? 그래, 왕대비는 벌 줄 수 있겠지. 하지만 숙용과 내가 겪어야 할 일은 같아. 우리는 또 언제 어디서 누가 무슨 짓을 꾸밀지 항상 두려워하며 살아야 할 거야. 다행히 무사히 연이가 장성하여 세자가 되고 임금이 된다 하여도 그 아이는 평생을 제 정통성을 의심받으며 괴로워하게 될 거야."

몇 번, 몇십 번, 몇백 번이나 거듭 고쳐 생각해 보았었다. 자신이 너무 나쁜 쪽으로만 생각하고 있는 건 아닌지 마음을 고쳐먹으려고 작정도 해 보았었다.

하지만 학은 너무나 잘 알았다. 앞으로 홍란과 연이가 걸어야 할 길이 얼마나 험한 가시밭길인지. 홍란과 연이가 환궁하자마자 둘은 떼어지게 될 것이었다. 어린 연이는 어미의 품이 아닌 보모상궁과 훈육상궁의 품에서 중전을 어미로 대하고 깍듯이 공경하라는 말을 귀에 딱지가 앉도록 들으며 살게 될 것이었다. 아니 그 정도라면 차라리 괜찮았다.

정식으로 세자로 책봉되고 세자궁에 따로 떨어져 지내게 되면 홍란

과 학은 내내 불안감에 휩싸여 살게 될 것이었다. 또 누가, 어리석은 충
정에 현혹되어 연이를 해치려 할지 모르기 때문이었다. 연이가 무사히
장성한다 하여도 세자로 책봉될 때, 또한 보위에 오를 때 얼마나 많은
반발이 있을지 모르는 일이었다. 설사 무사히 보위에 오른다 하여도 연
이는 살아 있는 내내 현무군과의 관계를 의심받고 천기의 자식, 매분구
의 자식이라는 소리를 등에 업고 살아야 할 것이었다.

지금 많은 사대부들이 홍란에 대해 반발하는 것도 홍란의 신분이 단
순히 천해서만은 아니었다. 선대의 많은 임금들 중에서도 신분이 천한
여인을 후궁으로 맞아들인 경우가 더러 있었다. 하지만 홍란은 달랐다.
임금의 아이인지도 확신할 수 없는 아이를 밴 만삭의 몸으로 입궐하여
후궁의 첩지를 받았고, 홍란이 낳은 아들이 임금의 하나밖에 없는 아들
인 바, 정해진 수순대로라면 홍란은 장차 임금의 생모로서 대비의 반열
에 오를 것이었다. 사대부들은 그것을 절대 용납할 수 없는 것이었다.
그러니 앞으로도 홍란과 연이를 괴롭힐 일은 한둘이 아니었다. 아무리
학이 나서서 모든 비바람에서 홍란과 연이를 보호하여 준다 해도 결국
홍란도 연이도 비바람에 흠뻑 젖을 수밖에 없게 될 것이었다.

학은 그러고 싶지 않았다.

. 그럴 수 없었다. 임금의 자리가 결코 만인지상의, 행복하기만 한 자리
가 아니란 것은 누구보다 학이 제일 잘 알았다. 하여 학은 고심 끝에 결
단을 내렸다. 자신을 죽이기로.

범인은 왕대비가 될 것이었다. 비록 왕대비라는 신분 덕에, 결정적인
중좌가 드러나지 않은 까닭에 왕의 여인을 해하려 한 것으로는 큰 벌을
받지 못할 것이었으나, 해한 것이 임금이라면 제아무리 왕대비라 하여
도 더는 살아남지 못할 것이었다. 그리고 꼭 그래야만 했다. 자신의 뒤

를 이어 현무군이 보위를 이을 때 왕대비나 그의 일파들이 현무군의 발목을 잡지 않게 하기 위해서라도 왕대비는 임금을 독살한 죄를 짓고 처벌당해야만 했다.

"내 마음은 바뀌지 않을 것이다."

그날 늦은 저녁, 학은 제게 숙용 송씨의 폐출을 청하려 한 자리에 모인 만조백관들을 불러모아 놓고 뜻밖의 어명을 내렸다.

"그대들이 원하는 바를 이루어 주마."

학이 신하들을 보며 천천히 입을 열었다.

"모두 들으라! 숙용이 만삭의 몸으로 입궐하여 아들을 낳았으나, 그 입궐의 절차에 하자가 있음을 내 미처 상고(詳考, 꼼꼼하게 따져서 참고하거나 검토함)하지 아니하였다. 그 일로 전국의 유림과 만조백관이 부당함을 호소하니, 신민의 목소리에 귀를 기울여 그들의 뜻에 따르는 것이 무릇 임금된 도리일까 하노라. 하여 내 숙용과 그 아들을 사가로 내치고 숙용의 직첩과 그 아들의 왕자 지위를 박탈할 것을 명한다!"

"전하!"

학의 단언에 신하들이 일제히 놀라 고개를 들었다.

"전하! 천부당만부당하신 말씀이옵니다. 절차의 하자를 따져 숙용을 폐출하는 것에는 이의가 없사오나 어찌 왕자 저하까지 함께 내치시려 하시나이까?"

삼정승들이 가장 먼저 일제히 고개를 숙이며 "불가하옵니다!"를 외쳤다.

"숙용 송씨의 직첩을 거두는 것은 지당하신 분부이오나 아기씨의 왕자 지위마저 박탈하시는 것은 지나치신 처사가 아니올까 생각되옵니다.

갓 태어나신 왕자 아기씨에게 무슨 죄가 있어 타고난 지위를 없애려 하시나이까? 부디 통촉하여 주시옵소서!"

예조판서도 전례가 없음을 고하며 부당하다고 고했다.

"통촉하여 주시옵소서."

신하들은 저마다 앞다투어 허리를 숙여 "통촉하여 주시옵소서"를 외쳤다. 하지만 이내 모두들 입을 다물 수밖에 없었다. 임금의 지엄한 어명이 떨어진 때문이었다.

"모두들 그 입 다물라!"

후우, 후우. 학의 입에서는 거친 숨이 새어나왔다. 학의 두 눈은 당장이라도 불을 뿜을 듯 번쩍이고 있었다.

"숙용을 폐출하고자 한다면 숙용의 아들 또한 함께 폐출시키는 것이 마땅하다. 숙용 혼자만을 폐출시킨다면, 만에 하나 숙용의 아들이 세자가 되고 또 보위를 이어받게 되었을 때 숙용의 처지는 어떻게 할 것인가? 대비로서 궁으로 다시 불러들일 것인가? 아니면 사사하여 후환을 없앨 것인가?! 군이 숙용을 사사하자고 고집한다면 훗날 숙용의 아들이 임금의 자리에 올랐을 때 그 일에 대해 물으면 누가 나서 책임을 지려 할 것인가?"

"하오나 전하."

대사헌이 허리를 숙인 채 학의 말을 받았다.

"혹여 전하의 아드님이 아니시라면 모르겠으나, 전하의 아드님이 분명하시다면 왕자 아기씨를 궐 밖으로 내칠 명분이 없사옵니다. 어찌 어버이가 자식을 내친단 말씀이시옵니까?"

"그대들은 정녕 내게서 연이 나의 친생자가 아니라는 말까지 듣고 싶은 건가?!"

학의 노성이 편전의 천장까지 쩌렁쩌렁 울렸다.

"그것이 그대들이 진정 바라는 것이란 말인가!"

"아니옵니다."

"통촉하여 주시옵소서, 전하!"

"소신들이 어찌 감히 그런 불충을 저지르오리까!"

따져 묻는 학의 말에 신하들이 기겁을 하여 일제히 허리를 숙이며 고했다.

"연이는 나의 아들이다. 그것만은 아무도 의심치 말라. 그 일에 대해서만큼은 나나 숙용이나 단 일 점의 의혹도 갖고 있질 아니하다!"

학이 어금니를 악물며 연의 근본을 분명히 하였다.

"연이의 왕자 지위를 박탈하는 것은 그 근본에 의혹이 있어서가 아니라 단지 다음 대의 보위를 두고 쓸데없는 다툼과 분란이 일 것을 경계함이니, 경들은 그 점을 분명히 하라! 이에 대해서는 차후 도승지에게 내릴 비망기에 자세히 일러 둘 것이로다."

갑작스러운 어명에 신하들은 모두 당황함을 금치 못하였다. 다시 한 번 부당하다고 아뢰어야 할 것인지, 지당하다고 찬동해야 할 것인지 어느 하나 쉽게 행동을 결정치 못하였다.

편전에서 물러나온 뒤에도 마찬가지였다. 비록 몇몇 신하들이 "왕자 아기씨까지 함께 폐출시키는 것은 너무하신 처사가 아니냐"는 의견들을 내어놓긴 하였지만, 결국 모두들 임금의 뜻에 순순히 따르기로 하였다. 어차피 그들이 숙용 송씨를 군이 반대하고 나섰던 이유는 숙용이 낳은 왕자 때문이었다. 임금의 단 하나뿐인 아들, 즉 언젠가 자신들의 지위에 막대한 영향력을 행사하게 될지도 모를 존재인 왕자가 그들을 불안케 한 것이었다. 그러니 임금께서 훗날의 화근이 될지도 모를 숙용과 왕자를 함께 내치신다고 하니 못 이기는 척 받아들이자는 것이 모두의 한결 같은 의견이었다.

"전하! 어찌 저에게 한마디 말씀도 없으시고!"

뒤늦게 소식을 전해 들은 중전 심씨만이 왕자를 내쳐서는 아니 된다고 펄펄 뛰었지만, 그녀마저도 확고부동한 학의 결심을 돌릴 수는 없었다. 대왕대비라도 온전한 상태였으면 중전의 힘이 되어 주었겠지만 자리를 보전하고 누워 있는 탓에 그녀를 도와 왕자의 폐출이 불가하다고 주장해 줄 이는 아무도 없었다. 숙의나 소용은 좁은 속내로 그저 지금껏 눈엣가시 같았던 숙용과 왕자가 한꺼번에 뽑혀 나간 것에 흡족해 하고만 있었기 때문이었다.

그로부터 얼마 후, 양주의 별궁에 머물고 있던 숙용 송씨 아니 홍란이라는 이름의 여인은 젖먹이 아이를 안고 아무 치장 없는 낡은 가마에 올라 북촌에서 그리 멀지 않은 곳에 마련된 작은 초가집으로 옮겨졌다.

"소인은 전하께서 부르시어 입궐할 것이옵니다. 지키고 선 자들은 마마와 왕자 아기씨를 위하여 목숨이라도 내어놓을 수 있는 자들이니 부디 안심하고 계시지요. 당분간 유모도 계집종도 없으니 불편하시겠지만……."

학의 부름에 하는 수 없이 잠시 잠깐 홍란과 연이와 떨어지게 된 음구가 당부의 말을 건넸다.

"일은 그리 오래 걸리지 않을 것입니다. 그러니 짐을 모두 풀지는 마시지요."

연이를 안은 홍란이 조금은 긴장한 얼굴로 고개를 끄덕였다. 음구가 언제부터 이 모든 일들을 알고 있었을까 궁금하였지만 묻지 않았다. 도깨비 같은 분의 도깨비 같은 수하이니 그저 그들만을 믿고 기다리자 그리 생각할 뿐이었다.

다음 날, 오후 느지막하게 학은 기별도 없이 갑작스레 왕대비 전을 찾았다. 왕대비는 갑작스러운 학의 방문에 놀라긴 했지만 뻔뻔스레 턱을 치켜든 채 앉아서 학을 맞았다.

"오랜만에 뵙습니다."

"감축하오. 천한 계집과 그 계집의 몸에서 난 아이를 내쳤다고요? 잘하셨습니다. 만세에 성군이란 칭송이 자자하겠습니다!"

"마마는 여전하시군요."

학이 쓴웃음을 지었다. 친정 집안이 쑥대밭이 되고 자신의 모든 죄상이 드러날 처지가 되었는데도, 왕대비가 여전히 제 앞에서 꼿꼿한 이유를 알고 있는 까닭이었다.

"왜요? 내가 주상의 바짓가랑이라도 잡고 나 좀 살려 주십사, 그리 애원할 줄 아셨습니까? 그것을 바라고 예까지 친히 납셔 주신 것입니까? 하! 어쩝니까? 나는 추호도 그럴 생각이 없는 것을요."

"……묻고 싶은 게 있어 왔습니다."

"그럼 물으셔야지요. 뭐요? 뭘 대답해 드리리까?"

"왜 그러신 겁니까? 왜 멈추지 못하셨습니까? 얼마든지 멈출 수 있는 기회를 드렸지 않습니까?"

"무엇을요? 내가 무얼 어쨌게요?"

여전히 시치미를 떼는 왕대비였다.

"내가 무슨 죄를 지었소? 내가 지은 죄가 있다면 의당 그 증좌를 찾아 그에 합당한 벌을 내리면 될 터. 왜 공연한 사람들을 괴롭히며 나를 잡지 못해 그리 전전긍긍한 게요? 이 늙은이가 대체 뭘 어쨌게요?"

"제가 어디에서 오는 길인지 아십니까?"

"……?"

"친국을 마치고 오는 길입니다. 죄인 청향을 심문하고 오는 길이지요."

청향이라는 소리에 순간 왕대비의 눈빛이 흔들렸지만, 그뿐이었다.

"청향이 누구란 말이오?"

"은월각의 행수지요. 마마의 청탁으로 감히 숙용을 해하는 데 동조하고, 나의 아들을 몰래 빼돌리는 데 협력한 자입니다. 그리고 마마의 친정 집안과 빈번히 돈거래를 한 자이기도 하고요."

"……나는 모르는 자요."

"청향이 이미 모든 것을 토설하였습니다. 그 공초 사실이 곧 의금부는 물론 온 조정에도 상세히 알려질 것입니다. 이제 세상 사람들은 모두 알게 되겠지요. 몇 년 전 억울하게 화를 당한 규수들과 몸을 씻던 중 급습을 받아 화를 당할 뻔한 숙용, 그리고 태어난 지 삼 일 만에 몰래 빼돌려진 왕자의 일이 모두 누구의 사주로 일어난 것인지를요. 이제 모든 일이 소상히 드러났으니 왕대비마마의 부친이신 부원군 대감과 그 일족이 모두 지은 죄에 합당한 벌을 받게 될 것입니다. 마마도 물론이고요."

"그것을 친히 예까지 와서 알려 주는 이유가 무엇이요?! 다 알았다면 실컷 원대로 처결하면 될 것이 아니오!"

부들부들 몸을 떨며 학의 말을 듣던 왕대비가 악을 쓰며 물었다.

"마음대로 하시구려! 죽이고 싶거든 어디 한번 죽여 보시구려! 물론 그것이 쉽지 않으니 여기 와서 이리 빈정대며 내 약을 올리는 거겠지만 말이오. 흥!"

"저는 궁금합니다. 정말 궁금합니다. 마마는 한 점 부족함이 없으신 분이셨습니다. 고관대작의 따님으로 태어나 부부인이 되고, 중전마마가 되셨고, 왕대비마마까지 되신 분이 아니십니까? 무엇이 부족하여, 무엇이 성에 차지 않아 그런 일들을 벌이신 것입니까?!"

"나는 주상과 할 말이 없소. 이긴 것은 주상이요, 진 것은 나니 이긴 자의 성취감이나 마음껏 누리시구려."

할 말을 다 마쳤다는 듯, 왕대비가 학에게서 등을 돌려 앉았다. 학이 일어날 생각도 않고 뉘우칠 줄 모르는 그 고집스러운 등을 한참이나 보고 있었다.

"기억나십니까? 어릴 적, 돌아가신 어마마마가 뵙고 싶어 눈물을 멈추지 못하는 제게 마마께선 곶감을 먹여 주신 적이 있지요. 어린 마음에 늘 마마를 어렵고 두렵게만 대하였으나 곶감을 가져다주던 그때의 마마는 참으로 곱고 다정한 중전마마셨지요. 오늘 이곳에 온 까닭이 궁금하다고 하셨습니까? 친국을 마치고 돌아가던 중 불현듯 그때의 곶감 맛이 떠올라서요. 옷고름으로 직접 눈물을 닦아 주시던 그때의 마마 모습이 떠올라서요."

거기까지 말한 학이 성큼 자리에서 일어섰다.

"그저 그뿐입니다. 내일이면 조정의 신료들과 의논하여 마마와 부원군 댁에 어떤 처벌을 내릴까 결정지을 것이니 그때까지는 부디 편히 지내시오소서."

여전히 저를 돌아보려고도 하지 않는 왕대비의 등을 흘낏 일별한 후, 학이 방을 나섰다. 쾅! 소리를 내며 문이 닫히자 왕대비가 그제야 돌아보았다. 평소보다 한층 더 깊은 어둠이 깃든 눈빛이 사납게 번쩍거렸다.

❀

그날 밤, 강녕전에 든 학은 책을 펴 놓기만 하였을 뿐 책장을 넘기지도 않고 멍하니 생각에 잠겨 있었다.

'마마, 저를 실망시키지 마십시오. 기다리고 있습니다.'

지금 학은 자신을 죽일 독약을 묻힌 곶감을 기다리는 중이었다. 왕대비가 자신을 노릴 것이라면 오늘 밤이 최고이자 마지막 기회가 될 것이었다. 물론, 부러 그렇게 만들어 준 것이었다. 자신의 속셈을 알든 알지 못하든 왕대비는 분명 곶감에 독을 묻혀 보내올 것이었다.

마지막 발악이란 원래 그런 것이었다. 성공 여부 따위는 상관없이 그저 자기 안에 차 있는 분노와 악을 무작정 발산시키고 마는 것, 하여 설사 학이 무언가 함정을 꾸미고 있다는 낌새를 느꼈더라도 왕대비는 분명코 독약이 묻은 곶감을 보내올 것이었다. 얼마 안 되는 만약의 가능성에 모든 것을 걸고.

"저, 전하?"

잠깐 밖에 나갔다가 들어와 저를 부르는 상선의 묘한 표정을 보고, 학은 드디어 기다렸던 것이 당도했음을 깨달았다.

'그럼, 그렇지.'

"무엇이냐?"

"와, 왕대비 전에서 야식을 보내왔사옵니다. 마지막 인사라도 드리고 싶다며…… 물리오리까?"

"아니다. 갖고 오너라. 왕대비마마께서 친히 보내신 야식을 내 어찌 물리겠느냐?"

"전하!"

"걱정 말거라. 이제 곧 두 번 다시 뵙지 못할 분이 아니더냐? 그래도 나를 키워 주신 분이니 그분의 마지막 성의까지 모른 척해서야 쓰겠느냐?"

학이 선뜻 허락한 일을 상선이 계속 말릴 수는 없었다. 하여 상선은 왕대비 전에서 보내온 작은 다과상을 강녕전 안으로 들였다. 납작 두툼한 붉은 곶감 세 개가 담긴 뽀얀 백자 접시 하나가 다과상의 전부였다.

"기미는 보았느냐?"

상선이 다과상을 학의 앞에 놓고 물러나는 나인에게 물었다. 나인이 겁먹은 눈길로 고개를 끄덕였다. 원래 왕대비 전에서 올린 곶감은 모두 네 개였다고 했다. 그중 하나를 기미 상궁과 나인이 직접 나누어 먹어 음식이 안전한 것을 확인하였다고 했다.

"전하, 소신이 한 번 더 기미를……."

대전 상궁과 불안한 눈빛을 나눈 상선이 그래도 영 미덥지 않은지 제가 기미를 보겠다고 학의 가까이로 다가왔다.

"상선, 내 웬만한 것은 기쁘게 나누어 먹겠으나 이것만은 네게 양보할 수 없느니라. 어렸을 때부터 내가 곶감을 유달리 좋아한 것은 너도 잘 알고 있지 않은가?"

그리 말하고선 젓가락도 쓰지 않고 맨손으로 덥석 곶감을 집어 올린 학이었다.

"아, 고놈 참 맛나겠다."

그러고도 학은 선뜻 베어 물지 못했다. 한참이나 흐뭇한 얼굴로 곶감의 앞뒤를 살피고는 잠시 눈까지 감고선 그 향까지 음미하였다. 그리곤 마침내 입을 크게 벌려 곶감을 막 한 입 베어 물려다 말고 "참!" 하고 문득 무엇인가가 떠오른 듯 학이 상선에게 명했다.

"내의원에 성 봉사가 있는지 가서 보거라. 그리고 있거든 여기로 데려오거라. 내 그자에게 할 말이 있는 것을 깜빡하였느니."

"예, 전하."

상선이 밖에 있는 젊은 내시에게 명을 전하기 위해 뒷걸음질로 방을 나섰다.

"전하께서 성 봉사를 데려오라 하신다. 어서 내의원으로 달려가거라."

"예, 상선 영감."

젊은 내시가 돌아서 총총히 뛰어갈 때였다. 문득 쿵! 하고 넘어지는 소리가 강녕전 안에서 들려왔다.

"……? 전하……?"

들릴 리 없는 소리가 들려온 까닭에 상선이 서둘러 방으로 향하였다. 대전 상궁이 쓰러진 임금을 안고 "전하!!", "전하!!"를 목이 터져라 부르짖고 있었다.

"전하!"

입가에 피를 흘리며 쓰러진 학의 모습에 상선 또한 경기하듯이 놀라 달려들었다.

"전하아아아아!!"

상선이 대전 상궁을 밀치고 피를 토하는 심정으로 학의 상반신을 안아 일으키며 연신 학을 불러댔다.

"전하! 전하! 정신 차리시옵소서!! 전하아아!"

"전하아아!"

밖에서 소리를 듣고 놀라 달려온 젊은 내시들과 상궁, 나인들 모두 이내 기겁을 하고선 우르르 방으로 몰려들어왔다.

"어의를! 어서 어의를 불러오너라. 어서! 어서!"

강녕전에서 뛰쳐나온 궁인들 중 일부는 내의원으로, 일부는 교태전으로, 또 일부는 현무군의 궁방을 향하여 달음질치기 시작하였다. 주상 전하가 쓰러지시다니, 절대 있어서는 안 될 일이 벌어진 것에 모두의 얼굴은 공포로 한껏 질려 있었다.

발칵 뒤집힌 궁궐과 달리 백성들은 아무것도 알지 못했던 평화로운 그 밤, 북촌 어드메에 있는 초가에서는 충성스러운 금군 몇몇의 보호를 받으며 연이를 소중히 품에 안은 홍란이 가마 위에 몸을 싣고 있었다. 그 밤 내로 홍란과 연이가 도성에서 모습을 감췄다는 사실은 의외로 아주 오랫동안 사람들에게 발각되지 않았다. 누구도 궁에서 쫓겨난 후궁과 왕자 아기씨에게 신경 쓸 계제가 아니었던 것이다. 아직 보령 한창이신 젊은 주상 전하께서 급환으로 갑자기 쓰러지셨다는 사실이, 왕대비전에서 올린 곶감을 먹고 그리 되신 것 같다는 흉흉한 소문이 조선 팔도를 휩쓸었기 때문이었다.

❀

"흥! 명은 질겨서."

쓰러진 후 이틀이 지났는데도 여전히 학은 살아 있었다. 왕대비는 그것이 못마땅해 구시렁거렸지만 솔직한 심정으로는 이제 아무래도 상관없다 싶었다. 학에게 보내는 곶감에 독약을 바른 이후로, 그리고 학이 쓰러졌다는 사실을 알게 된 이후로 왕대비 한씨는 성취감과 함께 묘한 상실감마저 느꼈다. 실컷 한바탕 세상을 향해 패악을 부리고 보니, 또 그 패악의 상대가 기어이 쓰러지고 보니 이제는 딱히 바라는 것도 원하는 것도 없었다. 학이 쓰러졌다는 소식을 들음과 동시에 왕대비는 자신 안에서 끊임없이 소용돌이치던 욕망이 멈춘 것을 느꼈다. 끝이 났다. 모든 게 다 끝이 났다.

그러니 그걸로 됐다 싶었다.

'어쩌자고, 도대체 무슨 생각으로 이러신 겁니까?'

상태가 더욱 악화돼 편전인 사정전으로 옮겨진 학을 보며 태겸이 속으로 부르짖었다. 원래의 계획대로라면 학은 독을 먹는 척만 하거나, 독을 먹게 되더라도 즉시 해약(解藥)을 먹어야만 했다. 그 때문에 미리 해약까지 준비해서 지니게 했었다. 곶감을 먹은 그때도 분명 해약을 간직하고 있었을 것이었다. 하지만 맨 처음 강녕전으로 달려온 태겸이 진맥을 할 때까지도 학은 해약을 먹지 않고 있었다.

"……전하. 해약은, 해약은 어디에 두셨나이까?"

간신히 의식을 되찾은 학에게 해약이 어디 있는지 물었지만, 학은 고개만 저었다. 그 후 황급히 달려온 어의들에게 제 자리를 양보하고 나서야 태겸은 학의 뜻을 알아차렸다. 위중한 상태에 이른 것을 기어이 어의들에게 확인시키고 싶었던 것이었다. 완벽한 죽음을 꾀하기 위해서 굳이 위험한 방법을 선택한 것이었다.

'어찌…… 이 모든 걸 참아 내시는 것입니까?!'

의식을 찾은 후에도 온 내장이 갈가리 찢겨 나가는 듯한 고통에 몸부림치는 학을 보며 태겸이 몸서리를 쳤다. 왕대비에게로 일부러 보내진 약은 먹는 이를 죽음에 이르게 하는 완전한 독약은 아니었다. 하지만 웬만한 의술을 지닌 의원들조차 진짜 독약을 마신 것이라 확신할 만큼, 그 고통의 정도는 독약 못지않은 약이었다. 아니 오히려 죽을 만큼 아픈 데도 죽지 않는 약인 만큼 더 잔인한 약이라 할 수 있었다.

"어의, 어떠한가?"

다시 한번, 벌써 몇 번째인지도 모를 진맥을 하는 어의 영감에게 중전이 물었다. 하지만 어의는 뚜렷한 답을 내어놓지 못해 그저 진땀만 뻘뻘 흘리고 있을 뿐이었다.

"어찌 어의 된 자로서 전하의 환후 하나 제대로 살피지 못한단 말인가? 누구! 달리 내게 답을 들려줄 사람은 아무도 없단 말이더냐?!"

"아뢰옵기 황공하오나 전하가 드신 독이 조선 땅에는 해약이 없는지라 전하께서는 이 밤을 넘기시기는…… 힘들 것 같사옵니다."

"그, 그런……."

"네 이노옴!"

태겸의 답을 듣자마자 맥을 놓은 중전을 대신하여 어의가 태겸을 심히 나무랐다.

"어찌 네 그 입으로 감히 전하의 일을 경망되이 일컫는 것이냐? 네 놈이 정녕 이 자리에서 단매를 맞아 죽고 싶은 것이냐!"

"어의 영감도 아시지 않습니까? 이미 전하의 상태가 극히 위중하심을. 그러니 전하를 사정전으로 모시는 것에 동조하신 게 아니십니까?!"

그랬다. 원래 임금의 임종이 가까워 오면 혹시나 모를 유언의 날조를 막기 위해 부러 중심편전인 사정전으로 모시는 것이었다.

"이놈이 그래도!"

어의가 태겸에게 눈을 부라리는데, 중전의 뒤에 앉은 현무군이 눈빛으로 어의를 나무랐다. 그때였다.

"으으음……"

좀 더 뚜렷한 신음소리가 학에게서 들려왔다.

"전하……?"

"전하!"

학이 몸을 격하게 떨면서 간신히 눈을 뜨고선 중전에게 손짓을 하였다. 그런 학에게 상선을 비롯하며 방 안의 모든 사람들이 가까이 달려들었다.

"중……저언……."

"네, 전하. 신첩 여기 있사옵니다. 전하!"

중전이 연신 눈꺼풀을 바르르 떨며 똑바로 저를 보지 못하는 학의 손을 잡으며 제가 가까이에 있음을 알렸다.

"다음…… 다음…… 보위는…… 혀, 혀, 현무군이 이……이을 거, 것이오."

"국휼고명이시다!"

사정전 안의 누군가에게서 작은 속삭임이 흘러나왔다. 국휼고명이란, 임금이 죽음을 앞두고 유언을 하여 다음 보위를 누가 이을 것인지를 정하는 절차를 말함이었다.

"내 전위유교……를 작성하지 못할 것…… 같으니…… 중전과……현무군이…… 부디…… 부디……."

"안 됩니다. 전하! 아니 됩니다!"

"……잠시 모두들 물렀거라. 상선과 현무군에게 내…… 긴히…… 남길…… 말이 있노라."

"전하! 흐흐흑. 전하!"

비통한 중전 심씨가 학에게서 떨어지지 않으려 세차게 고개를 저었지

411

만, 어명을 어길 수는 없는 노릇이었다. 하여 태겸을 비롯한 다른 의원들과 함께 눈물을 훔치며 밖으로 나가는 중전 심씨의 발걸음은 천근만근 무겁기 짝이 없었다.

"형님……!"

중전과 어의, 의원들이 밖으로 나가자마자 현무군이 얼른 학에게 달려들어 몸을 일으켜 안았다.

"어디, 어디 있사옵니까? 전하?"

현무군처럼 상선도 속삭이며 학에게 해약이 어디 있는지를 물었다. 이제는 정말 대답할 기운조차 없는 학이 제 바지춤을 가리켰다. 상선이 얼른 학의 속바지 허리 부분을 더듬어 그 사이에 둥글게 말아 넣은 해약 주머니를 찾아내었다.

"얼른 드시옵소서. 전하 때문에 이 늙은것이 먼저 죽겠나이다."

"읍! 쿨럭쿨럭쿨럭!"

입 안으로 넘겨 주는 해약을 받아먹다 말고 사레가 들린 것인지 학이 크게 기침을 하였다.

"전하! 전하! 괜찮으시옵니까?!"

문 밖에서 중전이 울며 묻는 소리가 들려왔다.

"전하! 다시 한번 말씀해 보시지요. 어찌하라는 말씀이십니까?"

현무군이 얼른 나서 문 앞을 지키고 서선 학의 이야기를 듣는 양 거짓을 꾸몄다. 그러는 동안 상선이 사정전의 병풍 뒤에 숨어 있던 음구와 함께 음구가 거의 안듯이 부축하고 있던 일현을 학이 누워 있던 자리로 데려왔다. 옷이나 머리 장신구에 이르기까지 임금의 차림새를 고스란히 따라한 일현은 아직 가느다랗게 숨이 붙어 있었지만 그 얼굴에는 이미 죽음의 그림자가 잔뜩 드리워져 있었다.

"전하아…… 만수…… 무…….."

지금껏 학이 누워 있던 자리에 학을 대신하여 누운 일현이 마지막 인사를 전하며 검고 진득한 피눈물을 흘렸다.

"……고맙다. 미…… 미안하구나."

학 역시 죽어 가는 제 충성스러운 신하를 향해 뜨거운 눈물을 흘리며 작별의 인사를 전했다. 그런 학을 병풍 뒤로 모셔간 음구가 얼른 일현의 금군 옷을 입혀 주고 관모까지 씌워 주었다.

"가시지요……."

음구가 여전히 휘청대는 학의 겨드랑이 밑으로 팔을 두르고 허리를 휘감아 단단히 제게 고정시킨 다음 얼른 미리 열어둔 사정전의 뒷문으로 빠져나갔다. 사정전 뒷문을 지키던 군사들은 모두 음구가 진작 흩어지게 한 터라 사정전을 빠져나온 두 사내의 그림자를 본 이는 아무도 없었다.

"음구 부장. 그쪽은……? 핫! 일현 부장께서 드디어 완쾌하신 것입니까?"

궁궐 안을 지키던 금군 중 하나가 일현의 금군복을 입고 관모를 깊이 내려 쓴 학을 부축하며 걷는 음구를 보고선 반갑게 맞았다. 일현 부장이 임금의 밀명을 받들던 중 크게 몸을 상했다는 것은 금군의 모두가 알고 있는 사실이었다. 하여 음구 부장에게 부축을 받고 있기는 하나, 일현 부장이 두 발로 걷고 있음에 금군의 군사는 반색하며 일현의 안부를 물어 왔다.

"아니라네. 아직도 한창 더 요양을 해야 하는 처지인데도 전하를 지키겠다며 굳이 입직을 서겠다고 고집을 피우는 바람에 내가 직접 집에

까지 데려다 주려 하는 것이라네. 이 사람아, 자네가 이러는 건 충정이
아니라 불충일세, 불충! 내가 이래서 자네를 싫어한다고!"

음구는 사이도 나쁜 제가 일현을 부축하고 가는 것을 수상히 여길까
봐 괜히 너스레를 떨면서도 사람들이 믿어 줄까 반신반의하였지만, 의
외로 궁궐의 금군들은 물론 궁궐 문을 지키는 문지기와 수문장들까지
단 한 사람도 일현의 정체를 의심하는 이가 없었다. 그저 음구의 말과
보여주는 패찰만 철썩같이 믿을 뿐, 어느 누구 하나 깊게 내려 쓴 일현
의 관모를 들춰 보려조차 하지 않았다.

"궁궐의…… 수비가 허술한 것인가? 아니면 자네에 대한 신망이 지나
치게 두터운……웃! …… 것인가?"

빠져나온 궁궐 벽을 따라 걸으며 학이 푸념 아닌 푸념을 늘어놓는 그
때, 궁벽 안쪽에서 "전하!" 하며 모든 궁인들이 일제히 내어놓는 곡소리
가 들려왔다. 순간, 학의 얼굴이 급격히 어두워졌다. 곡소리가 뜻하는
건 바로 일현의 죽음이었기 때문이다.

학과 자리를 바꾼 일현은 미리 준비해 둔 비상을 먹었을 것이었다. 이
미 온몸에 독이 퍼진데다 비상을 더했으니 그 고통은 필설로 형용할 수
없었을 것이었다. 아마도 온몸은 금세 청흑색으로 변하고 눈동자와 혀
가 터져 나왔을 것이었다. 하여 아주 가까이에서 들여다보는 이가 아니
라면 시신의 생전 모습을 쉽게 짐작하기 어려울 것이었다.

현무군이 왕의 시신에 가까이 다가서는 이들을 모두 물러서게 하기
로 했다. 형님의 마지막 존엄성을 지켜주겠다는 현무군 ― 그것도 주상
전하께서 죽기 전에 직접 다음 대의 임금으로 지목하신 ― 의 태도를 비
난하거나 따르지 않을 이들은 없을 터였다.

그리하여 마침내 어의들이 마지막으로 맥을 짚고 동공을 확인해 명

이 끊겼음을 확인해 주었을 것이고, 상선은 코밑과 입 사이의 오목한 인중(人中) 부위에 햇솜을 올려놓고 그것이 움직이지 않음을 확인하고는 학의 죽음을 공식화했을 것이었다.

"내 선택이 일현의 목숨을 빼앗은 것이나 다름없구나."

계획의 성공에 따른 기쁨보다 그 과정에서 희생된 일현에 대한 죄책감이 더 크게 학의 마음을 휘저어 댔다.

"그러실 것 없습니다. 저라도 일현과 같은 처지였다면 전하를 위해 그리하였을 것입니다. 아니, 오히려 일현은 죽을 때까지 전하를 위할 수 있었음에 도리어 무한한 행복과 광영스러움을 느끼고 있을 것입니다. 다른 이는 몰라도 저는 압니다."

"……나는 더 이상 너희의 임금이 아니다. 내 스스로 너희의 임금 되기를 포기한 비겁한 사내다."

"전하, 저는 전하가 임금이시기 때문에 전하께 충성을 맹세한 것이 아닙니다. 제가 충성을 맹세한 분이 단지 임금이시니 어명을 따랐을 뿐, 전하가 임금이시든 아니시든 그것이 어찌 충성의 조건이 되겠습니까?"

음구가 죄책감에 어두워진 학의 눈을 난생처음으로 똑같은 눈높이에서 마주 보며 말했다.

"일현을 조금이라도 가엾게 생각해 주신다면, 부디 행복해 주시옵소서. 한 여인의 사내로서 한 아이의 아비로서 세상에서 느낄 수 있는 모든 기쁨과 축복을 만끽하여 주시옵소서. 그것이면 됩니다. 저도, 일현도."

말을 마친 음구는 다시 학을 부축하여 서둘러 걸음을 옮겼다. 그들이 오기를 애타게 기다리고 있을 이들을 향해.

"다시는…… 그러지 마세요!"

홍란이 학을 기다리고 있던 곳은 진 공자가 마련한 도성의 안가였다. 홍란은 애타게 학을 기다리다 음구가 부축하여 모시고 들어오는 학의 모습을 보고서는 기절을 할 듯이 놀랐다.

"위험하지 않다고 하셨잖아요! 직접 독을 먹는 일 같은 건 하겠다고 안 하셨잖아요!"

음구가 안가에 도착하자마자 학이 필요 이상으로 오래 해약을 먹지 않고 버텼다는 이야기를 고자질한 덕분에 학은 홍란을 한번 안아 보지도 못한 채 홍란에게 긴 꾸지람을 들었다.

"어쩌시려고 그러셨어요!! 어쩌시려고요! 잘못 되시기라도 하면 어쩌시려고……흐흑."

"어쩔 수 없었어. 일현과 바뀐 걸 의심받지 않으려면 나도 그만큼 아파야 했으니까."

"그럴 줄 알았으면, 그렇게 아프실 줄 알았으면 하지 말라고 말렸을 거예요."

홍란이 고통의 흔적이 완연하게 남아 있는 학의 얼굴을 쓰다듬으며 또다시 울먹거렸다.

"얼마나 아프셨어요? 얼마나 힘드셨어요……, 흐흑."

"하나도 안 아팠어."

학이 홍란의 젖은 뺨을 제 큰 두 손으로 감싸며 거짓말을 하였다.

"당신이, 연이가 날 기다리고 있으니까. 내 사람이 되기 위해 당신이 겪어야 했던 아픔이 얼마나 큰지 아니까. 하나도 아프지 않았어. 그러니 더는 울지 마. 내 여인의 웃는 모습이 얼마나 고운지 내게 보여 줘."

홍란이 애써 자꾸만 쏟아져 나오려는 눈물을 참으며 웃음을 지었다.

그러다간 금세 다시 입술을 삐죽거리더니 울음을 터트렸다. 자신에게 오기 위해서 학이 무엇을 포기하고 무엇을 버렸는지 알기에 미안함에, 죄스러움에 울음이 그치질 않았다.

학이 하는 수 없다는 듯 피식 웃고는 어느새 울보가 되어 버린 제 여인을 품에 안았다. 홍란의 젖은 얼굴을 제 가슴에 묻었다.

한참 후, 학이 홍란에게 물었다.

"이제 그대에게 진짜 열 번째 질문을 해야겠어."

"무엇인가요?"

학의 품에 얼굴을 묻은 채 웅얼거리며 홍란이 물었다. 그런 홍란의 고개를 들어 자신을 보게 하고서 학이 비장의 열 번째 질문을 하였다.

"아무래도 연이 동생을 가지려면 우리가 또 밖으로 나가야 하는 게 아닐까?"

"네에……?"

순간 긴장하여 마지막, 열 번째 질문을 기다리던 홍란이 제 도깨비 같은 서방의 실없는 질문에 어이가 없어 눈을 동그랗게 떴다.

"잘 생각해 봐. 연이 놈이 생긴 게 언젠지. 아무리 되짚어 봐도 내 생각엔 분명 그날 밤 그러니까 우리가 그 방앗간에서 함께 응? 흐흐흐흐……읍!!"

홍란을 놀리는 것이 세상에서 가장 즐거운 도깨비 사내의 입이 홍란의 손에 의해 가로막혔다.

"도깨비 님."

어느새 정색을 한 홍란이 학을 불렀다.

"응."

학 역시 웃음기를 지우고 홍란의 손을 내리며 부름에 답하였다.

"많이 힘드셨죠?"

"……응."

일부러 농을 하며 더 즐거운 생각, 재미있는 생각으로 기분을 달리하려던 학은 더이상 제 마음을 숨길 수가 없어 제 커다란 손을 들어 얼굴을 가렸다. 홍란이 가만히 그 손을 잡아 내리자 학의 눈에는 어느새 눈물이 가득 차오르고 있었다.

"미, 미안. 나는 그저……. 그저……."

"쉬……."

홍란이 젖은 학의 눈을 바라보았다. 그리곤 두 손을 올려 학의 얼굴을 감싸 쥐고는 제 품으로 다정히 인도하였다.

"나의 도깨비 님."

"응……."

"나의 서방님."

"응."

"고마워요. 와 주셔서."

"응……, 응……, 응!!"

평범하고 단순한 한마디였다.

하지만 그 한마디에 기어코 학의 울음이 터지고 말았다. 그 한마디만으로 학은 임금의 자리를 박차고 나온 것을 평생 후회하지 않을 작정이었다.

훗날.

은월각의 전 행수 청향은 중죄를 지었긴 하지만 그 아우 되는 성태겸이 발고한 공을 인정받아 재산 몰수 형에 이어 탐라에 유배 가는 것으로 형벌이 결정되었다. 하여 청향이 도성을 떠나는 날, 태겸은 옥사로 청향을 찾아와 한마디를 당부하였다.

"기다리겠습니다. 여기 도성에서 꼼짝 않고 누이를 기다리겠습니다. 그러니 이번에는 꼭 돌아와 주세요."

비록 청향은 끝끝내 태겸의 말에 답하여 주지 않았지만 태겸은 이번에야말로 제 누이가 반드시 제게 돌아올 것을 믿어 의심치 않았다.

한편, 왕대비 한씨는 선왕의 계비 후보였던 규수들을 해한 죄로 폐출되어 거의 풍비박산이 난 사가로 내쳐졌다가 현무군 윤이 보위에 오른 후 선왕을 독살하였다는 죄목으로 사사를 당하기에 이르렀다.

중국에 있던 변 역관과 그 수하들 또한 임금의 독살에 연루된 죄로 조선으로 잡혀와 사사를 당했다. 그간 변 역관을 비호하던 원 대인은 중국 황실에서 직접 변 역관을 추포하여 조선으로 압송하라는 명이 내려오자 형제의 연 운운했던 의리를 헌신짝 버리듯 팽개쳤다. 하지만 그런 그 역시 오래지 않아 관리들에게 뇌물을 쓰고 그를 이용해 온갖 전횡(專橫)을 부린 사실과 함께 진 공자를 죽이려 한 죄로 거열형이라는 극형을 받아 죽고 말았다.

그때 하늘을 찌를 듯한 권세를 자랑하던 원 대인의 죄를 밝히는 데 조선 땅에서 온 진 공자의 일행들이 내어놓은 묘수가 도움이 되었다는 것은 진 대인 일가들만 아는 사실이 되었다. 물론 진 대인이 그들의 은혜를 감사히 여겨 평생 웬만한 왕후장상 부럽지 않게 떵떵거리며 살 수 있는 큰 재산을 내어줬다는 사실 또한 세상에는 알려지지 않았다.

그리고…….

"왜로 갔다던데?"

"아니야. 중국으로 갔대."

"에이그. 그이가 참 솜씨는 신묘하게 좋았는데."

"그뿐인가? 이쁘기는 또 얼마나 이쁘고 착하기는 또 얼마나 착했게? 암, 그만큼 예쁘고 착한 사람이 또 없었지."

"그럼! 그러니 천하의 임금님께서 한눈에 반하시지 않았겠는가?"

"자네들도 들었지? 임금님께서 얼마나 아끼셨다는지?"

"암, 듣다마다. 여인으로 태어났으면 한 번쯤 그리 살고 볼 일이라네."

"에휴, 그나저나 어딜 가서든 잘 살았으면 좋겠네. 아기씨도 부디 무탈하게 잘 크셨으면 좋겠고."

"어질고 착한데다 솜씨까지 신묘하니 어련히 잘 살려고? 그만한 매분구면 왜든, 중국이든, 서역 땅이든 어느 땅에 가서도 잘 살걸세."

"암, 그렇지. 그렇고말고."

그렇게 외로운 임금을 한눈에 사로잡았던 기녀 출신의 매분구와 왕자가 되지 못한 왕의 아들에 대한 소문은, 하나의 전설처럼 오랫동안 꽤나 흥미로운 이야깃거리로 도성 사람들의 입에 오르내렸다.

〈끝〉